U0094173

蒙田随笔全集　上卷

Michel de Montaigne Les Essais

［法国］米歇尔·德·蒙田○著

潘丽珍　王论跃　丁步洲○译

译林出版社

图书在版编目（CIP）数据

蒙田随笔全集. 上卷 ／（法）米歇尔·德·蒙田著；
潘丽珍，王论跃，丁步洲译. —南京：译林出版社，
2022.1（2022.4重印）
ISBN 978-7-5447-8585-3

I.①蒙⋯　Ⅱ.①米⋯ ②潘⋯ ③王⋯ ④丁⋯　Ⅲ.
①随笔 – 作品集 – 法国 – 中世纪　Ⅳ.①I565.63

中国版本图书馆 CIP 数据核字（2021）第 024452 号

蒙田随笔全集（上卷） ［法国］米歇尔·德·蒙田／著　潘丽珍　王论跃　丁步洲／译

责任编辑	唐洋洋
装帧设计	XXL Studio 彭怡轩
藏书票绘制	冯　雪
校　对	蒋　燕　孙玉兰
责任印制	董　虎

原文出版	Gallimard, 1965
出版发行	译林出版社
地　址	南京市湖南路 1 号 A 楼
邮　箱	yilin@yilin.com
网　址	www.yilin.com
市场热线	025-86633278
排　版	南京展望文化发展有限公司
印　刷	南京爱德印刷有限公司
开　本	787 毫米 × 1092 毫米　1/32
印　张	50.25（全三卷）
插　页	4
版　次	2022 年 1 月第 1 版
印　次	2022 年 4 月第 2 次印刷
书　号	ISBN 978-7-5447-8585-3
定　价	268.00 元（全三卷）

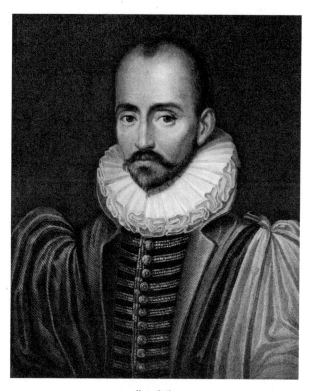

蒙田肖像

LES
ESSAIS
DE MICHEL SEI-
GNEVR DE MONTAIGNE.

*EDITION NOVVELLE, TROVVEE APRES
le deceds de l'Autheur, reueuë & augmentée par luy d'vn
tiers plus qu'aux precedentes Impreßions.*

A PARIS,

Chez ABEL L'ANGELIER, au premier pilier
de la grande falle du Palais.

CIɔ. Iɔ. XCV.

AVEC PRIVILEGE.

《蒙田随笔全集》法语版

《蒙田随笔全集》法语版

MONTAIGNE
ESSAIS 1
蒙田随笔全集 上卷
译者： 潘丽珍 王论跃 丁步洲

1996 年 12 月，首个《蒙田随笔全集》中文译本由译林出版社出版

蒙田城堡，曾毁于战火，后重新修复

蒙田城堡塔楼

位于巴黎的蒙田雕塑

蒙田陵墓

目录

本卷

第一章至第二十八章

潘丽珍、王论跃　译

第二十九章至第五十七章

丁步洲　译

平凡生活的智者

周国平

一

无论作为作家，还是作为哲学家，蒙田都在我的最爱之列。译林出版社邀我为这个新版《蒙田随笔全集》（以下简称《随笔集》）写序，我很乐意来说一说我为什么如此喜欢他的作品，他的作品为什么在今天仍值得我们阅读。

蒙田（1533—1592）生活在文艺复兴的末期和近代的开端，是站在近代门槛上的第一位文化巨人。比他稍晚，还有两位文化巨人，都受到了他的影响，就是培根和莎士比亚。莎士比亚是文豪，培根是哲学家，而蒙田在文学和哲学上都是开创新风气的先驱。

蒙田是法国波尔多人，一生主要的生活方式是隐居，最用心做的事是写《随笔集》，生前三卷都已先后出版。在西方，随笔这个体裁发端于古罗马，普鲁塔克和塞涅卡是顶尖的高手。这两位正是蒙田最喜欢的作家，他在著作中经常引证，文风也受其影响，但显得更加散漫，更像是家常闲谈。读他的随笔，我真正感觉到是在听一位智者谈话，他的心态平和而豁达，他的见解平实而深刻。

在《随笔集》中，蒙田对写作发表了许多中肯的见解，我认为最重要的是两点，而这两点也正是他的文风的显著特征。第一是朴实。他说："任何漂亮的描绘，都会在朴实无华的真实面前黯然失色。"写作要像平常说话那样，既明白易懂，不用生僻字，又平易近人，少讲大道理，蒙田说他只想用巴黎菜市场里说的语言。第二是自由。普鲁塔克的许多文章，东拉西扯，似乎忘记了主题，蒙田赞叹道："哦，上帝，那天马行空式的离题，那莫测风云的变化真是美不胜收，越似漫不经心，信笔写来，意趣越浓！"实际上他自己更是如此，笔意纵横，没有固定的套路，仿佛经常跑题，整体看下来却有一种天马行空的气势。这样的写法，形散神不散，不是大手笔是用不好的。

蒙田无疑是写随笔的第一流大师，他的文学成就举世公认。可是，他在哲学上的贡献好像遭到了忽视，在迄今出版的西方哲学史著作中，你几乎找不到他的名字。在我看来，毛病出在写哲学史的人狭隘的学术眼光。蒙田不属于学术界，不属于任何界，仿佛天地间突然生出了这样一个朴素又聪慧的人，撇开一切理论，用最本真最直接的方式探究人性和人生的问题。他把哲学带回到原初的状态，使之重获永恒的品格。他没有创立任何可以供后来的哲学家继承或批判的学说，却用人文主义精神熏染了近代哲学，给哲学注入了一股清流。

二

哲学家们研究宇宙、上帝、自然，而蒙田告诉我们，他研究的是他自己。在《随笔集》开头，他开宗明义宣布："读者，我自己是这部书的材料。"他还说："我研究别的课题不如研究自己多。这就是我的形而上学，这就是我的物理学。"整个三大卷《随笔集》，就是他研究自己的一个记录。

在蒙田之前，要往上追溯一千二百年，我们才能找到一个人，是曾经把自己当作研究对象的，就是奥古斯丁。不过，两人有根本的不同。奥古斯丁是为了忏悔，从自己身上认识人性的卑微，从而舍弃小我皈依上帝。蒙田是立足于以人为本，通过研究自己来研究人性，以一种非常健康的心态对自己和人性都予以肯定。《随笔集》的写法也和《忏悔录》不同，它不是自传，没有叙述自己的任何具体经历，而只是仔细观察自己的内心世界，把观察的收获写了出来。

蒙田自己说，人们总是把视线朝向别人，朝向外面，而他则对准自己，看自己的里面。如同一个充满好奇的游客，他在自己的内心转悠，看那里的各种风景。他把观察自己看作人生的第一要务，是基于两点认识。第一，在自己身上可以领悟人生的基本道理。一个人凭借自己的经验，而无须凭借书本，只要善于学习，就足以让自己变得聪明。你若肯反省自己过去暴跳如雷的样子，就比阅读亚里士多德更能够看清这种情绪的丑恶，从而把它克服。你若常回顾经受过的苦难和屈辱，就比阅读西塞罗更能够懂得命运的变幻莫测，从而有所准备。第二，在自己身上可以察知人性的真实样子。一个人只要具有光明磊落的判断力，就可以把自己作为人性的例子，给自己就像给第三者一样坦然做证。通过长期仔细观察自己，就训练得对别人也能够做出适当的判断。

蒙田从自己身上研究人性，态度诚实而坦然。在《随笔集》中，他把在自己心中观察到的一切如实地表达出来，力求保持其本来面貌。他说："我是把自己全都展现出来。"他为他是第一个这样做的人而感到自豪。他指出，描述自己比描述别的事物更困难，但也更有意义。"倘若世人抱怨我过多地谈论自己，我则要抱怨他们竟然不思考自己。"的确如此，如果人们把耗费在交际和事务上的时间分一点给自己，多一些自我思考和认识，生活的品质就一定会变得好一些，这个世界也一定会变得好一些。

通过从自己身上研究人性，蒙田得出了两点主要结论。

第一，人皆有弱点，有弱点才是真实的人性，因此应该宽待人性的弱点。举例来说，人性的一个普遍弱点是变化无常，人最难做到的是始终如一。这是因为每个人都是由许多零件组成的，各个零件都在起作用，而作用的大小在不断发生变化，使得我们和自己不同，不亚于和别人不同。换一种说法，人心中有许多不同的冲动，有时这种冲动占据优势，有时另一种冲动占据优势，因此所有的人都像孩子一样天真地为同一件事时哭时笑。蒙田的这个看法包含了后来弗洛伊德的基本观点，就是人的行为是受无意识支配的，而不是由理性支配的。蒙田并不认为自己可以例外，承认自己的表现也经常自相矛盾，无法自圆其说。不过，他认为这符合人性之常理，如此打趣道："谁要是看到我对我的妻子有时脸色冰冷，有时却充满了爱意，便以为其中一个是假装的，那他就是个笨伯。"

第二，人性原本是平凡的，因此应该以平凡的人性为楷模，把平凡的人生过好即是伟大。试图超越人性、拔高人性是可笑的，蒙田就此说出一串常人会认为不雅的大实话："坐上世界最高的宝座也只能靠自己的屁股。""帝王哲人大便，女士们也大便。"所以，要承认平凡，接受平凡，谁都不要装。最伟大光辉的业绩是生活得和谐，而不是攻城略地、治国理政、攒积财富，那些最多只能算是附属品。恺撒和亚历山大在日理万机之际，倘若也懂得充分享受生活的乐趣，把战争和政治当作日常工作，而把平凡生活看作伟大事业，这样才是聪明人。

三

"我知道什么？"——这是蒙田的名言，他自己说，他把这句话作为格言，铭刻在一个天平上。如同对人性一样，他对人的认识能力也评价不高，确切地说，不做夸大的评价。他不相信人凭借理性能够洞察万物的真理，他自己处世做人也决不自以为正确，而他安于如此。智慧在于知道自己无知，这是苏格拉底的教导，而在他身上几乎成为了本能。他是一个温和的怀疑论者，这种怀疑论在他的全部言行中散发着温暖的气息。

蒙田认为，人的无知是必然的。大自然的奥秘永远认识不完，人对自己的精神和肉体也所知甚少。每样事物都有几百副面孔和几百条肢体，我们只能认识其中的一些，没有人能看到全貌。何况命运还把它的混乱多变带进我们对事物的判断里，使得我们的判断像我们的遭遇一样充满偶然性。

无知是人的认识的根本特征，所以不可独断。根据自己认为的可信与不可信，去判断可能与不可能，自己不会做或不愿做的事，就认为别人也不会做或不该做，把自己作为准绳去衡量一切人，这是多数人的通病。蒙田说，他确立了一个原则，生活有千百种不同的方式，决不要求别人按照和他一样的方式生活。因此，任何意见都不会让他吃惊，任何信仰都不会让他生气，不管与他多么格格不入，因为它们都有其产生的原因和根据。

然而，知道自己无知是难的，你必须走进知识的殿堂，去推那一扇扇门，才知道门对你是关闭的。还要勇于承认无知，蒙田说，世上一切弊端都产生于人们害怕暴露自己的无知。我的理解是，害怕暴露无知，就会不懂装懂，把事情搞砸，或者强词夺理，把和平破坏。坦然承认无知的习惯要从小就培养，蒙田表示，他若教育孩子，就会这样做，让孩子习惯于用询问和疑惑的方式来回答问题，宁可他们六十岁时还保持学徒的模样，不要像现在这样十岁时就装出博士的派头。

四

蒙田主张过好平凡的人生，平凡的人生当然不是马马虎虎的人生，要真正过好是不容易的。怎样过好平凡的人生，他的论述十分广泛，我只说他特别强调的一点，就是不要出租你自己。

一个人首先要认识自己是什么样的人，由此知道什么是自己可以做和应该做的事，那就好好做。对于每个人来说，把最符合自己天性的事做好，就是幸福。蒙田自己是一个真性情的人，听从自己的天性做人做事，不勉强自己接受不喜欢的东西，觉得这样最快活。世人认为再好的事，不符合他的天性，他就不做，决不会为此后悔。

你应该关心的不是人家怎样说你，而是你自己怎样对自己说。你懂得思考和掌握自己的人生，你就已经完成了一切事情中最伟大的一件。只要你真实的自己完好无损，你就绝不会失掉什么。真实的自己是人生一切价值的承载者，丢失了这个承载者，一切价值都不复存在。一个人渴望把自己变成天使，他就是一个傻瓜，因为他自己已经不存在了，谁来对这个变化感到高兴和激动呢？

我们的某些部分得益于社会，我们的最好部分得益于自己。因此，要善于独处，这是一种伟大的能力。真正的退隐是把心灵引回到自己，这在城市和王宫里也可以做到，但是独处时更容易做到。我们应该有妻子、孩子、财产，但是不要粘得那么紧，把幸福完全依赖于其上。我们必须给自己保留一个隐秘的后间，只属于自己，在那里和自己进行日常的对话，不为外人所知。在那里，和自己谈笑—若妻儿和财产都不存在，这样万一失去的时候，就不会觉得好像天塌了一样。

人们表面上好像都很看重自己，可是实际上总是在出租自己。他们住在家里，但不是作为自己，而是作为房客。他们的天赋不是给自己用的，而是给奴役他们的人用的。他们到处抵押自己的自由，不管大事还是小事，相干的事还是不相干的事，他们都不加区别地掺合，只要不手忙脚乱，就觉得好像不是在活着。

要不出租自己，关键是摆脱事务和人际关系的控制，让自己享有自由和悠闲。蒙田说："自由和悠闲，这是我的主要品质。""我这一生最大的习惯是活得懒懒散散，轻轻松松，从不忙于事务。"人在社会中生活，人际关系如果处理不好，会让你不得安闲，还会让你痛苦。据我所见，对于处理人际关系，蒙田有两件法宝。

一是无求于人。他说在他的熟人中，从没见过有谁比他更少有求于人，他自己分析，原因在他的性格。一方面，天生有点傲气，受不了被人拒绝，欲望和计划也有限，不需要去求人。另一方面，特别喜欢懒散，对自己的休息权利和自主权利同样珍惜，憎恨一切控制，不论是控制别人还是被人控制。有求于人，无非是两种结果，一是遭到拒绝，二是被迫受惠于人，二者都难以忍受，所以干脆就无求于人。

二是少管闲事。首先是不要卷入别人的事务，"自己不赞成的事，让他（指子女）不要介入"。尤其在朋友之间，要防止不必要地介入对方的事务，或把对方拖入自己的事务，而这往往是最难做到的。其次，要尽量少知道别人的秘密。蒙田说，交待他保密的事，他都深藏心底，但希望尽量少沾边。他告诫朋友们，不让他说出去的事就少对他说，因为他不善于做假，没有勇气矢口否认自己知道的事，他可以不说出来，但是予以否认，就会很为难，很不开心。

蒙田所讲的处世智慧，貌似消极，其实很实在。人生的烦恼，大半来自有求于人和多管闲事。这样的处世智慧与社会担当并非不相容，他自己做过两任波尔多市的市长，深受市民爱戴。

五

　　蒙田说，人生有三种美好的交往。一是知己的朋友，二是恩爱的女子，这两种都不是想要就能够有的。第三种是与书籍交往，它缺少前两种的优点，但有前两种不具备的长处，就是自己完全能够做主，只要愿意，就可以伴随一生，在孤独时给人莫大的安慰。他是一个爱读书、会读书的人，关于阅读有许多精辟的见解，我在这里也略加阐述。

　　人为什么要读书？蒙田说："我只是在书中寻找愉悦，以便有一种高雅的消遣。"他表示，他只想安闲地度过人生，没有一样东西是他愿意为它呕心沥血的，包括做学问，不管这是一桩多么光荣的事。因此，在阅读时，他注重的是愉快。对于食品，我们有时注重营养，有时只图好吃，精神食品也是如此，有时不一定有营养，有乐趣就行。他说他每天读书消遣，不分学科，博览群书。阅读时遇到困难，他不为之绞尽脑汁，经过一两次思考，得不到解答也就不了了之。

　　当然，读书注重愉快，并不是无所用心。蒙田反对的是死抠书本内容，他说，内容本身不重要，能够起到推动自己思考的作用就可以了。在谈论教育问题时，蒙田把他主张的读书方法讲得更清楚。他说，教师要把伟大的著作家和不同的学说介绍给学生，让学生自己来选择或者存疑。他必须吸收他们的思想精华，不是死背他们的警句，不要仅仅因为是权威之言就记在脑子里。如果他通过自己的理解真正接受了某种见解，这种见解就是他自己的了，他可以大胆忘记是从哪里学来的。真理属于每一个看到它的人，不在于谁先说谁后说，也不在于是柏拉图说的还是我说的。蜜蜂飞来飞去采花粉，最后酿成的蜜属于蜜蜂自己，不管花粉是采自百里香还是牛至。可是，事实上，教育往往是灌输知识，而不是培养心灵。蒙田谈到从学校里出来的学生时说："他本该让思想满载而归，却只带回来浮肿的心灵，不是变得充实，而是变得虚肿。"

蒙田特别强调，要警惕不被知识伤害。知识这个东西本身无所谓好坏，可能有益也可能有害，看你天赋如何，还看你怎么用它。人不需要太多知识就能够活得自在，太多的知识会成为负担并造成混乱。植物吸水太多会烂死，灯灌油太多会灭掉，同样道理，书读得太多也会抑制思维活动。有一个词形容这样的人，叫作文殇，就是被文字之斧劈成了残疾。

总之，真正重要的是心灵的培养，自我的成长，阅读的意义即在于此。

《随笔集》内容丰富，我在这个序里只能择要介绍，难免挂一漏万。请你翻开书，自己慢慢品读。读蒙田的书，他主张的读书方法是更适用的。闲暇之时，不妨随手翻开其中某一篇，怀着轻松的心情阅读。这样一篇篇读下来，你会发现，你结识了一位多么可爱的智者，而在不知不觉之中，你的心灵得到了滋养和提高。

二〇二一年七月

旧版序

季羡林

译林出版社准备出版《蒙田随笔全集》，征序于予。我没有怎样考虑，就答应了下来。原因似乎颇为微妙，看似简单，实极曲折。首先是韩沪麟先生来我家，是孟华女士陪来。我对孟华一向是深信不疑。她绝不会随随便便陪等闲之辈到我家来的。因此我非答应不行。其次，我对蒙田还算是熟悉的，只是由于我个人研究方向的转变，同蒙田已经久违久违了。现在一旦提起，似乎有话要说，所以就答应了。

万没有想到，这第二条理由却使我尝到了一点不大不小的苦头：原以为自己真有话可说，等到拿起笔来，心中却空空如也。我现在是"马行在夹道内，难以回马"了，不说也得说了。但是，倒三不着两，随便扯几句淡，勉强凑成一篇序八股，也并不难。可这不是我的作风，这样既对不起出版社，也对不起读者，而且也对不起自己。

我眼前只有一条路可走，那就是，重读原作。当年我当学生时，梁宗岱先生翻译的《蒙田试笔》，我曾读过，至今虽已年深日久，但依稀印象犹存。现在又把韩沪麟先生寄来的校样拿过来，翻看了其中的若干篇。我没有全读，现在从实招供，旧印象加上新阅读，自己觉得现在说话有了些根据，"莫怪气粗言语壮"，我已经有了点资本了。

我觉得，读这一部书，首先必须读《致读者》这一篇短文。蒙田说：

> 读者，这是一本真诚的书。我一上来就要提醒你，我写这本书纯粹是为了我的家庭和我个人，丝毫没考虑要对你有用，也没想赢得荣誉。这是我力所不能及的。

下面他又说：

> 读者，我自己是这部书的材料：你不应该把闲暇浪费在这样一部毫无价值的书上。再见！

蒙田说这是一本真诚的书，这话是可信的。整部书中，在许多地方，他对自己都进行了无情的剖析。但是，在我这个生活在他身后四百多年的外国人眼中，他似乎有点矫情。你不让读者读自己的书，那你又为什么把书拿来出版呢？干脆不出版，不更符合你的愿望吗？

又如在上卷第八章中，蒙田写道：

它（指大脑——美林注）就像脱缰的野马，成天有
想不完的事，要比给它一件事思考时还要多想一百倍；
我脑海里幻觉丛生，重重叠叠，杂乱无章。为了能够随
时细察这种愚蠢和奇怪的行为，我开始将之一一笔录下
来，指望日后会自感羞愧。

这也是很奇怪而不近人情的想法，难道写随笔的目的仅仅是
为了日后让自己感到羞愧吗？我看，这也有点近于矫情。

但是，我们必须记住，矫情，一种特殊的矫情，与愤世嫉俗
仅仅有一片薄纸的距离。

不管怎样，如果全书只有这样一些东西，蒙田的《随笔集》
绝不会在法国，在英国，在全世界有这样大的影响，它必有其不
可磨灭的东西在。

蒙田以一个智者的目光，观察和思考大千世界的众生相，芸
芸众生，林林总总；他从古希腊一直观察到十六世纪，从法国一
直观察到古代的埃及和波斯，发为文章，波澜壮阔。他博学多
能，引古证今，鉴古知今，对许多人类共同有的思想感情，提出
了自己独到的，有时似乎是奇特的见解，给人以深思、反省的机
会，能提高人们对人生的理解。

要想把他所想到和写到的问题爬梳整理，十分困难。以我个
人浅见所及，我认为，上卷的第三章《情感驱使我们操心未来》
最值得注意。在这一篇随笔中，蒙田首先说：

有人指控人类总是渴求未来的事情，他们教导我们

要抓住眼前利益，安于现状，似乎未来的事根本就无法把握，甚至比过去更难驾驭。

这都是很重要的意见。人类如果从变为人类的那一天起，就安于现状，不求未来，他们就不能够变到今天这个地步。我们甚至可以说，如果化成人类的那一种猿或者其他什么动物安于现状的话，它们就根本变不成人类。人之所以异于禽兽者几希，这个"几希"就包含着不安于现状。

蒙田在下面接着说：

"做你自己的事，要有自知之明"，人们通常将这一箴言归于柏拉图。这一格言的两个部分概括了我们的责任，而两部分之间似乎又互相包含。当一个人要做自己的事时，就会发现他首先要做的便是认识自我，明确自己该做什么。有了自知之明，就不会去多管闲事，首先会自尊自爱，自修其身；就不会忙忙碌碌，劳而无功，不会想不该想的，说不该说的。

柏拉图这两句话，是非常有名的话，不但在西方流传了二千多年，也传入中国，受到了赞赏。其所以如此，就因为它搔到了痒处，道出了真理。中国人不也常说"人贵有自知之明"吗？可见人同此心，心同此理，时间和空间的巨大距离，也不能隔断。按常理说，最了解自己的应该说还是自己。"近水楼台先得月"嘛。然而，根据我个人的观察，在花花世界中，争名于朝，争利于市，真正能了解自己的人如凤毛麟角，绝大部分人是自高自大，自己把自己看得超过了真实的水平。间亦有患自卑感者，这是过犹不及，都不可取。完全客观地、实事求是地给自己一个恰如其分的评价，戛戛乎难矣哉！然而这却是非常必要的，对个人，对社会，对国家来说，都是这样。

在这一部书中，类似这样的零金碎玉，还可以找到不少。只要挑选对，就能够让我们终身受用。我在这里还要声明一句：蒙田的观点我并不全部接受，理由用不着解释。

在写书、出书方面，我有一个"狭隘的功利主义"观点。我认为，出书必定要有用，对个人有用，对社会和国家有用。这个"用"，当然不应该理解得太窄狭。美感享受也是一种"用"。如果一点用处都没有的书，大可以不必出。

我认为，《蒙田随笔全集》是一部有用的书，很有用的书。

最后，我还想就"随笔"这个词说几句话。这个词法文原文是 essai。这一下子就会让人联想到英文的 essay，从形式上来看就能知道，这本是一个词。德文则把法文的 essai 和英文的 essay 兼收并蓄，统统纳入德文的词汇中。这在法、英、德三国文学中是一种体裁的名称；而在中国则是散文、随笔、小品等不同的名称。其间差别何在呢？我没有读"文学概论"一类的书，不知专家们如何下定义。有的书上和杂志上居然也把三者分列。个中道理，我区分不出来。

谈到散文、随笔、小品，中国是世界上第一大国，我们的经、史、子、集中都有上乘佳作，为任何国家所望尘莫及。在欧洲，则英国算得上散文、随笔的大国，名家辈出，灿如列星。法国次之，而德国则颇有逊色，上面举的 essai 和 essay 就可以充分说明这种现象。欧洲国家文化和文学传统本是同源，为什么在创作体裁方面竟有这样的差距？我还没有看到有哪一位比较文学家论证探讨过这个问题。我希望将来会有。

我在上面说到我在接受写序的任务时心理上的转变过程。但一旦拿起笔来，不觉就写了二三千字，而又没有说假话，全是出自内心的真话。这是我始料所不及，这一篇序总算给我带来了点安慰。

一九九六年十一月八日

一个正直的人

皮埃尔·米歇尔

　　一五三〇年，在人文学者纪尧姆·比代的影响下，弗朗索瓦一世创建了王家学院，不仅教授拉丁语，同时还教授希腊语和希伯来语。一五三二年，拉伯雷的第一部小说《庞大固埃》在里昂问世。蒙田就是在人文主义获得辉煌胜利之时呱呱落地的。

　　一五三三年，米歇尔·埃康[1]诞生于佩里戈尔地区[2]距卡斯蒂翁镇四公里的蒙田城堡。他家祖辈通过在波尔多开鱼行和向英国出口葡萄酒而发财致富。他的曾祖父拉蒙·埃康购置了良田和蒙田城堡（又称蒙塔涅城堡，直至十八世纪还有人这样称呼）。蒙田的父亲不像斯卡利杰[3]所说的那样是卖鱼的，而和龙沙[4]的父亲一样，是一位真正的贵族老爷，参加过征服意大利的战争，回来

1　米歇尔·埃康即蒙田。
2　佩里戈尔，位于法国南部，是法国历史和文化大区。
3　斯卡利杰（1540—1609），意大利语言学家和历史学家。
4　龙沙（1524—1585），法国文艺复兴时期最杰出、最多产的诗人之一。

时，已成为意大利文化的狂热崇拜者。那里，古代的遗迹和文艺复兴时代的创新相互结合，人们颂扬生活的美好和乐趣。他的乡亲对他推崇备至，选他为波尔多市长。

独出心裁的教育

据蒙田证实，皮埃尔·埃康不通文学，他想让儿子受到更好的教育；因为拉丁语是学者和文人的通用语言，他就设法让儿子牙牙学语时就把拉丁语当作母语。在《论儿童教育》一章中，蒙田深有感触地忆及他父亲如何高薪聘请一个德国人当他的家庭教师，那位教师的任务是和孩子讲拉丁语，绝对排斥法语和佩里戈尔方言，这两种语言，孩子是后来才学会的。这样，蒙田熟知拉丁语，视之如一种活的语言，很早就能阅读古代经典著作，用拉丁语写的各种现代作品。但他父亲怕他这样下去会落后于其他孩子，就把他送进波尔多的居耶纳中学。那所中学刚由一个叫安德烈·德·戈维亚的葡萄牙籍校长重新改组，他和皮埃尔·埃康非常熟悉，因为他是在皮埃尔·埃康任波尔多市长时获得法国国籍的。照蒙田的说法，他是法国最优秀的中学校长。还有几位出类拔萃的教师：人文主义者布卡南、盖朗特、米雷；如果《随笔集》中的回忆符合事实的话，他们甚至还是蒙田的个别辅导老师。这又怎样呢！最好的学校在独立和古怪的孩子看来，从来就是"监禁青少年的牢房"。蒙田把自己说成一个思维迟钝、笨头笨脑的学生，他不爱吵不爱动，无精打采，懒惰散漫；他只对爱看的书感兴趣：奥维德的《变形记》，维吉尔的《埃涅阿斯纪》，他"一口气读完了这两本书";还有泰伦提乌斯和普劳图斯……但当他在布卡南、盖朗特和米雷的拉丁语悲剧中扮演角色时,他就从昏昏沉沉中清醒过来。后来,他不仅不否认他对戏剧的痴迷,还为这种爱好辩护说:"我很赞成贵族子弟演戏,这对他们是一种娱乐。"他认为戏剧是一种极好的社会娱乐活动,看到喜剧演员威信扫地的样子,感到非常惊讶。如果说他在居耶纳中学所学不多,至少他的判断力未受损害,在那时,他的判断力就很敏锐了。

法官生涯

中学毕业后,蒙田开始学习法律,很可能是在图卢兹和巴黎。他先在佩里格审理间接税案件的最高法院当推事,该法院撤销后,他就成了波尔多最高法院的推事。但不久,他对这个职务厌烦了:法律多如牛毛,终于失去了效果,况且,它们的来源"极不牢靠",与其说是理性的产物,不如说是因袭习俗。还有,某些法官出于无知或狂热,常常滥用职权。"我亲眼看到,多少判决比罪犯的罪行还罪恶!"他在《随笔集》中如是说。他当了十三年法官,在这十三年中,他宁愿有负于法院,也不肯愧对人类。蒙田有力地抨击酷刑,在这方面,他是孟德斯鸠的先驱。

这历时许久的法官生涯尽管令他大失所望,但也使他结识了可爱的人:他和妻子弗朗索瓦兹·德·拉夏塞涅,以及和他的挚友拉博埃西就是在法律界邂逅的。拉博埃西生在萨尔拉[1],是法官

---

1   萨尔拉,法国南部佩里戈尔地区风景秀丽的城市。

的楷模。他精力充沛，廉洁奉公，深受斯多葛派哲学思想的影响，他对蒙田的友谊热情真挚，不可替代，他给蒙田带来了后者所缺乏的坚定不移和持之以恒的品德。如果说从前柏拉图因遇见苏格拉底而从此走上了哲学之路的话，那么，与拉博埃西的真挚友谊则帮助蒙田理解了一种学说，从而增加了他的独立性。受拉博埃西的影响，蒙田对斯多葛式的英雄敬佩不已，不管是奴隶、哲学家还是皇帝，不管是爱比克泰德[1]、塞涅卡[2]还是马可·奥勒留。一五六三年，拉博埃西不幸逝世，这独一无二的友谊于是中断，但并没有破灭。拉博埃西在九泉之下仍然指引蒙田在艰难的人生旅途上前进。他遗赠给蒙田的藏书以及他自己写的著作，对蒙田来说既是精神食粮，也是光辉指引。蒙田的首次文学活动，乃是出版亡友的拉丁语诗、法语十四行诗及希腊语作品译本。只有《甘愿受奴役》这篇演讲稿没有收进拉博埃西的作品集中，因为这篇文章已被新教徒作为抨击国王的檄文发表了。此外，出于对父亲的热爱，蒙田还翻译了雷蒙·塞邦[3]的《自然神学》，想借此给他的老父亲以宗教的安慰。在《随笔集》中，蒙田用整整一章（指上卷，第二十八章）的篇幅来阐述友谊。文中他所写的"因为是他，因为是我"这句话，流露出了他常常掩饰起来的真挚感情，读来令人万分感动。

1　爱比克泰德（约55—约135），与斯多葛派有联系的哲学家。少年时代是奴隶。
2　塞涅卡（约公元前4—65），古罗马雄辩家、悲剧作家、哲学家、政治家。属于斯多葛派。
3　雷蒙·塞邦，西班牙医生和哲学家。他用拉丁语撰写了《自然神学》，试图用哲学来阐述宗教。

一个自由的人

一五七〇年，蒙田三十八岁，他卖掉了法院推事的官职，回到蒙田城堡定居。再没有什么可以把他留在法院里了：他看透了他的工作毫无意义，而且不再有朋友在旁督促他忍耐克制；他父亲已过世两年，给他留下了地产和蒙田的称号；他的婚姻给他带来了一笔可观的财产。因此，他"厌倦了宫廷和法院的束缚"，现在可以尽情地享受他书房里的一条拉丁语铭文所说的"自由、安宁和闲暇"了。这绝不是一个愤世者或苦行僧的遗世独居，而是一个乡绅的离群索居，他可以自由自在地安排自己的生活，有时受野心驱使，也与大人物打打交道，过问一下政治，但更多的是精心维护自己的独立："我们要保留一个完全属于我们自己的自由空间，犹如店铺的后间，建立起我们真正的自由和最最重要的隐逸和清静。"（上卷，第三十九章）具体地说，这个"后间"，他安排在城堡拐角处的一个塔楼里，那里有他的小教堂、卧室和书房。这是他的私人领地，他竭力保护他这方领地免受"夫妇、父女和家庭生活"的骚扰。他的书房里有一千册藏书，这在当时算是很大的数目了。为了随时能领受永恒智慧的教诲，他从《福音书》或古代哲学著作中摘录了一些箴言，把它们的形象描绘在天花板的搁栅上。他就躲在书房里，逃避"一切责任"，潜心读书，踱步沉思，为他喜爱的作者写写评注，抑或边凝视佩里戈尔乡村风光，边逗弄他的小猫。十九世纪，一场大火将蒙田城堡的主体部分毁于一旦，但苍天有眼，那塔楼幸免于难，这样，人们仍能在蒙田撰写《随笔集》的环境里回忆蒙田。

思想孕育的孩子

就在一五七〇年，《圣日耳曼条约》使宗教战争暂告结束；一五七一年，莱奥诺诞生，这是蒙田唯一成活的孩子。《随笔集》毫不掩饰蒙田对只有一个女儿的失望心情，他把教育女儿的责任全部推给妻子。他本希望能生个男孩，就可以把他的人生体会、他的姓氏和地产传给儿子。正因为如此，他对孩子不感兴趣，这让我们难以接受。其实，这恰恰是他对温情的一种抑制。也正因如此，他便在他思想孕育的孩子身上寻觅慰藉："我们智慧、勇气和才能的产物，由比肉体更高尚的器官产生，更像是我们的孩子……"（中卷，第八章）就在这一五七一年，他在巴黎出版了拉博埃西的作品，从而向他个人的作品迈出了第一步。

不任公职和相对清静的生活不一定带来心灵的平静，因为隐居时也有可能不清静。对于一个求知欲非常强烈的人，无所事事会导致精神上的无政府主义；蒙田有过切身体会："最近我退隐在家，决定尽量好好休息，不管他事以度余生，仿佛让我的思想无所事事，只同自己对话，只想自己的事，这是对它最大的爱护……但我觉得事与愿违……它就像脱缰的野马，成天有想不完的事，要比给它一件事思考时还要多想一百倍；我脑海里幻觉丛生，重重叠叠，杂乱无章。为了能够随时细察这种愚蠢和奇怪的行为，我开始将之一一笔录下来，指望日后会自感羞愧。"（上卷，第八章）蒙田和古代神话中的那喀索斯[1]一样，需要一池清泉来

1　那喀索斯，希腊神话中的美少年。爱神阿佛洛狄忒惩罚他，使他爱恋自己在水中的倒影而憔悴致死。

认识自己。而这清泉，就是拉博埃西留给他的，以及他自己觅得的哲学著作，尤其是普鲁塔克的《道德论丛》，一五七二年，阿米奥把这部书译成了法文。蒙田更是将人生的教训和书本的教诲捏合起来苦思冥想，试试自己有多大的能力。

一五八〇年的《随笔集》

蒙田将用什么形式来表现他的幻觉呢？按照当时的风尚，他可以到古人的著作中去抄袭警句格言，就像《加图箴言集》、伊拉斯谟[1] 的《格言集》、亨利·埃蒂安纳[2] 的《希腊人和拉丁人的道德格言》。他也可以像有些人那样，模仿塞涅卡的《致卢齐利乌斯》，写一些论道德的信札或文章，如西班牙人格瓦拉[3] 的《金色信札》、皮埃尔·德·梅西的《训诫大全》。把他自己的回忆录写进他那个时代的历史中去，这对他很有吸引力：他是法兰西国王和纳瓦拉[4] 国王的宫廷内侍，他对公众事务了如指掌，加之他看问题的客观性，这使他成为一个享有特权的观察家；因此，他的朋友们鼓励他写这样一部著作。不行！在这内战年代，一部历史书无异于一种表态：不是辩护，便是抨击。他不是意大利战争中

1　伊拉斯谟（1466—1536），荷兰人文主义者，古典文学和爱国文学研究家，《圣经·新约全书》希腊文本编订者。
2　亨利·埃蒂安纳（1528—1598），法国学者、印刷家。
3　格瓦拉（1481—1545），西班牙宫廷布道士、文人。他的《金色信札》企图为统治者塑造一个楷模，是十六世纪最有影响的作品之一。
4　纳瓦拉，中古时代和近代初期西班牙北部和法国南部的一个独立王国。

的老战士，不像杜贝莱统帅[1]或他的乡亲蒙吕克元帅[2]那样有英勇业绩可供叙述。此外，他不喜欢历史的报刊文体，生性钟爱生动幽默的诗歌文体。他的天才之举，是博采众长，将这些不同体裁的特点融进《随笔集》中；《随笔集》既是一个学徒的习作，又是一个敢想敢为者的奇想，一个并不灿烂辉煌却经受过磨炼的人的人生体会。诚然，今天的读者看到一个极其厌恶卖弄学问的作家竟如此大量地借鉴古希腊和罗马作家，会感到不胜惊讶，然而，他这样引经据典不是为了炫耀知识渊博；那些引语变成了蒙田"自我"的一部分，并使他的"自我"更加丰满，但仍保持无拘无束。这部著作的构思史无前例，成为作者不可分离的一部分，因此，蒙田可以在他的《致读者》中宣称："我自己是这部书的材料。"

一五八〇年至一五八一年的旅行

一五八〇年，两卷《随笔集》在波尔多由出版商西蒙·米朗日出版。接着，他离开妻子、女儿和城堡去外地度假，一去就是十七个月零八天。这就招来了许多闲言碎语。蒙田在下卷第九章中对这些批评进行了反击，并陈述了自己的理由：首先是为了进行一系列的温泉治疗；他患肾结石多年，他父亲就死于此病；在

---

[1]　杜贝莱（1491—1543），法国军人和作家，参加过意大利战争。其最重要的著作是关于弗朗索瓦一世和查理五世争雄称霸历史的。

[2]　蒙吕克（约1502—1577），法国元帅，在意大利打过仗。所著《回忆录》记述了他的成功和失误。

那个时候，这是一种痛苦的不治之症。然而，蒙田厌恶吃药，这是祖传的习惯。怎能相信药剂师让"腹痛病人"服用的"磨成粉末的老鼠屎"呢？相反，大自然提供的温泉能治百病：蒙田已试过比利牛斯山和奥弗涅的温泉，但没有根治之效。他还没去过洛林、蒂罗尔[1]、意大利等地的温泉。此外，他那时四十八岁，连续骑马十小时也不觉难受，这不正是出外旅游的好时光吗？他对他的钟楼的墙角塔有点腻烦了，渴望"让自己的脑子接触一下别人的脑子"，在潜心研读过书本知识之后，现在特别想去"发现新鲜事物"。

随行人员除仆人外，还有一群亲戚和朋友：他的弟弟、他的连襟贝尔纳·德·卡扎利、一位洛林的贵族杜奥图瓦、年轻的代蒂萨克，后者是普图瓦名门望族的后裔，这个家族是拉伯雷的保护人。蒙田没有直接去温泉：他先到巴黎，把他的《随笔集》敬献给国王。反过来，他聆听了国王的指示，并得到了御笔亲书的介绍信。中间还有一个与战争有关的插曲：他随国王去围攻拉费尔要塞，然后在苏瓦松参加了他朋友格拉蒙伯爵[2]的葬礼。接着，他又返回巴黎地区，穿过香槟和洛林，瞻仰了多姆雷米的贞德故居，进行了温泉治疗，然后去德国的南方、奥地利的蒂罗尔，从布伦纳山口[3]进入意大利。那时候，温泉比比皆是，名胜层出不穷，那群旅行者一路上尽情游山玩水："如右边天气阴沉多雨，我便往左边走……"（下卷，第九章）。他们终于抵达罗马，那是

1　蒂罗尔，奥地利西南的一个州，大部分为阿尔卑斯山地。
2　格拉蒙伯爵，在围攻拉费尔要塞中阵亡。
3　布伦纳山口，西欧中南部阿尔卑斯山隘口，是奥地利和意大利边境最低和最重要的山口。

人文主义者人人向往的地方。和拉伯雷、杜贝莱一样，蒙田崇拜古代的罗马，但对文艺复兴时代的罗马和教皇的罗马也颇感兴趣，那是"唯一的万国共有之城……所有基督教国家的大都会"（下卷，第九章）。他受到教皇的接见，他对教廷图书馆举世无双的手稿赞叹不迭，他把《随笔集》呈送教廷圣职部审查，比起索邦神学院来，教廷圣职部往往更宽容。他们在卢卡[1]和维拉温泉浴场逗留的时间最长，这也是最愉快的一站。蒙田从未感到像这样自由过："我想睡就睡，想学习就学习；当我心血来潮想出去走走，到处都能找到我谈得来的男男女女……"要不是他被波尔多市议会选为市长，他在意大利逗留的时间会更长。市长职位虽然令人向往，但这意味着放弃自由，要去对付比家庭琐事还要烦人的公众事务。一五八一年十月十五日，他离开罗马，经由米兰、都灵、尚贝里、里昂、克莱蒙费朗和里摩日，回到了蒙田城堡。一回到家，他就看见亨利三世的亲笔信，信中不乏恭维之词，但也给他下了命令，要他尽早去波尔多赴任。

旅行带来什么好处呢？蒙田归来，肾结石依旧未愈；事实上，矿泉水淡而无味，他就用白葡萄酒和牡蛎来提味。他宁死也不能不喝白葡萄酒，不食牡蛎！可他的人文经验大大丰富了。尚未旅行时，他就深信习俗对个人和国家起着支配作用。在旅行中，他到过许许多多地方，他的相对主义得到了证实。因此，《随笔集》下卷比起上卷和中卷来更加丰富多彩，更有个人见地。蒙田对自己的记忆力不甚信任，于是便坚持记日记，把所到之处

1　　卢卡，意大利中部城市。

及其特点都写下来：这日记不是用来出版的，但在十八世纪被一位叫普吕尼的议事司铎发现，并于一七七四年由出版商默尼埃·德·凯隆出版了。若将《日记》和《随笔集》进行比较，就可看出它们之间的差别：前者是将事实进行艺术的搬移，后者则是从这些事实引发的道德劝谕。

波尔多市长

这位人文主义者极其自豪地获得了"罗马市民"的称号，又荣升为阿基坦地区[1]首府的行政长官。他未走马上任就已知这一职位的分量：在他之前，他父亲就因此而把"温馨的家庭抛至脑后"。因此，蒙田不打算让自己的意志受到太多的考验，一上来就给自己规定了应有的状态："到任后，我就忠实认真地介绍自己的性格，完全如我感觉到的那样准确：没有记性，没有警觉，没有经验，没有魄力；也没有仇恨，没有野心，没有贪欲，没有粗暴。"（下卷，第十章）为了评价他这一表白的意义，有必要用他的另一个声明作补充："我并不主张人在承担公职之后又漫不经心，拒绝奔波、演讲、流汗或在必要时流血。"（下卷，第十章）第一个"市长任期"没遇到太大的困难就过去了，显然，波尔多市民对蒙田是很满意的，因为他们再次选他为市长，这是异乎寻常的。可是，这第二个任期却让他到处奔波，费尽口舌，不仅流了大汗，还差点儿流血。居耶纳和波尔多附属于法兰西国

1　阿基坦地区，位于法国西南部，有波尔多、图卢兹等大城市。

王，但纳瓦拉国王在那里也有利益；此外，神圣联盟[1]非常活跃。最后，形形色色的海盗，还不算布鲁瓦日[2]的海盗在纪龙德河上拦截运酒的船只，对酒商们敲诈勒索。波尔多军队不大可靠，密谋利用阅兵谋杀市长。面临如此混乱的局面，蒙田表现得果断泼辣。他和要塞司令密切联系，从而恢复了秩序，排除了新教的威胁。在他第二个任期结束之际，爆发了一场新的灾难：蒙田在他的城堡时，波尔多发生了瘟疫；他因此而没有回波尔多主持选举他的继任者，那是出于谨慎，而不是胆怯。

蒙田家门口的战争

蒙田又变成了普通人，他就更容易受到攻击了。但他既不狂热，也不左右逢源，因此，他受到两个阵营里的极端分子的怀疑："在国王派眼里，我是教皇派的，而在教皇派眼里，我又是国王派的。"一五八五年，国王和神圣联盟的军队包围新教控制的卡斯蒂翁镇；士兵们将当地掠夺一空："我当时的遭遇，若是落在一个雄心勃勃的人身上，他就会像省吃俭用的人那样去上吊寻死。"然而，蒙田依然心境恬静，拒绝武装他的城堡："我想使这个角落免受社会风暴的侵袭，就像我在自己的心灵中营造另一个这样的角落那样。……在这么多武装起来的房屋之中，我知道像我这样地位的人，在法国只有我一个把自己的房屋完全交给

1　神圣联盟，十五世纪后期和十六世纪初期由罗马教皇先后成立的两个欧洲国家联盟，目的是保护意大利免受法国统治的威胁。
2　布鲁瓦日，法国阿基坦地区的一个小海港。

上天来保护。……我怕就要怕到底，逃命就要完全逃脱。"（中卷，第十五章）更糟糕的是，波尔多地区发生了瘟疫，死亡者不计其数，葡萄园一片荒芜；蒙田家雇用的一百来号农业工人被迫失业。蒙田平日非常好客，现在也只好离乡背井，四处寻找避难处。后来，战争远离了，瘟疫平息了，生活恢复了正常。蒙田准备再版《随笔集》，并和凯瑟琳·德·梅第奇[1]恢复了关系。

一五八八年的《随笔集》

一五八八年，《随笔集》第三卷准备就绪，那是意大利之行、两次连任波尔多市长和战争及瘟疫严峻考验的产物。蒙田前往巴黎，让阿贝尔·朗热利埃给他印刷出版。他还给亨利三世捎去了纳瓦拉国王的一封信：宗教战争已持续三十多年，在这混乱的局面中，两国君主终于试图接近了！可是，蒙田抵达那天恰好是巴黎街垒日[2]；神圣联盟首领亨利·德·吉斯[3]攻占巴黎，把亨利三世赶了出去。蒙田与纳瓦拉国王亨利过从甚密，这是尽人皆知的事，他因此被投入监狱，后来，因为神圣联盟的一个成员被凯瑟琳·德·梅第奇抓获，作为交换，蒙田获释出狱。他离开巴黎，到皮卡第的一位狂热崇拜者德·古内小姐那里小住几周，这是无数坎坷中的一次愉快的间歇。接着，他陪同国王四处流浪，并列

1　凯瑟琳·德·梅第奇（1519—1589），法国国王亨利三世的母亲。
2　巴黎街垒日，指一五八八年五月十二日的民众起义，反对亨利三世与拥护新教的纳瓦拉国王谈判，亨利三世被迫逃离巴黎。
3　亨利·德·吉斯（1550—1588），法国宗教战争期间天主教派和神圣联盟公认的首领，深受巴黎民众爱戴。一五八八年十二月二十三日，被亨利三世派侍卫刺死。

席了在布卢瓦召开的三级会议[1]，此间，亨利·德·吉斯公爵被谋杀。这对所有希望和平的人犹如冷水浇头。蒙田对政治越来越厌倦，便回他的城堡去了。

顺应自然

蒙田感到自己年迈体衰，肾结石发作的次数日渐频繁。于是，他真正解甲归田，致力于修改和增补他的《随笔集》，这是他生存的最终目的。诚然，他对亨利四世登上法国王位感到由衷的高兴：他终于有了一位称心如意的君主！但他年事已高，又不愿受束缚，因此不可能加入新政府；他仅限于向新国王提一些稳重而公正的建议。他寻求过各种哲学的帮助，从今以后他要顺应自然，认为"最美好的生活……是过普普通通、合乎人道的生活"。他像他的挚友拉博埃西那样，怀着对天主教的信仰，勇敢地面对死亡。

就这样，这个人悄然弃世。他毕生都在逃避时代的种种冲突，安详地超越这血腥的混乱。"蒙田最与众不同并使他成为奇才的地方，是他在那样一个时代，始终是节制、谨慎和折中的化身。"圣伯夫如是说。在蒙田同时代的名人中，比他杰出的不乏其人，如阿德雷男爵[2]、蒙吕克或阿格里帕·多比涅[3]，他们总是刀不离手。蒙田的生活虽然动荡不定，但他过得平平静静，没有参

1　布卢瓦三级会议召开于一五八八年十月，亨利三世国王在吉斯公爵的要求下召开了这次会议，会上满足了天主教的一切要求。

2　阿德雷男爵（1512—1587），法国宗教战争中的军事首领，以残忍闻名。

3　阿格里帕·多比涅（1552—1630），法国作家，既是博学的人文主义者，又是英勇的军人。

与破坏和屠杀。虽然初看起来他因为从没有过激行为而成为反传统人物的代表，但他却实践了非凡的品德。《随笔集》描绘了蒙田深刻的"自我"，它已成为人类文明的象征，是世界各国正直人的枕边书。《随笔集》不仅在全欧洲，而且在美洲和亚洲被广为阅读和评论：二次大战结束后，日本出版了《随笔集》，一万册在一年中便销售一空。不！《随笔集》不是写给少数人看的，也不是昙花一现，而是那些依然相信人类尊严的人永久而普遍的读物。

（潘丽珍　译）

致读者

　　读者，这是一本真诚的书。我一上来就要提醒你，我写这本书纯粹是为了我的家庭和我个人，丝毫没考虑要对你有用，也没想赢得荣誉。这是我力所不能及的。我是为了方便我的亲人和朋友才写这部书的：当我不在人世时（这是不久就会发生的事），他们可以从中重温我个性和作风的某些特征，从而对我了解得更加完整，更加持久。若是为了哗众取宠，我就会更好地装饰自己，就会字斟句酌，矫揉造作。我宁愿以一种朴实、自然和平常的姿态出现在读者面前，不矫饰，不造作，因为我描绘的是我自己。我的缺点，我的朴素的作风，将以不冒犯公众为原则，活生生地展现在书中。假如我处在据说仍生活在大自然原始法则下的国度里，自由自在，无拘无束，那我向你保证，我会很乐意把自己完整地、赤裸裸地描绘出来的。因此，读者，我自己是这部书的材料：你不应该把闲暇浪费在这样一部毫无价值的书上。再见！

蒙田

一五八〇年三月一日

殊途同归

当被我们触犯过的人握有我们的生死支配权时，感化他们心灵最通用的办法是低三下四地乞求同情和怜悯。然而，与之相反的勇敢和顽强，有时也达到过同样的效果。

威尔士亲王爱德华[1]曾长期摄政于居耶纳[2]，此人的才华和命运有许多伟大之处。他曾经被列摩日人深深冒犯。当他用武力攻下列摩日城时，不为人民的呼救声，不为在残杀中被弃妇幼的求饶和下跪所打动，率部继续前进，直到看见三个法国贵族英勇无畏地同获胜的英军奋战之时，他才开始心软。他对这种非凡的勇气不胜敬佩，因而平息了愤怒，并且从这三位贵族开始赦免全城居民。

斯坎德培[3]是伊庇鲁斯[4]的君王，他追踪手下的一名士兵，想

1　爱德华（1330—1376），百年战争中英国最杰出的将领。据说，他在一三七〇年围困列摩日时，大肆屠杀市民，只饶了三位英勇抗战的将领。

2　居耶纳，法国西南部旧地区名。

3　斯坎德培（1414—1467），阿尔巴尼亚爱国者，为抗击土耳其人，进行了长期的斗争。

4　伊庇鲁斯为古希腊地区名，在今希腊北部和阿尔巴尼亚南部。

把后者处死。那士兵先是忍气吞声，苦苦哀求，试图让君王平息怒火，但却无济于事，最后他决定孤注一掷，握起剑来等待决斗。这一毅然的决心顿时止住了主上的愤怒：君王见士兵做出如此令人尊敬的决定，便宽恕了他。那些不了解斯坎德培的神奇力量和骁勇的人，或许会对这一例子做出另一种解释。

康拉德三世 [1] 包围巴伐利亚公爵 [2] 后，对被围者提出的诱人条件和卑劣赔罪不屑一顾，只允许同公爵一起被围的贵妇们保全体面，徒步出城，并让她们把随身能带的都带走。这些心灵高尚的贵妇竟敢肩背她们的丈夫、孩子和公爵本人一起出城。康拉德皇帝见她们如此高尚勇敢，高兴得竟流下了眼泪，于是，他对公爵的刻骨仇恨烟消云散，并且不咎既往，仁慈地对待公爵及其臣民。

上述两种方法，无论是屈服，还是抵抗，都很容易把我征服。因为我向来富有同情心，为人宽容大度。不管怎样，我自以为我的本性更倾向于同情，而不是钦佩。然而，对斯多葛派来说，怜悯是一种罪恶。他们主张救助受苦受难者，但不要给予同情和怜悯。

然而，我觉得这些例子似乎比我的态度更恰当，因为从中我们能看到那些经受软硬两种方式考验的心灵，如何承受其中之一而不动摇，却屈就于另一种方式。大概可以说，恻隐之心是温和、宽容、柔弱的表现，妇女、儿童、俗人等天性较弱者更具有

1　　康拉德三世（1093—1152），罗马帝国皇帝。
2　　巴伐利亚公爵，这里指美男子亨利，一一二九年至一一三九年期间为巴伐利亚公爵。

这种倾向；相反，蔑视眼泪和乞求，只崇敬勇敢的神圣形象，则出自强健、不屈不挠的心灵，他们只崇拜男性的坚韧与顽强。然而对于不大高贵之人，惊奇和敬佩有时也能产生同样的结果。以底比斯[1]人民为证。他们将那些到了规定任期而不卸任的将领提交重罪法庭审判。派洛皮达[2]在人民的控告压力下屈服，为保性命苦苦求饶，人民很不情愿地宽恕了他。相反，伊巴密浓达[3]却把他自己做的事淋漓尽致地颂扬一遍，并自信而高傲地谴责人民忘恩负义，这使人民在表决时不敢投票，议会散会时，大家都称赞伊巴密浓达的大智大勇。

老狄奥尼修斯[4]经过长期的艰难困苦，终于攻下卡拉布里亚雷焦城[5]，并抓获曾负隅顽抗的统帅菲通，一位十足的君子。老狄奥尼修斯想对菲通进行报复，以示警诫。他首先告诉菲通他在前一天如何把菲通的儿子和所有亲族都淹死了。对此，菲通只淡然回答说，他们的这一天比他自己的更幸福。然后，老狄奥尼修斯叫人剥去菲通的衣服，并叫刽子手带他在全市游街示众，残忍地鞭打和羞辱他，并用恶言秽语谩骂他。然而，菲通态度自若，神色坚毅，大声提醒刽子手，他的死是为了伟大而崇高的事业，为了不使自己的祖国落入独裁者手中，并威胁对方将受到诸神的惩

---

1 底比斯，古希腊城邦，先后击败雅典和斯巴达，称霸希腊。公元前三三五年为马其顿所灭。
2 派洛皮达，古希腊底比斯统帅和政治家，公元前三六四年战死疆场。
3 伊巴密浓达（约前418—前362），古希腊底比斯统帅和政治家。公元前三六二年战死疆场。
4 老狄奥尼修斯（前430—前367），叙拉古君主。叙拉古为意大利西西里岛海港，建于公元前七三四年。
5 卡拉布里亚雷焦，意大利南部城市，历史上曾是希腊殖民地，公元前三五七年到公元前三五一年，被叙拉古人占领。

罚。老狄奥尼修斯从自己部队的目光中，看到了士兵们并没有被这位败将的顶撞激怒，相反，整个部队开始蔑视自己的将领及他们所取得的胜利，显然已被菲通非凡的勇敢所感动。他还从士兵的目光中预感到他们可能会反叛，甚至还可能将菲通从卫士的手里抢走。于是，他下令停止对菲通的这种残酷折磨，暗中遣人将他淹死于大海。

当然，人是极其虚荣、自相矛盾和反复无常的。对人很难做出固定不变和千篇一律的评价。庞培[1]曾因一个叫芝诺的公民勇敢而高尚地愿意独自为马墨提奥人[2]担罪受罚而宽恕了全城居民，尽管他曾被这些人深深激怒。而在佩鲁贾[3]，曾款待过苏拉的那个人面对苏拉的屠城也表现出同样的勇气，却于己、于全城百姓没有好处。

亚历山大[4]则与前述例子截然相反。这位最勇敢、对战败者极其宽容的人，浴血奋战攻下加沙城后，碰上该城指挥官贝蒂斯。对于此人的英勇顽强，他在围城时早有领教：在这一战役中，贝蒂斯经受了可怕的考验，最后在部队溃逃、武器折断、自己遍体鳞伤的情况下，依然孤身奋战于众多马其顿人之中。亚历山大为这次胜利付出了昂贵的代价，最惨重的是他身中两箭，因而愤怒不已，对贝蒂斯说："贝蒂斯，我不会如你所愿，让你死

1　庞培（前106—前48），古罗马统帅。
2　马墨提奥人，古代西西里岛北部居民，自称战神之子，以强盗为业。
3　据"七星文库"版《蒙田全集》（1962）的注释，应是普勒尼斯特，罗马以东的一个城市。公元前八二年，在古罗马的一位统帅苏拉发动的内战中，该城曾被苏拉军队占领，并遭屠城，唯有为苏拉提供膳食和住宿的人得到赦免，但此人不肯苟且自活，于是也遭杀害。
4　亚历山大（前356—前323），马其顿国王，大举侵略东方，建立了亚历山大帝国。

得痛快的，你会受到一个战俘可能受到的各种折磨。"而对方神色坚定，傲气凛然，面对威胁，一言不发。看到贝蒂斯傲慢而执着的沉默，亚历山大大思忖："他怎么不低头？他怎么不求饶？我一定要战胜你的沉默，即使不能让你说话，也要让你呻吟。"于是他由愤怒变成狂怒，命令士兵刺穿贝蒂斯的脚跟，将他活活地拖在一辆马车后面，把他撕得肢体不全。

或许他对勇敢习以为常，根本不欣赏这种品质，所以就不太看重它了？要不就是他太欣赏自己的勇敢，看到别人同样有胆量就会嫉妒、怨恨并难以忍受？也可能他一怒就容易暴躁，难容对抗？

的确，如果亚历山大能够抑制怒火，那么，在攻占和掠夺底比斯城时，看到那么多失去集体自卫能力的勇士惨遭杀戮，他就可以抑制怒火了。因为，在这场鏖战中，底比斯城有六千人惨遭杀戮，但没有人逃跑或求饶；相反，街上到处有人反击得胜的敌军，挑起决斗，让自己死得高尚。从没见过被打得遍体鳞伤的战士，在生命的最后时刻，还在寻敌复仇，拿起绝望的武器再杀几个敌人，以求安慰。这一悲壮的场面没有得到亚历山大的丝毫怜悯，他用了一天的时间报仇雪恨，直至热血战士流尽最后一滴血。只有手无寸铁的妇孺老幼才幸免一死，最后成为三万奴隶。

二

论悲伤

　　我是属于最少悲伤的人。尽管人们对这种情感推崇备至，可我一点都不喜欢也不欣赏。人们常给明智、美德和良心穿上这件外衣：这纯粹是一种愚蠢而可怕的装饰。意大利人更是恰如其分地用这个词来表示邪恶。因为这种情感从来都是有害而荒唐、怯懦而卑鄙的表现，所以斯多葛派不容许他们的哲人有这种情感。

　　然而有传说称，埃及国王普萨梅尼图斯被波斯王康比泽击败并俘虏后，看到被俘的女儿穿着女仆的衣服，被波斯人派去汲水，从他面前经过时，他所有的朋友都围着他伤心流泪，他自己却直立在那里，一言不发，眼睛看着地面；接着，他又看到儿子被敌人拉去处死，仍然无动于衷。但是，当他在战俘中看到自己的一个亲信时，却开始捶打脑袋，感到极其痛苦。

无独有偶。我们的一位亲王[1]最近也发生了类似的事。他在特朗特获悉他的长兄——整个家族的光荣和支柱——被害的消息，不久又得知他家的第二希望——他的二哥也去世了，他以极其惊人的毅力承受了这两个打击。但是，几天后他的一个手下死了，他却经受不住这一新的打击，陷入极度的悲痛与悔恨之中，有人以此作为论据，说他只是被这最后的打击摧垮的。事实上，两个哥哥相继去世，他已悲痛欲绝，稍微超载就会摧垮忍耐的堤坝。我们可以用同样的方式评价我们前面那个故事，尽管后来的事实向我们表明，当康比泽问普萨梅尼图斯为何对其子女的悲剧无动于衷，却为朋友的不幸而悲痛时，后者回答："对朋友的悲伤可以用眼泪来表达，而对子女的悲伤则是任何方式都难以表达的。"

　　有关这一话题，古代一位画家的创作颇与之类似。这位画家画伊菲革涅亚[2]献祭仪式，按照目击者对这位美丽少女无辜殉难的关心程度，来描绘他们各自不同的悲痛，画家做了最大的努力，当画少女的父亲时，已山穷水尽，便用手将他的脸遮住，仿佛没有任何方式可以表达他的悲痛程度。这也能说明为何诗人们要虚构出尼俄柏[3]的遭遇，来表达过度悲伤时萎靡不振和沉默不语的麻木状态：这位不幸的母亲，在痛失七个儿子之后，接着又失去七个女儿，丧失太多的亲人，因过分悲痛而最终变成了一块

1　　指洛林红衣主教夏尔·德·吉斯。他在几天内相继失去两个兄弟，大哥弗朗索瓦·德·吉斯于一五六三年二月二十四日围攻奥尔良时被杀，另一个死于同年三月六日。
2　　伊菲革涅亚，希腊神话中的人物，其父阿伽门农因冒犯女神阿尔忒弥斯而遭女神惩罚：远征特洛伊的船队无风不能启航，必须把伊菲革涅亚献祭给女神，才能平息其怒火。
3　　尼俄柏，希腊神话中的人物。

岩石，

　　痛苦得变成了石像。[1]

　　当然，极端的悲痛会震惊整个心灵，使其不能自由行动，正如刚听到一则很不幸的消息时，我们会惊得魂飞魄散，呆若木鸡，但在放声大哭和悲哀诉说之后，心灵就会找到出路，得到放松和宽慰，

　　痛苦到最后，终于哭出了声。[2]

　　斐迪南[3]国王与匈牙利国王的遗孀在布达附近打仗，德军统帅雷萨利亚克看到一匹战马运来一具尸体。统帅和大家一样，因死者在战斗中表现出色，对他的死深表悲痛。出于跟别人同样的好奇心，他想看看死者是谁。当死者被卸去盔甲时，他才认出原来是自己的儿子。众人皆泣，唯独他没说一句话，也没掉一滴泪，站在那里，双目凝视儿子，直到极度悲痛凝固了他的"生命精气"，他直挺挺地倒在地上。

　　正如情人们说的那样：

　　可以表达出来的爱火是温火。[4]

1　引自奥维德。（本书正文中的楷体字，除特殊说明外，在原文中为拉丁语。——编者注）
2　引自维吉尔。
3　斐迪南（1503—1564），波希米亚和匈牙利国王，后为神圣罗马帝国皇帝。
4　引自彼特拉克。

他们还用下面的诗句表达难熬的情爱：

> 可怜的我！感官全已陶醉。
> 当我见到你，累斯比，
> 心灵和语言便不听使唤；
> 微妙的火遍烧我全身；
> 耳畔响起嗡嗡的声音；
> 双眼蒙上沉沉的黑夜。[1]

因此，感情处于最剧烈、最炽热的时刻，我们是很难表达痛苦和相思的。因为，此时我们的心灵被沉重的思绪压得喘不过气，躯体则因爱情而变得虚弱和忧郁。

于是，那些爱得失去分寸的情人有时会突然找不到感觉，由于爱到了极点，即使在温馨之中，也会突然冷下来。大凡可以品尝和忍受的情爱都是微不足道的。

> 小悲则言，大悲则静。[2]

同样，突如其来的快乐也会使我们慌乱不已——

> 她一见我和特洛伊军队，

1　摘自拉丁诗人卡图鲁斯（前87—前54）的诗体剧，累斯比是诗人对情妇克洛迪亚的称呼。
2　引自塞涅卡。

就失去神志，迷离恍惚，

目光呆滞，脸色苍白，昏倒在地，

过了许久才能重新说话。[1]

历史上因高兴而猝死者不乏其人。有位罗马妇人看到儿子从坎尼溃败归来，过于兴奋而一命呜呼。除此之外，索福克勒斯和暴君狄奥尼修斯[2]也死于兴奋过度；塔尔瓦则是在获悉自己被罗马元老院授予荣誉称号消息时，客死在科西嘉。至于本世纪，这样的例子也不胜枚举：利奥十世教皇得知米兰被攻克的消息，这是他期待已久的，因而欣喜若狂，突发高烧，便呜呼哀哉。还有一例更能证明人类的这一愚蠢行为：古人记载，辩证法大师狄奥多罗斯因为当着他的学生和听众的面不能演绎人们向他提出的论据，羞愧不已而当场命归西天。

我很少感觉到这种强烈的激动。我天生感觉迟钝，并每天通过理性使之变得更加鲁钝。

1　引自维吉尔。

2　狄奥尼修斯（前367—前344），叙拉古国王，老狄奥尼修斯之子。

三

情感驱使我们
操心未来 [1]

有人指控人类总是渴求未来的事情，他们教导我们要抓住眼前利益，安于现状，似乎未来的事根本就无法把握，甚至比过去更难驾驭。这些人一言道明了人类最普遍的错误，如果他们敢把大自然为了继续自己的事业而驱使我们做的事称为谬误的话；大自然关注我们的行动甚于知识，激发我们产生了这种虚妄的想法，正如让我们产生其他许多虚妄想法一样。我们从不安于现状，总是操心未来。担忧、欲望和希望把我们推向将来，使我们感觉不到或不重视现实的事，而对未来的乃至我们身后的事却尤感兴趣。"忧虑未来者是可悲的。" [2]

"做你自己的事，要有自知之明"，人们通常将这一箴言归于柏拉图。这一格言的两个部分概括了我们的责任，而两部分

1　这里"情感"即下文提到的"担忧、恐惧、欲望、希望"等对外界事物的心理反应。本章主要指人们对身后之事的担忧和操心。

2　引自塞涅卡。

之间似乎又互相包含。当一个人要做自己的事时，就会发现他首先要做的便是认识自我，明确自己该做什么。有了自知之明，就不会去多管闲事，首先会自尊自爱，自修其身；就不会忙忙碌碌，劳而无功，不会想不该想的，说不该说的。"蠢人即使得到想要的东西也从不会满足，智者却满足于现状，自得其乐。"[1]

伊壁鸠鲁不要智者去预料和操心未来。

在关于死者的众多法律中，我认为"君王的功过在身后须受审查"这一条特别有道理。他们即使不是法律的主人，也是法律的伙伴；法律不能触及他们的生命，但能影响他们的声誉以及其继承者的利益：这些对我们来说比生命更重要。这是一种惯例，对遵守这一惯例的民族大有裨益，所有担心别人会把自己同恶君相提并论的明君都希望受到这种制约。我们在所有的国王面前俯首帖耳，唯命是从，因为他们在履行自己的职责，然而对他们的尊敬和爱戴则只取决于他们的功德。从政治角度讲，当他们需要我们支持他们行使职权时，我们可以耐心地忍受他们的不称职，掩饰他们的恶习，赞扬他们无足轻重的行动。但这种君臣关系一旦不复存在，我们就不应该，也没有理由不让自己公正而自由地表达我们真实的感受；尤其是不可以抹杀那些忠臣的功劳，他们深知君主的缺点，却依然忠心耿耿，任劳任怨：如果不这样做，就会使后人少了一个榜样。至于那种出于个人需要，极不公正地对不足称道的君王歌功颂德的人，他们的公道观是违反大众的公

---

[1]　引自西塞罗。

道观的。提图斯·李维[1]说得对，王权统治下的人们都用充满炫耀与伪证的语言，不加区分地无限夸大他们国王的丰功伟绩。

我们可以谴责两个当面顶撞尼禄[2]的士兵缺少高尚的心灵。其中一个被尼禄问及为何要伤害他时答道："我过去崇拜你，因为你那时值得爱戴，但自从你杀死了你的母亲，你这个马车夫、戏子、纵火犯，我就恨透了你，因为你只配人恨。"另一个被问及为何想弑杀他时回答："因为我找不出别的办法来制止你干坏事。"但是尼禄死后，他的专横跋扈和荒淫无度遭到万夫鞭挞，并将永远为后人唾弃，对此，稍有智力的人难道会否认吗？

斯巴达国[3]的治理方式是非常纯洁的，可是我不喜欢其中的虚伪礼仪：国王们死后，所有的盟友和邻国，所有的国有奴隶、男女老少，都会在额头上割一道口子，以示悲痛，声泪俱下地声称，他们的国王，不管生前如何，都是最好的君王，把对功绩的歌颂变成了对地位的歌颂，对最大功绩的歌颂变成了对最高地位的歌颂。梭伦[4]说过，任何人在生前不能称幸福。对此，亚里士多德提出质疑，正如他对其他任何事情提出质疑一样。他说，一个照规矩活过并已死了的人，如果他声名狼藉，如果他的后代穷困潦倒，是不是可以称幸福呢？当我们活着的时候，总是刻意去做令自己愉快的事；但一旦失去存在，我们与存在就没有任何联系了。因此，应该告诉梭伦，人绝无幸福可言，既然只有在不存

1　提图斯·李维（前59—17），古罗马历史学家。
2　尼禄（37—68），古罗马皇帝。以暴虐、放荡著称。弑母杀妻，并是罗马大火灾的纵火嫌疑犯。常在马戏团扮演马车夫。
3　斯巴达国，古希腊奴隶制城邦，建于公元前八世纪。
4　梭伦（约前640—约前558），古希腊政治改革家和诗人，据传为古希腊七贤之一。

在时才有幸福。

> 谁也不会一下子死去，
> 谁都对身后寄予希望；
> 不能离开和抛弃
> 死亡袭击的身躯。[1]

贝特朗·迪·盖克兰在围攻朗贡城堡[2]时阵亡。朗贡城堡位于奥弗涅的布伊城附近，被围者随后投降，不得不将城堡的钥匙放在死者的遗体上。

巴泰勒米·达勒维亚纳是威尼斯军队的将领，在布雷西亚战役中为国捐躯，他的遗体要途经敌人领土维罗纳方可运回威尼斯。当时威尼斯军队中绝大部分人都同意向敌方申请安全通行证。但是，泰奥多尔·特里伏斯表示反对，主张强行过境，哪怕决一死战。他说："将军生前从来不惧怕敌人，死后好像要怕敌人了，这样不合适。"

事实上，希腊人的法律也与此相近：谁要向敌人索取自己人的遗体予以安葬，谁就是自动放弃胜利，也就不可以再陈列战绩。这就等于被要求交出遗体的一方取得了胜利。尼基亚斯[3]就是这样失掉对科林斯[4]人的明显优势的。相反，阿格西劳斯二

1　引自卢克莱修。

2　贝特朗·迪·盖克兰（1320—1380），法国陆军元帅。朗贡城堡为今朗东新堡，位于奥弗涅地区，距布伊市十六公里。

3　尼基亚斯，卒于公元前四一三年，雅典军事家和政治家。

4　科林斯，希腊南部城市。公元前五世纪，科林斯城邦国家称雄一时，伯罗奔尼撒战争后衰落。

世[1]对彼俄提亚[2]人本无多大获胜希望，却最终取得了胜利。

下面要讲的事不足为奇，因为我们总是操心身后的事，并且相信上苍的恩泽能陪伴我们进入坟墓，与我们的遗骨同在。撇开我们时代的事例，古代这样的例子不计其数，就不必再进行发挥了。英格兰国王爱德华一世曾和苏格兰国王罗伯特进行了长期的战争，他体会到亲自出征对他从事的战争大有好处，他能取胜是因为他每次都亲临战场。可是，临死前，他竟然强迫儿子发誓，将其遗体煮熟后把肉与骨分开，将肉埋葬；至于骨头，他要求儿子好好保存，每次与苏格兰人打仗时，都要带在身边，与部队一起出征。似乎胜利必定与其肢体相关。

让·齐斯卡[3]曾替威克利夫[4]的错误辩护而震惊波希米亚；他要人在他死后剥其皮，做成长筒大鼓，带着它去迎击敌人，以为这样能继续他生前率军亲战时的优势。有些印第安人在与西班牙人作战时，就带着他们某个将领的骸骨，期盼能得到将领活着时同样的运气。在这个世界上还有些民族，打仗时拖着阵亡勇士的遗体，将以自励或寻求好运。

上述例子涉及的只是在死后保留生前业绩带来的声誉。下面要举的例子还表现了行动的力量。巴亚尔[5]将军的故事能说明这一点。他在战场上被火枪射中，自感生命垂危，有人劝他撤离，

1　　阿格西劳斯二世（前444—前360），斯巴达城邦国王。
2　　彼俄提亚，古希腊地名。
3　　让·齐斯卡（1360—1424），波希米亚民族英雄，胡斯党人首领。胡斯是十五世纪捷克宗教改革家，深受威克利夫思想影响，以"异端"罪名被处以火刑。
4　　威克利夫（约1320—1384），英国人，欧洲宗教改革运动的先驱。
5　　巴亚尔（1473—1524），法国贵族，绰号为"无畏无瑕的骑士"。

他却回答道他不会在生命的最后一刻背朝敌人；他仍然坚持战斗，直到精疲力竭，实在坚持不住并快要从马上摔下时，还命令他的司厨长将他平放在一棵树底下，但是一定要面对敌人，就如他生前做的那样。

我还应该再举个例子，不比上述例子逊色。西班牙国王腓力二世的曾祖父马克西米利安一世不仅品德高尚，更是相貌英俊。在他的习性中，有一点与其他君主不同：他不像他们那样，遇到紧急公务，就把便桶当作御座，因为他上厕所从不允许他的仆人在场。他这样不让人看见他小便，就像处女不愿向医生或他人暴露习惯上应该隐蔽的部位。我这人虽然说话放肆，但却生性害羞。除非是迫不得已或是强烈的感官刺激，我从不在别人面前出示习惯上不宜暴露的身体部位和行为。我之所以这样，是我觉得这种约束对一个男人来说是很合适的，尤其是对从事我这种职业的男人。但是，马克西米利安一世竟执着到在遗嘱中还特意叮咛在他死时要给他穿上衬裤。他还应该在遗嘱中追加一条，给他穿衬裤的人要把眼睛蒙起来。居鲁士二世[1]曾对子女做出规定，在他灵魂离去之后，不准他们或别人看见和接触他的身体。我以为那是他笃信宗教之缘故。因为他和他的史学家在有生之年到处宣扬对宗教的虔诚和执着，这是他们最突出的品德。

一位亲王给我讲过我的一位姻亲的故事，我听了很不舒服。我那位姻亲在和平和战争时期都很有名。他年老而临终前，在生

1　居鲁士二世（约前590—前530），又称居鲁士大帝，波斯政治家，阿契美尼德王朝的创立者。

命的最后时光，他忍着结石病痛的折磨，仍孜孜不倦地为自己安排一个体面而隆重的葬礼，要求所有来探望他的贵族保证加入送殡行列。他恳求最后时刻前来看望他的那位亲王全家都来参加他的葬礼，并列举了很多例子和理由来说明这是他这样的人应有的待遇。当他得到亲王的许诺并按自己的意志布置完殡礼仪式以后，才满意地与世长辞。我很少见到如此顽固的虚荣心。

还有一种做法恰恰相反，我觉得可以说是死前热衷于对葬礼精打细算，连一个仆人和一盏灯笼都要考虑再三。这种做法在我的亲友间也不乏其例。我见到有人赞赏这种做法，赞赏马库斯·埃米利乌斯·李必达[1]饬令禁止其继承人照惯例为他举办丧事。那时葬礼的花费和乐趣，现在我们已无从知晓感觉不到了，他这样做，会不会也是出于节制和俭朴呢？这是一种容易而廉价的改革。如果这种事也需要下令的话，那我赞成每个人都按照自己的社会地位来做决定，不管是对葬礼，还是对生活中的其他行为。哲学家卢贡[2]曾经明智地嘱咐朋友，把他的遗体埋在他们认为最合适的地方。至于葬礼，既不要浪费，也不要吝啬。在这事上，我纯粹听凭习俗，信赖我最先托付此事的人所做的决定。"在这点上，我们自己应该洒脱，倒是要为亲属着想。"[3]一位圣人神圣地说："葬礼的操心和排场，墓地的讲究，更多地是对活人的安慰，而不是对死者的保佑。"[4]苏格拉底临终时，当克里托问

1　马库斯·埃米利乌斯·李必达（约前89—约前13），古罗马统帅，恺撒部将。
2　卢贡（公元前5世纪），雅典演说家。
3　引自西塞罗。
4　引自奥古斯丁。

他如何安葬时，他答道："您看着办吧。"如果我必须早些操心此事的话，我认为洒脱的做法是，模仿有些人生前就享受坟茔的等级和排场，乐于看见自己死后雕成大理石的样子。善于冷漠地享受和满足自己的感官，活着时能想象自己死时的样子，岂不是件赏心乐事！

雅典将领曾在阿基努塞群岛附近的一场海战中打败了斯巴达人。那场战役，在希腊人进行的海战中，可谓最有争议、最激烈的了。可是，那些将领在胜利后，按照法则继续推进战争，没有停下来收拾和埋葬阵亡将士。他们因此而被雅典人民毫不留情地、既无人道也不公正地处死了，甚至连他们的辩护词雅典人都不愿意听一下。每当我忆及此事，便几乎对所有的民主恨之入骨，尽管它代表的是自然和公道。狄奥默东的做法使这一处决变得更令人憎恶。狄奥默东是其中一位即将被处决的将领，在政治和军事上享有崇高威望。他在听完判决后上前讲话。此刻听众鸦雀无声，但他没有利用这个机会为自己辩护，也没有揭露这一残酷决定的不公正，而是维护法官的判决，祈祷诸神不要因为法官判决不公而惩罚他们；他又把自己和伙伴们为感谢显赫的命运女神而许的愿公布于众，怕诸神因为他们没有还愿而迁怒于雅典人民。而后，狄奥默东没有再说多余的话，也没有讨价还价，步伐坚定地走上刑场。几年之后，命运女神对雅典人进行了同样的报复。雅典海军统帅卡布里亚斯在那克索斯岛上曾在与斯巴达海军上将波利斯的战斗中占据上风，可他为了避免蒙受上述不幸，竟将已经在望的胜利战果丧失殆尽：为了不抛下漂浮在海上的战友尸体，便让敌军从海上安全逃离并反过来收拾雅典人，使他们饱尝这种迷信的恶果。

你想知道你死后在哪里吗？
就在未出生者所在的地方。[1]

另一个人则让失去灵魂的身躯恢复了宁静：

愿摆脱生命和痛苦的躯体，
没有栖息的坟墓和港湾。[2]

大自然以同样的方式告诉我们，某些失去生命的东西似乎还跟生命有着某种神秘的关系。地窖里的葡萄酒是根据葡萄季节的变化而改变味道的。据说，腌在缸里的野味是按照活肉的法则改变味道和状态的。

1　引自塞涅卡。
2　引自西塞罗。

四

当心灵缺乏真实目标时
如何转移冲动的情绪

我们中的一位贵族得了严重的风湿症，当医生督促他不要再食用咸肉时，他总是极其风趣地回答，疼痛折磨得越厉害，他就越想有个出气筒，他嚷着，诅咒着咸味香肠、牛舌头和火腿，就顿感轻松。确实，正如我们抬起手来想打人，如果击不中目标而打在了空中，就会有明显的痛感，同样，如果想看到赏心悦目的景色，就不能让视线消失在茫茫的空间，而是要有一个目标，将视线定在适当的距离上：

> 如风一样，若无森林作屏障，
> 会消失在茫茫的空间。[1]

同样，当心灵激动的时候，如果没有目标，似乎也会迷失方

1　引自卢卡努。

向；因此，应该为心灵提供发泄的目标。普鲁塔克[1]在论述那些宠爱猴子和小狗的人时说，我们自身的爱心，如果缺少正当的目标，与其白白浪费，不如寄托在虚假无聊的东西上。我们发现，当心灵冲动的时候，与其憋住不发泄，不如自欺欺人，甚至违背自己的信仰，给自己制造一个假想的对象。

动物就是这样做的。当它们狂怒时，会攻击伤害它们的石头和铁块，还会因为疼痛而狠咬自己，以示报复：

> 帕诺尼的母熊被标枪击中，
> 于是变得更加凶猛，
> 不顾伤口向标枪发起进攻，
> 滚动着追逐躲闪的矛头。[2]

当我们遭遇不幸时，什么样的原因想象不出来？当我们需要发泄时，不管有无道理，什么不敢责怪？当你心爱的弟兄不幸饮弹而亡，你不用揪你的金发辫子，捶你的白皙胸脯，而应该到别处出气。李维在谈到罗马军队于西班牙痛失两位兄弟，两位高级将领时说："当即所有的人痛哭流涕，猛捶脑袋。"这是惯例。犬儒派哲学家彼翁谈到一位国王因哀伤揪自己的头发时，不无风趣地说："那人难道认为秃顶可以减轻哀伤？"常有人因为输了钱想出气，而将纸牌嚼碎咽进肚里，将骰子吞进腹中。薛西斯一

1　　普鲁塔克（约46—约120），古希腊传记作家、散文家，欧洲传记文学的先驱。
2　　引自卢卡努。

世[1]鞭打赫勒斯滂海峡，给它套上镣铐，令众人大张挞伐，并向阿托斯山[2]发出挑战书；居鲁士渡日努斯河时曾担惊受怕，便让整支部队对这条河进行报复达数日之久；而卡利古拉因为母亲在一座屋中备受痛苦，便将这座漂亮房屋摧毁。

我年轻时听到过这样的传说：我们邻国的一位国王，曾受上帝的鞭打，发誓要报复，命令臣民十年不祷告，也不谈论上帝，只要他还在位，就不能信仰上帝。通过这则故事，人们主要想描写民族的自豪感，而非国王的愚蠢。这些恶习从来不是孤立的。当然，那位国王的行为与其说是愚昧无知，不如说是妄自尊大。

奥古斯都皇帝在海上遭风暴袭击后，便开始向海神尼普顿挑战，为了报复他，在竞技场比赛举行仪式时，公然把海神像从诸神像中撤走。在这件事上，他比上面几个人更不可原谅，但他后来做的事更令人难以原谅：瓦鲁斯将军[3]在德国全军覆没后，奥古斯都万分愤怒和绝望，用头撞击墙壁，高喊："瓦鲁斯，还我士兵。"像这样责难上帝或命运女神，仿佛他们能听到我们的抱怨，这种做法是毫无道理的，简直是在亵渎神明。就像色雷斯人那样，遇到雷电天气，就向天空射箭，以示报复，迫使上帝恢复理智。然而，正如普鲁塔克作品中的一位古代诗人所说的：

1　薛西斯一世（约前519—前465），古波斯帝国国王。曾搭舟桥通过赫勒斯滂海峡（今达达尼尔海峡），入侵希腊。

2　阿托斯山，希腊的圣山。

3　瓦鲁斯，卒于公元九年，古罗马将军。公元前十四年为罗马执政官。

犯不着对困境发怒，

它们不会理会我们的恼怒。

但是，对我们自己的神经错乱，我们骂得远远不够。

五

要塞被围时
将领要不要出来谈判

卢西乌斯·马西乌斯是古罗马的一位军团长，他在同马其顿国王佩尔修斯[1]打仗时，想争取时间部署部队，就放风同意谈判；马其顿国王信以为真，丧失警惕，答应休战几天，这样就使敌人有了武装自己的时间和可能，也使自己走向最后的灭亡。然而，马西乌斯的这一行为被因循守旧的元老院元老们指责为违背了传统做法。他们说，祖先打仗历来靠勇敢，不靠诡计，也不搞夜间偷袭，或佯装逃跑，或第二次意外攻击，只会在宣战以后，并且往往已确立了交战的时间和地点，才向敌军开战。按照这种战争道德，他们把背叛皮洛士[2]的医生送还给皮洛士，把背叛法利斯克人的坏老师[3]送还给法利斯克人。这纯属罗马人的做法，

1　佩尔修斯（约前212—约前165），马其顿末代国王，被罗马人打败，落得国破家亡。
2　皮洛士（前319—前272），古希腊伊庇鲁斯国王（前307—前303，前297—前272在位）。他的医生答应敌人将他毒死。
3　"坏老师"指意大利古城法勒里的小学校长，他把法利斯克显贵们的孩子带到罗马人营地交给罗马人。

与希腊人的狡诈和布匿人的奸猾格格不入，因为对后者来说，靠武力取胜不如用诡计光荣。罗马人认为，欺诈只管用一时；要使敌人输得心服口服，必须让他们知道靠的不是诡计和运气，而是一场公平的战争，是部队面对面英勇作战。从这些君子的言谈看，他们似乎还没有接受以下精彩的格言：

勇敢还是狡诈，用于敌人有何不同？[1]

据波里比阿[2]称，亚加亚人憎恶在战场上使用任何形式的欺诈手段，他们认为只有挫败了敌人的锐气才能算作胜利。还有个人说："勇敢而睿智的人深知，真正的胜利不能牺牲正直和荣誉。"[3]

命运施宝座与谁？你还是我？
让我们用勇气来证实。[4]

代纳特王国[5]属于那些被我们满口称作野蛮人的民族，他们习惯于先宣战才能开战，还要详细通报使用的手段：人员、兵种、堡垒、进攻和防御性武器等。当然，如果敌人不让步或者不妥协，他们也有权使用最残暴的手段，而不会被指责为背信弃

1　引自维吉尔。
2　波里比阿（约前200—约前118），古希腊历史学家。
3　引自弗洛勒斯。
4　引自埃尼厄斯。
5　代纳特，印度尼西亚北部马鲁古群岛中的一个岛屿。

义、诡计多端和不择手段获取胜利。

古佛罗伦萨人最不喜欢用突然袭击来克敌制胜，因此，在派兵上战场前一个月就不停地敲玛西内拉钟[1]，通知对方就要开战。

我们就不这样有所顾忌，我们认为谁享有战果，谁就享有荣誉。继来山得[2]之后，我们声称，如果狮子皮还不够，就不惜补上一块狐狸皮，因此出奇制胜已成为常用的兵法。我们认为，在谈判和签订和约的时刻，将领更应该日夜惕厉。因此，当代的军事家一致认为，要塞被围之时，守将本人不应出去谈判。在我们父辈时代，当纳索伯爵围困穆松要塞时，德·蒙莫尔和德·拉西尼两位老爷为捍卫要塞出去谈判而受到谴责。但是，只要你最终获得了安全和利益，还是可以原谅的。例如，居·德·朗贡伯爵就是这样做的。他离开他据守的雷格日奥城（这是杜贝莱的说法，但吉夏丹却说出城的是他自己），去同前来谈判的德·雷库老爷进行谈判。谈判地点离城很近。其间发生了一场冲突，德·雷库老爷以及随他来的部队处于劣势，致使亚历山大·特里维斯丧命，就连德·雷库本人为了安全，也只得相信居·德·朗贡伯爵，随他一起到城里去躲避枪弹。

欧迈尼斯[3]在诺拉城被安提柯一世[4]围困，后者催促其谈判。经过多次交涉，安提柯一世提出得由欧迈尼斯出城谈判，因为自

1　玛西内拉这个名称源自战神玛尔斯。玛西内拉钟即战钟。
2　来山得（？—前395年），古希腊斯巴达城邦的将军，是在伯罗奔尼撒战争中为斯巴达夺得最后胜利的军事和政治领袖。
3　欧迈尼斯（约前362—316），希腊将军。
4　安提柯一世（前382—前301），马其顿大将、国王。他所缔造的安提柯王朝统治马其顿一直到公元前一六八年。

己最伟大、最强大。欧迈尼斯庄严地回答："只要我能握有宝剑，就决不认为别人比我伟大。"直到安提柯一世答应将自己的侄儿普托洛梅交出来作为人质，欧迈尼斯才答应和谈。

也有一些听了围城者的承诺出来谈判而安全无恙的。有例为证。香槟骑士亨利·德·沃的科梅西城堡被英国人包围。英军指挥官巴泰勒米·德·博纳已在城堡外挖掉了大部分墙根，就差一把火把被围者埋葬于废墟中了，于是，他勒令那位亨利出来谈判，以保全他的利益。亨利和三个伙伴离开了城堡。当他看到毁灭即在眼前，对敌人还心存感激，于是率部投降了。接着，炸药点燃，撑墙的木柱倒塌，城堡彻底摧毁。

我很容易相信别人的话。但当我觉察到对方是出于绝望，缺乏勇气，而不是真心实意，开诚布公，我是不会轻信的。

六

谈判时刻充满危险

最近，我们的部队攻克了我家附近的米西当要塞，然而，被逐出要塞的人及其同情者们大呼这是背信弃义的行为，因为双方还正在谈判，就对他们突然袭击，把他们打败，这种做法倒像是另一个时代发生的事。但正如我刚才所说，我们的做法与这些规则[1]完全背道而驰，在最后规约的大印盖上之前，我们无法坐等互相信任，还应该多加小心。

一个以优惠的条件投降并让敌军乘兴自由进出的城市，相信获胜的部队能遵守规约，乃是冒险的想法。罗马大法官勒日吕试图武力攻占弗凯亚[2]，因该城居民誓死守卫而枉费心机，于是就与他们缔结和约，表示承认他们是罗马人民的朋友，答应进入他们的城市就像进入结盟的城市，从而使他们丧失了警惕。但是，一

1　指上一章中谈到的规则。
2　弗凯亚，小亚细亚古地区名。

旦勒日吕领兵进入弗凯亚，士兵们为炫耀自己，就在他的眼皮底下把弗凯亚城几乎洗劫一空，而他想阻拦也无能为力：士兵的贪婪与复仇欲战胜了大法官勒日吕的权威与军队的纪律。

克莱奥梅尼[1]曾说，在战争中，不管怎样对待敌人，都是超越公正而不是受公正约束的，对神对人均如此。他和阿尔戈斯人签约休战七天，可第三天夜里，他就对熟睡的敌人发起进攻，向他们发起挑战，并诡辩称在休战协定中没有讲夜间也停战。不过，诸神还是惩罚了他的奸诈和狡猾。

卡西利努城[2]就是在双方谈判，讨论城市的安全时被偷袭的，而那时，罗马有着最正直的将领和最严守军纪的部队。因为谁也没有规定，在某一时间和地点，我们不能利用敌人的愚蠢，就像利用他们的怯懦一样。当然，战争自有许多与理性相悖的合情合理的特权；"谁也不要利用他人的无知"[3]这条规则在这里不起作用。

我很惊奇，色诺芬[4]用那么多篇幅谈论这些特权，对那位完美无缺的皇帝[5]的言论和丰功伟绩都有详尽的记载。色诺芬是苏格拉底的第一批弟子中的伟大将领和哲学家，他在这方面堪称权威作者。可是，对于宽容的尺度，我并不完全认同色诺芬的看法。

1　克莱奥梅尼（？—前490），古代斯巴达国王。
2　卡西利努，古意大利城市名。
3　引自西塞罗。
4　色诺芬（约前430—约前355），古希腊雅典城邦的贵族奴隶主、军人、历史学家，苏格拉底的弟子。
5　这里影射色诺芬一部历史小说中的主人公。

多比尼[1]先生围困加普亚城[2]，一场鏖战之后，该城守将法布里斯·科洛纳大人从一个堡垒上开始同我们对话，守城的士兵更加有气无力，我们的士兵最终攻下城门并摧毁了一切。举一个更近的例子：伊伏瓦城的领主朱利安·罗梅罗愚蠢地出城和我们的陆军统帅谈判，回来时城市已被占领。为证明我们受到了报复，现在举一些其他事例：奥克塔维安·弗雷戈斯在我们监护下统治热那亚城[3]，我们的佩凯尔侯爵包围了热那亚，双方和谈已很深入，和约即将签订，不料，西班牙人突然侵入，就像获得大胜后那样为所欲为。这以后，在巴尔地区的利尼城也发生了类似的事：布里埃纳伯爵为利尼城统帅，皇帝[4]亲自率兵包围该城，布里埃纳伯爵的副官贝特耶出城谈判，谈判正在进行中，城市就被攻占了。有人说：

> 得胜总是值得称颂，
>
> 不管靠运气还是靠欺诈。[5]

但哲学家克里西波斯[6]可能不同意这种观点，我也不大赞成。克里西波斯认为，要想取胜，就应该快速使用所有兵力，而绝不可以伸手把对方拦住，或伸腿把对方绊倒。

1　多比尼（1470—1544），法国元帅，在意大利战争中迟迟闻名。

2　加普亚，意大利古城名。

3　热那亚，意大利城名。

4　指神圣罗马帝国皇帝查理五世（1519—1556 在位）。

5　引自阿里奥斯托。

6　克里西波斯（约前280—约前206），古希腊哲学家，是将斯多葛派哲学系统化的主要人物。

亚历山大更有大将风度。当波吕佩贡建议他利用黑夜进攻波斯王大流士时，他回答："不，偷巧取胜不是我的风格：我宁可埋怨命运，也不想为我的胜利脸红。"[1]

他不屑乘奥罗岱[2]逃跑时将他打倒，

也不愿从后背暗箭中伤；

他跑上去同他面对面较量，

不想用欺诈，而要凭武力取胜。[3]

1　引自昆图斯-库提乌斯。
2　奥罗岱，古代帕提亚帝国的国王（前55—前37在位）。帕提亚国即安息国，位于伊朗高原东北部。
3　引自维吉尔。

七

根据意图
评判我们的行动

常说死亡能使我们偿清所有的承诺。我知道有些人对这句话的理解很奇怪。英国国王亨利七世与菲利普一世[1]谈判修好。后者为马克西米利安一世之子，更体面地说，是查理五世皇帝之父。亨利七世要求菲利普把他的仇家，逃到荷兰的属于白玫瑰家族[2]的苏福尔公爵交给他，并保证不危害公爵的生命。可是亨利七世临终时，却立遗嘱命令儿子在他死后立即处死苏福尔公爵。

最近，阿尔布公爵[3]在布鲁塞尔处死了霍纳和埃格蒙两位伯

1　菲利普一世（1478—1506），即美男子菲利普，荷兰国王。
2　一四五五年至一四八五年，英国发生争夺政权的内战，一方是以白玫瑰为标记的约克王族，另一方是以红玫瑰为标记的兰开斯特王族。红玫瑰最终取胜。亨利七世属于红玫瑰王族，王权落入他的手中。
3　阿尔布公爵（1507—1582），西班牙将军、政治家。一五五九年，被任命为荷兰总督，推行恐怖政策，对荷兰人大肆镇压。

爵[1]。在这个悲剧中，不乏引人注目的情节。尤其是，埃格蒙伯爵强烈要求第一个被处死，因为霍纳伯爵是听了他的话才来向阿尔布公爵投降的，他希望他的死能偿还欠霍纳伯爵的债。看来，英国国王死后也没有偿清自己的承诺，而埃格蒙伯爵即使不死，他欠的债也已还清。我们不能超越自身的力量和能力去履行诺言。因为，做法和结果我们完全无法控制，我们所能支配的只有我们的意志：人类义务的规则都必须建立在意志之上。因此，埃格蒙伯爵认为，尽管履行诺言的权力不掌握在他手中，但他的心灵和意志必须承担所做的承诺，那样，即使他比霍纳伯爵晚死，他也摆脱了责任。英国国王亨利七世不想履行自己的诺言，尽管等到死后才把背信弃义的行动付诸实现，但他的行为是不能原谅的，正如希罗多德[2]笔下的泥水匠不能被原谅一样：该泥水匠一生忠心耿耿，严守秘密，临死前却把他的主子埃及国王的宝藏泄露给了子女。

我年轻的时候曾看见过，有些人认识到侵占了别人的财产，准备死后通过遗嘱赔罪道歉。他们任何有意义的事都不做，迟迟不给如此紧迫的事做一了结，想纠正错误，却并不感到内疚和不安。他们必须付出自己的代价。付出时越艰难，越尴尬，赔罪也就越公正，越值得。补赎必须承担责任。

有些人更坏。他们活着时将对别人的仇恨隐藏起来，直到生命的最后时刻才暴露自己的意愿。他们不大在乎自己的名誉，不

1　霍纳和埃格蒙两位伯爵曾为荷兰的独立而斗争，一五六八年六月四日在布鲁塞尔被阿尔布公爵处死。

2　希罗多德（约前484—约前425），古希腊历史学家。

怕给被伤害的人留下坏名声，甚至违背良知，至死也不善于消除仇恨，并将仇恨延续到身后。这些不公正的法官，他们把审判延长到自己不再明白事理的时候。

　　只要可能，我活着时没有公开说的话，死时绝对不说。

八

论无所事事

我们看到，很多肥沃富饶的荒地却长着千百种无用的野草，要将它们利用起来，为我所用，就得播上种子。有些妇女独自生出一大堆丑陋的生命，而要有正直、真实的一代，就必须对她们另外播种。人的思想也如此。如果不让大脑有事可做，有所制约，它就会在想象的旷野中驰骋，有时就会迷失方向。

> 当水在青铜盆里颤动，
> 反射出阳光或月光，
> 灿烂的光芒会在空中飞舞，
> 一直升到天花板上。[1]

骚动的心灵产生的不是疯狂，就是梦幻。

1　引自维吉尔。

犹如病人做梦，

幻觉丛生。[1]

　　心灵没有明确的目标就会迷失方向。正如有人说的，无处不在就等于无处所在。

马克西姆，无处不在，就是无处所在。[2]

　　最近[3]我退隐在家，决定尽量好好休息，不管他事以度余生，仿佛让我的思想无所事事，只同自己对话，只想自己的事，这是对它最大的爱护。我指望随着时间的推移，我的思想会越来越冷静，越来越成熟，从此会更容易做到这一点。但我觉得事与愿违——

大脑无所事事，就会胡思乱想。[4]

　　它就像脱缰的野马，成天有想不完的事，要比给它一件事思考时还要多想一百倍；我脑海里幻觉丛生，重重叠叠，杂乱无章。为了能够随时细察这种愚蠢和奇怪的行为，我开始将之一一笔录下来，指望日后会自感羞愧。

1　　引自贺拉斯。

2　　引自塞涅卡。

3　　一五七一年。

4　　引自卢卡努。

九

论撒谎

　　没有人比我更不适合谈记性了。因为我身上毫无迹象表明我有好的记忆力，恐怕世界上找不出第二个像我这样记性差的人。我有种种平常而平庸的能力，但记性差却是与众不同，实属罕见，值得名扬天下。

　　我记性不好是与生俱来的缺点——由于记忆不可或缺，柏拉图不无道理地把它称作有权有势的女神——而且，因为在我家乡，说某某人不聪明，就是说他没有记性，所以，每当我抱怨自己记性不好时，人们就会责怪我，怀疑我，仿佛我在指责自己是个傻瓜。他们把智力和记忆力混为一谈，这使我的情况变得更糟。他们指责我，是在伤害我，因为，恰恰相反，经验告诉我们，良好的记忆力和低弱的判断力是相辅相成的。此外，他们指责我的毛病，说明他们认为我无情无义，而我向来友善待人，因此，他们这样也是在伤害我。他们说我记性不好得归罪于缺少感情，把一个天生的缺点当成意识问题。他们说我忘了这样那样的请求或承诺，忘了朋友们，说我从来不记得为了朋友应该说些什么，做些什么，或者应该隐瞒些什么。诚然，我常常忘事，但是，对于朋友要我做的事，我是不会忘记的。人们可以认为这是我的不幸，但不要把这种不幸当作恶意，因为我生性不会对别人有恶意。

我为我的记性差感到安慰。首先，这一缺点有助于我克服在我身上可能产生的另一个更为严重的缺点，那就是名利欲望，因为对于热衷社交的人来说，记性差是一个不可容忍的缺点。其次，随着记忆力的衰退，我身上的其他功能可能得到了加强，这一现象，在自然界的发展中不乏其例；假如别人独特的看法得助于记忆而留在我脑海里，那么和大家一样，我的思想和判断力会容易受别人的影响，而不能发挥自己的才干；我记性不好，说话就更简短，因为记忆库一般比想象库的备货充足，假如我的记性好，我就会对我的朋友们喋喋不休而震聋他们的耳朵，就可以借题发挥这一才能，让我的言辞变得热烈而又具吸引力。那就太不幸了。我在我的几个知心朋友那里验证过：他们越是回想出事情的全部细节，他们的叙述就越是冗长拉杂，即使故事精彩，也会因此而变得不精彩；如果故事不精彩，你就要诅咒他们的记性太好，或是他们的见解太糟。一旦讲起来是很难把话头收住或从中间打断的。一匹马若能干净利落地停住脚步，就说明有非凡的力量。甚至我看到有些说话不爱拉扯的人，一旦说起来，也是想停也停不下来。他们想找一个适当的时候结束谈话，却又继续拉扯下去，就像快要晕倒的人拖沓着脚步。老年人则更可怕，他们还记着遥远的事，但忘了不知重复过多少遍了。我曾看见，本来很有意思的故事，被一个贵族老爷叙述起来，就变得索然寡味，因为听众无一不听过上百次了。我为我的记性不好感到安慰的第二个原因是，拿一位古人的话来说，我很少记得曾经受到的凌辱，否则，我就得雇一个专门提台词的人了，就像波斯国王大流士一样，为了不忘雅典人对他的侮辱，每次吃饭时，都让一个年轻侍从在他耳边唱上三遍："陛下，勿忘雅典人。"当我重读我读过的书卷，重去我去过的地方，我总会像第一次那样感到新鲜。

有人说，感到自己记性不好的人，休想撒谎，这样说不无道理。我知道，语法学家对说假话和撒谎是做区别的。他们说，说假话是指说不真实的，但却信以为真的事；而撒谎一词源于拉丁语（我们的法语就源于拉丁语），这个词的定义包含违背良心的意思，因此只涉及那些言与心违的人。我谈的就是这种人。然而，这些人要么彻头彻尾地捏造，要么掩饰和歪曲真实的内容。当他们经常在同一件事上掩饰和歪曲，就难保不露马脚，因为事实的真相通过认识的途径已最先印入记忆，根深蒂固，它就会经常出现在我们的想象中，驱逐基石不稳的虚构，而那些最初习得的情节，每次都会潜入我们的脑海，使我们忘记那些曾被我们歪曲过的细节。至于他们纯粹捏造的东西，因为没有相反的印象来戳穿其虚假，他们就认为对自己的胡编乱造可以高枕无忧。然而，由于内容空洞乏味，不着边际，很容易连自己也记不清楚。我经常碰到这样的人。可笑的是，那些人说话精于随机应变，善于讨好上级。他们想把信义和良心伺服于千变万化的情况，所以他们说话也得随机应变，对于同一件事，他们一会儿说是灰色，一会儿又说成黄色；时而在这个人面前这样说，时而又在另一个人面前那样说。如果他们偶然将几次自相矛盾的话当作战利品拿出来比较，这一杰出的本领会有怎样的命运呢？他们不只是会因一时不慎而常常陷入尴尬的境地，因为要记住对同一事物编造出来的各种形式，该有多好的记性！我看见现在许多人渴望获得具有这种本事的美名，殊不知即使美名远扬，也会徒有虚名。

事实上，撒谎是一种应该被诅咒的恶习。我们全靠语言而成为人，来维持相互间的关系。如果我们对撒谎的危害和丑恶有足够的认识，对它就会比对其他罪恶更不留情面。我发现，人们通常会因为孩子们无辜而不合时宜的过错而惩罚他们，会因为他们冒失的，但不会造成任何印象和后果的行为而折磨他们。我认为，唯有撒谎和稍为次要的固执，才是我们时刻要防止萌芽和滋长的缺点。这两种缺点随孩子们的成长而发展。令人吃惊的是，一旦撒了谎，要想摆脱就不可能了。因此，我们常常看见，一些其实是很诚实的人，一旦撒了谎，就会一撒到底，再也摆脱不了。我有一位很称职的裁缝伙计，我从没听到过他说实话，即使说实话对他有利的时候也不说。

假如谎言和真话一样，只有一副面孔，我们还可以同它相处得好一些；因为那样我们可以毫不犹豫地从反面理解撒谎者的话。可是，谎言却有千百副面孔，无法确定其范围。

毕达哥拉斯派[1]的善恶观认为，善是有限的和可定的，恶是无限的和不定的。千条路都背离目标，只有一条通往那里。当

1　毕达哥拉斯派，古希腊哲学家毕达哥拉斯所创立的学派，产生于公元前六世纪，其影响直到文艺复兴时代仍未消失。

然，如果必须用无耻的一本正经的谎言来避开一个明显的极其严重的危险，我无法保证自己能坚持不说谎话。

有一位神父说过，宁愿同熟悉的狗相伴，也不要与操不同语言的人为伍。"因此，陌生人经常不被人当人相待。"[1]在社交中，谎言比沉默更难令人接受。

弗朗索瓦一世[2]夸耀自己曾把米兰公爵的使者，能言善辩的弗朗西斯克·塔韦纳驳得张口结舌，走投无路。塔韦纳是受其主子米兰公爵的派遣，因一件造成严重后果的事来向法国国王道歉的。事情是这样的。法国国王弗朗索瓦一世不久前被逐出意大利，但他想同意大利，甚至同米兰公爵领地继续保持秘密关系，因此，决定派一贵族，实质上的使节到公爵身边，但表面上装作不是因公，而是有私事要处理。米兰公爵弗朗索瓦·斯福扎和查理五世皇帝的侄女，丹麦国王的女儿，享有亡夫遗产的洛林寡妇签了婚约，因此比以往任何时候都更加依赖查理五世；为了不使自己的利益受到损害，他不能让查理五世皇帝觉察到他跟法国人有任何接触和来往。法国国王把这一使命交给了王家马厩总管，米兰人梅维伊。此人带着秘密国书以及打掩护用的给公爵的引荐信来到了米兰。可是，他在米兰公爵身边待的时间太久，查理五世有所察觉，结果自然可想而知：公爵制造了谋杀的假象，深夜派人砍了使者的脑袋，并在两天内了结此案。法国国王向所有基

<hr>

1　引自普林尼。

2　弗朗索瓦一世（1494—1547），法国瓦罗亚王朝国王（1515—1547在位），曾与查理一世争夺神圣罗马帝国皇位，惨遭失败。后又为争夺意大利领土，与查理一世进行四次战争，均以失败告终。

督教国王和米兰公爵本人发函询问缘由，为此，米兰公爵的特使、弗朗西斯克·塔韦纳阁下早已准备好了一份违背事实的长篇推理。他在法国国王早朝时叙述了很多似乎令人信服的理由，来作为使者被杀的根据。他说，他的主人从来只把我们这位使者、法国王家马厩总管梅维伊当作来米兰办理私事的贵族，那人也从未以其他身份出现过；米兰公爵甚至不承认知道那人是否为法国国王效劳，是否认识法国国王，因此，谈不上把他当作使节看待。法国国王向他提出很多疑问和异议，步步紧逼，最后逼他回答是不是在晚上偷偷将人处死的。这时，塔韦纳狼狈不堪，只好如实回答说，出于对国王陛下的尊敬，米兰公爵不敢让这样的极刑在白天进行。大家可以想象，塔韦纳在精明的法国国王面前不能自圆其说，是如何被驳得体无完肤的。

　　尤里乌斯二世教皇为了煽动英国国王反对法国国王，给他派去了一名特使。当使者陈述完使命后，英王在答词中提到，要同如此强大的国王作战，准备工作是很难做的，他还提出了几条理由。使者回答英王说，他自己也考虑过这些困难，并对教皇陈述过。这一失当的回答，与他促使英王立即向法国宣战的使命是背道而驰的。这一来，倒让英王找到了一条不向法国宣战的重要证据，而后来事实也证明了这一点，那就是使者本人倾向法国。他将此事通告教皇，于是使者的财产被全部充公，还差一点丧失性命。

十

论说话的快与慢

> 任何才能都不是人所皆备。[1]

口才也如此。有人伶牙俐齿，说话快，随时能够临场发挥，应付自如；而另一些人则慢条斯理，不经深思熟虑，决不说一句话。正如人们提出女人应根据自身的优点进行形体健美训练一样，对于口才，也要因人而定：鉴于当今最需口才的职业是布道者和律师，我建议，说话慢者最好去布道，而说话快者最好当律师。因为布道者有足够的时间进行准备，布道时循序渐进，没有间断；而律师的职业需要你随时加入辩论，对方的反驳无法预料，会把你原先的思绪打乱，因此必须随机应变。

在克莱芒教皇与法国国王弗朗索瓦一世于马赛会面[2]时，情

1　引自法国作家拉博埃西。
2　指一五三八年克莱芒教皇和弗朗索瓦一世的和解。

况恰恰相反：原来安排普瓦耶，一位享有盛誉的职业律师，向教皇致欢迎词。律师花了很长时间精心准备，据说在应该致辞的那天还从巴黎带来了讲稿。可是，教皇担心致辞内容可能会冒犯他身旁其他君王的使者，因此，就把他认为此刻该讲的话题通告给法国国王，但与普瓦耶先生准备的内容南辕北辙。因此，普瓦耶准备好的讲稿就派不了用场，需要即席准备另一个致辞。可是，普瓦耶感到力不从心，只得把这个任务交给杜贝莱红衣主教大人。

做律师比布道要难，可是我觉得，至少在法国，称职的律师要多于称职的布道者。

我以为，做事迅速、敏捷是思想的特性；而做事沉着、缓慢则是判断力的特性。有些人没有时间准备，就会哑口无言，还有些人有时间准备不会比没有准备时讲得更好，这两者都让人觉得不可思议。有人说，塞维吕斯·卡西尤斯不加思考时，讲话更加精彩；与其说他勤奋，不如说他更擅长临场发挥；他讲话时如果受到干扰，只会对他有利，他的对手不敢刺激他，怕他被激怒后更加能言善辩。经验告诉我，这种天性与事先勤奋而执着的考虑是不相容的，如果不能自由发挥，就谈不出有价值的东西。当然，有些事情具有一定的难度，需要挑灯夜战，苦心琢磨。但是，除此之外，越是想把事情做好，或者过于专心和紧张，即兴发挥的天性就越会遇到阻碍，会被打断，不能发挥自如，就好像汹涌澎湃的激流，在狭窄的河口找不到出路。

我所谈的这种即兴发挥的天性还具有这样的特征：它不能受到强烈情绪的震动和刺激，例如不能像卡西尤斯那样被激怒，因为这种情绪太强烈；它需要的不是激怒，而是激励；它需要意外、现实和陌生场合的刺激和振奋。没有任何外界的影响，它只会懈怠拖沓，无精打采。刺激便是它的生命和魅力。

我对自己没有很强的自制力。偶然的因素对我有更大的权力。场合、伙伴以及我自己嗓音的颤动，比我诚心琢磨更能加快我的思路。

因此，如果硬要对毫无意义的事情加以区分的话，我认为说话要比写文章更有价值。

有时，我越想寻找自己，却越找不到，信手写来反比深思熟虑效果更好。我写作时，有时也可能会仔细琢磨（我是说，在别人看来，我欠琢磨，在我看来却够琢磨的了。算了，不必如此彬彬有礼，各人有各人的看法）。这种精雕细琢，我已丧失殆尽，以致我不知道自己当时想说什么，有时候，别人比我先明白我想说的意思。假如我把信手写来的东西全部去掉，那我也就把我整部书都毁了。信手写来的东西，更加光辉灿烂，其光芒胜过正午的太阳，我惊讶自己为何还要犹豫。

十一

论预言

谈起神谕，可以肯定它早在基督出世之前就已开始丧失声望了，因为我们看到，西塞罗曾着力探寻神谕威信扫地的原因。他说："为什么这种神谕不仅现在，而且已经很久不再降临德尔斐[1]，以至于没有什么比它们更受蔑视呢？"至于其他预卜，有的建立在对祭神牲畜的解剖上（柏拉图把牲畜内脏的天然构造部分归因于占卜[2]）；有的则依赖鸡的顿足、鸟的飞翔（西塞罗说："我们认为，有些鸟只是为了占卜而存在。"）；还有的根据雷电、河流的旋转，"肠卜祭师[3]和占卜官[4]预见很多事，许多重大事件是由神谕预言的，很多则通过占卜、解梦及奇观"[5]；还有一些预卜，是古人在处理公私大事时经常依据的：所有这些预卜的方式已被我们的

1　德尔斐，希腊的小岛，岛上有太阳神阿波罗的神殿。
2　柏拉图说："上帝创造我们时，把占卜用的器官置于我们灵魂不吉利的部位（即内脏）。"
3　古罗马根据动物内脏占卜的祭师。
4　古罗马从鸟的飞行和鸣叫声或从雷电等占卜吉凶的人。
5　引自西塞罗。

宗教所废除。至今，靠星宿、神鬼、身体形状、梦等占卜的方法依然存在，这实在是人类本性喜欢瞎操心的杰出例子。人类总以预见未来的事情为乐，似乎现实的事不够他们操心。

> 奥林匹斯山的主啊，你为何
> 用残酷的预言宣布凡人的不幸，
> 使他们雪上添霜，忧惧不安？
> 你要惩罚他们，倒不如突然袭击！
> 让他们对未来的命运一无所知！
> 在担忧中能够有所期望！[1]

"知道未来甚至毫无用处，因为徒劳地为将来犯愁是可悲的。"[2] 尽管如此，占卜的权威性还是很小的。

这就是为什么我觉得弗朗索瓦·萨吕斯侯爵的例子很有说服力。他是弗朗索瓦一世在阿尔卑斯山的驻军司令，宫廷宠臣，并且受恩于国王，因为他的侯爵领地是他兄弟的领地充公后御赐的。那时没有背叛的机会，萨吕斯侯爵感情上也反对背叛。尽管如此，正如事实所表明的那样，他还是被当时流行的预言吓破了胆。预言说，查理五世皇帝将取胜，法国将战败。尤其在意大利，法国将失败的预言传得满城风雨，以至于在罗马，由于听到我们即将灭亡的流言，人们把大笔钱存进了银行。起初，萨吕斯

1　引自卢卡努。
2　引自西塞罗。

侯爵看到法国王室就要遭难，他在王室司职的朋友就要倒霉，便常在亲信面前唉声叹气，不久就背弃王室，改变阵营了。不管出现怎样的星象，他这样做是得不偿失的。不过，他表现得像一个受到各种痛苦折磨的人。因为他控制着城市和部队，安托尼·德·莱夫率领的敌军近在咫尺，而我们对他的计划毫不知情，他本可以做得更坏一些。然而，我们并没有因他的变节而丧失一兵一卒，除福斯诺外再没丢失其他城池，况且那还是争夺许久才失掉的。

> 神用预言将未来掩盖，
>
> 嗤笑人类慌乱失态。
>
> 过完一天敢说自己"活了一天"，
>
> 才算掌握了自己的命运。
>
> 不管上帝让明日的天空乌云密布，
>
> 还是阳光灿烂，
>
> 这有什么要紧？
>
> 现在快乐的人，
>
> 绝不会为将来操心。[1]

相反，有人错误地相信下面的话："他们的观点是，有占卜，就有神；有神，就有占卜。"[2]还是帕库维尤斯[3]说得更有道理：

1　引自贺拉斯。

2　引自西塞罗。

3　帕库维尤斯（前220—前132），拉丁语诗剧作家。

对于善解鸟语的学者，

那些从动物肝脏比从自己心灵

汲取更多智慧的人，

我想可以听听他们说什么，

但不要相信。

意大利托斯卡纳人举世闻名的占卜艺术是这样产生的：一位耕农犁地犁得很深，看见地里冒出一个具有孩童脸蛋、老人智慧的半神塔霍。大家都奔了过来。塔霍说的话包含着这一占卜艺术的原则和方法，被收集和保存了好几个世纪。它的产生同它的发展一样荒诞不经。

相对于这些不可靠的做法，我倒更相信用骰子抽签来处理难题。

确实，每个国家都给予抽签占卜相当的权威。柏拉图在他虚构的国家政体中，也赋予抽签以决定很多大事的权力。他构想婚姻要在好人之间用抽签来决定，他十分重视这种偶然的选择，规定由这种结合生出来的孩子才能在本国生活，而恶人生下的孩子将被逐出国门。然而，被驱逐者如果在成长过程中显出良好的品质，也可以召回国，而留在本土的人，少年时就看出没有出息的，也要驱逐出国。

我发现，那些研究和注解预言的人，企图用预言会发生的事，来证实预言的权威。其实，他们的预言不可避免地会有真有假："成天抽签，谁会一次都抽不中？"[1] 即使他们言中了几次，也丝毫不会让我对他们增加敬意。如果他们撒谎撒得有规律、有诚意，那他们的预言也许更可信。再说，没有人计较他们的失算，因为这种事层出不穷，屡见不鲜。预言只有稀少、神奇和令人难以置信才具有价值。在萨莫色雷斯岛[2]的万神殿，有人指着幸免于难的人还愿捐赠的许多物品和图画，对绰号为无神论者的迪亚戈拉斯说："喂，您觉得众神对人间的事很不关心，可是这么多人都被他们仁慈地救了下来，您对此做何解释？"迪亚戈拉斯答道："事实上，那些没有被画下来的淹死的人，人数远远超过画上的。"西塞罗说，在所有承认神存在的哲学家中，唯有科洛丰的色诺芬尼试图杜绝各种形式的预卜。所以，如果我们看到，我们的君主也迷恋这种虚无之事，也就不足为奇了。

我倒也曾经亲眼领略过两本奇书，一本是加拉布里拉亚的教士若阿香写的，对未来的教皇及他们的姓名和特征，都一一做了预言；另一本是利奥皇帝写的，对希腊的皇帝和主教做了预言。但是，我亲眼看到，在民众的动乱中，那些对自己的遭遇感到茫然不知所措的人，如何像求助于任何迷信那样，在天上寻找他们灾难的缘由和征兆。当今，这两本书在预言这块领地上深受推崇，这倒使我确信，这实在是思路敏锐但又无所事事的人可以从事的消遣；那些训练有素、精于此道的人，总能从所有的书中找到他们需要的答案。然而，他们能够成功，得归功于预言行话的

1　引自西塞罗。
2　萨莫色雷斯岛，希腊岛屿。公元前七年，希腊人在此建有万神殿和众神圣殿。

晦涩、含糊和怪异，作者没有提供清楚的意义，使得后代可以随意用来预卜。

苏格拉底的守护神[1]恰恰是一种意愿的冲动，是未经理性思考的突发奇想。对于像他那样纯洁、智慧和品德高尚的人来说，这种随心所欲尽管轻率、唐突，但似乎颇有用处，值得关注。我们每个人都会感到自己身上有这种突发的、激烈和意外的冲动。尽管我对我们的智慧不以为然，但对人的这种冲动比较看重。我的冲动缺少理性，但在说服或劝阻上却强劲有力。苏格拉底更是这样。我这种冲动非常有用，非常成功，可以被认为是神明的启示。

1　苏格拉底的守护神是指一个神秘的声音，他的一切决定都是源自这个神秘的声音。

十二

论坚毅

坚定和坚毅的法则并不意味着不要尽我们所能地保护自己，避开威胁我们的麻烦和不测，也不是不要担心它们会突然降临。相反，任何预防不测的正当做法不仅被允许，而且值得赞扬。所谓坚毅，主要指耐心忍受无法补救的不测。因此，如果能够利用身体的灵活或手中的武器，避开别人的袭击，都是好的办法。

古时候，许多好战的民族将逃跑作为他们主要的战功，这种背对敌人的做法比面向敌人更危险。

土耳其人多少保留了些这种做法。

柏拉图笔下的苏格拉底嘲讽拉凯斯[1]把勇敢定义为：在对敌作战中坚守阵地。苏格拉底说："怎么？难道把阵地让给敌人再反击他们就是怯懦吗？"他还引证荷马如何称颂埃涅阿斯[2]的逃

1　拉凯斯（约前457—前418），雅典的富有贵族，在伯罗奔尼撒战争中起过重要作用。苏格拉底的密友。
2　埃涅阿斯，特洛伊王子。特洛伊城被攻陷时，他背着父亲冒着大火逃了出去。

跑战术。后来，拉凯斯改变了看法，赞同斯基泰人采用过，后来骑兵也普遍采用的逃跑战术。这时，苏格拉底又举斯巴达的步兵为例：这个民族比任何民族都英勇善战，攻克布拉的城[1]那天，由于冲不破波斯部队的方阵，斯巴达军队敢于后退，企图制造后退的舆论，引诱波斯人追击，以便打破和瓦解他们的方阵。这样，斯巴达人取得了胜利。

说起斯基泰人，有人说，当大流士皇帝率兵去征服他们的时候，强烈谴责他们的国王见到他时总是后退，避免混战。对此，安达蒂斯——这是那位国王的名字——回答说，他后退既非怕大流士，也非怕其他什么人，而是他的民族行走的方式；因为他们既无耕地，也无城池和家园要保卫，不必担心敌人从中捞到好处；但是，如果大流士真想搞明白的话，那就到他们祖先的墓地看一看，就会知道他们是谁了。

然而，炮战时，正如打仗时常有的那样，一旦被炮瞄准，是不能怕被击中而躲开的，因为炮弹的威力之大，速度之快，让人躲不胜躲。但还是有人试图举手或低头来躲避炮弹，这至少会让同伴们嗤笑。

查理五世入侵普罗旺斯时，居阿斯特侯爵去侦察阿尔城，靠一个风车作掩护，当他露出身子时，被正在竞技场上走动的德·博纳瓦尔和塞内夏尔·德·阿热诺阿两位老爷发现。他们将侯爵指给炮兵指挥德·维利埃大人，后者用轻型长炮瞄准侯爵，侯爵看见开火，便扑向一旁，不然他想必饮弹身亡了。几年前，

1　布拉的，古希腊彼俄提亚内境内城邦。公元前四七九年，希腊和波斯战争中，斯巴达统帅波桑尼曾率希腊联军大败波斯侵略军于此。

洛朗一世——凯瑟琳·德·梅第奇王后的父亲、弗朗索瓦二世的外祖父——围困意大利要塞蒙多尔夫，就在维卡利亚一带。他看见瞄准他的一门大炮正在点火，便赶紧低下脑袋，否则，炮弹可能会击中他的胸部，可现在仅仅从他的头顶擦过。说实话，我不认为他们的举动是经过思考的，因为在瞬间，你怎么能判断得出对方是朝上还是朝下瞄准呢？人们更容易相信，能躲过炮弹那是侥幸，下次再这样做，也许可以躲过，也许会被击中。

如果枪声在我想不到的地方，突如其来地传入我的耳朵，我保不住也会颤抖。这种情况，我在比我勇敢的人身上也见到过。

斯多葛派不要求他们哲人的心灵能够抵挡突如其来的幻觉和想象，但是，他们承认，哲人比方说听到晴天霹雳，或是看到突降灾祸，会大惊失色，浑身颤抖，这似乎是本能所致。对于其他的痛苦，只要哲人的理智是健全的，他们的判断能力尚未受到损害，他们都会镇定自若。而对于非哲人来说，前一种反应与哲人是一样的，而第二种就截然不同了。因为痛苦的感受对于非哲人来说，不是表面的，而是会渗透并腐蚀、毒害他的理智。这种人只对痛苦进行判断，并与其妥协。不妨好好瞧一瞧这位斯多葛哲人的心境：

他的心坚定不移，他的泪枉然流淌。[1]

逍遥学派[2]哲人并不排斥痛苦，但他们善于抑制。

1　引自维吉尔。
2　逍遥学派哲学为亚里士多德创造的哲学学派。之所以有逍遥学派的称谓，是因为亚里士多德在他创办的学园里边散步，边授课。

十三

国王待客礼节

这个议题虽然无足轻重，却值得在这部拼凑的作品中占一席之地。按常规，当你的同类，尤其是当一个大人物通知你要来造访时，你却不在家等候，这是极不礼貌的。对这个问题，纳瓦拉王后玛格丽特甚至说过，一个贵族出门迎接来访的客人（这是常有的事），不管对方如何高贵，都是不文明的；比较礼貌和恭敬的做法，是在家里等候客人，即使怕他迷路，也不必出门迎接，只需在客人走时送一送。

而我常常会忘记这个或那个无谓的规矩，我在家里取消了所有的虚礼。有人对我的做法很气恼，可我有什么办法呢？与其每天让自己没完没了地受罪，倒不如就冒犯他一次。如果把这些繁文缛节带到自己的窝里，那又何必逃避宫廷礼仪的约束呢？

在所有待客礼仪中，还有一条通用的规矩，那就是低一等的人先到场，因为最高贵的人有必要让人等一等。然而，当克莱芒七世教皇和弗朗索瓦一世在马赛会晤时，弗朗索瓦一世安排完必要的准备工作后，就离开马赛，让教皇进城后休息两三天，然后他再来会见教皇。同样，当克莱芒七世与查理五世到布洛涅去会谈时，查理皇帝让教皇先到，然后自己才来。他们说，这样的礼节，是他们这样的君主待客普遍采用的，也就是说，最尊贵者要比其他人先到会晤地点，甚至比主人还要先到。这样做，是为了表明低一等的人去找最高贵的人，是他们想去拜访他，而不是相反。

不仅每个国家，甚至每个城市，每个行业，都有其特殊的礼仪。我在礼节方面从小训练有素，又生活在有教养的人中间，所以深谙法国礼仪，并且会恪遵这些教导。我愿意遵守礼仪，但并不是唯唯诺诺，使自己的生活受到束缚。这些礼节中有些形式令人难以忍受，但愿人们有识别地，而不是有偏差地把它们忘掉，这样做并不有失风度。我常常看到，有些人由于过分彬彬有礼，反而有失礼貌；由于过分谦恭客套，反而令人讨厌。

此外，人际关系准则是非常有用的学问。善于交往同优雅和美丽一样，有助于我们步入和熟悉社会，也就为我们敞开了向别人学习的大门，或者把我们自己作为榜样来发掘和推广，如果我们自身有东西值得别人学习和仿效的话。

十四

对好坏的判断
主要取决于我们的主观看法

古希腊有一条格言说，人通常会被对事物的看法，而不是被事物本身所困扰。假如大家都能不折不扣地把这句话当成真理，那么，人类的不幸就会得以减轻。因为，如果只凭我们的判断，坏事才进入我们的世界，那么，我们完全可以对此嗤之以鼻，或者把它变为好事。假如事物受我们的支配，为什么我们不能加以利用，或者使之适应我们的利益呢？如果我们所谓的烦恼和痛苦并不出自事物本身，而来自我们的想象给予的特性，那么我们自己就能改变这种特性。如果选择权在我们手中，没有人强迫我们，那么，为什么要傻乎乎地自寻烦恼，使疾病、贫困和蔑视带上一种苦涩而丑恶的味道？我们完全可以使它们变得富有情趣；如果说命运仅仅提供内容的话，那么形式可由我们赋予。既然我们认为，所谓的坏事并不出自事物本身，至少，无论如何，应该由我们给予它们另一种味道，另一副面孔（因为这是一回事），那么，我们就来看看这种说法是不是站得住脚。

如果我们担忧的事物可以擅自在我们身上安营扎寨，那它们也会在别人那里安家落户。因为所有的人都属于同一种类，虽然程度不同，但都具备相同的想象和判断的工具。但我们对这些事物的看法形形色色，这清楚地表明，事物进入我们的世界时已被我们的想法同化。偶尔有人接受了事物的真正状态，但其他成千上万的人却为它们想象出一个新的截然相反的状态。

我们将死亡、贫困和痛苦当作我们的主要对手。

然而，一些人称死亡为最可怕的事物，殊不知另一些人却称之为人生痛苦的唯一港口，是大自然至高无上的恩赐，人生自由的唯一依靠，医治百病、通用而高效的良药。正如有些人面对死亡胆战心惊，另一些人对死却比对生更泰然自若。

有人抱怨死亡来得太易：

> 死神啊！假若你能放过懦夫，
> 而只惩罚不怕死的人该多好！ [1]

暂且不谈这些高傲虚荣的人。狄奥多罗斯面对威胁他、要杀死他的利西马科斯 [2]，回答说："你若有斑蝥 [3] 之力，就能击中我……"多数哲学家要么有目的地预防死亡，要么催促和帮助死亡早日来临。

我们看到，很多普通人，面对死亡（不是一般的，而是夹杂

1　引自卢卡努。

2　利西马科斯（前361—前281），马其顿将军、总督和国王，亚历山大大帝的继位者之一。

3　斑蝥为一种昆虫，其足的关节处能分泌黄色毒液，皮肤接触后会起水泡。

着耻辱和怨愤的死亡），或出于顽强，或出于天真，表现得从容不迫，神态自如，同平时相比毫无异样。此时，他们照样处理家事，求朋友帮忙，吟唱说教，同百姓聊天，甚至还不时地开开玩笑，为朋友的健康干杯，就像苏格拉底那样。有一个人，被带往绞刑架还提出不要经过某某街，说是那里有个商人可能会来揪他的衣领，因为他有笔老账尚未偿还。还有个人则对刽子手说不要碰他的喉咙，以免他笑得浑身发抖，因为他怕痒痒。还有一个听到忏悔神甫向他保证，他死的那天将和天主共进晚餐，他笑着回答说："要去你自己去吧，我守斋。"还有个人向刽子手要水喝，见刽子手喝了再给他，他就说不愿意在他后面喝，怕染上梅毒。大家都听说过那位庇卡底人的故事，此人已上了绞刑架，人们给他带来一个姑娘，如果他想娶她，便可免于一死（我们的法律有时是允许的）。他将那姑娘打量了一会儿，发现她是瘸腿，便说："绞死我吧，绞死我吧，她是瘸子。"听说在丹麦也发生过类似的事：有个人被判砍头，在断头台上，人们也向他提出同样的条件，也遭到了拒绝，因为送上来的那个姑娘，脸颊下垂，鼻子太尖。在图卢兹，有位仆人被指控为异教徒，他被指控的唯一理由是他的信仰和他的主人，一位同为阶下囚的年轻学生的信仰相同，可是仆人宁死也不愿相信他的主人可能是错的。我们还可以读到阿拉斯人的故事：当路易十一攻克该城时，很多人宁可被吊死，也不愿喊："国王万岁！"

在纳森克王国，至今教士的妻子在丈夫去世时，都要为死者殉葬。其他女人则在她们丈夫的葬礼上被活活烧死，此时，她们不仅表现得勇敢坚强，而且喜形于色。当国王的遗体火化时，他所有的妻妾、嬖幸，各种官员、奴仆都兴高采烈地扑向烈火，对他们来说，能陪伴国王的遗体一起火化，是一种无上的光荣。

一些卑劣的宫廷小丑临死前还开着粗俗的玩笑。有一个人，当刽子手推他时，大声喊道："听其自然吧！"这是他的口头禅。还有个人被平放在壁炉旁的草褥上等死，医生问他哪里不舒服，他却回答："在凳子和火之间。"教士来给他涂圣油，寻找他那因病而缩小了的双脚时，他说："您可以在我的腿端找到它们。"教士劝他祈祷上帝保佑，他却问："谁去那里？"教士答道："如果上帝愿意，马上就是您了。"他又说："但愿是明天晚上。"教士继续道："您还是祈求上帝保佑吧，您很快就要去了。"他接口说："因此，最好是我自己去告诉他。"

在我们同米兰的最近几次战争中，城市多次失而复得，百姓难以忍受多舛的命运，决定一死了之。我听我父亲说，那时盛传有二十五位一家之主在一周之内自己结束了生命。这一事件与克桑西城的故事很相似，克桑西人被布鲁图[1]团团围困，男女老少纷纷跳下城墙，只求一死，就像人们拼命逃命那样拼命寻死。布鲁图只救下了极少一部分居民。

任何观念都很顽强，会不惜一切地让人接受。希腊人出征时都要宣誓，直到米堤亚战争[2]，一直坚持同样的誓言。这一精彩誓言的第一条是，宁愿以生换取死亡，也不让波斯人的法律替代他们自己的法律。我们看到，在土耳其同希腊的战争中，多少人宁

1　　布鲁图（约前85—前42），古罗马政治家。
2　　米堤亚战争，指公元前五世纪希腊人同波斯帝国之间的冲突。米堤亚位于伊朗高原西部。

愿接受残酷的死亡，也不愿放弃割礼而改行洗礼。这是任何宗教都做得到的。

　　卡斯蒂利亚[1]王国的君王们曾把犹太人赶出了卡斯蒂利亚，葡萄牙国王让允许犹太人逃往葡萄牙，但一个人要交八个埃居，并且要他们在某一天全部离开葡萄牙，还答应为他们提供船只把他们运往非洲，规定日期一过，不服从的犹太人就要变成奴隶。那天，为他们提供的船只不多，上船的人受到船员的粗暴虐待，除了各种侮辱外，船员们还设法在海上耽搁，一会儿向前，一会儿后退，使得犹太人吃完所带的食品，被迫向船员买吃的，价格昂贵，时间又久，等他们到岸时，身上除了衬衣便一无所有了。这一非人待遇的消息传到尚未动身的犹太人那里，他们大部分都宁可为奴隶，只有很少人假装改信宗教。先让犹太人恢复自由，但后来又改变主意，要犹太人于限定时间离开葡萄牙，并指定三个港口让他们出海。据近代最杰出的拉丁史学家奥佐里奥主教称，新国王看到恢复犹太人自由的做法未能使犹太人皈依基督教，于是限定日期让他们离开葡萄牙，心想那些犹太人不会像他们的同胞那样甘愿受海员的掠夺，也不会愿意离开他们过惯了富裕生活的国家，而去投奔人地生疏的异国他乡，这样他们就会回心转意而皈依基督教。可是，国王看到希望落空，犹太人个个毫不犹豫地选择了流亡，就决定关闭其中两个许诺的港口，以便路途的漫长和不便会使有些人改变主意，或是，为了把他们集中到

1　卡斯蒂利亚，西班牙历史地理名。位于伊比利亚半岛西部，约占西班牙全国领土的四分之一，是历史上卡斯蒂利亚王国（建于1035年）所在地。

一个地方，以利于实施他的计划。他早已有这个打算了：国王下令将十四岁以下的犹太儿童统统从他们父母身边夺走，送到看不见和接触不到父母的地方，让他们接受基督教教育。据说这一做法造成了可怕的景象，父子亲情以及对古老宗教信仰的热忱，都促使他们同这个强制性敕令抵抗到底：到处可见父母自杀身亡，更惨的是，有些父母出于对孩子的爱怜，将他们投入水井，以逃避敕令的蹂躏。此外，规定的期限一满，由于别无他法，犹太人又重新沦为奴隶。但也有几个人皈依了基督教。至今一百年过去了，对于那些犹太人及其后裔是否真心皈依了基督教这件事，表示相信的葡萄牙人为数不多，尽管习惯和时间比任何约束更有威力。"历史上多次看到，宁死不屈的何止将领，甚至是整个部队。"[1]

我有一位挚友，一心寻求死亡，这个念头他已深思熟虑，并在他心中深深扎根，我无法使他打消。一旦戴着神圣光环的死亡降临，他就毫无理性地、如饥似渴地奔了过去。

当今有些人，甚至是孩子，就为了一点点挫折，便自杀了。关于这一点，有位古人说："如果连胆小鬼都选择的避难处我们也害怕，那么还有什么不怕的呢？"在更加快乐的年代里，不分性别、地位和宗派，有耐心等死者，也有自愿寻死者，那些寻死的人或是为了逃避生活的痛苦，也有人是因为生活过于称心如意，还有的希望到另一个世界寻觅更好的生存条件。这些人比比皆是，数不胜数，这里，我不可能一一列举。事实上，把贪生怕

1　　引自西塞罗。

死者列一个清单，恐怕更为方便。

现在只谈论下面一件事。一天，哲学家皮浪[1]在船上，恰遇大风暴，看到周围人惊慌失措，便以一头也在船上却对暴风雨无忧无虑的小猪为例，劝说那些人不必害怕。既然我们为有理性而由衷高兴，多亏理性我们才自认为可以主宰和君临他人，那么，我们能不能大胆地说，我们身上的理性是为了使我们苦恼而存在的呢？既然知道实情会使我们心绪不宁，坐立不安，使我们的处境还不如那头小猪，而不了解实况，我们反而心境恬静，那么，了解真相有什么用呢？人有智慧，是为了谋取最大的利益，难道我们要把智慧用来毁灭自身，与大自然的意图，与事物的普遍规律相抗衡吗？而事物的规律不就是要每个人尽自己所能来谋取自己的利益吗？

或许有人会对我说，好吧，你那个规则适用于死亡，可贫困又是怎么回事呢？还有痛苦？亚里斯提卜、希罗尼姆及大多数哲学家称痛苦为最大的不幸，另一些人口头上否定，实际上也这样认为。波塞多尼奥斯[2]患了急病，痛苦万分，庞培来看他，为选择如此不合适的时间来聆听老师谈论哲学而深感抱歉。波塞多尼奥斯对他说："但愿我的病痛不至于妨碍我讲哲学！"接着，他干脆以蔑视痛苦为题，开始讲了起来。可是，痛苦仍对他大摆威风，不停地折磨他。他喊道："痛苦啊，如果我不把你当作不幸，你这样岂不是徒劳吗？"这件事被传为佳话，可是，这对蔑视痛苦又

1　皮浪（约前365—约前275），古希腊哲学家，怀疑论者。他认为由感觉和理性得来的知识都不可靠，要认识客观世界是不可能的，甚至客观世界是否存在亦可怀疑。
2　波塞多尼奥斯（前135—前51），古希腊斯多葛派哲学家。

有何意义呢？他不过从字面上去辩论罢了，如果他痛苦得不厉害，又何必中断谈话呢？为何要如此克制自己，不把它叫作不幸呢？

这里所谈的痛苦不全是凭空想象。对于其他事我们可以主观臆想，而这里，是可靠的知觉在起作用，是我们的感官在做判断。

如果感官有错，整个理性就会崩溃。[1]

难道能让我们的皮肉相信鞭子抽上去是搔痒吗？能让我们的味觉相信芦荟的味道是纪龙德沙砾地葡萄酒的味道吗？皮浪的小猪会站在我们一边的。它确实不怕死，可如果我们打它，它就会大叫起来，就会痛苦不堪。天底下任何生灵都怕痛苦，难道我们要超越这个普遍天性？就连树木受到伤害似乎也会呻吟。死亡是通过推理才被感知的，那是瞬间的运动：

死亡属于过去或将来，不属于现在。[2]

等待死亡要比死亡更难以忍受。[3]

许多牲畜和人生命遭受威胁的时间都比死亡的时间要长。事实上，对于死亡，我们所惧怕的，主要是死前一般要遭受的痛苦。

1　引自卢克莱修。
2　引自拉博埃西。
3　引自奥维德。

然而，拿一位圣父的话来说，"死后的事才使死亡成为痛苦的事"[1]。而我的看法似乎更为真实，我认为死之前或死之后都与死亡无关。我们常常错做自我辩解。经验告诉我，我们之所以忍受不了痛苦，是因为忍受不了对死亡的想象，想到痛苦会带来死亡，就更加焦虑不安。但理性又会责备我们懦弱无能，不该为这种突发的、不可避免的、冷漠无情的事担惊受怕，这时，我们就会找出一个更站得住脚的借口。

一切只有痛苦而无其他危险的病痛，我们认为是无危险病痛；牙痛和痛风，不管多么疼痛难熬，因为不危及生命，谁会把它们当作疾病？然而，可以假设，我们惧怕死亡，主要是惧怕痛苦。正如贫困亦毫不可怕，不过会使我们遭受饥渴、冷热和不眠之苦罢了。

因此，让我们来面对痛苦吧！我把痛苦当作生存的最大不幸，这是很自然的。我这人对痛苦绝无好感，我尽量躲避痛苦，因此至今——感谢上帝——我与之尚未有过很多交往。然而，我们即使不能消除痛苦，至少也可以耐心忍受，以求减轻；即使身体疼痛难熬，我们的心灵和理性仍能做到坚强不屈。

如果不是这样，我们当中谁会相信勇气、勇敢、力量、宽大和坚定呢？如果不再向痛苦挑战，这些品德又有何用呢？"*勇敢渴望危险。*"[2]如果不必露宿野地，全身披挂忍受烈日，以马肉或驴肉充饥，不必看到自己粉身碎骨，从骨缝里拔出子弹，受缝

1　引自奥古斯丁。
2　引自塞涅卡。

合、烧灼或用导管之苦，那么我们如何能战胜平庸，鹤立鸡群？正如哲人们说的那样，在高尚的行为中，最值得做的事，是最痛苦的事，不要逃避不幸和痛苦。"的确，寻欢作乐与轻浮为伴，生活在其中的人并不幸福；在忧愁中如能百折不挠，反而常会感到幸福。"[1]因此，很难使我们的祖先相信，冒着战争固有的风险用武力去征服，不如不担风险靠计谋去获胜：

> 责任的代价越大，越有魅力。[2]

此外，我们可以聊以自慰的是，显然痛苦愈烈，时间则愈短，而时间愈久，痛苦则愈微，"Si gravis brevis, si longus levis"[3]。痛苦过了头，不久就会失去感觉，它就会消失，或者让你丧命：二者是一回事。如果你忍受不了痛苦，痛苦就会夺走你的性命。"你要牢记，死亡是最大痛苦的终止，最小的痛苦断断续续，我们能主宰的则是不大不小的痛苦。痛苦，能忍受时则忍受，不能忍受时就躲开，结束令我们讨厌的人生，就像退出舞台一般。"[4]

我们之所以不能耐心忍受痛苦，是因为我们不习惯从心灵上获得主要的满足，没有给予心灵足够的重视，而它却是我们状态和行为唯一至高无上的主宰。身体只有一种方式，一种状态，但有程度的不同。而心灵却多姿多态，它让身体的各种感觉和意外

---

1 引自西塞罗。
2 引自卢卡努。
3 拉丁文：痛苦愈烈，时间愈短，时间愈久，痛苦愈微。引自西塞罗。
4 引自西塞罗。

听命于它的状态。因此，需要对心灵进行研究和探索，唤醒它的强大活力。任何理性、规定和力量都奈何不了心灵的倾向与选择。在它拥有的无数状态中，应赋予它一种有利于我们平静生活的状态，这样，我们不仅能免受任何冲击，甚至，如果它认为合适的话，我们还会以痛苦和不幸为乐。

心灵不加区别地利用一切。错误和梦幻犹如一种可靠的物质，可以用来确保我们的安全，使我们获得满足。

不难看到，刺激痛苦和快感的是我们思想的尖刺。动物则是抑制它们的思想，而它们身体的感觉是自由的、本能的，因此，几乎每一类动物都有相同的感觉，正如我们从与它们相似的行为所观察到的那样。如果我们不去扰乱我们肢体的裁判权，可以肯定，我们的境况会好一些，大自然赋予我们肢体一种特性，让它们对痛苦和快乐的感觉正确而适度。这种特性是人人平等的、人所共有的，因此必然是正确的。但是，既然我们已经摆脱了这些规则的束缚，任凭想象力胡作非为，那么至少可以设法让我们想愉快的事。

柏拉图担心我们陷入痛苦和快乐，因为这会导致灵魂过分依附于躯体。而我却认为，这会使灵魂和躯体脱离。

敌人看到我们逃跑会更气势汹汹，同样，痛苦看到我们发抖会更神气活现。谁抵抗，痛苦就向谁屈服。因此，应该坚决同它做斗争。退缩和畏惧，会招致毁灭的威胁。身体越结实就越坚强，灵魂也是如此。

下面举几个例子，说一说像我这样羸弱的人，从这些例子中可以发现，痛苦的程度完全取决于我们给它的位置，正如宝石的颜色鲜艳还是暗淡，与放在什么样的叶片上有关。奥古斯丁说得好："他们越是陷入痛苦，就越感到痛苦。"在鏖战中身挨十剑，也不如挨外科医生一刀来得痛苦。分娩时的痛苦，医生和上帝都认为是巨大的[1]，我们也是小题大做，但有些种族却毫不在乎。撇开斯巴达国的妇女不谈，就拿随我们步兵出征的瑞士妇女[2]来说，你发现这时她们有什么不同吗？她们昨天还怀着孩子，今天就将婴儿挂在脖子上，跑着小步随丈夫行军了。还有我们中间不受尊重的假埃及妇女[3]，孩子一出生，就到邻近的河里给自己和婴儿洗澡。许多少女为了掩人耳目，怀孕和分娩期间都要躲起来。古罗马贵族萨比努斯[4]的妻子也一样，为了丈夫的利益，分娩时无人帮助，独自生下一对双胞胎，没有喊叫，也没有呻吟。斯巴达人偷了东西，怕受羞辱甚于我们怕受惩罚，因此，有一个普通小男孩偷了一只狐狸后，就把它藏到披风里，宁可忍痛让狐狸咬肚皮也不愿让人发现。另有一位在献祭仪式时烧香，香火落进袖子里，为了不扰乱祭礼，宁愿让火烧到骨头上。许多斯巴达人，根据所受的教育，为了考验勇敢的品德，在七岁时要经常受鞭打，即使被打死，也要脸不变色心不跳。西塞罗曾经看到过斯巴达人互相厮打，拳打脚踢，还用牙齿咬，直至昏倒也不认输。"人的本性从不曾被习俗战胜过，因为它是不可战胜的，它只会被我们

1　　上帝说："妇人生产的时候会忧愁，因为她的时候到了；但孩子一生出来，就不再记得那痛苦了，因为欢喜有一个人生在世上了。"引自《圣经·新约·约翰福音》。

2　　法军中的瑞士雇佣兵带着妻子出征。

3　　假埃及妇女指波希米亚女人。

4　　萨比努斯（卒于70年），因挑动高卢人造罗马皇帝韦斯巴芗（9—79）的反，在岩洞里躲了九年，他妻子每天给他送饭。

自己战胜，安逸、快乐、游手好闲、好吃懒做毒害我们的心灵，成见和恶习削弱和腐蚀我们的心灵。"[1] 人人皆知左撇子穆西尤斯[2] 的故事，他混进敌营，企图杀死敌首领，行动失败后，为了以更奇特的方式继续行动，减轻祖国遭受的苦难，他向他欲谋杀的国王波塞纳[3] 承认了自己的企图，并说，在他的部队里还有很多罗马人想这样做。为表明自己是怎样一个人，他叫人拿来火盆，看着自己的胳膊任火烧烤，敌人吓得赶紧下令拿走火盆。还有个人在开刀时，竟然继续读他的书。还有一位在受刑时尽情地嘲弄和讥笑，搞得刽子手恼羞成怒，对他使出各种酷刑，他都挺住了，从而战胜了刽子手。可他却是位哲学家。还有呢。恺撒的一位斗士在被人用刀剪切割，用探子探查伤口时，始终笑容满面。"哪一个斗士呻吟或失容过？哪一个站着时胆小如鼠，倒下时畏畏缩缩？哪一个倒下后，死前别过脑袋？"[4] 女人也有这样的例子。谁不曾听说过，有一位巴黎妇女，为了重新长出更细嫩的皮肤，竟然把身上的皮剥掉？还有些人为使声音更加温柔沉浊，或使牙齿排列整齐，竟把好端端的牙齿拔掉。这种蔑视痛苦的例子举不胜举。只要可以变得漂亮，她们无所不能，无所畏惧：

她们只想拔掉白发，

1　引自西塞罗。
2　左撇子穆西尤斯，公元前六世纪末的罗马传奇式英雄。在罗马与伊特鲁里亚战争中，他潜入敌营，以图杀死该国国王波塞纳，被捕后宁肯烧掉右臂也不肯供出同谋。
3　波塞纳，公元前六世纪伊特鲁里亚国王，企图恢复伊特鲁里亚对罗马的统治，与罗马发生战争。
4　引自西塞罗。

消除皱纹整修脸容。[1]

我还见过一些女人，为使脸色变得苍白，不惜吞下沙子、烟灰，折磨自己，直到把胃搞坏。为有西班牙女郎的苗条身材，不惜吃尽苦头，将细腰束得紧紧的，两侧留下一道道深深的痕迹，直嵌入皮肉中，有时甚至会导致死亡。

现在，在许多国家里，经常可以看到，有人为了让人相信自己说的话而故意刺伤自己。我们的国王[2]就讲过他在波兰亲眼所见的突出事例。我知道这种事在法国也有人模仿。我就见过一位青年女子，为证明自己誓言的真诚和履行誓言的决心，取下头发上的簪子，在胳膊上扎了四五下，扎得皮开肉绽，鲜血流淌。土耳其人为了心爱的女人，甘愿在自己身上捅刀子；为了留下永久的痕迹，他们马上用火烧灼伤口，并让火在伤口上停留很长时间，以便阻止出血，留下疤痕。目睹过此场面的人做了记载，并向我发誓真有其事。但是，为了几个小钱，他们也会在手臂或大腿上深划几刀，这样的事每天都有发生。

令我高兴的是，我们需要什么证据，就能得到，因为基督教国家给我们提供了足够的例子。继我们圣父之后，曾有许多人也愿意背负十字架以示虔诚。从可靠证人写的书中可以知道，圣路易[3]总穿粗布衣裳，垂暮之年，他的忏悔神甫才允许他脱掉

1　引自提布卢斯。

2　指亨利三世。他在当法国国王（1573—1574）前曾是波兰王。据史学家记载，在他离开波兰前，波兰王室侍从长用匕首在自己臂上划了一刀以示忠诚。

3　圣路易（1214—1270），即路易九世，法国卡佩王朝国王（1226—1270）。

苦行者的衣衫。此外，每星期五他叫神甫用五条细铁链抽他的肩膀，为此，他总是把铁链子放在一个盒子内随身携带。纪尧姆是吉耶纳公爵领地的最后一位传人，他的女儿阿丽诺将该领地授给了法国和英国王室。纪尧姆公爵为了以苦行赎罪，在他生命的最后十来年里，坚持不懈地在教士服下面再背上厚厚的护胸甲。昂儒伯爵富尔克一直走到耶路撒冷，为的是脖子上套着绳索，在圣墓前让他的两位仆人鞭打。每年的耶稣受难日[1]，在各个地方，我们不也看见许多善男信女互相厮杀，直至皮开肉绽[2]吗？这种事我已屡见不鲜。有人说，有些人（他们戴着面具）是为了钱才这样不顾疼痛去捍卫别人的宗教信仰的；虔诚要比贪欲具有更大的刺激力，因此，他们就更要不顾疼痛，忍受虔诚者的鞭笞。

昆图斯·马克西姆埋葬了做执政官的儿子，马库斯·加图埋葬了被选定为大法官的儿子，保罗斯几天内痛失两个爱子，他们都表现出非凡的沉着，脸上丝毫看不出悲伤。我在我的《历书》中曾讥讽过当今的一位人物[3]，说他嘲弄了神圣的正义。因为他的三个儿子在同一天内惨遭死亡，按照常理，这对他应该是沉重的打击，但他却几乎将之当成神赐。我自己也失去了还在吃奶的两三个孩子，我当时没有痛苦，至少可以说没有悲伤。而最令人痛苦的意外莫过于丧子了。其他令人痛苦的缘由

1　耶稣受难日，复活节前的星期五。
2　在十六世纪，有许多鞭笞派教徒善会，教徒们身披麻袋夜间出会，边走边相殴打。
3　指特朗侯爵。在蒙克拉博战斗中，他的三个儿子于一五八七年七月二十九日同一天丧命。蒙田是他其中一个儿子的朋友。

还是相当多的，假如它们可能来到，我会几乎感觉不到，过去遇到该痛苦的事时，我也都是漠然处之，而其他人碰到这些事却会痛不欲生，我都不敢讲给人听，觉得难为情。"由此可以看到，痛苦不取决于人的本性，而在于人的看法。"[1]

看法在我们的生活中起着举足轻重的作用，它无所顾忌，无所节制。有谁曾像亚历山大和恺撒渴望天下大乱那样，如饥似渴地寻求天下的安宁和太平？西塔勒塞的父亲泰雷斯常说，他不打仗时，总觉得自己和马夫没什么差别。

执政官大加图为确保西班牙几座城市的安全，禁止那里的居民佩带武器，于是，很多人便自杀了："真是野蛮的民族，竟然认为没有武器便无法生活。"[2]我们知道，多少人逃避宁静而甜蜜的家居生活，到荒无人烟的地方寻求恐怖的刺激；多少人蔑视世俗社会，过卑贱低下的生活，他们生活其中感到其乐无穷。巴罗梅红衣主教最近在米兰逝世，他出身贵族，家财万贯，加之年纪还轻，正可以花天酒地纸醉金迷，况且，这也是意大利的风气；可是他却过着严肃刻苦的生活，春夏秋冬穿的是同一件袍子，睡的是草褥子，工作之余，他孜孜不倦，悉心研究，腰杆笔直地跪在地上，书旁放着一点儿水和面包，算作一日三餐的全部食粮。我知道，有人戴了绿帽子，却有意从中获得好处和晋升，可是，这个字眼会教许多人谈虎色变。如果说视觉不是我们器官中最必需的，至少也是最令人愉快的。但是，最有用、最令人愉快的器

1　　引自西塞罗。
2　　引自李维。

106

官似乎是生殖器。然而，不少人仅仅因为它们太可爱而恨之入骨，就因为它们太有用而摒弃不用。有人[1]把眼睛剜掉，也是出于同样的理由。

一般正常的男人都认为，多子便是多福，我和另外几个人却认为没有孩子才是幸福。

假如问泰勒斯[2]为何不结婚，他便会回答不想留下后代。

我们自己的看法会给事物标上价码，这会在很多事物上体现出来，要对它们做出评价，不仅要考虑它们的价值，还要考虑我们自己；我们不关心它们的质量和用途，只关心我们得到它们的代价，仿佛这是它们实体的某个部件；不是把事物带来的，而是把我们带给事物的称作价值。在这一点上，我发现我们是理财能手。花费有多大，事物的价值就有多大。我们的看法是绝不会允许无用的花费的。钻石的价值取决于买卖，勇敢的价值取决于困难，虔诚的价值取决于痛苦，良药的价值取决于苦口。

有个人为了变成穷汉，把所有钱财扔进海里，可很多人为了发财却在同一个海上四处搜索。伊壁鸠鲁说，富裕了，并不意味着困难减轻了，而是困难改变了。的确，产生吝啬的不是贫穷，而是富裕。关于这一点，我想谈一谈自己的体会。

童年结束后，我经历了三种状况。第一种状况历时二十年，生活来源主要靠别人的安排和赈济，但这是不稳定的，没有账目，没有预算。那时候，我花钱完全取决于这种来钱的偶然性，

1　指古希腊唯物主义哲学家德谟克利特（前460—前370）。他认为真正的幸福不在于感官享受，而在于心神宁静。

2　泰勒斯（约前624—约前547），传说为古希腊第一个哲学家，唯物主义者。

因而也就轻松愉快，无忧无虑。我从没有比那时更好的境况。朋友们的钱包从来为我敞开；我确定了还债的日期，规定自己把按期还债作为最必须做的事。朋友们看到我为还债所做的努力，便一再给我延长债期；而我则以诚实节约作为回报，但这诚实带点虚假的味道。我真的感到还债有其乐趣，仿佛从肩上卸下了一个讨厌的重负和受奴役的象征；我也感到，正确的行为和取悦别人会给我一种满足感。那些需要讨价还价和编造故事的还钱排除在外，因为，如果找不到为我讨价还价的人，我宁愿羞愧地、不公正地拖延付款，也不愿去做讨价还价的事，我的性格及说话方式都不适合这样做。没有比讨价还价更令我厌恶的了。这纯粹是一种弄虚作假和厚颜无耻的生意经：双方经过一小时的争论和讨价还价，其中一方就为了五分钱的利益而放弃诺言。然而，我那时借钱是处于不利地位的，因为我不好意思当面提出要求，总是写信去碰运气，信写得很随意，很容易遭到拒绝。我更愿意依靠星宿来摆脱需要的控制，这要比我后来依赖预见和判断更自由。

财产管理人大都认为，这种不确定的生活是非常可怕的。首先，他们不明白大多数人都如此生活。不论过去和现在，多少老实人放弃手中确定的东西，而去向国王或命运寻找毫无把握的恩宠！恺撒为了成为恺撒，不仅倾家荡产，而且举债百万黄金。多少商人变卖地产，开始到印度去做生意，

经受多少惊涛骇浪！[1]

---

[1] 引自卡图鲁斯。

在当前，虔诚的信教者寥若晨星，而数千教会组织却过着舒适的生活，每日期待上天给他们布施午餐。

其次，他们不知道他们赖以为基础的确定的东西，也和偶然事物一样不确定和有风险。尽管我有两千埃居的年金，我仍清楚地看到了贫困，就像它总在和我作对。因为在巨富和赤贫之间往往没有折中，命运会穿过我们的财富，为贫困打开成百个缺口：

财富是玻璃做成的，它闪闪发光，
但很容易破碎。[1]

命运会推翻我们所有的防御和堤坝，因此，我认为，出于种种原因，贫困不仅与穷人有关，也会在富人家里安营扎寨。或许，贫困单独存在，要比与财富共存时稍为令人舒服些。财富与其说来自收入，不如说全凭井井有条的管理："人人都是自己财富的创造者。"[2] 依我看，一个缺衣少食、经济拮据的富人，要比单纯的穷人更可怜。"生活在财富中的穷人最贫穷。"[3]

最强大、最富有的君王往往会陷入极端匮乏之中，因为难道还有比成为暴君和窃取臣民财产更极端的事吗？

我经历的第二种状况是有钱。我对钱紧抓不放，根据我的社会地位，我很快就有了可观的积蓄。我认为，除了正常收入，一

1　引自普布利乌斯·西鲁斯。
2　引自萨卢斯特。
3　引自塞涅卡。

无积蓄不能算作拥有，可望的收入希望再大也不能算数。因为我想，万一发生意外呢？由于这种空幻而古怪的想法，我装出很精明的样子，开始存钱，以备不测。有人向我指出，不测防不胜防，我还振振有词地回答，即使不能以备所有的不测，也可以用来应付一些或好几个。存钱不是没有忧虑的。我得保守秘密。我这人敢于谈论我自己，但谈钱时从不说真话，就像其他人，有钱时哭穷，没钱时装富，也不怕良心不安，从不真诚地公开自己的财产。如此小心翼翼，真是可笑又可耻！外出旅行时，总觉得自己带的东西不够。钱带得越多，忧虑也越多，时而担心路途不安全，时而害怕脚夫不可靠，我跟我认识的人一样，行李放在眼皮底下才放心。把钱箱留在家里吧，又会疑神疑鬼，忧虑重重。更糟糕的是，这些想法又不能说给人听。我人在旅途，心却系在家里的钱箱上。说到底，守钱比挣钱更难。即使我做的不完全像我所说的，至少让我不这样做也是很难的。至于好处，我所得甚少或者一无所获，因为设法多花钱，对我也是个沉重的压力。正如哲学家彼翁说的，无论是有发者还是秃头者，给他们拔头发都会引起不悦；一旦习惯了金钱，并把你的思想集中在钱堆上，金钱就不再为你服务，你就不敢再花一分钱，好比一座房子，碰它一下，就会引起全身震动。不到万不得已，你是不会动它的。从前，我当衣服，卖骏马，无拘无束，毫无遗憾，而自从我有了钱，就把它束之高阁，轻易不打开心爱的钱包。可是，问题在于很难与这种存钱的欲望划定界限（对于人们认为的好事，也是很难确定界限的）。我们不断壮大财富，增加数量，甚至可悲地放着财产不去享受，而是把它们看管起来，不动分毫。

照这种看待财富的方式，那些看管城门和城墙的人便是最有钱的富豪了。依我看，有钱人都是守财奴。

柏拉图将有形的或者说人的财产分成健康、美丽、力量和财富几种性质。他认为，财富不是盲目的，当它被智慧照耀，就变得心明眼亮了。

在这一点上，小狄奥尼修斯就做得很漂亮。有人告诉他，一位叙拉古人将一笔财富藏于地下。小狄奥尼修斯便叫那位叙拉古人把这些财富带给他。后者这样做了，但偷偷留下了一部分，并带着它们到了另一个城市。在那里，他攒钱的癖好丧失殆尽，花钱也大手大脚起来。小狄奥尼修斯得知此事，便派人把另一部分财富送还给他，并且说，既然那人已学会如何花钱，我心甘情愿把剩下的还给他。

有几年我也如此。也不知是哪个精灵让我摆脱了守财的想法，就像那个叙拉古人一样，要把我的积蓄统统花光。这个傻念头的产生，得归功于一次花费颇大的旅行，因为我尝到了花钱的乐趣。从此，我开始了第三种生活方式（我感觉到什么就说什么），当然更快乐，更有规律：我量入为出，当然，有时花得多一些，有时收得也多一些，但两者很少脱节。我过一天算一天，安于日常的和现时的需要；至于非日常的需要，那是世界上所有的储备也无法满足的。指望命运为我们提供足够的武器来同它抗争，那是痴心妄想。我们要用自己的武器同命运抗争。不测事件最终会将我们出卖。我存钱只是为了买些什么：不是为了置地产，那于我毫无用处，而是为了买快乐。"不贪买，便是财富，不购买，便是收入。"[1] 我不怕没有财富，也不再想增加财富："富裕是财富的产物，满足是富裕的标记。"[2] 我特别庆幸，到了该吝啬的年龄却能改邪归正，摆脱了老年人的这一通病，也就摆脱了人类最可笑的弊病。

弗罗雷曾经历过两种命运，他觉得，财富的增加并没有刺激吃喝、睡觉和拥抱妻子的欲望，此外，他还感到管理钱财是个讨厌的任务，沉重地压在肩上，正如我亲身体会到的一样。因此，他决定让一位对他忠心耿耿并且渴望发财的穷朋友高兴，把自己多得用不完的财富全部送给这个青年，包括继续从他慷慨的主子居鲁士那里获得的，以及在战争中日积月累的财富，但要这位青年像款待客人和朋友那样供养他，管他吃住。他们从此生活得很幸福，对双方互换身份非常满意。这样的美事我真想效仿。

我要大力称赞一位老高级教士[3] 的做法。他把自己的金库、收入和投资交给他选定的仆人或其他人照管。多少年来，他就像一个外人，全然不知他家的财务情况。相信他人的正直，就能证明自己的正直，因此上帝一定会赞扬的。至于这位教士，我看到，没有哪家的财务有他家的管得好。一个人能如此合理安排，使自己的财富能满足自己的需要，不用操心，不用费力，也不要为分配或管理财富而中断其他更重要的事务，而且干起这些事来心安理得，随心所欲，这真是赏心乐事。

1　引自西塞罗。

2　同上。

3　指波尔多的大主教，卒于一五九一年。蒙田在一五七八年到一五七九年间向他购买过田产。

因此，富裕和贫困完全取决于个人的看法，财富、光荣、健康是不是美好，能不能带来快乐，也仅仅取决于拥有者的看法。是好是坏全凭自己的感觉。对自己满意的人才会高兴，是否高兴并不取决于别人是不是对你满意。只有这样，看法才真实可靠。

财富对我们既无好处亦无坏处：它只给我们提供物质和种子，而我们的心灵比财富更强大，心灵是幸福或不幸的唯一缘由和主宰，能随心所欲地摆布和使用财富。

外部附加物的气味和颜色来自内部构造，正如衣服可以暖身，但热量并不来自衣服，而来自我们本身，衣服则用来维持和增加热量。如果拿去盖在冰冷的物体上，它对寒冷也同样起到维持的作用：雪和冰就是这样保存的。

苦读对于懒汉，戒酒对于酒鬼是一种折磨，同样，俭朴对于纵欲者是苦刑，锻炼对于体弱多病和游手好闲者是体罚。其他事物也一样。事物本身并不痛苦也不艰难，是人类的脆弱和无能使它们这样。要判断事物是否伟大和高尚，就得有伟大和高尚的心灵，否则，就会把我们自己的缺点说成是事物的缺点。一支笔直的桨在水中似乎是弯曲的。重要的是，不但要看到事物，还要有看待事物的方法。

再说几句。许多论述从不同的方面劝说人们蔑视死亡，忍受痛苦，为什么我们不从中寻找一个适合自己的呢？我们想了许多奇妙的方法去说服别人不要惧怕死亡和痛苦，为什么我们每个人不根据自己的脾性择其中之一而用于自身呢？如果你忍受不了用烈性药和创口洗涤剂来根治病痛，那你至少可以服用镇静剂以减轻痛苦。"一种懦弱而无价值的偏见控制着我们对痛苦和快乐的态度。心灵软弱无力时，连被蜜蜂蜇一下都会大叫大嚷。关键在于要有自制力。"[1] 不过，因为有人过分夸大痛苦的可怕和人类的软弱，所以我们离不开哲学。我们迫使哲学重新回到战无不胜的诡辩上：如果说生活在贫困中不是好事，那至少没有必要生活在贫困中。

谁都是因为自己的过错而长期痛苦的。

对于既受不了死也受不了生，既不反抗也不逃避的人，我们有什么办法呢？

1　引自西塞罗。

十五

没有理智地固守一城
应受惩罚

　　勇敢和其他品德一样是有限度的；超越限度就成了缺点。如果辨不清界限，勇敢过了头，就成了鲁莽、固执和疯狂：事实上，界限的边缘是很难界定的。战时有一条惯例就产生于这一思考：如果固守一个从军事规则讲无法守住的要塞，就要受到惩罚，甚至被处死。如不惩罚，设防差的小城就都要负隅顽抗了。在围困帕维城时，德·蒙莫朗西陆军统帅[1]奉命跨过泰森河[2]，进驻圣·安东尼郊区，但遇一桥头堡负隅顽抗，只好强攻而入，并将里面的人全部吊死。还有一次，那位统帅陪同王储去讨伐阿尔卑斯山那边的邻邦，强攻下维拉纳城堡后，狂怒的士兵们将城堡里的人全部杀死，只剩下守将和旗手，德·蒙莫朗西统帅因同样的理由下令将他们吊死。就在这个地方，马丁·杜贝莱[3]统帅也

1　德·蒙莫朗西（1493—1567），法国陆军元帅，弗朗索瓦一世的宠臣。
2　泰森河及前面的帕维城均为意大利地名。
3　马丁·杜贝莱（1495—1559），与其兄纪尧姆·杜贝莱合著有《回忆录》。

做过同样的事，当时他是都灵的总督，在攻打维拉纳城堡时，他把负隅顽抗的守将圣-波尼及其士兵全部杀死了。但是，被围要塞的强弱是在同围攻者的实力相比较中估计出来的，因为你顽强抵抗两门轻型长炮可能是正确的，但硬要抵抗三十门大炮，那就是疯狂之举了。此外，征服者的高贵、声誉及人们对他的尊敬，也在考虑之列，因此，天平就可能往这边倾斜。也有这样的情况：围攻者对自己的状况和兵力很有把握，认为对方抵抗是极不明智的，因此，只要遇到反抗，他们就大肆屠杀，只要运气还在，就不放下手中屠刀。这种做法在东方君王以及现在在位的继承者那里也可以看到，是通过勒令和挑战体现的，这种勒令和挑战高傲自大，不可一世，语气蛮不讲理。

再举一例。葡萄牙人入侵印度时，在所到之处，他们发现有些国家遵循一条不可违背的普遍法律：凡是被国王或其将领亲自战胜的敌人，不能得到赎身和宽恕。

因此，应该尽量避免落入一个获胜的、武装的、敌对的审判官手中。

十六

论对怯懦行为的惩罚

我曾听到一位君王，一位杰出的统帅说，士兵贪生怕死，不能处以死刑。他在餐桌上听说了德·韦尔万领主老爷的案子，该老爷因将布洛涅城拱手让给敌人而被判处死刑。

的确，应该将软弱导致的错误和恶意造成的错误严格区分开来。因为犯后一种错误时，我们昧着良心，违背了天理，而前一种错误似乎可以归咎于我们天生的缺点和不足。因此，很多人认为昧着良心干的事才能受到惩罚。参考这一行为准则，有些人便认为，异教徒和异端分子应该被判处极刑，而律师和法官如因无知而失职则不必负责任。

至于怯懦行为，最常见的惩罚便是当众羞辱。可以认为这一准则是法学家夏隆达[1]首先提出来的。在此之前，按照希腊法律，逃兵要被处死；而夏隆达规定，逃兵只需穿女人衣袍，在广场中

1　夏隆达（1536—1617），法国诗人和法学家，著有多部法律作品。

央罚坐三天：他指望羞愧能使他们恢复勇气，重上战场。"与其让人流血，不如让人脸红。"[1]从前，罗马法律似乎也将逃兵处死。因为根据阿米阿努斯·马塞切利努斯的叙述，罗马人在进攻帕提亚时，有十名士兵临阵脱逃，尤利安皇帝[2]先将他们开除，然后依照古代法律再将他们处死。马塞利努说，这是有古代法律为依据的。然而，在别的地方，犯同样过错的士兵仅仅被罚同俘虏一起护送辎重。罗马人对从坎尼[3]逃跑的士兵，还有对在这场战争中同菲尔维乌斯一起吃了败仗的人，惩处是很严厉的，但也没把他们处死。

然而，值得担心的是，当众羞辱会使他们绝望，这样不仅会使他们变得冷漠，还会把他们变成敌人。

在我们祖辈那个时候，有一位德·弗朗热老爷，曾是德·夏蒂永元帅的副官，被丰塔拉比[4]的总督德·夏巴纳元帅派去取代迪吕德先生，因投降西班牙人，被废黜贵族称号，他和他的后代都被贬为庶民，要缴人头税，并且不能上战场。这一严厉的判决是在里昂执行的。后来，当南索伯爵进入吉斯时，那里的所有贵族也遭到了同样的惩罚。后来还有类似的事发生。

然而，如果无知或怯懦太过分、太明显，那就有理由将之当作恶意耍诡计，可以做出同样的惩处。

1　引自德尔图良。
2　尤利安（332—363），古罗马皇帝（361—363在位）。
3　坎尼，古城名，古罗马著名战场。公元二一六年罗马和迦太基进行第二次布匿战争，迦太基统帅汉尼拔率军和罗马决战于此，击溃罗马。
4　丰塔拉比，西班牙城市，位于法西边境。

十七

几位大使的一个特征

我出外旅行时，总习惯让我的对话者谈他自己最熟悉的事，这样，通过和别人交谈（那是可能有的最好的学校），我就可以学到些东西。

> 愿
> 船夫只谈风向，
> 农夫只谈耕牛，
> 武夫只谈伤口，
> 牧人只谈羊群。[1]

因为通常的情况恰恰相反，人人都喜欢谈本职以外的事，认为这样能获得新的声誉。阿希达穆斯对佩里安德的指责就是例

1　原文为意大利语。

证：他批评后者放弃名医的荣誉，却去当一个蹩脚诗人。

你瞧，恺撒谈起他的建桥造械的创见来喋喋不休，可是，当他谈论他的本职工作、他的英勇和用兵才能时，就找不到话说了。他的功绩证明他是位杰出的战将，而他却想让人知道他是位杰出的工程师，这种才能与他的职业不大有联系。

一位法学人士，近几天被带去看一间事务所，那里有各种法律书和其他书籍，他却找不到话题谈论这些书，可是，他见螺旋楼梯上安了栏杆，便生硬而武断地大发议论：看见这一栏杆的官兵每天有上百名，却谁都不感到反感，不发表意见。

老狄奥尼修斯是位卓越的军事家，这跟他的地位很相称；但他却特别想在写诗用韵上出人头地，尽管他对此一窍不通。这真是：

老牛想马鞍，马驹想犁头。[1]

这样做事，终究一事无成。

因此，应该叫建筑师、画家、鞋匠和其他人谈各自内行的事。关于这一点，我读史书时，总习惯注意作者是谁，因为人人都可以写历史：如果作者是专职文人，那我主要想学文体和语言；如是医生，我则更愿意相信他们说的天气、君王的身体及体格、他们的伤痛和疾病；若是法学家，便从中了解法律上的争论与法规、国家机构，如此等等；要是神学家，就注意教会事务、

1　引自贺拉斯。

教士职责、赦免及婚礼；如是朝臣，就得听他们讲风俗与礼仪；倘若是军人，就得对他们的任务，尤其是他们亲身经历的战绩感兴趣；如果是大使，就把注意力放在谋略对策、阴谋诡计及具体做法上。

因此，我在别的史学家那里所忽略的事件，可能会在读朗热老爷[1]的叙述时格外注意，仔细研究。朗热老爷记叙了查理五世皇帝在罗马红衣主教会议上对法国国王的警告。法国使节德·马斯贡红衣主教和迪维利老爷在场。查理五世发表了很多侮辱法国的言论，譬如，他说假如他的将士和臣民不如法国国王的将士和臣民忠诚和善战，他就立即套上绳索，去向法国国王求饶（他似乎很认真，因为以后在他一生中又说过两三次）；他还向法国国王发出挑战，要他穿着衬衣，用刀剑到船上同他决斗。朗热老爷继续叙述说，那两位法国使节向国王发了急件说明会议情况，但隐瞒了很多内容，甚至隐瞒了上述的两个内容。然而，我深以为怪的是，一个使节竟有权擅自取舍应向国王汇报的警告，尤其这警告至关重要，是这样一位人物发表的，而且发表在这样严肃的场合。我认为，奴仆的职责是忠实反映事物的真相，以便主人能够自由地决定、判断和选择。担心对方会因为不冷静而做出错误决定，便隐瞒事实真相，这种权力应属于当权者，而不是受命者；属于监护人或导师，而不是在权力和才智上都低一等的人。无论如何，处于我这样的情况，我可不愿别人这样对我。

1　朗热老爷，即纪尧姆·杜贝莱（1491—1543），法国军事家、外交家和作家。与其弟马丁·杜贝莱合著有《回忆录》，蒙田从中汲取了许多素材。

我们总爱找借口摆脱别人的指挥，而让自己发号施令。人天生向往自由和权力，因此对上司来说，没有什么比下属真诚而质朴的服从更宝贵的了。

若是选择性服从而非从属性服从，那就歪曲了服从的性质。举克拉苏[1]为例。此君在罗马人眼里可谓福星高照。当他在亚洲任执政官时，命令一位希腊工程师把他在雅典看见的两根船桅中较大的一根给他运来，他想把它做成炮台设施。那工程师自以为知识渊博，便自作主张，给他运来了较小的船桅，在他看来，这自然是最合适的了。克拉苏耐心听他陈述理由，而后将他鞭打了一顿。对他而言，纪律比工程更重要。

然而，另一方面也可以认为，这种强制性服从仅指具体而确定的命令。大使的任务比较自由，许多情况取决于他们的判断能力，他们不单要执行主人的意愿，还要向主人进谏，帮助主人产生或纠正意愿。我看到，当今的一些指挥者受到了国王的责备，因为他们只顾不折不扣地执行国王的命令，而忽视了实际情况。

判断力强的人也指责波斯国王的做法：他们给使者和副官的命令总是具体而微，芝麻大的事也要依赖于他们的指示；这样做，势必会耽误时间，而在如此辽阔的帝国，国家事务常常因这种时间的延误而蒙受惨重的损失。

就连克拉苏也给一位内行写信，一面告之对方打算如何使用那根船桅，一面不也似乎和对方商讨，征求他的意见吗？

1　　克拉苏（约前115—前53），古罗马统帅。早年追随苏拉，乘机致富。公元前六〇年，与恺撒、庞培结成公元前三头政治联盟。公元前五五年，任叙利亚总督。公元前五三年被谋杀。

十八

论恐惧

我心惊肉跳，毛骨悚然，

一句话也说不出来。[1]

我不像有人认为的那样是研究人类本性的行家里手，对于人为什么恐惧所知甚微。然而这确是一种奇怪的情感。照医生的说法，没有任何情感会比恐惧更使我们手足无措。确实，我见过许多人因恐惧而丧魂落魄，连最沉得住气的人，恐惧起来也会心慌意乱。我这里不谈凡夫俗子，他们时而害怕老祖宗裹着白尸布从坟茔中走出来，时而担心撞见魑魅魍魉。按说士兵胆子是最大的，但是，他们不也常常由于恐惧而把羊群当作胸甲骑兵，把芦苇和竹子当成执矛骑士，把朋友当成敌人，把白十字当成红十字吗？

1　引自维吉尔。

德·波旁先生¹攻打罗马时，守卫圣皮埃尔镇的一位旗兵一听到警报就吓得魂飞魄散，赶紧握着旌旗，从一倒塌的墙洞里扑向城外，奔向敌人，还以为是朝城里跑去呢；波旁先生的队伍以为是城里的人出来挑战了，就让他的队伍排好阵势，准备反击；那旗兵一见德·波旁先生的队伍，恍然大悟，立即转过身，从原洞钻进城里；然而刚才他从那墙洞里出来后，已朝田野跑出三百多步了。当我们的圣波尔镇被比尔伯爵和迪勒先生攻克时，朱伊尔司令官的旗手就没有那么幸运了，他吓得丧魂落魄，带着军旗从城墙上的一个炮眼跳出城外，被攻城者杀死。就在这一次围城中，有一位贵族吓得魂飞魄散，从缺口逃跑时，竟在无一处受伤的情况下倒地毙命，这种被吓死的事例值得一提。

有时，恐惧会攫住一群人。在日耳曼尼库斯²和德国人的一次交战中，两支大军惊慌失措，从两条相反的路上逃跑，一个逃离的地方，却是另一方逃往的地方。

有时候，恐惧会给我们的脚跟插上翅膀，就如前两例那样；有时候又会给我们的双脚钉上钉子，使我们动弹不得。举泰奥菲尔³皇帝为例。泰奥菲尔同亚加雷纳人⁴打仗，在一次战役中吃了败仗，他吓得目瞪口呆，浑身麻木，都不知道要逃跑了："恐惧得连见了救兵也害怕！"⁵直到他的一位主将马尼埃尔来拽他摇

1　德·波旁先生（1490—1527），第八位波旁公爵，一五一四年成为法国陆军元帅，后投靠神圣罗马帝国皇帝查理五世，一五二七年围攻罗马时身亡。
2　日耳曼尼库斯（前15—19），古罗马将军。真名为提比略·德鲁苏斯。被奥古斯都皇帝派去镇守莱茵河边境，他对德国的胜利使他获得日耳曼尼库斯（日耳曼人）的绰号。
3　泰奥菲尔（？—842），东罗马帝国皇帝（829—842在位）。
4　亚加雷纳人为阿拉伯人，是亚伯拉罕和女仆亚加尔之子的后裔。
5　引自昆图斯-库提乌斯。

他，仿佛要把他从沉睡中摇醒，对他说："如果您不跟我走，我就杀死您；我宁肯让您丧命，也不愿见您被捕而丧失帝国。"他这才惊醒。

恐惧在使我们丧失捍卫责任与荣誉的勇气之后，为了它自己的利益，又会让我们变得无所畏惧，从而显示它最后的威力。桑普罗尼奥斯[1]在罗马执政时，在输于汉尼拔[2]的第一场对阵战中，万名步兵惊慌失措，不知往哪里逃命，慌乱中冲入敌人的主力部队，奋力拼杀，突围而出，杀死迦太基[3]人不计其数，他们付出的代价，本可以赢得一场辉煌的胜利，却换来了一次可耻的逃跑。我最怕见到的就是恐惧。

因此，恐惧的穿透力超过其他任何艰难的考验。

还有什么比庞培的朋友们在他船上目睹一场大屠杀时的痛苦更强烈更真实的情感呢？然而，当埃及帆船靠近时，他们吓得忘掉了痛苦，赶紧催促水手划桨逃跑，一直逃到推罗[4]，才恢复镇静，回想起刚才的损失，不禁哀伤不已，号啕大哭。刚才，那威力更大的情感——恐惧把他们的眼泪和哀伤挡住了。

那时恐惧从我心中掳走了

1　桑普罗尼奥斯，古罗马政治家，公元前二一八年为古罗马执政官，在第二次布匿战争中失败，后在迦太基取得几次胜利。

2　汉尼拔（前247—前183），迦太基统帅。公元二一八年春，率军远征意大利，实为第二次布匿战争之始。

3　迦太基，非洲北部（今突尼斯）的奴隶制国家。公元前三世纪开始同罗马争夺地中海西部霸权，从而导致三次布匿战争（前264—前146），迦太基失败，沦为罗马一行省。

4　推罗，古代腓尼基南部奴隶制城邦，即今黎巴嫩的苏尔。

全部勇气。[1]

那些在战斗中受伤的人，即便满身是血，第二天就又被送往战场。但是对那些把敌人想象得十分可怕的人，可别让他们去面对敌人。那些老是担心丧失财产、被放逐或被征服的人，总是生活在忧虑之中，食不甘味，夜不成寐；但那些穷汉、流亡者、农奴却往往活得跟别人一样开心。多少人由于忍受不了恐惧而上吊自尽，抑或投河、跳楼，这告诉我们，恐惧比死亡还要难忍难熬。

希腊人认为还有一种恐惧，非理性失误所致，据说无明显的理由，来自上天的冲动。往往整个民族、整支部队被这种恐惧俘虏。迦太基就曾被这种恐惧笼罩，全国一片恐慌。到处是恐怖的叫喊声。居民们仿佛听到了警报，都从屋里跑出来，互相搏斗，互相伤害，互相残杀，就好像敌人来攻占他们的城市了，一片混乱和嘈杂，直到人们用祷告和献祭平息了上帝的愤怒。希腊人把这叫作潘[2]引起的惊惧。

1　引自西塞罗。
2　潘，希腊神话中的山林神，身体是人，脚和腿是羊，头上有角，住在山林中保护牧人。但它突然出现时会引起人们极大恐慌。因此，潘引起的惊惧指集体突然而强烈的惊惧。

十九

幸福要等死后
方可定论

> 幸福要等到最后一天方可定论，
>
> 在生前和葬礼前，
>
> 谁都不能说自己幸福。[1]

孩子们都知道克罗伊斯国王[2]的故事。该国王被居鲁士抓获并要处死。行刑时，他大声叫道："啊，梭伦，梭伦！"此事呈报给居鲁士，后者了解情况后，派人对克罗伊斯说，他核实了梭伦以前对他的警告，那就是，不管命运女神向人们露出多么美丽的面孔，谁都不能说自己幸福，要等死后才做定论，因为世事变化莫测，稍有风吹草动，便会变成另一种完全不同的状态。然

---

1   引自奥维德。

2   克罗伊斯（？—前546），吕底亚的末代国王。据说是古代的巨富之一。古希腊哲人梭伦看到他如此富有，对他说："生前谁都不要说自己幸福。"克罗伊斯被波斯国王居鲁士俘虏并判死刑，临死前想起梭伦说的话，便念叨梭伦的名字，居鲁士问明缘由，赞赏梭伦的警告，饶恕了克罗伊斯。

而，斯巴达国王阿格西劳斯是怎样认为的呢？有人对他说波斯国王幸福，因为那国王年纪轻轻就有了如此强大的地位，阿格西劳斯回答道："不错，可是，普里阿摩斯[1]在他这个年纪也不是不幸福呀。"马其顿的国王们，伟大的亚历山大的继承人，有的在罗马当细木匠和书记官；西西里的独裁者们，有的成了科林斯[2]的教书匠。[3]庞培曾是一代骄子，征服了半个世界，统率那么多军队，却在一位埃及国王的无赖臣子面前可悲地苦苦哀求，只为了多活五六个月，这位伟大的庞培付出的代价何其之大！在我们祖辈那时候，有个名叫吕多维克·斯福扎的人，米兰的第十任公爵，统治米兰很长时间，把整个意大利搞得天翻地覆，可最后却成了阶下囚，客死在法国的洛什，而他在那里度过的十年，是他一生中最糟糕的日子。基督教国家最强大国王[4]的遗孀，世界上最美丽的王后[5]，不也在不久前死于刽子手的屠刀下了吗？这样的例子举不胜举。因为，正如暴风骤雨会袭击傲慢和孤高的建筑物一样，天上的神灵也会对人间的伟人产生妒意：

一股隐秘的力量专与人类的强权为敌，

1　普里阿摩斯，希腊神话中特洛伊的最后一位国王。在荷马作品中，他是一个没有能力但十分慈祥的老人。在战争的最后一年，他失去了十三个儿子。他自己也在城陷时被杀死。
2　科林斯，希腊南部城市。公元前三千年古希腊人已在此地定居，科林斯文化盛行。
3　据传，叙拉古王小狄奥尼修斯被逐出国土后，在科林斯当小学教师。
4　指法国国王弗朗索瓦二世（1544—1560），亨利二世的长子。
5　指玛丽·斯图亚特（1542—1587），苏格兰女王（1542—1567 在位）。一五五八年，与法王子（1559 年继位，称弗朗索瓦二世）结婚。一五六〇年丈夫去世，于一五六一年返苏格兰亲政。因信旧教，为贵族不满，一五六七年被废，次年逃入英格兰，因图谋夺取英格兰王位，被英女王伊丽莎白一世处死。

把束棒和斧头[1]肆意践踏，

当成微不足道的玩具。[2]

　　有时，命运似乎专候我们生命的最后时刻，来显示它的威力，顷刻间便推翻它长年的建造。我们会像拉布里尤斯[3]那样叫起来："显然，我比应该的又多活了一天。"[4]

　　因此，梭伦的警告是不无道理的。但是，他是个哲学家，对他而言，命运的宠爱和不宠爱并不意味着幸福和不幸福，而荣誉和权势不过是几乎可以忽略的会瞬间改变的高贵状态，所以，我觉得，梭伦很可能看得比这个更远，他可能想说，一个人在尚未演完人生喜剧最后也许是最难的一幕之前，就绝不要说生活得幸福，因为幸福来自安详和知足的心境、果断和自信的心灵。我们在这出戏的其余部分都可能戴着面具：那些漂亮的哲学言论的作用不过是装饰我们的举止，那些意外的遭遇也不想把我们彻底摧垮，因此我们总能保持安详的面容。但是，当我们面对死亡，上演人生最后一幕时，就再没有什么可装的了，就必须讲真话，直截了当地道出内心之所想，

唯有此刻，真话才从心底涌出，

面具揭开，露出了真相。[5]

1　束棒是古罗马高级执法官的权力标志，束棒中捆有一柄突出的斧头。

2　引自卢克莱修。

3　拉布里尤斯（前106—前43），拉丁语滑稽剧作家。

4　引自马克罗比乌斯。

5　引自卢克莱修。

这就是为何我们一生的行为都要受生命最后一刻的检验。这是关键的一天，对以往的日子做出判决的一天。"这是对我逝去的年华做定论的一天。"一位古人[1]如是说。我将用死来检验我的研究成果。我们将可以看到我的言论是出自嘴巴，还是出自内心。

许多人是通过死来让人们对其一生的好坏名声定性的。庞培的岳父西比阿生前声名狼藉，但他的死法使他重获尊重。伊巴密浓达被问及他与卡布里亚斯[2]、伊菲克拉特[3]三人中，他最敬重谁时，回答道："那要看如何死才能下结论。"的确如此，在评价伊巴密浓达时，若不考虑他死时的荣耀和伟大，就等于把他的光辉抹去了许多。上帝遂了他的心愿。在我年轻时，我认识的人中，有三个人一生卑鄙无耻，可憎可恨，但他们的死却规规矩矩，正正经经，无可指责。

有的人死得漂亮幸运。我见有个人正行进在人生旅途上，年富力强，官运亨通，但他却用轰轰烈烈的死斩断了这一切，以至于我觉得，他的雄图大略与他的生命中止相比要逊色得多。他没有实现雄图大略，却死得漂亮幸运，比他憧憬的更伟大更光荣。他的陨落使他得到了一生梦寐以求的威信和声誉。

在评价别人的一生时，我总要看他们是如何死的。我研究自己一生的主要目标，就是走好这最后一步，也就是死得安详，无声无息。

1　这位古人是塞涅卡。
2　卡布里亚斯卒于公元前三七〇年，雅典兵法家。
3　伊菲克拉特（前415—前353），雅典将军。

二十

研究哲学
就是学习死亡

西塞罗说，研究哲学就是为死亡做准备，因为研究和沉思从某种意义上说可使我们的心灵脱离躯体，心灵忙忙碌碌，但与躯体毫无关系，这有点像是在学习死亡，与死亡很相似；抑或因为人类的一切智慧和思考都归结为一点：教会我们不要惧怕死亡。的确，理性要么漠不关心，要么应以满足我们的需求为唯一目标。总之，理性的全部工作在于让我们生活得舒舒服服，自自在在，正如《圣经》说的那样。[1] 因此，世界上形形色色的思想，尽管采用的方法不同，都一致认为快乐是我们的目标，否则，它们一出笼就会被撵走。谁能相信会有人把受苦受难作为目标呢？

在这个问题上，各哲学派别的看法分歧仅仅是口头上的。"略过这些极其无聊的琐事吧。"[2] 过分的固执和纠缠是与如此神圣

1　《圣经·旧约·传道书》中说："年轻人哪，你在年少时当快乐；在年轻时使你的心欢畅，做你心所愿做的，看你眼所爱看的。"

2　引自塞涅卡。

的职业不相符的。但是，不管人们扮演什么角色，总是在演自己。不管哲学家们说什么，即使是勇敢，瞄准的最终目标也都是快感。"快感"一词听来很不舒服，但我却喜欢用它来刺激人们的耳朵。如果说快感即极度的快乐和满足，那勇敢会比人的其他任何品质更能给人以快感。勇敢给人的快感强健有力，英武刚毅，因而那是更加严肃的快感。我们真应该把勇敢称作快乐，而不像从前那样叫作力量，因为快乐这个名称更可爱，更美妙，更自然。那种比较低级的快感，如果说无愧于这个漂亮的名称，本该参与竞争后获得，而不是凭特权。我觉得，那种低级的快感不如勇敢纯洁，它有诸多的困难和不便。那是昙花一现的、难以捉摸的快乐，此外，要熬夜、挨饿、操劳和流血流汗，尤其是种种情感折磨得你死去活来，要得到满足无异于受罪。千万别认为，那些困难可以作为低级快感的刺激物和佐料，正如在自然界，万物都从对立面中汲取生命一样；也绝不要说，当我们谈勇敢时，那些困难会使勇敢垂头丧气，令人难以接近，望而却步，相反，勇敢产生的非凡而完美的快乐会因为困难而变得更高尚，更强烈，更美好。有人对勇敢的得失进行比较，既不了解它的可爱之处，也不知道它的用途，那他是不配享受这种至高无上的快乐的。人们反复对我们说，追求勇敢的快乐困难重重，要付出艰辛，尽管享受起来其乐无穷，这岂不是说，这种快乐从来都不是乐事吗？他们认为人类从来也没有办法获得这种快乐，最好的办法也只满足于追求和接近它，却不能得到它。可是，他们错了，因为在我们所知的一切快乐中，寻求勇敢的快乐本身就是件愉快的事。行动的价值可从相关事物的质量上体现出来，这在我们寻求的结果中占有相当大的一部分，那是与快乐同质的一部分。在勇敢之上闪烁的幸福和无上快乐填满了它的条条通道，从第一个入口直到最后一道栅门。然而，勇敢的丰功伟绩主要是蔑视死亡，这使我们的生活恬然安适，纯洁温馨，否则，其他一切快乐都会黯淡无光。

因此，所有的规则都在蔑视死亡上面相遇汇合。尽管这些规则一致地引导我们不怕痛苦、贫穷和人类其他一切不幸，但这同不怕死不是一回事。痛苦之类的不幸不是必然的（大部分人一生不用受苦，还有些人无病无痛，音乐大师色诺菲吕斯活了一百零六岁，却从没有生过病）；实在不行，如果我们愿意的话，可以一死了之，这样一切烦恼便可结束。但死亡却是不可避免的。

> 我们每个人都被推向同一个地方。
> 我们的命运在签筒中躁动，
> 迟早会从里面出来，
> 将我们送上轻舟，
> 驶向永恒的死亡。[1]

因此，如果我们怕死，就会受到无穷无尽的折磨，永远得不到缓解。死亡无处不在，"犹如永世悬在坦塔罗斯[2]头顶上的岩

————

1　引自贺拉斯。
2　坦塔罗斯，希腊神话中的吕狄亚王，因把儿子剁成碎块祭神，触怒宙斯，罚他永世置于一块岩石下，岩石似乎就要落下将他砸死。

石"[1]，我们可以不停地左顾右盼，犹如置身于一个可疑之地。法院常常在犯罪的地点处决罪犯，在带他们去的路上，任凭你让他们经过漂亮的房屋，给他们吃美味佳肴：

> 西西里岛的盛宴，
> 不会令他垂涎欲滴。
> 鸟语和琴声
> 不会把他带入梦乡。[2]

那些罪犯能高兴得起来吗？旅途的最终目的地就展现在他们眼前，难道不会使美景和佳肴变得索然寡味吗？

> 他探听去路，掐算日子，
> 按照要走的路程，估计能活多久。
> 想到等待他的极刑，不禁五内俱焚。[3]

死亡是人生的目的地，是我们必须瞄准的目标。如果我们惧怕死亡，那么每前进一步都会惶惶不安。俗人的做法就是不去想它。可是，如此粗俗的盲目是多么愚蠢！这就如同把笼头套在驴尾巴上，

---

1   引自西塞罗。
2   引自贺拉斯。
3   引自克劳狄乌斯。

决定倒退着走路。[1]

　　俗人常常误入陷阱，这是不足为怪的。只要一提到死，人们就倏然变色，大多数人如同听到魔鬼的名字，在胸口画十字。因为遗嘱涉及死的事，所以在医生给他们下死亡判决书之前，你就别想让他们立遗嘱。可当他们知道自己快要死时，又痛苦又害怕，在这种心情下，天知道他们会给你揉捏出怎样的遗嘱。

　　死这个音节太刺耳，死这个词太不吉利，因此，罗马人学会了婉转或迂回的说法。例如，他们不说"他死了"，而说"他的生命停止了"，或说"他活过"。只要是生命，哪怕已经过去，他们也可聊以自慰。我们法语中的"已故某某人"，就是从罗马人那里借来的。

　　因为可能如俗话所说的，延期还债，就等于免除债务。[2]若按现行的年历计算，一年始于一月[3]，我则出生于一五三三年二月的最后一天，十一点和正午之间。我现在三十九岁刚过十五天，起码还可以活这么久，现在就操心如此遥远的事，是不是有点荒唐？这怎么是荒唐！年老的会死，年轻的也会死。任何人死时仿佛刚刚出生。再衰老的人，只要看见前面有玛土撒拉[4]，都会觉得自己还能再活二十年。再说，你这可怜的傻瓜，谁给你规定生命的期限了？可别相信医生的胡言乱语！好好看一看事实吧。按照人类寿

1　引自卢克莱修。

2　这句话的意思是：避免想到死亡，就可以消除死亡可能带来的痛苦。

3　查理九世颁发敕令，确定一五六四年的第一天为一月一日，而不再以复活节为一年的第一天。议会到一五六七年一月一日才予以更改。

4　玛土撒拉，《圣经》中的族长，活到九百六十五岁。

命的一般趋势，你活到现在，够受恩宠的了。你已超过常人的寿命。事实上，数一数你认识的人中，有多少不到你的年龄就死了，肯定比到这个岁数还活着的要多。就连那些一生声名显赫的人，你不妨也数一数，我敢保证，三十五岁前去世的要比三十五岁后去世的多。耶稣基督一生贵为楷模，但他三十三岁就终结了生命。亚历山大是凡人中最伟大的人，也是在这个年龄死的。

死亡有多少突然袭击的方式？

> 危险时刻存在，
> 凡人防不胜防。[1]

且不谈发烧和胸膜炎引起的死亡。谁能想到，一位布列塔尼公爵会被人群挤死？有个人在观看我的邻居克莱芒五世教皇[2]进入里昂时不也被挤死了吗？你没看见我们的一个国王在比武时被杀死吗？[3]他的一位祖宗不是被一头猪撞死的吗？[4]埃斯库罗斯因一座房子快要倒塌而躲到一旁，仍未幸免于死：一块龟壳从一只飞鹰的爪子中坠落，将他砸死。还有个人被一粒葡萄噎死。有位皇帝梳头时被梳子划破头皮而一命呜呼。埃米利乌斯·李必达是因为脚踢到了门槛上，奥菲迪尤斯是因为进议会时撞到了大门

1　引自贺拉斯。
2　克莱芒五世教皇，原名贝特朗·德·葛，于一三〇五年至一三一四年间任教皇。之前曾是波尔多的大主教，故蒙田称之为"我的邻居"。
3　影射法国国王亨利二世（1519—1559）。一五五九年七月一日，在一次骑士比武大会上，被蒙哥马利伯爵的长矛刺伤致死。
4　指法国国王胖子路易（1081—1137）的长子菲利普。在圣安托万大街上，一头猪撞在他的坐骑上，他倒地致死。

上。还有人死于女人的大腿间，如大法官科内利尤斯·加吕、罗马的夜巡队长蒂日利努斯、吉·德·贡萨格的儿子吕多维克、曼格侯爵等。还有更不光彩的例子，那就是柏拉图的弟子斯彪西波和我们的第二十二世教皇让[1]。那位可怜的伯比尤斯法官，他给一场官司定了八天期限，自己却未到八天便命归西天。还有位医生，名叫凯尤斯·朱利乌斯，在给一位病人治眼睛时，死神却先闭上了医生的眼睛。还可以举我的一位兄弟圣马丁步兵司令为例。他二十三岁，才华横溢，一次打网球，被球击中右耳上方，外表毫无伤痕，他没有坐下休息，可过了五六个小时，他却因挨了这一球而中风致死。这样的例子比比皆是，不胜枚举。面对这一事实，我们怎能不想到死？怎能不无时无刻感到死神在揪我们的衣领？

你们会说，只要我们泰然处之，还在乎死亡用什么方法袭击我们吗？我赞同这个观点。不管用什么方法，只要能躲避死亡的袭击，哪怕钻进一头牛犊的肚皮里，我都不会退缩。只要我过得自在就行。凡是我能想到的最好办法，我都不会放弃。至于是不是光彩，能不能做表率，就不去管它了。

> 我宁愿被当成疯子和傻瓜，
>
> 也不愿谨小慎微，烦躁不安，
>
> 只要我这些怪癖令我开心，让我产生错觉。[2]

1　　让二十二世（1245—1334）是法国卡奥尔人，所以蒙田称他为我们的教皇。

2　　引自贺拉斯。

可是，想以这样的方式达到目的，无疑是荒唐的。他们走来走去，来回奔忙，跳舞玩乐，毫无死的预兆。一切都很美好。突然，死亡降临到他们或他们的妻儿和朋友的头上，他们毫无防备，于是，他们悲痛欲绝，呼天抢地，怒不可遏或垂头丧气！你何时见过如此颓废、惶恐和狼狈的样子？对死亡要及早防备：那种对死亡漫不经心的牲畜般态度，如果在一个智者的头脑中扎根——我认为这是完全不可能的——就会让我们付出莫大的代价。假如死亡是个可以躲避的敌人，那我就会建议大家操起胆怯这个武器了。但既然它是不可避免的，既然它对逃跑者、胆小鬼和重视荣誉的人一视同仁，

> 当然它还在追捕逃跑的壮夫，
> 也不饶过胆怯的后生，
> 瞄准他们的腿弯和后背，[1]

还有，既然你没有坚固的胸甲保护你，

> 他躲在盔甲里面也是枉然，
> 死神会让他露出藏起来的脑袋，[2]

那我们就要顽强地面对死亡，同它做斗争。为使死亡丧失对我们

1　引自贺拉斯。
2　引自普罗佩提乌斯。

的强大优势，我们就要逆着常规走。我们要习惯死亡，脑袋里常常想着死亡，把它看作很平常的事。要时刻想象死的各种情形——从马上跌下来，从屋顶摔下来，被针稍稍刺一下，就立即要想一想："那么，假如真的死了呢？"然后，便要坚强起来，努力同死做斗争。过节时，狂欢时，一定要想一想我们的状况，不要过分纵乐，以免忘记乐极会生悲，死亡会掠走多少生命。埃及人设宴时，筵席进行到一半，就抬上来一副死人的骸骨，摆到美味佳肴中间，以此告诫我们不要暴饮暴食。

把照亮你的每一天当作最后一天，

赞美它赐给你意外的恩惠和时间。[1]

死神在哪里等待我们，是很难确定的，我们要随时随地恭候它的光临。对死亡的熟思也就是对自由的熟思。谁学会了死亡，谁就不再有被奴役的心灵，就能无视一切束缚和强制。谁真正懂得了失去生命不是件坏事，谁就能泰然对待生活中的任何事。马其顿国王被保尔·埃米尔[2]俘获，这位可怜的国王差人求埃米尔不要把他带到凯旋仪式上，后者回答说："叫他向自己求情吧。"

其实，任何事情，如若造化不帮忙的话，手段再高明，本领再高强，也是寸步难行的。我这人本性并不忧郁，但酷爱胡思乱想，想得最多的，莫过于死亡了，即使在我生活最放荡的岁月，

1　引自贺拉斯。

2　保尔·埃米尔（前227—前160），古罗马政治家，公元前一六八年任罗马执政官时，征服马其顿王国。

在我风华正茂无忧无虑的年纪，[1]

当我同女人厮混和寻欢作乐时，别人会以为我在一旁难平嫉妒之心，或难忍不定的希望，其实，即使此刻，我也会提醒自己，前几天某某人纵乐归来，像我这样满脑子的悠闲、爱情和玩乐，却因兴奋过度而突然一命呜呼；我耳畔萦绕着：

这一刻就要消逝，一去永不复返。[2]

想象死亡和想象别的事一样，不会让我皱一皱眉头。当然，起初一想到死，会有不舒服的感觉。但翻来覆去想多了，久而久之，也就习以为常了。否则，我就会终日担惊受怕、坐立不安。从没有人像我这样轻视生命，也没有人像我这样无视生命的长短。我的身体至今一直很健康，极少生病，但是，健康和疾病都不会增加或减少我对生命所抱的希望。我似乎每时每刻都在逃过死亡的袭击。我反复对自己说："未来的一天可能发生的事，今天也可能发生。"确实，意外或危险几乎不可能使我们更靠近死亡。但是，如果我们想一想，即使这个最威胁我们生命的意外不存在，尚有成千上万个意外可能降临我们头上，我们就会感到，不管健壮还是发烧，在海上还是在家里，在战争时期还是在和平年代，死亡近在咫尺。一个人不会比另一个人更脆弱，也不会对

1 　引自卡图鲁斯。
2 　引自卢克莱修。

未来更有把握。[1]

　　我死前要做的事，哪怕只要一小时就能完成的工作，我觉得也没有时间来完成。一天，有人翻阅我的随身记事本，发现那上面写着我死后要让人做的一件事。那确实是个备忘录，因此，我告诉他说，那天我离家虽然只有一里路，身体无恙，心情愉快，但我没有把握能平安抵家，就随即匆匆记下了我的想法。这些想法无时无刻不浮现在我的脑海，萦绕在我的心头，我随时随地都准备应付可能发生的事。这样，死亡降临时，我就不至于措手不及。

　　我们要尽量做到随时准备上路，尤其要注意只管自己的事：

　　　人生苦短，何必那么多计划！[2]

　　我们自己的事就够我们忙碌的了，哪能再管别的事。这一个与其说抱怨死亡，不如说不想因死而中断在望的胜利；那一个不想在女儿出嫁或子女受完教育前撒手人寰；这一个离不开妻子，那一个离不开儿子，他们说，这些是他们人生的主要乐趣。

　　感谢上帝，我已做好充分的思想准备，随时都可以离开人世。我没什么好遗憾的，虽然我对生命尚有眷恋，失去生命会令我悲怆伤怀。我同一切断绝了关系，几乎同每个人告了别，就是

1　　引自塞涅卡。
2　　引自贺拉斯。

没同自己告别。从没有人像我这样对死亡做好了充分的思想准备，对生命那样不在乎。

> 不幸啊不幸，他们说，
>
> 一天光景就夺走了我的一切。[1]

而建筑师说：

> 未竣工的工程半途而废，
>
> 未砌好的墙壁摇摇欲坠。[2]

绝不要做任何长远的计划，至少不要对你看不到尽头的事情过于热情。我们生来就为了工作：

> 但愿我死时正在工作。[3]

但愿人人都工作，尽可能久地发挥生命的作用。但愿死亡降临时，我正在菜园里劳作，对死满不在乎，对我未竟的园子更不在乎。我看见有个人都快要死了，还在怨天尤人，抱怨命运不让他完成手头的工作，他正在撰写历史，才写到我们第十五或第十六位国王。

------

1 引自卢克莱修。
2 引自维吉尔。
3 引自奥维德。

> 谁也没有考虑到这一点：
>
> 人死后带不走这些财产。[1]

这种平庸而有害的心境应该摆脱。公墓建在教堂旁或城里最热闹的地方，用利库尔戈斯[2]的话来说，是为了使民众、妇女和儿童见到死人不惊慌失措。经常看见骸骨、坟茔和灵柩，我们就会不忘自身的处境：

> 古时惯用杀人给宴会助兴，
>
> 武士们倒在酒杯上，
>
> 鲜血溅满酒桌，
>
> 景象惨不忍睹。[3]

埃及人在宴会结束时，向宾客展示死神的画像，让拿画像的人高喊："喝吧，乐吧，你死时就这副模样！"因此，我已养成习惯，不仅心里常念着死，而且常把它挂在嘴边。我最感兴趣的问题是人死时的情形：他们说了什么，有怎样的面容和神情。在历史书中我最爱读的是关于死亡的叙述。

我举的例子中显然充斥着死亡的内容。我对这似乎情有独钟。如果我是编书的，我就要汇编一部死亡评论集。谁教会人死亡，就是教会人生活。

1　引自卢克莱修。
2　利库尔戈斯（前390—前324），雅典演说家和政治家。
3　引自西流斯·伊塔利库斯。

狄凯阿科斯[1]编了这样一部书，但目的不同，用处也不大。

有人会说，死亡的事实与想象总是相差甚远，到了这个地步，即使是把好剑，也是怎么练习都无用。就让他们说去吧：事先考虑必定大有裨益。再说，泰然自若地走向死亡，这不是挺伟大的吗？况且，造化会帮助我们，给我们勇气。如果死亡来得突然和凶猛，我们根本来不及害怕；如果不是猝死，我发现，随着疾病的加重，就自然而然地把生命看轻了。我感到，身体健康时要比患病时更难下死的决心。我对生命不再那样眷恋了，我已开始丧失兴趣，因此，我对死就越来越不恐惧了。这使我对未来产生了一种希望：随着生命的离去，死亡的接近，我将越来越能适应生与死的交替。恺撒说，事物远看往往比近看显得更大。我也做过多次尝试，我发现无病要比有病时对疾病的恐惧更深。我在身体健康、精力充沛时，去想象与这截然相反的状态，就会把患病时的烦恼扩大一倍，即使疾病缠身，其痛苦也未必有我现在想象的严重。我希冀这能帮助我适应死亡。

从我们身体的日常变化和衰退中，可以看到造化是如何使我们在不知不觉中衰老的。对于一个老人，青春活力还剩几许？

　　唉！老年人还剩下几多生命！[2]

　　恺撒卫队里有一位士兵已精疲力竭，他当街跑来求恺撒准

1　　狄凯阿科斯（前347—前285），古希腊历史学家、地理学家和哲学家。
2　　引自马克西米努斯。

许他寻死，恺撒瞧他衰老的样子，风趣地说："你以为你还活着吗？"假如我们突然死亡，我相信，我们是无法承受这个变化的。但是，如果死亡牵着我们的手，引导我们慢慢地、一步一步地走下缓坡，我们仿佛处在死亡的凄惨氛围中，渐渐地也就习以为常了；当青春从我们身上消逝时，我们竟然毫不感到震动。青春消逝，其实也是一种死亡，甚至比生命衰竭而死，比老死更令人不堪忍受。从活得不好到不活之间没有大的跳跃，还不如从一个幸福快乐的人到一个被痛苦熬煎的人之间的距离大。

弯曲的身躯难以承受重力，心灵也如此。应让心灵挺直腰杆，顶住死的压力。因为心里越怕，就越无宁日。若能坦然对待死亡，我们就可以夸口说，忧虑、痛苦、恐惧，甚至微不足道的烦恼，都不能占据我们的心灵，这样就可以说，我们超越了人类生存的状况，

> 暴君威逼的目光，
> 亚得里亚海上的风暴，
> 朱庇特手中的霹雳，
> 都不能撼动坚定的心。[1]

心灵就会控制淫欲和贪婪，制服贫困、耻辱以及其他任何不公正的命运。我们要尽我们所能地获得这一优势，这是至高无上的自由，能使我们蔑视一切暴力和不公，无视监牢和铁镣：

1　引自贺拉斯。

我让你戴着手铐和脚镣，

交给凶残的狱卒看守。

——神会来解救我。

——你是想说："我愿死。死了就可以一了百了。"[1]

我们的宗教从没有比蔑视生命更可靠更厚实的基础。我们用推理就可以得出这一结论：既然失去的东西追不回来，为什么我们要害怕失去呢？不仅如此，既然死亡威胁我们的方式形形色色，与其什么都怕，不如勇敢面对其中的一个。

既然死不可避免，早死晚死有什么关系？有人对苏格拉底说："三十僭主[2]判你死了。"苏格拉底回答："大自然也判他们死了。"

死亡能解除一切痛苦，为死亡犯愁何其愚蠢！

一切事物随我们诞生而诞生，同样，一切事物随我们死亡而消亡。因此，我们用不着神经错乱，为一百年后我们已不在人世时的事担忧，正如不必为一百年前我们尚未出世时的事哭泣。死亡是另一种生命的开端。但愿我们悲伤哭泣过；但愿我们花了很大的代价进入了这新的生命；但愿我们迈进这新的生命时，揭掉了昔日的面纱。

只发生一次的事是无所谓痛苦的。难道有必要为瞬间的事长

1　引自贺拉斯。

2　公元前四〇四年伯罗奔尼撒战争后，在斯巴达扶植下，以克里提阿斯为首的三十个大贵族在雅典擅权统治，施行恐怖政策，只限少数有产者享有公民权，激起广泛不满，延续约八个月。公元前四〇三年，政权转入人民主派之手。三十僭主统治倒台三年后，苏格拉底去世。

期担惊受怕吗？不管活长活短，死了都一样。对于不复存在的事物，长与短概无意义。亚里士多德说，希帕尼斯河上有一些小动物，只能活一天。上午八点死亡，就是夭折；下午五点去世，便是老死。我们谁都不屑把生命的长短与幸福或不幸相联系。如若把我们的生命同永恒，或同高山、河川、星星、树木，抑或和一些动物相比，那么活长活短就微不足道了。

可是，大自然强迫我们死。她说："离开这个世界吧，你们怎么进来就怎样出去。[1] 你们从死走到生，既无热情，亦无恐惧，现在，你们从生走到死，把这个过程再走一遍。你们的死是宇宙秩序的一分子，是世界生命的一分子，

> 人类将生命世代相传，
> 有如赛跑者交接火炬。[2]

"难道为了你们，我得改变事物的这一完善的组织吗？死亡是你们来到世上的条件，是你们生命的组成部分，逃避死亡，是在逃避你们自己。你们享有的生存，既属于死，也属于生。你们出生的第一天，在给予你们生命的同时，就把你们一步步引向死亡，

> 出生的那一刻，生命即开始消失。[3]

1　从这里起，蒙田以拟人手法，记录了大自然对凡人的长篇谈话，直到本章倒数第二段结束。
2　引自卢克莱修。
3　引自塞涅卡。

生就意味着死，

有始便有终。[1]

"你们经历的一切，都是向生命索取的。这其实是在损害生命。你们的生命不懈营造的就是死亡。你们活着时就在死亡中了，因为当你们不再活着时，你们已经是死后了。

"抑或，您[2]更喜欢活过后才死。但您活着时就是个要死的人。死神对垂死者的打击比对死者更严酷，更激烈，也更接近本质。

"您若已充分享受了人生，也就心满意足了，那就高高兴兴地离开吧，

为何不像酒足饭饱的宾客，

开开心心地离去？[3]

"假如您没有好好利用人生，让生命白白溜走，那么失去生命又有什么要紧？还要它干什么？

延长生命你也会白白浪费，

1　引自马尼利斯。
2　在大自然同"我们"的对话中，前面几段，作者用的是复数第二人称"你们"，但从这里开始，用表示尊敬的单数第二人称"您"，到最后，"您"又变成了"你"。可能为了追求文体效果。但不管怎么说，前后不一致。
3　引自卢克莱修。

何苦还想延长？ [1]

"生命本无好坏，是好是坏全在您自己给予它的位置。

"您活了一天，就看到了一切。一天就等于天天。不会再有别的光明和黑夜。这个太阳，这个月亮，这些星星，这一切布局曾照耀过您的祖宗，还将沐浴您的子孙：

你们的父辈未曾见到的，
你们的后代也不会看见。 [2]

"再说，我也迫不得已把不同的几幕喜剧全都安排在一年之中。您只要留神过我的四季变化，就会分辨出世界的童年、青年、壮年和老年。一年四季严格遵照规则变化，周而复始，永无止境：

我们永远在同一个圈子里转动。 [3]

一年四季规则地围绕自身运转。 [4]

"我还没有下决心为您创造新的消遣，

---

1   引自卢克莱修。
2   引自马尼利乌斯。
3   引自卢克莱修。
4   引自维吉尔。

> 我已山穷水尽，不可能为你创新，
>
> 新的乐趣也总是老一套。[1]

"别人把位置让给了您，现在该您腾地方了。

"平等是公正的首要成分。既然人人都免不了一死，谁还能抱怨？因此，即使您活着是白活，您也不可能把您的死亡时间缩短；再努力也是白费劲儿：只要您对死终日惶惶不安，那就仿佛在襁褓中就已死亡：

> 你可祈望活几个世纪，
>
> 但死亡却是日月经天。[2]

"然而，我会把您安排周到，不让您有丝毫不满，

> 要知道，死神不会让
>
> 另一个你苟延残喘，
>
> 站在你尸体旁为你哭泣。[3]

"也不让您对自己痛惜的生命感到留恋，

> 的确，没有人会遗憾自己逝去的生命，

1　引自卢克莱修。
2　同上。
3　同上。

任何哀痛都不会使我们愀然伤心。[1]

"死亡比什么都不可怕，如果有比什么都不可怕的东西存在的话。

multo mortem minus ad nos esse putandum

Si minus esse potest quam quod nihil esse videmus.[2]

"死亡同您的生与死均无关系：生，因为您存在；死，因为您不再存在。

"寿数未尽谁都不会死。正如您生前的时间不属于您一样，您死后的时间也不再属于您，不再同您有任何关系，

要知道，生前没有止境的时光，

与我们毫不相干。[3]

"您的生命不管何时结束，在有限的时间里总是完整无缺的。生命的用途不在于长短，而在于如何使用。有的人活得很长，却几乎没活过。在您活着时，要好好地生活。您活得够不够，这在于您的意愿，而不在于您活的年头。您曾认为，您不懈前往的地方，永远也走不到吗？可是，哪条路没有出口呢？

1　引自卢克莱修。
2　同上。蒙田已把这两句诗的意思先做了翻译，见上文。
3　引自卢克莱修。

"如果说有人相伴会使您轻松一些，那世界不是和您同步而行吗？

你死时，万物将与你同行。[1]

"世界万物不是都和您同步吗？有什么东西不和您一起衰老吗？在您死去的那一刻，多少人、多少动物和生灵也在与世长辞！

从黑夜到白昼，从白昼到黑夜，

无时无刻不听到婴儿在啼哭，

同葬礼上的哭丧声混成一片。[2]

"既然后退无路，又何必后退呢？你们见过不少人死时有理由高兴，因为这使他们免遭许多不幸。可是，你们见过有人死时有理由不满意吗？你自己和别人没有经历过的事，却偏要批评责难，岂不太幼稚了吗？你为什么要抱怨我，抱怨命运？我们对不住你了吗？是你管我们，还是我们管你？虽然你寿数未尽，但你的生命已经结束。小孩和大人一样，也是一个完整的人。

"人以及人的生命是不能用尺子来度量的。当喀戎[3]被他的父亲——掌管时间和生命的农神萨图恩告知永生的条件时，他便放

1　　引自卢克莱修。
2　　同上。
3　　喀戎，希腊神话中半人半马的肯陶洛斯人，农神萨图恩的儿子，善良，公正，照料伤病者。他以放弃自己的永生作为条件换得解救普罗米修斯。

弃了永生。你们细想一下，假如我不给人类规定寿命，让他们永生不死，那他们会更难受，更痛苦。你们若真的永生不死，肯定会不停地诅咒我剥夺了你们死的权利。我有意给死加了些苦味，免得你们看到死来得容易便迫不及待地去死。为了使你们像我要求的那样节制稳重，既不逃避生，也不躲避死，我让生带点甜味，让死带点苦味，使它们保持平衡。

"我教你们第一个哲学家泰勒斯明白了一个道理：生与死没什么区别。因此，当泰勒斯被问及他为什么不死时，他聪明地回答说：'因为都是一样的。'

"水、土、火以及我这座大厦的其他构件，既是你生命的工具，也是你死亡的工具。为什么要害怕最后一天呢？这一天不会比任何一天对死的作用更大。这最后一步不会增加疲劳，但它表明你已精疲力竭。每一天都在向死亡迈进，而最后一天则到达终点。"

以上就是大自然——我们的母亲给予我们的忠告。然而，我常思忖，不管是从我们自己身上，还是从别人那里看到的，死神的面目在战时似乎不像平时在我们家中那样狰狞，没有医生接踵而来，没有家人哭哭啼啼。同样是死，可村民和地位卑贱者却比其他人处之泰然。我们用恐惧的表情和可怕的治疗将死亡团团包围，说实话，我认为这些比死亡更让我们害怕。那是一种完全不同的生活方式：老母妻儿大哭大喊，亲朋好友惊慌失措，纷纷前来探望，仆人们吓得脸色苍白，呜呜咽咽，忙前忙后，幽暗晦暝的房内点着大蜡烛，床头围着医生和布道者。总之，周围一片惊恐。我们人未死就已入殓埋葬。孩子们看见自己的朋友戴面具就会感到害怕。我们也一样。应该把人和事物戴的面具摘掉。一旦摘去面具，我们就会发现，死其实没什么可怕：我们面临的死，同不久前我们某个贴身男仆或女仆毫无惧色经历的死是完全一样的。死亡一旦甩掉这些无聊的准备，该是多么幸福！

二十一

论想象力

学者们说："强大的想象力会惹是生非。"我就属于那种想象力过于丰富的人。想象力人皆有之，但有些人则被搞得神魂颠倒。想象压得我不堪忍受。我的对策是逃避，而不是抵制。我周围的人健康快乐，我才能生活得好。看到别人愁眉锁眼，我也会忧心忡忡。我的感觉常常会受别人感觉的影响。有人咳嗽不止，我的肺部和喉咙就会感到不舒服。对于我所不关心和不敬重的病人，我是不大愿意去探望的，但我更不乐意去看望我应该看望的病人。我会抓住我关注的疾病，想象着自己也得了这种病。有些人因姑息和放纵想象而导致发烧和死亡，对此，我是不会大惊小怪的。西蒙·托马斯是一代名医。我记得，一天，我在一位患肺病的老富翁家里遇见了他，他和病人商讨治疗方案时，建议病人将我留在身边做伴，说是多看看我朝气蓬勃的脸蛋，多想想我生机盎然的青春，将我身上的朝气填充他各个感官，他的健康状况兴许能得到改善。可是，这位医生忘了告诉病人，我的身体却会因此而变坏。

　　加吕·维比潜心研究疯病的本质和规律，结果自己也出现了判断障碍，从此不得恢复。他兴许可以吹嘘自己是因为学问而变疯的。有些人没等刽子手动手就先被吓死了。有个人被送上断头台，看到有人来给他解开蒙眼的布条，向他宣读赦令，就顿生幻觉，骤然倒在断头台上而一命呜呼。在想象力的激发下，我们浑身冒汗，我们全身颤抖，我们脸色时白时红，躺在床上，感到身体蠢蠢欲动，有时激动得快要死去。旺盛的青春撩拨得我们兴奋难熬，熟睡时也会在梦中满足情欲：

　　　　仿佛真在做爱，直到完成，
　　　　精液外泄而弄脏了衣衫。[1]

　　尽管睡觉时一切正常，夜里却梦见自己头上长角的例子屡见不鲜，但意大利国王居普斯的事却值得一提。该国王白天兴致勃勃地观看斗牛赛，回来后整夜梦见自己头上生了角，由于想象力的作用，他的额头上长出了两只角。悲痛欲绝竟使克罗伊斯的儿子[2]恢复了大自然拒绝给他的嗓音。安条克则因对斯特拉托妮凯[3]的美貌着了魔而发起了高烧。老普林尼[4]称他亲眼看见吕西·科

---

[1]　引自卢克莱修。
[2]　这事发生在吕底亚的末代国王克罗伊斯去世的时候。儿子看到父亲要死了，开口说话了。
[3]　斯特拉托妮凯，卒于公元前二五四年，马其顿王国的公主，叙利亚国王塞琉西·尼卡托的妻子。美貌绝伦，其继子安条克（前324—前261）因爱她而得重病。在医生的劝告下，塞琉西把妻子让给了儿子。
[4]　老普林尼（23—79），古罗马作家，所著《自然史》共三十七卷，涉及大量的自然科学，确立了他在欧洲文学中的地位。

西蒂在新婚之夜由女人变成了男人。蓬塔尼及其他几个人也叙述过近几个世纪以来意大利发生的这种变性事例。由于他和母亲愿望热切，

> 伊菲做女儿时的夙愿，
>
> 做男人时实现了。[1]

经过维特里-勒-弗朗索瓦时，我有幸看见一个男子，苏瓦松的主教给他行坚信礼时起名日耳曼，当地的居民都认识他，看见他直到二十二岁还是女儿身，名叫玛丽。我看见他时，他已经老了，长着胡子，终生未婚。他说，只因向前跳时，用力过大，他身上就长出了男性器官。当地的女孩子中至今还流行着一首歌谣，提醒她们不要跨大步，以免像玛丽·日耳曼那样变成男人。此类意外屡见不鲜，没什么可大惊小怪的。因为，如果说想象力在某件事上有用武之地，它就会牢牢抓住，毫不松懈。因此，为了避免被同一个念头和欲望纠缠，想象力干脆一劳永逸地让这个男性器官长到女孩子身上。

有人把达戈贝尔国王和圣弗朗索瓦的伤痕归因于想象力的作用。[2] 还有人说自己的身体有时会腾空而起。塞尔苏斯[3] 叙述说，有位神甫训练灵魂到了出窍的程度，竟可以长时间不呼吸，无感

---

1   引自奥维德。

2   达戈贝尔（629—639），法国国王。传说他身上的伤痕是因为害怕坏疽病造成的。而圣弗朗索瓦身上的伤痕则状如耶稣钉在十字架上留下的伤痕。

3   塞尔苏斯（活动时期为公元 1 世纪），古罗马最伟大的医学作家。

觉。奥古斯丁也叙述过一位教士的故事，说他只要听到悲哀凄惨的叫声，就会昏厥过去，任人摇他、吼他、掐他、烫他，都无济于事，直到他自己醒过来，他会说他听到了什么声音，但好像是从远处传来的，他发现身上到处是被掐和烫过的痕迹。然而，他刚才既无脉搏，亦无呼吸，这说明他不是故意同自己的感觉作对。

确实，相信奇迹、幻觉、魔法和各种神奇的事，主要是强大的想象力所致。意志薄弱者容易受想象力左右。他们对什么都信以为真，没看见的东西，也以为看见了。

我也认为，这种流传甚广、严重影响我们身心健康的戏谑性的"绳结"[1]，完全是由于害怕和担忧所致。我有过经历：我有一个朋友，我可以像保证自己那样保证他没有性无能，也不是中了魔法，只因听到一位朋友说他在最不需要无能的时候，异乎寻常地出现了无能，当我的这位熟人处在同样的场合时，这个可怕的故事激发了他的想象力，结果他也遭遇到了与他朋友同样的命运；从此，这件倒霉事总不愿从他记忆中消失，折磨和纠缠着他，使他屡屡重陷困境。他找到了一个治疗办法，那就是用另一个荒唐的想法来克服这个总是纠缠他不放的荒唐念头，因为事先承认和使人相信他有这个问题，精神和身体上的紧张反而得以松弛，既然那不幸的事在预料之中，他的责任和心理压力就不如以前大了。思想负担一旦解除，身体功能便恢复正常，当他有权按

1　"绳结"暗指新婚夫妇暂时的性无能。人们认为，那是巫师施了魔法，将丈夫的紧身短裤用绳子结在上衣上，脱不下来。

自己的意愿，在对方知道他有这个毛病的情况下做首次尝试时，他便顿时痊愈了。

只要一次能，以后就不会不能，除非是真的无能。

当欲望和敬畏使我们的精神变得过于紧张时，尤其是在意外和急迫的情况下，就更容易发生那种不幸，因为此时我们无法恢复镇静。我知道有个人，在做这件事时，让自己的身子先在别处得到满足，以此平息疯狂的欲望；随着年龄增长，因为欲望减退，也就较少无能了。还有个人是得到了一位朋友的帮助。这位朋友教给了他祛除魔法的对策。最好还是把事情经过做个交代。一位出身高贵的伯爵，是我过从甚密的朋友，他同一位漂亮女人结婚时，她的一位追求者也参加了婚礼。为此，伯爵的朋友们忧虑不安，尤其有一位老夫人，是这位伯爵的亲戚。婚礼是由老夫人主持，并在她家里举行的。她对我说，她担心会发生"绳结"巫术。我请她尽管放心，把这件事交给我来办。在我的珍藏中，恰好有一枚金质小纪念币，上面刻有几个天使像，把它贴在颅缝，便能防中暑祛头痛。这纪念币上缝了根带子，可以系在下巴上。这个做法和前面谈到的一样荒唐。这个神奇的物品是雅克·佩尔蒂埃送我的礼物。我想让它派一派用场。于是，我对伯爵说，他可能会像其他人那样发生意外，因为有人想给他制造麻烦，但我叫他尽管大胆地去睡觉，我作为朋友当为他效犬马之劳，在他需要时也许会创个奇迹。我有这个能力，但要他以名誉担保严守秘密，不过，他要答应如遇障碍，等有人给他送夜宵时给我个信号。他是那样垂头丧气，思想陷入混乱，果然发生了障碍。他按预约给了我信号。于是，我叫他借口要把我们赶走而

159

从床上起来，闹着玩似的抢走我身上的睡袍，穿在自己身上（我们俩身材差不多），直到按我的指示做完要做的事：等我们走后，他就去小便，把某个祷词诵读三遍，再把某个动作重复几遍，每祷告一次，就把我放在他手中的带子拉一拉，注意让系在带子上的那枚金纪念币贴在腰部，图像处于某一位置。我让他把带子拉紧，不会再松开和移动，然后就放心地去干那件事，并叫他别忘了把我的睡袍扔到床上，把他和新娘的身体遮住。这些滑稽的动作是效果的关键所在，因为要使我们的思想摆脱困境，采用的方法必须稀奇古怪，来自某种玄妙的知识。这些动作虚浮空幻，也就更具有分量，更令人敬畏。总之，可以肯定，我那枚金纪念币护身符与其说能防中暑，毋宁说可刺激情欲；与其说在抑制，不如说在促进。是一种突如其来的奇怪的冲动导致我采取这一违背我本性的行动的。我向来反对要小聪明和弄虚作假，只要是要手腕，不管用于消遣，还是有利可图，我一概憎恨。即使行为不恶劣，但方法却是不道德的。

埃及国王雅赫摩斯二世[1]娶了希腊美女拉奥迪斯为妻。他一直是个出色的搭档，可同拉奥迪斯却难以寝合。他以为是中了魔法，便威胁说要杀死拉奥迪斯。正如由想象产生的事物那样，拉奥迪斯又使他变得顺从起来：她让国王向维纳斯许了愿，在献祭后的第一夜，雅赫摩斯就神奇地恢复了正常。

然而，女人不应该用皱眉头、找碴儿和躲躲闪闪的态度对待

1　雅赫摩斯二世（前570—前526），古代埃及第二十六王朝的成员，原为一将军，在反阿普里斯国王的叛乱中夺取了王位。

我们男人，这会煽起我们的欲火而又将其熄灭。毕达哥拉斯的儿媳说，女人同男人睡觉时，应该把娇羞和短裙一起抛弃，完事后，穿上衬裙，就恢复羞颜。出击的男人心里受各种焦虑骚扰，很容易失态；一旦想象力使他感到受了羞辱（这种痛苦初次做爱时才有，因为这时欲望更强烈，更冲动，也就更担心失败），一旦开头不好，这次意外引起的焦躁和气恼就会影响到以后。

新婚夫妇有的是时间，如没有准备好，就不要急于行事或尝试。与其因第一次就遭拒绝而惊异和绝望以致终生痛苦，不如不得体地拥抱充满激情和兴奋的婚床，等待更多亲密更少不安的机会再行事。在交合前，有障碍的丈夫要主动给予，不时地试着与对方接触，但不要出于自尊，拼命说服自己一次就能成功。那些知道自己的生殖器生来听话的人，则要注意约束想象力。

我们完全有理由注意到，这一器官无拘无束，桀骜不驯：不需要它的时候，它会不合时宜地跃跃欲试，但是，在最需要它的时候，它却不知趣地萎靡不振起来，同我们的意愿激烈地争权夺利，骄傲而顽固地拒绝我们心理和身体的要求。然而，即使有人指责这一器官叛逆不道，证明它罪该万死，但是，如果它出钱让我为它辩护，我就会怀疑和指责我们身上的其他器官，也就是它的伙伴们，它们因妒忌它的作用和温柔，挑起了这场早有预谋的争吵，阴谋挑拨大家同它作对；它们居心叵测，把共有的过错推到它一人身上。因为，你好好想一想，我们身上有哪个部位不常常拒绝做我们想做的事，不经常违背我们的意愿而自行其是。每个器官都有各自的欲望，器官的苏醒和沉睡不用我们批准，而受欲望的控制。我们脸部下意识的表情，多少次泄露了我们内心的秘密，将我们暴露在大庭广众之下。不仅面孔，心、肺和脉搏也会莫名其妙地兴奋起来。看到赏心悦目的东西，我们全身会掠过一阵难以觉察的兴奋和激动。难道只有肌肉和血管才会无视我们的意愿和思想，自行其是地鼓起和收缩吗？激动和害怕会使我们的头发擅自竖立，皮肤自行颤抖。手会伸向我们不让它伸向的地方。舌头会变僵，声音会哽住。当家里揭不开锅时，吃喝的欲望会不顾我们的禁令，不停地刺激身体的有关部位，正如情欲刺激有关器官一样，到时候，也会毫无道理地把我们抛弃。排空肚子的器官和排空性腺的器官一样，按照自己的意愿进行扩张和收缩，根本不把我们的意见放在眼里。为树立人类意愿的绝对权威，奥古斯丁声称曾见过一个人可以指挥放屁，想放多少就能放多少。奥古斯丁的注疏者比维斯[1]用他那个时代的例子丰富了奥古斯丁的提法，他说，有人按照诵诗的音调有节奏地放屁。这些例子也不能证明放屁的器官会绝对地服从：通常情况下，难道还有比这更不得体、更无节制的人吗？此外，我还认识一位很不安分、脾气很坏的人，四十年前，此人要他的师傅不停地放屁，不得中断，结果，害他师傅一命呜呼。

刚才，为维护我们意愿的权利，我们对生殖器进行了责难。可是，难道不能指出，我们的意愿不也常常行为不轨，不听指挥，造我们的反吗？它难道总是老老实实地想我们之所想吗？它不是也经常想我们禁止它想的、有损我们利益的事吗？它不是也会违背理智的决定而自行其是吗？最后，我还要为我的当

1　　比维斯（1492—1560），西班牙人文主义者，在教育、哲学及心理学方面很有名望。

事人 [1] 辩护几句：“请大家考虑这个事实，我当事人的案子与一伙有共同利害关系的器官密切相关，不能把它们区别对待。然而，人们却只谴责我的当事人，并列举许多论据，证明其他器官鉴于自身的条件，和我的当事人没有共同利害关系。因而，控方的兽性和非法性也就昭然若揭了。”不管怎样，自然法则却无视律师和法官的争论和判决，依然走自己的路。它赋予生殖器以特权，让它负责人类繁衍生息这一不朽的工程是完全正确的。因此，在苏格拉底看来，繁衍生息是神圣的行为，而爱情是对永生的向往，是人类永久的守护神。

由于想象力的作用，有个人可能在法国意外地治愈了颈淋巴结核，而他的朋友却没治愈又把病带回了西班牙。[2] 因此，这种事习惯上要求病人诚心诚意。医生之所以在着手治病前反复向病人保证能够治愈，就是为了让病人建立信念，发挥想象力的作用，以弥补汤药的欺骗性。医生知道，有位神医在他的传世之作中写道，有些人一见医生和药病就有好转。

我还要举一个例子，证明我们器官做事的心血来潮。这个故事是从我已故父亲的一位密友那里听来的。此人是药剂师，瑞士人，朴实爽直（瑞士人不慕虚荣，不说谎骗人）。我父亲的这位朋友说，很久前他在图卢兹认识了一位商人。此商人身体羸弱，患有结石病，经常需要用药灌肠。根据病情，他千方百计让医生给他开药。拿药后，就按习惯的程序进行，一样也不漏掉。他常

1　“我的当事人”这里指人的生殖器官。上文中提到生殖器让“我”做辩护律师。

2　法国国王有治疗颈淋巴结核病的才能，他们只需用手触摸病人，病就能治愈。自从弗朗索瓦一世在马德里被捕（1525—1526），许多患此病的西班牙人都来法国让国王治病。

常摸一摸药是否太烫，然后躺下，仰卧着，一切按程序进行，就是不让人给他灌药。仪式完毕，药剂师退下，病人舒服地躺着，就像真的用了药一般，他的感觉和用药灌了肠的人完全一样。医生若觉得效果不甚理想，便再给病人用两三次同样的药。我的见证人发誓说，为了省钱（尽管不真的用药，但仍照样付钱），病人的妻子有时试图用温水代替，但效果就不好，病人就会发现被骗。因为用水代药的效果不好，只好仍按原来的办法做。

有位妇人吃面包时以为吞进了一枚别针，大叫大嚷，焦虑不安，仿佛别针真的卡在喉咙口，感到疼痛难忍。可从外面看，那妇人的喉咙既不肿胀亦无异样，因此，有个内行人判断这纯粹是幻觉，不过是一块面包经过喉咙时戳了一下，于是就让她呕吐，在她的吐出物中悄悄扔进一枚别针。那妇人以为别针吐出来了，顿然感到痛苦烟消云散。有位贵族，在家里宴请了几位有身份的人，三四天后，他开了个玩笑（因为事实并非如此），吹牛说给他们吃了猫肉糜；那些人中有位小姐，听说后吓得又是呕吐又是发烧，最终也未能被救活。连牲畜也会和人一样受制于想象力。比如狗，主人死后，它们会悲痛而死。我们也能看到狗在梦中尖叫和扭动，马在梦中嘶叫和挣扎。

上述例子可以说明思想和身体互相影响的紧密关系。想象力不仅作用于自身，有时也会作用于他人，那就是另一回事了。一个人身上的疾病可以传给他身边的人，例如瘟疫、梅毒和红眼病就会相互传染：

没病的眼睛看一下病眼就会染病，

许多疾病都是这样传染的。[1]

同样，想象力一旦被激化，会射出利箭伤害别人。传说远古时代，在斯基泰王国，有些妇女对某人发怒时，用目光就能把对方杀死。乌龟和鸵鸟只用目光来孵卵，这说明它们的目光有射精功能。至于巫师，据说他们的眼睛具有攻击性和危害性，

不知哪只眼睛慑服了我的羔羊。[2]

我认为巫师是最不令人信任的。不管怎样，我们常看到，女人们给怀中的胎儿打上她们幻想的烙印。譬如，就有女人生了个摩尔人[3]。有人从意大利比萨给波希米亚国王，即查理皇帝，带来了一个全身长毛的女孩；据女孩的母亲说，是因为看了挂在她床头的圣·让·巴蒂斯特的一张画像才怀上了长毛的女孩的。动物也一样，例如雅各的羊群[4]，还有被山中的白雪染成白色的鹧鸪和野兔。最近，我们家的一只猫窥视树上的一只鸟，猫和鸟四目对视，也不知是为自己的想象所陶醉，还是受到猫的吸引，反正没多久鸟儿就仿佛死了似的落入了猫爪之中。爱用鹰打猎的人一定

1　引自奥维德。
2　引自维吉尔。
3　摩尔人，北非黑人。这里暗示一位白人公主，她因生了个黑孩子，被指控与黑人通奸。医师希波克拉底（约前460—约前377）解释说，那是公主床头的一张黑人像致使公主生黑人的。公主因而得到了宽恕。
4　雅各，犹太人的祖先之一。为娶表妹拉结，雅各为舅舅拉班干了十四年活。离开前，他将各种颜色的树枝剥皮，使之呈不同颜色的斑块状，而后把这些树枝放在羊圈前，羊群经过，看见呈各色斑状的树枝，羊毛也带上了各色小斑点。他把这些羊群带回自己的家乡。蒙田把这个例子归结为想象力的作用。

165

听说过，有位驯猎鹰者举目凝望天空中的一只鹞鹰，打赌说他凭目光就能把那只鹰吸引到地上。据说，事实果真如此。我是因为相信说故事人的真诚，才借用这些故事的。

感想是我的，以理性为依据，而不是亲身的体验。人人都可以加进自己的例子，没有例子的，请相信一定会有的，因为意外的事各种各样，举不胜举。

如果说我刚才的评论做得不好，那就让他人去做得更好吧。

同样，我在研究人类习俗和活动时，将一些奇闻怪谈当作真人真事为我所用。不管有无其事，发生在巴黎还是在罗马，在让还是在皮埃尔身上，总归是人类聪明才干的一种表现，叙述出来对我也是有用的启迪。我在研究和利用那些材料时，既注意表面，也注意实质，对于那些故事的不同版本，我总是选用最珍贵最值得记忆的。有些作家旨在叙述发生的事件，而我的目的，如我能做到的话，是讲述可能发生的事。哲学是允许假设事物的相似性的，哪怕事物间并不相似。然而，我不这样做。我忠于历史，慎之又慎。我这里选用的例子，不管是道听途说的，还是自己做的或说的，我丝毫不敢于事实有丝毫歪曲。我的良心不允许我这样做，但难免因知识不足而造成缺憾。关于这个，我常想，让一个神学家、哲学家，让这些意识和智慧都完美无缺的人来写历史可能比较合适。他们不可能相信一种民间传说，不可能为自己不熟悉之人的思想负责，也不会做出毫无根据的臆测。对于在他们面前发生的涉及多方的诉讼，如果法官让他们宣过誓，他们就会拒绝做证：他们不会为任何人的意图担保，哪怕是他非常熟悉的人。我本人认为写过去的事比写现实少担风险，因为作家只需阐述一个借来的事实。有些人认为我适合写当今的事，一则我看问题比别人少受情感的影响，再则我有机会接触各派系的首领。但是，他们也不想想，哪怕能得到萨卢斯特[1]的所有荣耀，我也不会费劲去写的，因为我讨厌责任、勤勉和恒心；再说，没有什么比冗长的叙述更背离我的风格了：我的文笔常常缺乏连贯性，构思和阐述的事毫无价值，即使表达最平常的事，我也不如一个孩子善于遣词造句；因此，我从来只说我熟悉的事情，做事一贯量力而行；如果我让人来指导我，我也不可能按他们的标准行事；我这人无拘无束，会随心所欲却又不失理智地发表非法的会受到惩罚的看法。在这个问题上，普鲁塔克可能会对我们说，如果他写的事对所有人都是真理，那么这是别人的作品；如果那些事对后人有启迪，犹如一盏明灯，指引我们走向道德的完善，这才是他的作品。过去的事，不管说成怎样，不会比劣药更危险。

1　萨卢斯特（前86—前35），古罗马政治家和历史学家。他在他的第二部历史著作《朱古达战争》中，详细探讨了党派斗争的起源。

二十二

一人得益，他人受损

雅典人狄马德斯[1]谴责一位雅典市民以卖殡仪商品为业，说他索取的利润太高，如果没有很多人死亡，他就不可能获得如此多的利益。这一看法未免失之偏颇，因为获取利润必定会损害别人的利益，否则，任何赢利都要受谴责了。

商人赚钱靠年轻人挥霍，农民靠麦子价格昂贵，建筑师靠房屋倒塌，司法人员靠民事诉讼和纠纷，神职人员的尊严和职能靠我们的死亡和罪恶。古希腊的喜剧作家菲莱蒙说，没有一个医生乐意别人甚至自己的朋友身体健康，没有一个士兵乐意天下太平，以此类推。更有甚者，如果我们人人探测一下自己的心灵，就会发现我们心中孕育和产生的愿望，大多是损人利己的。

这就是我深思熟虑后产生的想法：大自然在这个问题上不会违背其普遍规律。自然科学家认为，每一事物的产生、发展和增

1　狄马德斯（前380—前319），雅典演说家和政治家。

长，意味着另一事物的变质和衰败：

> 因为生命一旦改变性质，
> 过去的存在便即刻消失。[1]

1　引自卢克莱修。

二十三

论习惯及不要轻易改变公认的法规

我觉得，第一个编造下面故事的人，一定想到了习惯的力量。故事叙述一个村妇有一头牛，牛一出世，她就把它抱在怀里轻抚，从此一直坚持，终于成了习惯，待牛长大后，她依然要把它抱在怀里。事实上，习惯是一个粗暴而阴险的教师。它悄悄地在我们身上建立起权威，起初温和而谦恭，时间一久，便深深扎根，最终露出凶悍而专制的面目，我们再也没有自由，甚至不敢抬头看它一眼。我们看到习惯时常违反自然规律。"在任何事上，习惯总是最强大的主人。"[1]

我相信柏拉图在《理想国》中所做的洞穴譬喻[2]。我相信医

1　引自老普林尼《自然史》。

2　柏拉图的洞穴譬喻是：一群囚徒被囚在一个洞穴里，背朝一堆大火，有人在他们身后走动和搬动物体，投影到墙上。囚徒们除影子外没见过别的东西，便以为这些影子就是现实世界。后来，其中一个囚犯被释放，一见到光亮，便眼花缭乱，认为过去看到的影子比现在看到的东西真实。但他渐渐习惯了光亮，可以分辨出事物了，并且能直视太阳这个光明之源。在柏拉图看来，这就是人类历史，首先只有感性知识，即影子的世界，研究哲学时，开始十分困惑，认为感觉比思想更真实，后来懂得了辩证法，从而进入心智世界，便能直视理念了。

生常常会抛弃医学手段而服从于习惯的权威。有位国王[1]设法让自己的胃习惯服用毒物。据艾伯特[2]记载，有个女孩习惯以蜘蛛为食。

在新印度，人们发现有许多民族，生活在各种不同的地区。那些人民以昆虫为食，不仅储存，还养殖，如蚱蜢、蚂蚁、蜥蜴、蝙蝠；缺粮时，一只蟾蜍可卖六个埃居。他们将这些动物煮熟，再配以各种沙司食用。在那里，还有些民族认为，我们吃的各种肉类会把人毒死。"习惯的力量是巨大的。猎人能在雪地里过夜，能忍受山上的烈日。拳斗士被铁皮手套击中时，连哼都不哼一声。"[3]

如果我们好好想一想——而这正是我们日常的感受——习惯如何使我们的感官变得驽钝不敏，那么，这些闻所未闻的例子就不足为怪了。我们毋庸去了解生活在尼罗河大瀑布附近的居民有何感觉，也无须打听哲学家对天上的音乐[4]有何看法；那些坚固的天体在运行中轻轻相碰和摩擦，发出一种奇妙而悦耳的声音，天体和着这抑扬顿挫的音乐婆娑起舞；但是，声音再大，人的耳朵已麻木而感觉不到，正如尼罗河畔的居民对巨大的瀑布声习以为常一样。马蹄铁匠、磨坊主、枪炮匠如像我们这样会被敲击声震聋耳朵，他们就无法生存了。我的皮紧身短大衣散发着香气，

1　这里指本都王国国王米特拉达梯六世（前132—前63）。晚年，他怕被敌人用毒药毒死，便自服毒药，逐渐加量，导致人体有耐毒性。

2　艾伯特（1193—1280），德国神学家和哲学家。

3　引自西塞罗。

4　毕达哥拉斯派和柏拉图派的哲学家们假定天体运行时会发出悦耳的声音，但是人感觉不到。

能愉悦我的鼻子，可是连穿三天，我就久闻不知其香了。更为奇怪的是，尽管间断和间隔的时间很长，习惯照样会不断地对我们的感官起作用，例如住在钟楼附近的人就是这样。我住在我家的一个钟楼里，一口大钟每日早晚各敲一次《圣母经》。这喧闹的钟声震得钟楼也胆战心惊，头几天我无法忍受，可不久就习惯了，听起来再也不感到刺耳，甚至常常不被钟声惊醒。

柏拉图训斥一个玩骰子的孩子。那孩子回答说："你为这点小事就训我。"柏拉图反驳道："习惯可不是小事。"

我发现，我们身上最大的恶习是从小养成的，我们的教育主要掌握在乳母手中。母亲看到孩子拧断鸡的脖子，打伤狗或猫，认为这是种消遣。还有的父亲愚蠢至极，看到儿子不公正地殴打一个不自卫的农民或奴仆，会以为是尚武的好预兆，看到他以狡诈手段欺骗和愚弄同伴，会以为是思想敏锐的征象。然而，这却撒下了残酷、专横和背信弃义的种子，这些缺点在那时候就已萌芽，以后会在习惯的魔掌中茁壮成长。因孩子年幼或事情不大就原谅他们的不良倾向，这是后患无穷的教育方法。首先，这是天性在说话，它那时的声音与其说尖细，不如说纯净而洪亮。其次，欺骗的丑恶性不在于金币和别针之间有差别，而在于欺骗本身。对此有两种结论，一是："既然他在别针上能骗人，为什么在金币上就不会呢？"另一个是："只是别针罢了，他不会拿金币去搞欺骗的。"我认为前一种结论比后一种正确得多。应该认真教导孩子从本质上憎恨恶习，使他们认识到这些恶习天生的丑陋性，要他们不仅在行动上，更要在思想上做到防微杜渐，不管恶习怎样伪装，心里闪一下念头都是令人憎恶的。我从小就培养自己走正路，做游戏时，我最痛恨弄虚作假（必须指出，孩子们做的游戏不是单纯的游戏，而应将其看作最严肃的活动），因此，即便是无谓的娱乐活动，我也坚决反对作弊，这已成为我的本性，无须做任何努力。我和妻子、女儿玩牌时，赢她们或输给她们我都无所谓，就像是在玩真的一样，将两个辅币[1]的输赢当作两个金币一样对待。我的眼睛无处不在，督促我安分守己，没有人会如此近地监视我，也不能让我如此遵守规则。

最近，一个南特人来我家里，那人身材矮小，生来没有胳膊，他训练脚来做手该做的事，动作如此娴熟，导致他的脚几乎要忘记它们的自然功能了。而且，他称脚为手，用脚切面包，给枪装上子弹后射击，给针穿线，缝衣，写字，脱帽致敬，梳头，打扑克，玩骰子，洗起牌来游刃有余，比常人毫不逊色。我付他钱（他靠表演谋生），他用脚来接，就像我们用手接一样。我小时候还见过一个人，他用双手舞剑，同时用脖子——因手正忙着——夹住一根长矛舞动，把剑和长矛抛向空中后再接住，而后又扔标枪，挥起鞭子来啪啪响，俨然像个法兰西车夫。

习惯在我们思想上一无阻拦，从它给我们的奇特印象中可以更好地看出它的效果。它对我们的观点和信仰无所不能。难道还有什么看法比习惯在它认为合适的地方灌输的看法更离奇、更怪诞的吗？（宗教赤裸裸的欺骗排除在外，多少伟大的民族、多少自命不凡的人物都沉迷于宗教，这种东西是不受人的理性控制的，因此，那些没有被上帝的恩宠特别照耀的人，在里面迷失方

1　法国旧时货币单位，一辅币等于十二分之一苏。

向是情有可原的。）西塞罗发出过这样的感叹，我看不无道理："自然科学家的任务是观察和探索大自然，却要求被习惯一叶障目的人为真理提供证据，这样做难道不惭愧吗？"

我认为，大凡人能够想象出来的事，再古怪疯狂，也能在生活中找到具体的例子，因此，也总能建立在推理的基础上。在有些国家，向人致意时把背对着人家，从来不看对方。还有些国家，当国王吐痰时，最受宠爱的宫廷贵妇伸手去接。在另一个国家里，国王身边最重要的显贵们弯腰捡国王排出的污物，装在手帕里。

这里，我们要插进一个故事。有个名叫弗朗索瓦的法国贵族，喜欢用手擤鼻涕，这与我们的习惯格格不入。此人以说话风趣而遐迩闻名，他为自己这个行为竭力辩护，问我这肮脏的鼻涕有什么特权，非得要他备一块漂亮而精致的手帕，甚至还要把擤了鼻涕的脏手帕小心翼翼地包好放在身上。他说，用手帕擦鼻涕兴许比随地擤鼻涕更可憎，更令人恶心，而其他排泄物也是随地扔的嘛。我听后觉得他的话不是一点道理都没有，然而我对随地排泄污物已习惯了，因而不以为怪，若讲的是其他国家的事，我们一定会觉得丑恶无比。

奇迹的存在是因为我们对大自然所知无几，而不是出于大自然的状态。习惯使我们的判断力驽钝不敏。蛮人于我们一点也不比我们于他们更怪诞，也没有理由更怪诞。假如读一读下面的例子，把自己的亲身经历同这些事例做一正确的比较，我们都会承认这一点。人的理性是一种几乎等量的染料，是由所有的观念和习俗组成，不管它们以什么形式出现，其材质和花样都无穷无尽。言归正传。在有些国家里，同国王说话，要用传话筒，唯国王的妻子和儿女除外。在某个国家中，处女露出阴部，但已婚妇女却把阴部小心遮住；另一个地方的一种习俗与此相仿，那里，贞操只对婚姻有价值，因为女孩子可以随便委身于男人，倘若怀孕，可以公开用专门的药堕胎。还有个地方，如果是商人结婚，所有应邀来参加婚礼的商人先于新郎和新娘睡觉，和她睡觉的人越多，她就越光彩，越被认为健壮能耐；官吏、贵族或其他人结婚也一样，但农民或下等人除外，只有领主老爷才能这样做；然而，在婚礼上，人们仍一本正经地嘱咐新郎新娘要忠贞不贰。有的地方有男妓院，男人之间甚至可以结婚；妻子随夫出征，不仅参与打仗，还指挥作战。有的地方，不仅将戒指戴在鼻子、嘴唇、脸颊和脚趾上，还将沉甸甸的金环串在奶头和屁股上。有些地方的人吃饭时，在大腿、阴囊和脚掌上擦手指头。有的地方继承权不传子女，而传兄弟和侄儿；还有的地方只有侄子有继承权，但不能继承王位。有的地方规定某些高级法官管理共同财产，全权负责耕种土地，按需给大家分配果实。有的地方孩子死了人们痛哭流涕，老人死了却额手称庆。有的地方十来对夫妇同居一室。有的地方丈夫若是猝死，妻子可以再婚，其他情况下妻子不能改嫁。有的地方女性极受歧视，女的一出生就被杀死，需要时，就从邻国买来妇女。有的地方丈夫可无端休妻，妻子有再大的理由也不能休夫。有的地方若妻子不育，丈夫有权将她们卖掉。有的地方人死后尸体煮熟再被捣成粥状，掺在酒中喝掉。有的地方人死后让狗吃掉是最理想的归宿，还有的地方是让鸟吃掉。有些地方的人相信幸运的灵魂自由自在，生活在秀色可餐的美妙花园里，我们能听到灵魂发出的回声。有的地方在水中打仗，边游泳边准确地拉弓射箭。有的地方以耸肩和低头表示服从，进国王的住所得脱鞋。有的地方看管修女的太监没有鼻子和嘴唇，以免修女爱上他们；神甫为了同神灵交往并获得神谕而把双目戳瞎。有的地方，各人把自己喜爱之物奉为神明，猎手信奉的神是狮子和狐狸，渔夫则是某一种鱼，人类的每个行动或嗜好都有偶像；太阳、月亮、大地是最重要的神祇；发誓时就眼睛看着太阳，用手触摸大地；那里的人吃生肉和生鱼。有的地方做重大宣誓时，就用一位生前德高望重的死者的名字，把手放在死者的坟墓上。有的地方国王送给封臣们的新年礼物是火。送火的使者来到时，各家各户的火都要熄灭。封臣的子民们都得来取新火回家，否则就是犯渎君罪。有的地方如果国王自行退位，以便把自己全部献给宗教（这是常有的事），他的第一继承人也必须这样做，而把王位传给第三继承者。有的国家的统治形式根据事务的要求而灵活多变，必要时可以废黜国王，让德高望重者取而代之管理国家，有时把政权交给人民掌握。有的地方不论男女都行割礼，都受洗礼。有的地方，如果士兵在一次或几次战斗中取下七名敌人的首级奉献给国王，就可以被封为贵族。有的地方相信灵魂会死亡，这种看法绝无仅有，愚昧无知。有的地方女人分娩神色不惧，一声不哼。有的地方女人套铜护腿，若被虱子咬了，把虱子咬死是她们的崇高职责；在把自己的童贞献给国王之前（如果国王要她们的话），她们不敢嫁人。有的地方向人致意时先用手指头触触地，然后再举向天空。有的地方男人用头顶重负，女人则用肩膀扛；女人站着小便，男人却蹲着。有的地方对自己崇敬的人要献上自己的血以示友谊，像敬奉神祇那样给他们焚香。有的地方亲戚之间不能通婚，哪怕隔了四代，甚至更远。有的地方孩子吃奶到四岁，常常到十二岁，第一天就给孩子喂奶被认为有生命危险。有的地方父亲管惩罚男孩，母亲管惩罚女孩，惩罚的方式是把他们倒吊着用烟熏。有的地方女人行割礼。有的地方什么草都食用，除非有些草气味大，这是鉴别草能不能吃的唯一办法。有的地方屋里什么都敞开着，屋子再漂亮再富有，也不关门窗，不锁箱子，但对小偷的惩罚比别处严厉。有些地方的人像无尾猕猴那样，用牙齿咬死虱子，看见用指甲掐虱子感到很吓人。有的地方的人一辈子不剪头发不修指甲；还有的地方只剪右手的指甲，而左手的指甲任其生长，以示高雅。有的地方，右边的头发任其生长，左边的头发则要剃光；而在周围的省份，有的前面留发，有的后面留发，不留发的地方全剃光。有的地方父亲把子女，丈夫把妻子租给客人作乐。有的地方儿子可以光明正大地和自己的母亲生孩子，父亲可以同女儿甚至儿子纠缠不清，聚会狂欢时，可以互相出借孩子。

这里，人们吃人肉，那里，把上了一定年岁的父亲杀死则是尽孝道；这里，孩子尚在娘胎里时，父亲就已做好安排，或留下来喂养大，或抛弃和杀死，那里，年老的丈夫把妻子借给年轻人享用；还有的地方女人为男人们共有，却不被视为罪孽，甚至在有的国家，女人同多少个男人发生过关系，就在她们的裙子上戴多少根漂亮的缨子，作为荣誉的标志。习惯不是还创造了一个女儿国[1]，让她们拿起武器，训练军队，同敌人打仗吗？整个哲学都

1　女儿国，指阿玛宗国，为一族女战士，住在黑海沿岸小亚细亚和亚速海海滨一带，境内禁止男人居留。她们骁勇好战，善骑马射箭。

无法让最睿智者装进脑袋的东西，习惯不是靠自己独家的法令，就让最粗俗的人掌握了吗？我们知道，在有些国家，死亡不仅受到蔑视，还受到欢迎；在那里，孩子们到了七岁就要受鞭笞之苦，直到被打死，却要脸不变色心不跳；在那里，人们对财富视如敝屣，最贫穷的人也不屑伸手去捡装满金币的钱包。有些地区丰饶富足，可是最美味可口的家常饭菜却是面包、独行菜[1]和水。

习惯不是还在希腊的希俄斯岛上创造了奇迹吗？那里七百年内，不曾有一个已婚和未婚的女子做出伤风败俗之事。

总而言之，照我的想象，习惯无所不做，无所不能。据说，品达罗斯[2]称习惯为世界的王后和皇后，我看不无道理。

有人遇见一个人在打父亲，那打父亲的人回答说，这是他家的惯例，他的父亲也这样打他的祖父，而他的祖父也这样打他的曾祖父。那人还指着他的儿子说："他到我这般年纪也会打我的。"

那父亲被儿子在大街上拖来拽去，倍加虐待，但到了一家门口，他就命令儿子停下来，因为从前他也只把自己的父亲拖到那个门口，那是他们家孩子虐待父亲的世袭界限。亚里士多德说，有些女人扯头发，咬指甲，食煤和泥土，既出于传统，也是一种怪癖；男人喜欢同男人发生性关系，既出于习惯，也是本性使然。

我们说，意识的法则是自然产生的，其实产生于习惯。每个人的内心都尊崇其周围约定俗成的观念和习俗，偏离了则良心不安，遵循了则拍手称赞。

1　独行菜，一种十字花科蔬菜。种在园子里，可作调味品。
2　品达罗斯（前518—约前438），古希腊诗人，所写颂诗是公元前五世纪希腊合唱抒情诗的巅峰。

从前，克里特岛[1]人想诅咒某人时，就祈求神让那人染上某种恶习。

但是，习惯最主要的威力就是攫住和蚕食我们，一旦进入我们身体，就把我们紧紧抓住，并且深深扎根，为它的法令说理和争辩。的确，从我们出生后吃奶起就吮吸习惯的法令了，我们首次看到的世界就是这般面孔。我们似乎生来就为了照习惯办事。那些在我们周围颇有市场，被我们祖辈注入我们心灵的成见，似乎是普遍而自然的思想。

因此，不符合习惯就被认为不符合理性，上帝知道，这是多么不合理。如果人人都像我们这些研究自己的人那样，听到一句格言，就立即看一看它在哪个方面适合自己，那他就会发现，这句格言与其说是正确的话，不如说是对自己平庸愚蠢判断的一种猛烈鞭挞。然而，人们接受警句和箴言似是为了告诫别人，而不是规劝自己，因此不是将它们融入自己的行动中，而仅仅是装进记忆里，这种做法是极其愚蠢和绝对无用的。言归正传，继续来谈习惯的权威。

受自由和自主思想培育的人民，认为其他任何统治形式都是可怕的，是违背自然的。习惯于君主制的人民也一样。不管命运为他们提供什么样的变革机会，当他们费了九牛二虎之力摆脱了某个君主的讨厌统治时，就会赶紧花同样的力气为自己安上一个新君主，因为他们下不了决心憎恨君主统治。

波斯国大流士一世问几个希腊人，怎样才能使他们遵从印度

1　　克里特岛，希腊最大的岛屿。公元前二千年在岛北岸以诺萨斯城为中心建立了奴隶制国家。

人的习惯，把去世的父亲吃掉（这是印度人的习俗，认为把死人装进自己的腹中是最好的归宿），希腊人回答说，不管给什么，他们也不会这样做。大流士一世又试图劝说印度人放弃自己的做法，按照希腊人的习惯，把他们父亲的尸体火化，印度人的反应则更强烈。人人都这样，因为习惯使我们看不到事物的真面目，

> 任何伟大和令人赞叹的东西，
> 都会渐渐变得平淡无奇。[1]

从前，每当我要阐述一个我们早已接受的权威看法时，我不想墨守成规地只用法律和事例来证实，而是穷源溯流，寻根究底。我会发现这个看法根基不牢，以致一想到要向别人证实这个看法，就会有点儿感到兴味索然。

柏拉图为了消除他那个时代盛行的反自然的爱情，号召公众舆论对之抨击，让诗人和每个人口诛笔伐，他认为这种做法是灵丹妙药。多亏了这个灵丹妙药，再漂亮的女儿也不会激起她们父亲的情爱，再英俊的兄弟也不会使他们的姐妹心动，就连堤厄斯忒斯[2]、俄狄浦斯、马卡勒斯[3]的神话，也用令人愉快的歌声，把这一实用的信念注入孩子们幼小的心灵。

贞操[4]确实是一种美德，它的用途可谓无人不晓，但从本性

1　引自卢克莱修。
2　堤厄斯忒斯，希腊神话中的人物，勾引兄弟的妻子，事情败露后逃离祖国，他的兄弟为报仇而杀死了他的儿子。
3　马卡勒斯，希腊神话中的人物，同他的姐妹乱伦，被他们父亲发现后自杀身亡。
4　这里的贞操指禁止乱伦。

上来探讨廉耻心是困难的，如用习俗、法律和格言来阐述就容易得多。这种廉耻心最初被普遍接受的理由是难以深入探讨的。我们的大师们泛泛研究这些道理，甚至不敢触及，一上来便成了习俗的卫道士，还自高自大，得意扬扬。那些不愿放弃追溯习俗本源的人犯的错误则更大，他们不得不接受野蛮的看法，正如克里西波斯在他作品的许多地方，散布对任何形式的乱伦不必太重视的观点。如若有人想摆脱习惯的强烈偏见，他就会发现，许多毅然决然接受的东西，似乎就凭借着它们白发苍苍、满脸皱纹的外形。但是，这副面具一旦撕掉，事物就恢复其真实和理性，他就会觉得自己的判断仿佛被彻底推翻，然而却回到了更可靠的状态。譬如说，到那时我会问他，还有什么比一个民族必须遵守自己不懂的法律更荒唐的事呢？他们的家庭事务，诸如婚礼、捐赠、遗嘱、买卖，都束缚在某些他们不可能弄懂的规矩上，那些规矩不是用他们的语言撰写和出版的，因此，他们不得不购买解释和用法说明书。那些规矩不是建立在伊索克拉底[1]的高见之上：这位雄辩家劝导国王让其臣民进行自由贸易，免除税收，让他们有利可图，如果他们争吵起来，就对他们课以沉重的税金。那些规矩却是建立在一种可怕的见解之上：情理可以买卖，法律可以作为商品交流。我很幸运，因为据我们历史学家记载，第一个反对查理曼大帝[2]把拉丁和神圣罗马帝国的法律强加给我们的人，是一位加斯科尼贵族，是我的老乡。在一个国家里，法官的

1　伊索克拉底（前436—前338），雅典著名的雄辩家和教育家。
2　查理曼大帝（742—814），法兰克王国加洛林王朝国王（768—814）。公元八〇〇年，由罗马教皇加冕称帝，号为"罗马人的皇帝"，法兰克王国便成为查理曼帝国。

职位可以用钱购买，判决可以用现金换取，无钱就打不了官司，这些都成了合法的习惯，还有什么比这更野蛮的做法呢？司法权拥有如此重要的商品，以至于国家政治组织多了个第四等级，那是由掌管诉讼的人组成的等级，和早已存在的教士、贵族和平民这三个等级平分秋色。这第四个等级掌握法律，对财产和生命有至高无上的权力，形成了一个独立于贵族的阶层，因此就有了双重法律：荣誉的法律和正义的法律，两者在诸多方面格格不入，荣誉的法律谴责忍受，正义的法律谴责复仇。从尚武的职责讲，谁忍受侮辱，就会名誉扫地，而从公民的职责讲，谁要复仇，就会招致死刑（因荣誉受损而诉诸法律，会有损脸面，可要是不助法律而私下报仇，就会受到法律的制裁和惩罚）。这两个部分同侍一主，却各司截然不同的职责：一个掌管和平，另一个掌握战争；一个有利益，另一个有荣誉；一个博学，另一个好战；一个重口才，另一个重行动；一个讲正义，另一个讲勇敢；一个诉诸理性，另一个诉诸武力；一个穿长袍，另一个穿短装。

至于那些衣着之类的小事，如有人想让它们恢复为身体的适意服务的真正用途（衣着的优雅和得体取决于这个用途），我就尤其会给他举方帽的例子。在我看来，这种帽子丑陋无比，一条长长的打褶丝绒带，犹如一根尾巴挂在女人的头上，外加五颜六色的附属物和一个其形状与我们羞于出口的器官酷似的毫无用处的装饰物，我们却把它展示在众人面前。这些考虑却丝毫不能使一个有头脑的人不去随波逐流；因此，我反而觉得，任何与众不同的衣着式样，与其说出于真正的理智，毋宁说来自愚蠢或野心勃勃的做作。我认为哲人在心里可以摆脱一切羁绊，自由自在地判断事物，但表面上应该完全遵循公认的做法和习俗。公众社会不需要我们的思想，至于其他，诸如我们的行动、工作、财富乃至我们个人的生活，都得服从社会和公众舆论，正如那位善良而伟大的苏格拉底拒绝违抗法官的判决而寻求拯救自己生命的办法，哪怕法官的判决极不正确，极不公道。因为人人遵守所在地的规则和法律，是一条普遍的规则和法律：

　　　应该服从国家的法律。[1]

　　下面要谈另一个看法。不管哪个公认的法令，改变后有无明显的好处，这是很值得怀疑的。况且，即使有好处，改变起来谈何容易，因为法律犹如一座建筑物，各部分之间的联系如此紧密，牵一发就会动全身。希腊立法者卡隆达斯[2]规定，谁想取缔一项旧法令，或确立一项新法令，就要头套绳索让人民裁决，若新法令遭到反对，他就立即被绞死。斯巴达的立法者利库尔戈斯毕其一生，让斯巴达人民保证不违背他制定的任何法令。弗里尼斯[3]给齐特拉琴增加了两根弦，但是斯巴达的法官未曾想一想这两根弦会不会使音乐更和谐悦耳，就粗暴地把它们砍断了。只因为那两根弦破坏了旧的习惯，就应该受到制裁。这就是马赛法庭那把生锈的剑所象征的意义。

1　　原文为希腊语。引自克里斯平。
2　　卡隆达斯，生活在公元前七世纪，为古希腊的立法者。
3　　弗里尼斯，古代爱琴海莱斯沃斯岛上有名的齐特拉琴家，他给原为七根弦的齐特拉琴增加了两根弦，法官认为这是糟蹋音乐，便用斧子砍断了这两根弦。

我讨厌改革，不管它们以怎样的面目出现。我这样说是有道理的，因为我看到过改革的破坏作用。多少年来压在我们身上的宗教改革，虽不能说一切都是它干的，但完全有理由说，一切都是由它导致的，甚至包括从此不管有没有它、反不反对它，也都会产生的不幸和毁坏。一切都归罪于这次改革，

唉！我这是自食其果。[1]

引起一个国家混乱的人，往往和这个国家一起毁灭。挑起混乱的人往往得不到果实，他们把水搅浑，使其他人得以浑水摸鱼。君主政体的结构和组织，这座老朽的大厦，自从被改革这个新事物搞得分崩离析以来，正在向类似的破坏尽情敞开大门。一位古人云，君权从山顶跌至半山腰，比从中间跌入山谷要难得多。

但是，如果说创新者更有破坏性，那么，效法者则更恶劣，因为他们明明感觉到并惩罚过前者的罪过，却还要步其后尘。如果说这些效仿者即使在做坏事时，也有些体面可言的话，那是因为他们应该把改革的荣誉和尝试的勇气归于前者。

种种新的政治骚乱都从这个取之不竭的第一源泉中幸运地汲取扰乱我们政体的形式和原型。我们的法律本是为了医治这顽疾的，可它却让我们看到它在教唆人们做各种坏事，或在为种种坏事辩解。正如修昔底德[2]对他那时候的国内战争所描述的那样，

1　引自奥维德。
2　修昔底德（约前460—约前400），古希腊历史学家。所著《伯罗奔尼撒战争史》从军事上、政治上，特别是从心理上论述了公元前四三一至前四〇四年雅典和斯巴达之间发生的战争。

为了宽容公众的罪恶，竟然使用更温和的新词，来掩饰它们真正的名字。然而，这是为了重塑我们的意识和信念。"借口是诚实的。"[1]但是，为变革提供最好的借口是极其危险的："对旧制度的任何改革无论如何不值得称赞。"[2]然而，坦率地说，我觉得如此看重自己的看法，那是妄自尊大，目空一切，为树立个人的看法，不惜在自己的国家里推翻太平的公共秩序，导致只有内战和动乱才会造成的种种灾难和伤风败俗。为了同有争议的、可探讨的错误做斗争，却又助长了许多众所周知的坏事，这难道不是得不偿失吗？还有比违背自己的意识和大家的认识更坏的坏事吗？

罗马元老院为解决自己和人民之间关于宗教职责上的看法分歧，竟然根据米堤亚战争中神谕对德尔斐人民的回答，抛出这样的借口："保护神殿是神的事，而不是他们的事，神绝不会让祭仪受到亵渎。"[3]德尔斐人民担心波斯人入侵，便询问神如何处置阿波罗神殿中的圣物，将它们藏起来，还是带走。神回答什么也不要动，要他们照管好自己就够了，他有足够的能力照顾好自己的东西。

基督教有种种极其公正和实用的标志，但最明显的标志莫过于谆谆告诫人民要服从统治者，维护他们的统治。上帝的智慧给我们树立了光辉的榜样：上帝在拯救人类并引导人类光荣地战胜死神和罪恶时，从没想过要摆脱我们现有的政治秩序，而是让陈规陋习盲目而不公正地制约这一崇高而有益的事业继续前进，让

1　引自古罗马喜剧作家泰伦提乌斯。
2　引自李维。
3　同上。

无数他所宠爱的选民无辜死去；为使这个珍贵的果实渐渐成熟，白白流失了多少时间。

有的人因循本国的旧习陈规，还有的人则致力于引导和改变习俗，两者之间相差甚远。因循守旧者以平淡、服从和为人师表为借口。不管他们做什么，都不可能有恶意，最多也只是不幸。"在经过千锤百炼而保存下来的光辉古文化面前，谁能无动于衷？"[1]

再者，伊索克拉底也说过，不及比过火更合适。那些主张改革的人步履维艰，因为他们在对旧习陈规进行鉴别和改革时，必须多多地使用判断力，识别被摈弃的东西有什么缺点，被引进的有什么优点。以下一个极为平常的看法，坚定了我的信念，即使在最鲁莽的青年时代，我也能控制自己的言行，那就是我不愿让自己肩负如此沉重的担子，为如此重要的学问负责任。平时，即使是我所学知识中的最简单的东西，我也不敢贸然做出判断，虽然大胆谈出自己的看法丝毫无损于我学到的知识，现在面对如此重要的学问，我更不敢判断了。我认为，让家喻户晓和一成不变的社会组织和习俗臣服于个人随心所欲和变化无常的奇想，是非常不公正的，因为个人的看法仅是个人的裁判。任何社会对于民法不敢为的，面对神法千万也别做。从理性上讲，人的理智同民法关系更加密切，但是民法却是法官至高无上的仲裁者。因此，法学家应该把最大的聪明才智用于解释和发展已有的习俗，而不是改变和革新。有时，上帝会越过他自己强迫我们遵守的规

1　引自西塞罗。

则，但这并不等于让我们不遵守这些规则。这是上帝的壮举，我们不应模仿，而应赞美。上帝的这些壮举，是一种刻意和特别的恩宠，是施与我们的奇迹，是为了证明其威力无比，凌驾于人类秩序和力量之上；试图仿效上帝的壮举，是神经错乱，亵渎神明。我们只能惊叹地凝望，而不应效法。这是上帝的而非我们的职责。

古罗马雄辩家科达恰当地断言："在宗教方面，我信奉法学权威科伦卡尼乌斯、西庇阿、斯凯沃拉，而不相信哲学家芝诺、克利安提斯或克里斯波斯。"[1]

在当前天主教和基督教之间的宗教斗争中，有上百条重要而根深蒂固的教规需要清除和重新确立。天晓得有多少人可以夸口完全承认了这派或那派的论据。若是数量问题，那这个数量对我们可能不构成威胁。可是没有承认的人向何处去？他们投到哪派麾下？改革派用的药和其他劣药或不对症的药一样没有效果。他们的药本想净化我们的体液[2]，但它引起的冲突使体液变得兴奋和活跃，不惟如此，那药还会留在我们体内。那药软弱无力，非但未能清除我们体内的毒素，反使我们更加虚弱，无法把毒排除出去，还得长期忍受它给我们带来的痛苦。

然而，命运总是凌驾于我们的原则之上，会向我们指出迫切要做的事，因此，法律就要网开一面。

当我们抵制强行而入的改革，不让它发展壮大时，那种以克

1　引自西塞罗。
2　体液，早期西方生理学中所说的人体内的液体。主要有四种，即黏液、血液、黄胆汁和黑胆汁，它们决定人的气质和特征。

制和合法的手段对付那些恣行无忌、无法无天、为达目的不择手段的改革者的做法，是一种危险而不平等的屈从。"相信背信弃义者，无异于引狼入室。"[1] 一个运转正常的国家，其通常的法规不可能防止这些意外，首先需要在主要的机构和部门确立一支稳定的队伍，还需要达成共识，绝对遵守和服从法律。合法的手段可能是一种冷静、呆板和受束缚的做法，面对卑鄙而疯狂的做法，会无可奈何。

　　至今仍有人指责屋大维[2]和小加图，说这两位举足轻重的人物分别在苏拉和恺撒发动的内战中，宁愿让祖国蒙受各种极端行为，也不肯损害法律而拯救国家。事实上，在这忍无可忍的最后时刻，与其固守法律，听凭暴力兴风作浪，为非作歹，倒不如灵活机动，暂不遵奉法律。这样做也许更明智。既然法律无法再做想做的事，那就干脆让它们做能做的事。这并非史无前例：阿格西劳斯二世就命令法律沉睡二十四小时，另一个人则将日历的某一天做了变动，亚历山大一世把六月变成第二个五月。就连一贯恪守国家法律的斯巴达人，遇到实际情况，也做灵活处理。例如，法律明文禁止同一个人连任海军司令，可是国家事务又需要来山得继续担任此职，于是斯巴达人便任命一个叫阿拉库斯的人为海军司令，而让来山得做海军总监。还有一例亦可证明斯巴达人的精明：他们往雅典派去一名使者，要雅典统帅伯里克利[3]改

1　　引自塞涅卡。

2　　屋大维（前63—14），即奥古斯都，恺撒的义子和继承人，古罗马帝国第一代皇帝。

3　　伯里克利（约前495—前429），古代雅典伟大的政治家。

变一项法令，伯里克利对他说，法令一旦刻在书板[1]上，就不能再抹去，那使者机智地劝他只需把书板翻个身，因为法律不禁止这样做。希腊哲学家普鲁塔克称赞菲洛皮门[2]生来是个指挥者，不仅善于依据法律指挥部队，而且在国家事务需要之时，还会巧妙地摆布法律。

1　书板，古代供写刻文字用的涂蜡木板或象牙板。
2　菲洛皮门（约前252—前183），古希腊亚加亚联盟统帅。

二十四

相同决定，不同结果

一天，法兰西宫廷祭师雅克·阿米奥给我讲了个故事，赞扬我们的一位亲王（尽管他原籍异国，但完全可以称作我们的亲王[1]）。故事发生在新教徒骚乱之初，天主教围攻鲁昂之际。该亲王从太后那里得知有人想谋杀他。太后在信中还透露说，刺客是安茹或勒芒的一位贵族，那人为能完成任务，经常出入亲王府。亲王得知消息后不动声色，但翌日便去卡特琳圣女山上散步，我们的大炮就是从那里射向鲁昂的（当时，我们在围攻鲁昂）。与他同往的有前面提到的那位宫廷祭师及一位主教。他看见了那位被告发的贵族，便叫他过来。那人来到亲王跟前，亲王见他内心不安，脸色苍白，浑身颤抖，便对他说："某某老爷，您想必已猜到我想要您做什么了，您的脸上写着呢。您什么也不要隐瞒

---

[1] 即弗朗索瓦·德·吉斯公爵（1519—1563），洛林家族成员。当时洛林尚未归入法国，所以蒙田称他为"原籍异国"。他是法国政治阴谋家、军人，掌握法兰西王室大权，并与蒙莫朗西和圣安德烈结成捍卫天主教的三人执政集团，由此而导致法国第一次宗教战争。

了，您的事早有人向我告发，遮遮掩掩只会把您的情况弄糟。您对这个阴谋的来龙去脉和最秘密的细节了如指掌。可别拿您的性命冒险，把事情真相从实招来吧。"那可怜人觉得自己已被抓住，罪行已确证（一位同谋把一切都告诉太后了），只好双手合十，乞求亲王饶恕，还想扑到他脚下。可亲王不让他下跪，继续道："过来杀我呀。我让您不愉快过吗？我对您家里的什么人有仇而冒犯过他吗？我认识您还不到三个星期，有什么理由能让您杀我？"那贵族声音颤抖地回答说，他这样做并非出于私仇，而是为了他那个教派的利益。有人对他说，消除新教的一个劲敌，不管用何手段，都是忠于宗教的虔诚行动。亲王说："然而，我要向您证明我的宗教要比您那个温和得多。您那个宗教叫您不问青红皂白，不听我的申诉，就要杀死我，可我的宗教却教我宽恕您，因为我确信您要杀我毫无理由。您走吧，离开这里，不要让我再见到您。如果您聪明的话，以后做事要选择正人君子当您的参谋。"

奥古斯都皇帝在高卢时，得知秦那[1]正在对他策划一场阴谋。他决意报复，并决定翌日召朋友来商议此事。但那天夜里他辗转不眠，思量他要处死的是位望族青年，庞培的侄子，他一边抱怨一边为自己寻找各种论据。他说："什么，难道我要终日提心吊胆，而让杀我的凶手逍遥法外？我身经百战，无论内战、海战还是陆战，哪次不是死里逃生，可他将来杀了我的头，就不用偿还

1　秦那，生活在公元前一世纪，奥古斯都皇帝的宠臣，密谋反对奥古斯都，但得到宽恕，并被任命为罗马执政官。

吗？我让世界实行了普遍的和平，可是他不仅决定杀我，还要把我当作献给和平的祭品，他这样做难道应该宽恕吗？"因为刺杀他的阴谋可能在他献祭时进行。

说完，他沉默片刻，接着又更大声地开始谴责自己："既然你的死同那么多人有关系，那你为什么还要活着？你的复仇和残酷难道没完没了吗？你的生命果真值得你不顾一切地保全吗？"他的妻子利维娅[1]见他忧心忡忡，便对他说："要不要听听女人的忠告？照医生的办法去做吧：当习惯的药方不灵时，他们就尝试相反的方法。你一直非常严厉，却从没给你带来好处：继萨尔维迪努斯谋反之后是李必达，然后是穆雷纳、凯庇奥、埃格纳提乌斯。你试试用宽容和仁慈来获得成功吧。秦那已被证实犯了谋反罪，宽恕他吧，今后他不会再来危害你了，相反只会赞美你。"

奥古斯都高兴不已，因为他找到了一位为他的心境辩护的人。他对妻子表示感谢，又撤销了召集朋友的决定，命人把秦那单独带来见他。他屏退左右，给秦那赐座，然后对他说："首先，秦那，我说话时你平静地听着，不要打断我，我会给你时间回答的。你知道，秦那，你是我从敌人的阵营里俘虏来的。你不仅是我的敌人，而且生来是我的死敌，我却救了你，你的所有财产都是我给的。我让你过上了舒适安逸的生活，连胜者都对你这个败者的境遇羡慕不已。你向我要大祭司职位，我给了你，而别人要我都拒绝了，可他们的父辈曾和我并肩战斗过。我对你恩重如山，你却密谋杀我。"听到这里，秦那嚷了起来，说他根本没

1　利维娅（前58—前29），奥古斯都的忠诚妻子，常参与政事，为丈夫出谋划策。

有这样恶毒的想法。奥古斯都接着说："秦那，你不守信用，你答应不打断我的。一点不错，你密谋杀我，地点、时间、同谋和方式我都一清二楚。"秦那听了这话惊骇万分，闭口不言了。这次沉默不再是为了遵守诺言，而是良心不安。奥古斯都见他这般样子，又说道："你为什么要谋反？是想当皇帝？如果只有我妨碍你当皇帝的话，那我们的国家就糟了。你连你的家族都保护不了，最近与一个普通的自由公民打官司，你还输了。怎么，你没有本事干别的，只会攻击皇帝吗？如果只是我妨碍你实现愿望，那我就放弃好了。你以为保鲁斯、弗边以及科萨家族、塞尔维利乌斯家族会接受你吗？那么多的贵族，不仅出身高贵，而且行为高尚，他们能容忍你吗？"他还说了很多，整整两个多小时，不停地讲着。最后，他对秦那说："你走吧，秦那，尽管你背叛我，还要杀我，但我饶你一命，正如从前你是我敌人时我放你条生路一样。但愿从今天起开始我们建立起友谊，我们努力一下，看看在我给了你生命，你接受了生命之后，谁更有诚意。"说完，他让秦那走了。不久，他任命秦那为执政官，还埋怨他不敢自己提出要求。从此，他和秦那成了莫逆之交，并确立他为自己财产的唯一继承人。发生这件意外时，奥古斯都四十岁。从此以后，再没有人密谋反对他，他的宽容得到了公正的报偿。可是，我们那位亲王的情况就不同了。[1]他的宽容没能确保他以后免遭同样的背叛。人的深谋远虑是虚妄而肤浅的。无论我们如何周密计划，

1　　影射弗朗索瓦·德·吉斯公爵围困奥尔良时于一五六三年二月十八日被另一个新教徒谋害。

小心谨慎，总是命运主宰事件。

　　我们把治病有方的医生称作走运的医生，仿佛他们的医术基础不牢，独木难支，需要运气助一臂之力。我认为对医学的看法仁者见仁，智者见智。感谢上帝赐予我们每个人独立性。我这人与众不同。我一向蔑视医学。即使生病时，我也不妥协，反而对它更加仇视和害怕。别人催我吃药，我就回答他们至少等我病痊愈、体力恢复后再说，好让我能够经受住药力和风险。我听其自然，相信我的体质天然长着锋牙利爪，能够抵御外来的进攻，保护身体组织免遭破坏。我担心，当我们的身体同疾病针锋相对做殊死搏斗时，我们会帮倒忙，病没治好，却引来了新的麻烦。

　　然而，我说，不仅医学，其他更为可靠的学科也往往要碰运气。诗人灵感勃发时会心醉神迷，不能自已，这难道不是得助于运气吗？连诗人自己也承认，灵感超越了他们自身的才能和力量，灵感来自别的地方，不在他们的能力之内，正如雄辩家们承认，促使他们远离意图的超凡脱俗的冲动也不在他们的能力范围内。绘画也如此。有时，出神入化的线条会从画家手中逸出，超过了画家原来的构思和才能，连他们自己也惊讶不迭，赞美不绝。更有甚者，运气会在作者既无意图亦无意识的情况下，赋予作品以美丽和优雅。聪明的读者常常在别人的一些作品中发现一些生花妙笔，使作品的含义和形象更加丰富，可那不是作者经心安排的，连他们本人也未必发现。

　　至于军事行动，谁都看到运气起着很大的作用。我们在进行深思熟虑时，肯定要考虑到运气和机缘，因为我们的智慧所能及的实在微不足道，我们越聪明，越敏锐，就越有弱点，越缺乏自

194

信。我赞成苏拉的看法，当我深入研究那些最辉煌的战功时，我发现，指挥官们只是为了问心无愧才对战斗进行深思和熟虑，而主要让运气来决定战争的胜负。他们相信运气会襄助他们，因此，他们每次行动都不受任何理性的束缚。在思考过程中，他们会突然兴奋激昂，抑或勃然大怒，这每每导致他们做出表面看来毫无根据的决定，使他们产生超乎寻常的勇气。因此，为使人们相信这些大胆的决定，在古代，便有许多将领向下属宣布，他们是受了神灵和某些征兆的启示才有这些想法的。

每个事物都有各种不同的属性和情况，这就使我们难以看清和确定该怎样做，这种无能为力往往使我们举棋不定，手足无措。遇到这种情况，如果想不出别的办法，我认为最稳妥的做法是选择诚实和正义；既然无法确定捷径，那就干脆走正道，正如刚才举的两个例子，受伤害的一方宽恕对方的冒犯，无疑要比采取别的做法更漂亮，更高尚。虽然第一例中的弗朗索瓦·德·吉斯公爵最后仍免不了被谋杀，但也不能因此而谴责他的以德报怨；即便他做出相反的决定，也未必能逃脱命运的安排，可那样他也就失去了行善的荣耀。

历史上担心被谋杀的君王屡见不鲜，他们大多用复仇和酷刑迎击阴谋者。但我看到，从这一做法中受益的寥寥无几。多少罗马皇帝证明了这一点。处于这种危险中的人，切不可寄太多希望于自己的力量和警觉。想要提防以最殷勤的朋友的面孔出现的敌人，看透帮助我们的人内心的想法和意愿，那真是难如登天。雇用外国军队当警卫也罢，让武装人员时刻簇拥在身边也罢，这些都无济于事：只有蔑视自己生命的人，才能永远主宰别人的生命。再说，君王如若整日疑神疑鬼，草木皆兵，这对自己无疑是可怕的折磨。

狄翁[1]就不这样。当他得知卡利普斯在设法暗杀他时，他丝毫也没想去弄清情况。他说他宁死也不愿终日惶惶不安，既要防敌人，又要防朋友。亚历山大则采取了更激烈更坚决的行动：帕尔梅尼奥[2]写信告诉他，他最心爱的医生菲利普接受了波斯王大流士三世的贿赂，要用毒药毒死他。亚历山大一面让菲利普读信，一面服下了后者递给他的药剂。这难道不是为了表明如果朋友要杀他，就让他们杀死的决心吗？亚历山大是最擅长冒险的君王，但我不知道，在他的一生当中，还有比这更毅然的行动，更卓越的壮举。

有些人借口安全，劝谏君王怀疑一切，那是在向他鼓吹毁灭和耻辱。不冒险就不会有高风亮节。有位君主生性尚武，敢作敢为，但每天都有人来破坏他的好运气，在他耳边嘀嘀咕咕，要他多和自己人接触，不要同宿敌和解，与人保持距离，不要和强于自己的人交往，不管人家向他许诺什么，不管这些诺言对他如何有用。还有一位君王听取了相反的意见，便意外地有了好运气。他们所崇尚的胆大勇敢，需要时，在任何情况下都有用武之地，不管赤手空拳，还是全副武装，在办公室还是在疆场，垂着手还是举着手。谨小慎微是崇高行为的死敌。为了赢得西法克斯[3]的

---

1 狄翁（前408—前354），西西里岛叙拉古僭主老狄奥尼修斯的姻亲。公元前三五五年当政，前三五四年被暗杀。

2 帕尔梅尼奥（约前400—前330），马其顿将军，被公认为腓力二世及其子亚历山大大帝麾下最优秀的将领。

3 西法克斯（？—前202年），非洲努米底亚国王。

好感，大西庇阿[1]离开他的军队，放弃刚征服的前途未定的西班牙，乘两艘普普通通的战舰前往非洲，踏上敌国土地，面对一位野蛮而强大的国王和一种陌生的宗教信仰，没有国王的承诺，没有人质，只凭自己威势雄雄的勇气和运气，胸中怀着崇高的希望："信任通常换来诚意。"[2]

相反，一个雄心勃勃、想名扬四海的人，就不要无端猜疑，也不要引起别人的怀疑。害怕和怀疑只会招致伤害。那位最爱疑神疑鬼的法国国王[3]，为了赢得敌人的信任，敢于把自己的生命交到敌人手中，以示对他们的充分信任，从而巩固了他的事业。恺撒只靠威严的神态和高傲的言辞对抗军队的叛乱，他相信自己，相信运气，丝毫不怕把自己的生命交给一支叛军。

> 他站立在山丘上，视死如归，
>
> 他无所畏惧，令人望而生畏。[4]

不过，只有那些想到可能会死会出现最坏的结果却毫不恐惧的人，才会表现出完全而自然的自信。如果哆哆嗦嗦、犹犹豫豫地去参加一次重要和谈，那于事情有百弊而无一利。敢于向人屈服和给人以信任，这是博得他人好感和同情的极好的做法，只要

1　　大西庇阿（前235—前183），古罗马统帅。第二次布匿战争后期，占领西班牙东南沿海区，公元前二〇四年率军进攻非洲迦太基本土，结束了长期的布匿战争。为了表彰他的功勋，罗马授予其"阿非利加征服者"的称号。

2　　引自李维。

3　　这位国王是路易十一。他先后两次分别去孔弗朗城堡和佩龙同大胆的查理谈判，并签订和约。

4　　引自卢卡努。

这样做是自由自在和不受任何需要约束的，只要这种信任一尘不染，是在有思想准备，至少是毫无怀疑的情况下给予的。记得小时候，有过这样一件事：坐镇某一大城市的一位贵族，因民众暴动而心急如焚。为了平定这场刚刚开始的暴动，他决定走出安全的营地，去和那群暴民交涉，结果自投罗网，被凄惨地杀死了。人们谈起此事，总认为他离开营地是错误的，是选择了一条屈从和软弱的道路，即想用依顺而不是引导、恳求而不是谴责的方式来平息民众的愤怒。但依我之见，他的错误主要不在于此。我认为，假如他能做到温和之中不失威严，像指挥打仗那样从容不迫，信心百倍，不辱自己尊贵的身份和职位，这样他可能会做得更好，至少可以保全体面，也更符合礼节。对于这群如狼似虎的暴民，千万别指望他们大发慈悲，倒不如让他们对你尊重和敬畏。我还要指责他的是，既然他已下决心以弱对强、赤手空拳地跳入这怒潮滚滚、失去理智的人海中——而且我认为这并非鲁莽之举，而是勇敢的行为——那他就应该忍受一切，义无反顾，可他身临危险时就不知所措，卑恭谄媚的神态也顿然化作惊慌不安，就连声音和眼睛也满是惊愕和懊悔。他想溜之大吉，这就更激发了暴民的怒火，结果被杀了。

人们决定举行一次各兵种的大阅兵[1]（其实，这是报私仇的好机会，哪里都不如这里能够安全地实施报复）。种种迹象表明，阅兵仪式的那些主要负责人可能会有麻烦。这件事非同小可，弄

---

[1]　指一五八五年在波尔多举行的阅兵，当时蒙田是市长。有人担心神圣联盟成员瓦亚克会组织暴动，因为他被革去了特隆佩特城堡指挥官的职务。

不好后果严重，于是人们纷纷献计献策。我的意见是，千万不要流露出这种怀疑，大家昂首挺胸、神态自若地走在阅兵的行列中，绝不要取消任何内容（大多数人主张取消部分内容），相反，要求各部队的指挥官通知士兵要不惜火药，放出漂亮而欢快的礼炮向观礼者致敬。这对被怀疑的部队是一种恩惠。从此，各部队之间出现了互相信任的有益局面。

尤利乌斯·恺撒坚持的道路，我认为是人们可能选择的最好道路。首先，他试图用宽容和仁慈来赢得哪怕是敌人的爱戴。当他被告知有人谋反时，他也只是淡淡地说一声知道了。然后，他庄严地下决心等待可能发生的事，不惊不慌，安之若素，听凭神和命运的安排。可以肯定，这就是他被杀时的心境。

一个外国人到处散布说，如果叙拉古的僭主狄奥尼修斯愿意给他一大笔钱，他就可以教给他正确无误地预感和发现臣民谋反的办法。狄奥尼修斯听说后，心想正需要找一个诀窍来维护自己的统治，就找那人来具体谈一谈。那人对他说，也没有别的窍门，只要给他一塔兰银币[1]，并向外界放风说从他那里学会了一个奇妙的秘诀。狄奥尼修斯觉得这个办法很好，就付给他六百埃居。付这么多钱给一个陌生人，想必学会了极其有用的本领，否则是令人难以置信的。此事传开后，敌人闻风丧胆。君王们获悉有人欲谋害自己性命的消息后，总是明智地公布于众，以便使人相信他们已得到消息，任何谋反都瞒不过他们的耳目。雅典公爵

---

[1]　塔兰，古希腊的重量和货币单位。一塔兰重二十至二十七公斤，一塔兰银币相当于二十至二十七公斤银子的价值。

刚在佛罗伦萨确立专制统治时，做了许多蠢事，但最大的蠢事莫过于杀死通风报信的人：雅典人民密谋造他的反，同谋者马代奥·迪·莫罗佐第一个向他密告此事，他却下令把告密者杀死，为的是隐瞒事实，不让人感到雅典城里有人不满他的正确统治。

我记得从前读过有关某个罗马人的故事，那是个达官显贵，为逃避三头政治[1]的暴政，想尽巧妙的办法，无数次逃脱了追捕者的魔爪。某日，一队奉命抓他的骑兵从他藏身的荆棘丛旁经过，险些发现他。但他想起长期以来为逃避无尽的追捕而东躲西藏，历尽艰辛，吃尽苦头，想想这样的生活实在是一无乐趣，与其像这样永无止境地忧惧不安，倒不如一死了之。于是，他把骑兵叫回来，暴露了藏身之地，心甘情愿地把自己交由他们暴戾恣睢，这样双方就不用再长期受苦了。自投敌手，这个决定是鲁莽了些，可我认为，与其天天提心吊胆，最终仍躲不过一场无可挽救的灾难，莫若下决心自首。既然在这种情况下采取的预防措施可能充满了不安和可疑，毋宁镇定地准备应付一切可能发生的事，想想这些事也不一定会发生，也可从中得到些许安慰。

1　三头政治，古罗马由三名官员组成的委员会。从公元前六〇年起由庞培、恺撒和克拉苏组成的三头为前三头。公元前四三年由安东尼、屋大维和李必达组成的三头为后三头，这三人被授予开国三头的称号。

二十五

论学究气

　　小时候，每次看到意大利喜剧中总有一个逗乐的教书先生，想到我们这里迂夫子的绰号也一样缺少敬意，心里总免不了要气恼。因为我既已被托付给他们照管和教育，那么，珍惜他们的声誉，难道不是我该做的吗？我想凡夫俗子和超凡入圣者之间在看法和学识上自然存在着差别，而他们的生活方式也大相径庭，我就力图以这个理由为他们辩解。可我又很难解释，为什么最斯文的人偏偏将他们视如敝屣。有我们优秀的杜贝莱为证：

　　　　我尤其憎恨迂腐的学问。

　　这个习惯确已悠久。普鲁塔克就曾说过，罗马人常用"希腊人"或"学生"等字眼来表示对别人的指责和轻视。

　　后来，随着年岁增长，我发现这种看法还是极有道理的，

"最伟大的学者不是最聪明的人"[1]。可我仍不明白，为什么一个知识奥博的人却缺乏敏捷活跃的思想，而一个没有文化的粗人不用修身养性，天生就具有最杰出人物才有的真知灼见。

有一个女孩子，法国公主中的佼佼者，在谈到某人时对我说，那人从外部接受了许多博大精深的思想，必定把自己的思想挤压得缩成了一点点。

我想说，植物会因太多的水而溺死，灯会因太多的油而窒息，同样，人的思想会因饱学而装满纷繁杂乱的东西，以致理不出头绪，压得腰弯背驼，枯萎干瘪。但也有相反的情况，我们的思想越充实，就越开豁。在古代可以找到这样的例子，有些伟大的统治者、杰出的将领和谋士，同时也是非常博学的人。

至于远离公众事务的哲学家，事实上，他们有时也受到同时代无拘无束的喜剧家的蔑视，他们的看法和举止常贻人笑柄。你让他们来仲裁某桩诉讼案的权利或某个人的行为吗？他们做这些事可是轻车熟路！但他们仍要问清楚有没有生命，会不会动，人是否跟牛不同，什么叫行动，什么叫忍受，法律和正义是什么样的动物。他们在谈论法官，或在同法官说话吗？都一样地无拘无束、不恭不敬。他们听见有人赞美他们的亲王或国王吗？在他们看来，君王是牧羊人，跟牧羊人一样无所事事，牧羊人只会压榨羊群，把羊毛剪光，君王有过之而无不及。你看到某人拥有上万亩良田就另眼相看吗？他们却不屑一顾，习惯把整个世界视作自己的领地。你因为祖宗八代都是豪富而自夸门第高贵吗？他们却

1　引自拉伯雷《巨人传》。

认为你没什么了不起，因为你没有明白普天下都是这个样子，况且，我们每个人的祖先不计其数，有富人也有穷人，有国王也有奴仆，有希腊人也有野蛮人。如果你是赫拉克勒斯[1]的第五十代子孙，他们认为你大可不必自视高贵，吹嘘命运给你的恩宠。因此，俗人鄙视他们，认为他们不通世事，自高自大，目无下尘。但是，柏拉图对哲学家的这些描绘，与当代哲学家的形象相距甚远。柏拉图所说的哲学家令人羡慕，他们超凡脱俗，蔑视公众活动，他们的生活遵循某些不同寻常的原则，因而与众不同，不可模仿。而当代的哲学家却被人瞧不起，他们平平常常，庸碌无能，难以担负公众事务，生活委琐卑劣，还不如平民百姓。

　　让行为卑劣的口头哲学家见鬼去吧。[2]

　　至于柏拉图笔下的哲学家，我要说，他们不但博古通今，还是行动的巨人。大家谈到的叙拉古的几何学家[3]也一样，当罗马人围攻叙拉古城时，为了保卫自己的国家，这位几何学家从冥思苦想的纯科学研究中走出来，把某些研究付诸实践，于是，他很快就发明了可怕的守城武器，效果超过了人类的想象，然而，他自己却对这些发明不屑一顾，认为这有损于科学的尊严，这些创造不过是学徒的活计和儿童的玩具。这些哲学家也一样。有时，

1　　赫拉克勒斯，希腊神话中的大英雄。
2　　引自帕库维乌斯。
3　　指阿基米德（约前287—约前212），他不仅是伟大的数学家，而且以发明精巧的机械闻名，但他对此并不看重，而是醉心于纯科学。

人们让他们经受行动的考验，他们就展翅高飞，对事物的领悟更加透彻，他们的胸怀和思想仿佛就更加博大精深。但也有些人，看到无能之辈掌握政权，就退避三舍。有人问克拉特斯[1]什么时候停止研究哲学，他回答说："直到赶驴人不再领导我们的军队。"赫拉克利特[2]把王位让给了兄弟，以弗斯[3]人民责备他不该整天和孩童在神殿前玩耍，他回答道："与孩童玩耍难道不比和你们这帮人一起治理国家强吗？"还有些哲学家，把思想置于财富和世俗之上，觉得法官的交椅和国王的宝座都是卑微低贱的。恩培多克勒[4]拒绝阿格里真托[5]人民给予的王位。泰勒斯有时指责人们只关心发财致富，人们则反唇相讥，说他是狐狸的策略，因为他自己发不了财。他也想试一试，以作消遣，于是，他不惜降低身份，用自己的知识来挣钱。他做了桩买卖，一年内，赚了无数的钱，即使是干这一行最有经验的人，劳碌一辈子也未必能挣得到。

亚里士多德说，有人把泰勒斯、阿那克萨哥拉[6]及其同类称作哲人，而不是贤人，因为他们不大关心有用的东西。我分不清这两个词有什么差别，再者，我认为这丝毫不能用来为我的教书先生们辩解；看到他们安于卑贱而贫困的生活，我们真可以把这

1 克拉特斯，活动时期为公元前四世纪后期，古希腊犬儒派哲学家。他放弃自己的财产而担负起矫正罪恶和虚伪的使命。

2 赫拉克利特（前544—前483），古希腊唯物主义哲学家，被列宁称为"辩证法的奠基人之一"。

3 以弗斯，古希腊殖民城市，在小亚细亚西岸。

4 恩培多克勒（前495—约前435），古希腊唯物主义哲学家。

5 阿格里真托，意大利城市，近西西里岛南岸，约公元前五八一年由希腊殖民者建立。

6 阿那克萨哥拉（约前500—约前428），古希腊自然哲学家。

两个词都用上，即他们既非哲人，亦非贤人。

我要放弃这第一解释[1]。我认为，宁愿把这个弊病归咎于他们对待学问的方式不正确。按照现行的教育方式，如果说学生和先生尽管饱学书本却并不聪明能干，这是不足为怪的。我们的父辈[2]花钱让我们受教育，只关心让我们的脑袋装满知识，至于判断力和品德，则很少关注。有人经过时，你向我们民众高喊："瞧！那是个学者！"另一个人经过，你又喊："瞧！那是个好人！"人们会把尊敬的目光移向第一位。要等到第三个人喊道："瞧，那人满腹经纶！"我们才会乐于打听："他懂希腊文还是拉丁文？他写诗还是写散文？"可就是不打听他是不是变得更优秀或更有头脑了。这是最重要的一点，却总是被忽视。应该打听谁知道得更精，而不是谁知道得更多。

我们只注重让记忆装得满满的，却让理解力和意识一片空白。我们的学究就像鸟儿有时出去寻觅谷粒，不尝一尝味道就衔回来喂小鸟一样，从书本中采集知识，只把它们挂在嘴边，仅仅为了吐出来任风吹走。

令人惊讶的是，我和那些学究一样也在做蠢事。我写随笔时，大多数时候不也是这样做的吗？我从书本中到处搜集我喜欢的警句名言，不是为了保存在记忆中，因为我记性不好，而是为了搬进我的作品中；它们在我的作品中，就跟在它们原来的地方一样，都不是我的东西。我深信，我们只可能靠现在的知识，而

1　指前面提到的："我想说，植物会因太多的水而溺死……"
2　这里，蒙田泛谈他那个时代的父辈们，不包括他自己的父亲。他父亲让他所受的教育方式完全不同。

不能靠过去或将来的知识成为有学问的人。

更糟糕的是，那些学究的学生和孩子们也不吸收和消化知识，因此，那些知识口耳相传，不过用来作为炫耀、交谈和引经据典的资本，有如一枚毫无价值的硬币，除了计数或用作筹码外，再没有其他的用处。

他们学会了同别人而不是同自己说话。[1]

不在于会说话，而是要掌握。[2]

大自然为展示在其统治下没有任何野蛮的东西，常常让艺术最不发达的民族，产生堪与最好的艺术作品相媲美的精神作品。关于这一点，让我们来看一则加斯科尼的谚语："吹芦笛不难，但首先要学会摆弄手指头。"这条出自一首芦笛小曲的谚语真是微言大义！

我们只会说："西塞罗是这样讲的；这是柏拉图的教诲；这是亚里士多德的原话。"可我们自己说什么呢？我们指责什么？我们做什么？我们如何判断？鹦鹉都会这样学舌。这种鹦鹉学舌的做法，使我想起了一位罗马富豪，他花了很多钱，寻觅到几位各精通一门学问的人，让他们从不离左右，这样，当他和朋友聚会，可能谈到这样那样的问题时，他们就可以代替他交谈，根据

1　引自西塞罗。
2　引自塞涅卡。

各人的专长，随时准备引经据典，这人引一段论据，那人引荷马的一句诗；他认为这学问既然装在他寻觅到的那些人的脑袋里，也就是他自己的了，正如有些人的才智存在于他们豪华的书房里一样。

我认识一个人，当我问他知道什么时，他就问我要了本词典，如果他不马上查词典，弄清楚什么是疥疮，什么是屁股，他是不敢对我说他屁股上长了疥疮的。

我们只会死记硬背别人的看法和学识，仅此而已。可是，也得把别人的东西变成自己的呀。我们活像书中讲到的那个取火者：那人需要火取暖，就上邻居家借火，发现火盆里的火烧得很旺，他就停下来取暖，却忘了要取火回家。肚子里塞满了食物，如不进行消化，不把它们转化为养料，不能用它们来强身健体，那有什么用呢？卢库卢斯[1]没有打仗的经验，通过读书变成了伟大的将领，难道可以相信他是像我们这样学习的吗？

我们总是紧靠在别人的胳膊上走路，致使我们自己也精疲力竭。想要为不怕死找些道理来武装自己吗？就去向塞涅卡借。要想找些话来安慰自己或别人吗？就问西塞罗去借。假如我们有过训练，就可以自己想出安慰的话来了。像这样讨乞来的有限的才能，我是十分厌恶的。

即使我们可以凭借别人的知识成为学者，但要成为哲人，却只能靠我们自己的智慧。

1　卢库卢斯（前117—前56），罗马将领。据说，他去同本都王国国王米特拉达梯六世打仗，在穿越意大利时，通过阅读军事著作，同军官和士兵们交谈，学会了打仗艺术。

我憎恨对自己并不聪明的哲人。[1]

因此，恩尼乌斯说：哲人的智慧对己无用
便是一无所知。[2]

假如他贪婪、虚荣，那就比欧加内的羔羊还要软弱。[3]

光获得智慧是不够的，还要会用。[4]

狄奥尼修斯[5]讥笑研究文学的人只注意了解乌利西斯[6]的疾病，却无视自身的疾病，音乐家只善于给笛子调音，却不会调谐自己的习惯，雄辩家只研究如何讲好公道，却不研究如何实践公道。

如果我们的思想不健康，判断力不正常，我宁可让我的学生把时间用来打网球，那样，至少可以使身体变得矫捷。瞧他学了十五六年后从学校回来的样子，竟然什么也不会用。你从他身上看到的，仅仅是他学了拉丁文和希腊文后，比上学前多了些骄矜和傲慢。他本该让思想满载而归，却只带回来浮肿的心灵，不是变得充实，而是变得虚肿。

这些教书先生，正如柏拉图对他们的同类——诡辩派哲学家

1　原文为希腊语。引自欧里庇得斯。
2　引自西塞罗。恩尼乌斯（前239—前169），拉丁诗人，被公认为罗马文学之父。
3　引自尤维纳利斯。
4　引自西塞罗。
5　这里蒙田有误，应该是第欧根尼。
6　乌利西斯，罗马神话中的英雄，即希腊神话中的奥德修斯。

所说的那样，是在所有的人中保证要最有益于人类的人，可是，在所有的人中，就数他们不仅不能像木匠或泥瓦匠那样，把人们交给的任务做好，而且还会做坏，做坏了，还要别人付报酬。

普罗塔哥拉[1]给他的弟子立下规矩，要他们要么按他定的价钱付学费，要么在神殿起誓，说他们从他那里学到了多少东西，按照他们的评价支付报酬。根据我的经验，我那些学究如果按照普罗塔哥拉提出的第二条规矩办理，就会希望落空。我用佩里戈尔方言把这些自命不凡的小学究戏称为 lettre-férits[2]，正如你们称之为 lettre-férus，这就是人们说的，他们被文字的榔头打了一下。说实话，他们常常堕落到竟至于失去了常识。农民和鞋匠按照自己的方式，简简单单，朴朴实实，知道什么就说什么；而那些学究，因为想用浮在他们脑袋表层的知识装样子，越是这样，就越陷入尴尬。他们有时也会说出一些漂亮的话，但需要别人去实践。他们熟悉盖仑[3]，却一点也不了解病人。他们已将你的脑袋填满了法律，却仍找不出案件的症结。他们对一切事物的理论如数家珍，可没有一人将它们付诸实践。

我的一位朋友来我家里，为了消磨时光，我见他和一位学究辩论起来。我那位朋友仿效晦涩难懂的隐语，把没有逻辑的词拼凑到一起，不时地塞进辩论需要的词语，就这样，他和那位学究辩论了整整一天，那学究还真以为对别人的异议做了辩驳哩。而

1　普罗塔哥拉（约前481—前410），古希腊思想家、教师和第一个最有名的诡辩家。
2　Lettre-férits 的意思是"挨打的文人"。下面的 lettre-férus 同义。
3　盖仑（129—199），古罗马医师、自然科学家和哲学家，继希波克拉底之后的古代医学理论家。

那位学究还是个名声很响的文人，有一件漂亮的长袍。

> 你们，啊，贵族的后裔，从不把眼睛朝后面看，
>
> 当心背后有人嘲笑你。[1]

　　谁要是把遍布各地的此类学究做一仔细研究，就会像我那样发现，他们往往不知道自己在说什么，也听不懂别人说什么。他们脑子里记忆装得满满的，可判断力却是空空的，除非他们的判断力天生和别人不一样。图纳布斯[2]就是其中一例。他是个文人，没干过其他行当。我认为，他是近千年来最伟大的文人，然而，除了穿长袍、外表不善客套之类鸡毛蒜皮的小事外，他一点也没有学究气。（我厌恶那些学究不能忍受歪穿的长袍，却能忍受扭曲的心灵，厌恶他们只凭行礼方式、仪表和靴子来判断一个人。[3]）因为从内心看，他是世上最有教养的人。我常常故意和他谈一些他不熟悉的事，但他领悟得很快，并做出正确的判断，似乎他从来就是打仗和治国的行家里手。这是一些极其优秀、非常了不起的人，

> 善良的提坦用优质泥土
>
> 塑造了他们的心。[4]

1　引自佩尔西乌斯。

2　图纳布斯（1512—1565），法国人文主义者，在法兰西学院教授雄辩术。

3　括号里的两句话是蒙田于一五八〇年后加进去的，导致上下文意思不连贯。按照伽利玛出版社二〇〇九年出版的现代法语版《蒙田随笔全集》加了括号。

4　引自尤维纳利斯。这里，"善良的提坦"是指希腊神话中的火神普罗米修斯。提坦为巨神，共十二个。普罗米修斯是其中一位提坦的儿子。

他们接受不好的教育，却出淤泥而不染。然而，我们的教育仅仅不使人变坏那是不够的，应该使人变好。

我们有些法院在招收司法人员时，只考察学问，而另一些法院还加试判断力，让应试者判决一桩案例。我认为后者的做法比前者更可取。尽管学问和判断力都不可或缺，两者应该并存，但事实上，判断力要比学问更宝贵。学问不深，凭判断力照样可以断案，但反之却不行。正如希腊的一句诗所说的那样：

判断力不强，学问再高也无用。[1]

为了我们司法的利益，但愿人们能为那些法院提供既有高深学问又有聪明才智和正确判断力的人。"人们让我们受教育不是为了生活，而是为了学校。"[2]然而，知识不应依附于心灵，而应同它合二而一，不应用来浇洒心灵，而应用来熏陶心灵；知识如果不能改变心灵，使之变得完美，那最好还是弃之不学。拥有知识，却毫无本事，不知如何使用——还不如什么都没有学[3]——那样的知识是一把危险的剑，会给它的主人带来麻烦和伤害。

也许，这就是世俗和神学不要求女子博学多才的缘故。也正因如此，当让五世的儿子弗朗索瓦·布列塔尼公爵听人提起他和苏格兰姑娘伊莎博的婚姻，说她受的教育很简单，没什么文学修养时，他回答说他会因此而更爱她，并且说，一个女人只要能分

1　原文为希腊语。
2　引自塞涅卡。
3　引自西塞罗。

清丈夫的衬衣和外衣，就相当有学问了。

因此，当我们看到我们的祖先对学问不甚重视，即使今天也只有国王的主要谋士们才偶尔博古通今时，就不必像有些人那样大惊小怪了。今天，只提倡通过法学、医学、教育学和神学来丰富我们的知识；如果丰富知识的目的不能使学问享有信誉，那么，你就会看到学问的处境会和从前一样凄惨。如果学问不能教会我们如何思想和行动，那真是莫大的遗憾！"自从出现了有学问的人，就再也没有正直的人了。"[1]

一个人如果不学会善良这门学问，那么，其他任何学问对他都是有害的。我刚才谈到的原因，是不是也和下面的事有关呢？在法国，学习的目的一般是为了谋生，有些人命好，不用靠赚钱生活，而是从事更高尚的工作，但很少有人致力于学问，即使有人，也很快就放弃了（还没有产生兴趣，就转向与书本毫无关系的职业[2]），这样，就只剩下那些境遇不好的人投身于学问，以此作为谋生的手段。而这些人，出于本性，也由于家庭的不良教育和影响，他们的思想不能真实地代表学问的用处。因为学问不是用来使没有思想的人有思想，使看不见的人看得见的。学问的职责不是为瞎子提供视力，而是训练和矫正视力，但视力本身必须是健康的，可以被训练的。学问是良药，但任何良药都可能变质，保持时间的长短要看药瓶的质量。视力好不一定视力正，因此，有些人看得见好事却不去做，看得见学问却不去用。柏拉图

1　　引自塞涅卡。
2　　指军人生涯，这是贵族的保留职业。

在他的《理想国》里谈及的主要规则，就是按每个公民的天性分配工作。天性无所不能，无所不为。腿瘸了不适合身体运动，心灵"瘸"了则不适合思想运动；杂种和庸人没有资格研究哲学。当我们看到一个人鞋穿得不好，就会说那不是鞋匠才怪呢。同样，根据我们的经验，医生似乎往往比常人更不好好看病，神学家更少忏悔，学者更少权威。

从前，希俄斯岛的阿里斯顿[1]说得好，哲学家会贻害听众，因为大部分人不善于从这样的说教中获益，而这种说教无益便是有害。"淫荡者出自亚里斯提卜学派，粗野者出自芝诺学派。"[2]

下面要谈的优秀的教育方法，色诺芬认为是波斯人采用的方法。我们发现，波斯人注重培养儿童的勇敢精神，正如其他民族重视文学修养教育一样。柏拉图说，波斯人的长子为能继承王位，就是按这个方式接受教育的。太子呱呱落地，就交给国王身边最德高望重的太监而不是女人们看管。太监们负责把王子的身体训练得漂亮茁壮；过了七岁，就教他骑马和狩猎；到了十四岁，就被交到四个人，即国内最贤达的人、最公正的人、最节制的人和最勇敢的人手中。第一个教他宗教信仰，第二个教他永远真诚，第三个教他控制欲望，第四个教他无所畏惧。

利库尔戈斯[3]的做法颇值得称颂。他的宪法确实完美无缺，无与伦比，对儿童的教育极其关心，把这看作国家的主要职责，

1　希俄斯岛的阿里斯顿，古希腊哲学家，活动期为公元前三世纪中叶。
2　引自西塞罗。亚里斯提卜（约前435—前366），希腊哲学家，享乐主义学派的奠基人。芝诺（约前335—约前263），希腊哲学家，斯多葛哲学学派的创始人。
3　传说中古代斯巴达的立法者。现未确定是否实有其人，且难以确定哪些法是他立的。

即使在缪斯文艺女神的居住地，也很少谈论学说，那些除了勇敢对其他一切束缚不屑一顾的贵族青年，似乎只需为他们提供教授勇敢、节制和正义的老师就够了，用不着传授知识的先生。利库尔戈斯的做法，被柏拉图引进了他的《法律篇》中。波斯人的治学方式，是要学生对人及其行为发表看法，如果对这个人或这件事持批评或赞同的态度，就要说出理由，通过这个方式，共同来学习法律和提高判断力。色诺芬叙述了一件事：阿斯提亚格[1]要居鲁士叙述上课的内容，居鲁士说："学校里有一个大个子男孩穿了一件小大衣，他把这件小大衣给了他的一个小个子同学，并从小个子同学身上脱下那件比较大一些的宽袖外套穿在自己身上。先生让我对这事做出评判，我说，应让这件事维持下去，因为这对双方似乎更合适。先生指出我判得不对，因为我只考虑了合不合适，然而首先要考虑公不公正，公正不容强夺别人的所有。"居鲁士还说，他为此挨了鞭打，就像我们在乡下读书，忘了希腊文中"我打"的不定过去时的变位形式时挨打的那样。我的老师在让我相信他的学校可与居鲁士的学校相提并论之前，可能会用"褒贬法"给我一顿训斥。波斯人想走捷径。既然知识直接学来也只能教给我们贤明、廉洁和坚定，他们宁愿一上来就让孩子们直接去实践，不是通过听课来教育他们，而是让他们试着行动，不仅用箴言警句，而且主要通过实例和劳作，生动活泼地教育和造就他们，使得知识不是他们思想的附属品，而成为思想的本质和习惯，不是一种习得物，而是一种自然的拥有。关于这

---

1 阿斯提亚格，波斯王居鲁士的祖父。其实，居鲁士是向他母亲叙述这件事的。

个，有人问斯巴达国王阿格西劳斯二世，孩子们应该学什么，他回答："应该学大人该做的事。"如果说这样的教育方式成果卓然，那是不会令人奇怪的。

有人说，要找修辞学家、画家和音乐家，得去希腊的其他城市，如要找立法者、法官和将领，那就去斯巴达。在雅典，人们学习如何说得好，在斯巴达，人们学习如何做得好；雅典人学习如何战胜某个诡辩的论证，不受藤蔓缠绕、似是而非的词语蒙骗，斯巴达人则学习摆脱欲望的诱惑，不怕命运和死亡的威胁；前者致力于说话，不断地操练语言，后者醉心于行动，不懈地锤炼心灵。因此，当安提帕特[1]向波斯人索要五十名儿童当人质时，他们的回答同我们可能的回答截然相反，宁愿让两倍的成年人去当人质。他们这样做没什么可奇怪的，因为他们认为让孩子当人质对国家的教育是个损失。阿格西劳斯邀请色诺芬送他的孩子们来斯巴达受教育时，不是为了学习修辞学或辩证法，据他说是为了学习最完美的学问，即服从和指挥。

希庇亚斯[2]向苏格拉底详述他在西西里岛，尤其在那里的某些小城镇教书时如何挣得一大笔钱，而在斯巴达，他分文也挣不到，因为斯巴达人很愚蠢，既不会测量，也不会算数，既不重视语法，也不重视韵律，只热衷于一堆乱七八糟的账目，即各国的历代国王和他们的兴衰史。如能看见苏格拉底以他特有的方式揶揄希庇亚斯，那是很有趣味的：听完希庇亚斯的叙述，苏格拉底

1　　安提帕特（前397—前319），马其顿将军。
2　　希庇亚斯，活动时期为公元前五世纪，古希腊智者派哲学家，多才多艺，曾讲授诗歌、语法、历史、政治学、数学等。

步步深入地引导对方承认，斯巴达人的治国形式尽善尽美，他们的生活安乐纯洁，从而让他自己得出结论，他所教授的七种自由艺术是何等无用。

在尚武的斯巴达国及其他类似的国家里，可以找到许多例子来说明学习知识不仅不能增强和锤炼勇气，反而会削弱勇气，使人变得软弱无力。当今世界上最强大的国家是土耳其，那里的人民也受重武轻文思想的教育。我认为罗马在重视知识后就不如从前骁勇善战了。当今，最好战的民族是最粗野、最没有文化的民族。斯基泰人、帕提亚人、帖木儿都可以证实这一点。当哥特人蹂躏希腊时，他们中有个人提出，应该把全部藏书原封不动地留给希腊人，这样，可以使他们的兴趣从打仗转移到待在家里看闲书。多亏了这个主张，希腊的书店和图书馆才幸免于焚烧。查理八世剑未出鞘，就征服了那不勒斯王国和托斯卡纳的大部分地方，他的随从贵族们认为，这次征服如拾草芥般容易，就是因为意大利的君王和贵族更热衷于使自己博学多才，而不是刚强善战。

二十六

论儿童教育
——致迪安娜·德·富瓦
居松伯爵夫人[1]

我从没见过当父亲的因为儿子是癫痫头或驼背，就不承认他是自己的儿子。倒不是因为他对儿子特别钟爱，看不到这个缺陷，而是不管怎样这都是他的儿子。我也一样。[2]我比谁都清楚，我这些文章不过是一个在孩提时代品尝了最表层知识的人说的梦话。那些知识只留下笼统而朦胧的印象，什么都知道一点，可什么都不全面，完全是法国式的。总之，我知道有一个医学，一个法学，数学分为四大部分。我还大略知道它们的目的。可能我还知道，知识一般都希望服务于我们的生活。可是，我从来都是浅尝辄止，没有潜心研究现代知识之父亚里士多德，也没有锲而不舍地研究其他学科。没有哪门学科我能说出个一二三，任何一个中级班的孩子都可以认为自己比我有学问。我甚至没有能力就他

1　迪安娜·德·富瓦，一五七九年五月八日嫁给蒙田的邻居居松伯爵。在迪安娜第一个孩子出世前，蒙田写了该文献给她。

2　这里，蒙田把他的《随笔集》比作自己的孩子。

们学的第一课出题考他们，至少就内容而言。如若有人强迫我考他们，我就只好勉为其难地出些一般性题目，考他们天赋的判断力：这一课程，他们一窍不通，正如我对他们的课程一无所知一样。

除了普鲁塔克和塞涅卡，我没有再接触过任何可靠的书本。我不停地从这两人的书中采撷搜集，有如达那伊得斯[1]们不停地往无底水槽里注水一般。我把从中汲取的某些东西记在纸上，却很少装进脑瓜里。

历史是我的精神食粮，我对诗歌也情有独钟。因为，正如克利安提斯[2]说的，声音挤在喇叭狭窄的管子中，出来时就更尖更响，我认为思想也一样，它们拥挤在诗歌押韵的音步下，突然腾地跃起，给我以更强烈的震撼。至于我本人的天赋才能——我这本书是对我才能的检验——我感到它们在重力下压弯了。我的观念和看法只是摸索着前进，犹犹豫豫，摇摇晃晃，脚步趔趄。即使我尽了最大的能力走得远一些，我也丝毫不满意。我仍看得见更远的地方，但犹如雾里看花，隐隐约约，很难辨清。我不加区别地讲述我脑袋里出现的一切，并且只用我自然的方式说话；如果像经常发生的那样，我在优秀的作家那里邂逅我曾论述的东西，例如不久前我在普鲁塔克的作品中也发现了他对想象力的论述，与这些人相比，我意识到自己是那样迟钝麻木，微不足道，

1　达那伊得斯，希腊神话中埃及王达那俄斯的女儿，共五十个，因新婚之夜杀死丈夫，遭到报复，死后被罚永远在地狱里往一个无底水槽注水。

2　克利安提斯（前331—前232），斯多葛派哲学家。季蒂昂的芝诺去世后，他成为斯多葛派的首领。

不禁自怜自轻起来。尽管如此，我仍然喜不自胜，因为我的看法与他们不谋而合，至少我远远地跟在他们后头，赞同他们的看法。此外，我庆幸自己能区分他们和我之间的最大差别，这不是人人都能做到的。然而，尽管我的看法软弱无力，粗俗卑微，我还是让它们保留我原来写的样子，不因为在同那些作家的比较中发现不足而加以粉饰和弥补。要同这些人并肩而行，得有坚实的腰板。本世纪有些作家轻率从事，在他们毫无价值的作品中，常常整段抄袭古代的作家来往自己脸上贴金，可效果适得其反，因为抄来的和他们自己的不啻寸木岑楼，高下悬殊，反使得他们自己的东西显得苍白无力，相形见绌，以至于得不偿失。

存在着两种迥然相反的观念。哲学家克里西波斯在他的著作中，不仅插入其他作家整段的引语，甚至整部作品，他把欧里庇得斯的《美狄亚》[1]放进了他的一部著作中。阿波罗多罗斯[2]说，如果把欧里庇得斯作品中别人的东西删去，其作品就成了白纸。相反，在伊壁鸠鲁留给后人的三百卷作品中，找不到一条别人的引语。

有一天，我偶然读到一段文章。那些法文句子平铺直叙，死气沉沉，空洞无物，读来无精打采，索然无味。读了很长一段时间，深感厌倦，突然遇到妙趣横生、高雅有致的一个段落。假如我能觉得坡度平缓，上坡比较缓慢，那倒也罢了，可这是悬崖峭壁，刚读了六句，就觉得在飞向另一个世界。因此，我也就意识

1　《美狄亚》，古希腊悲剧作家的重要悲剧。取材于希腊神话中的巫婆美狄亚。

2　阿波罗多罗斯，希腊学者，以著《希腊编年史》闻名。

到我刚才爬出了一个深渊，从此再也不想下去了。倘若我用这些精美的段落来丰富自己的一个论述，就会使我的其他论述相形见绌。

批评他人身上和我相同的错误，还有，与我常做的那样，批评我身上和他人同样的错误，我认为这两者并不是水火不相容的。对错误，就应该随时随地予以指责，使它们没有藏身之地。但我深深知道，要多大的胆量我才能同我抄袭的东西平起平坐，并肩比美，还要大胆地期望瞒住别人的眼睛，不被人发现我在抄袭。这得归功于我的创造力和能力，同时也因为我非常用心。况且，我一般绝不同那些先驱者短兵相接，而是反复给予轻微的打击。我不和他们肉搏，只是触摸一下。即使我犹犹豫豫地决定肉搏一场，我也不会做的。

如果我能势均力敌地同他们较量，那我就是个能干的人了，因为我所触摸的是他们最强的东西。

我发现有些人把别人的甲胄穿在自己身上，连手指头都不让露出来，就像人们在一个大众化的题材上擅长并很容易做到的那样，将古人的思想东拼西凑，以此来实施自己的计划。那些人想把古人的思想掩饰成自己的思想，自己产生不了有价值的东西，便用别人有价值的思想来标榜自己，这首先是不公正、不道德的做法；而且，极为愚蠢的是，他们只满足于用欺世盗名的方式来赢得平庸之辈无知的赞同，却在聪明博学的人面前斯文扫地，后者对借他人的东西装饰自己的做法嗤之以鼻，可是唯有他们的赞扬才举足轻重。对我来说，没有比这种抄袭更不愿做的事了。我不引用别人，除非为了更好地表达自己。这里不涉及编著，这些作品本来就是为把别人的东西汇编起来出版的。除古人外，当今也有人这样做，有些人做得很巧妙，其中一位名叫卡皮鲁普斯。这是些有思想的人，例如利普斯[1]编著的《政治》就是部博学而艰巨的作品。

我想说的是，无论什么，不管我的想法多么荒唐，我都没打算掩饰，就如我的一张秃顶灰发肖像，画家可能照我的脸画了下来，没有修饰得更完美。因为那也是我的感觉和看法，我把它们写出来，是因为我这样认为，而不是应该这样认为。我只是为了让人了解自己，而今天的自己，如果新的学习使我改变的话，明天可能是另一个样子。我根本无权也不想让别人相信我，我自以为学问浅陋，没有资格教育别人。

一位读过我上一篇《论学究气》文章的人，一天在我家里对我说，我应该在儿童教育问题上展开讲一讲。然而，夫人，如果说我有这方面的才能的话，那最好用来献给您即将出世的小男孩（您是那样高贵，头胎不可能不是男孩）。因为我一直是您忠诚的奴仆，我有义务祝愿您万事如意，再则，我曾积极促成您的婚事，因此有权关注您家族的兴盛和繁荣。不过，话要说回来，教育和扶养孩子是人文科学最重要也是最困难的学问。

正如种田，播种前的耕作可靠而简单，播种也不难，可是播下的种子一旦有了生命，就有各种抚育的方式，会遇到种种困难；人也一样，播种无甚技巧，可是人一旦出世，就要培养和教育他们，给予无微不至的关怀，为他们鞍前马后，忙忙碌碌，担

---

1   利普斯（1547—1606），佛兰德斯人文主义者、古典学者、伦理和政治理论家。

惊受怕。

人在幼年时，有什么倾向爱好还显得嫩幼脆弱，若明若暗，前途尚未确定，因此很难做出可靠的判断。

你看西门[1]、地米斯托克利[2]和其他许多人，他们的行为与自己的本性相差多远。熊和狗的后代总是显示它们天生的癖性，而人则很快屈服于习俗、成见和法规，易于改变和伪装自己。

但是，强迫孩子做超越他们本性的事，是很难很难的。常有人用很多时间，孜孜不倦于培养孩子做他们不愿的事，因为选错了路，结果徒劳无功。但是，既然教育孩子如此之难，我认为应该引导他们做最好最有益的事，不要根据他们童年时的表现，来猜测和预料他们的发展。就连柏拉图在他的《理想国》中，似乎也给予孩子们很多的权力。

夫人，知识给人以华丽的装饰，是极其有用的工具，尤其是对于您这样出身于华贵之家的人。说实话，知识在地位卑微的人手中是无用武之地的。它引以为荣的与其说能帮人们确立论据、为申诉辩护或开药方，毋宁说能为引导战争、指挥人民或赢得某君王或某国家的友谊助一臂之力。夫人，我深信您在教育您的孩子时，不会忘记这一点，您品味过教育的甜头，出身诗书门第（至今我们还保存着你们几代富瓦伯爵的文稿，您和您的丈夫都是他们的后代；您的叔父弗朗索瓦·德·康达勒伯爵每天笔耕不止，他的作品可以使您家族的这一才华流芳千古），因此，在这

1　西门（约前510—前451），雅典政治家、将军。
2　地米斯托克利（约前524—前460），雅典海上强权的缔造者。

个问题上，我只想对您谈一点看法，是与习惯做法格格不入的，这就是我可能为您做的一切。

选择什么样的人做您孩子的家庭教师，决定着他受教育的成败。家庭教师的职责涉及其他许多方面，但我不谈这些，因为我知道自己谈不好。在本文中，我想给那位教师一些忠告，他觉得有道理，就会相信我。作为贵族子弟，学习知识不是为了图利（这个目的卑贱浅陋，不值得缪斯女神垂青和恩宠，再说，有没有利益，这取决于别人，与自己无关），也不是为了适应外界，而是为了丰富自己，装饰自己的内心；不是为了培养有学问的人，而是为了造就能干的人。因此，我希望能多多注意给孩子物色一位头脑多于知识的老师，二者如能兼得则更好，如不能，那宁求道德高尚，判断力强，也不要选一个光有学问的人。我希望他能用新的方式来教育孩子。

人们不停地往我们孩子的耳朵里灌东西，就像灌入漏斗里，我们的任务只是鹦鹉学舌，重复别人说的话。我希望您孩子的老师改变一下做法，走马上任时，就要根据孩子的智力，对他进行考验，教会他独立欣赏、识别和选择事物，有时领着他前进，有时则让他自己披荆斩棘。老师不应该一个人想，一个人讲，也应该听他的学生讲一讲。苏格拉底及后来的阿尔克西劳[1]就先让学生讲，然后他们再说。"教师的权威大部分时间不利于学生学习。"[2]

1　　阿尔克西劳（前316—约前241），希腊怀疑派哲学家。
2　　引自西塞罗。

老师应让学生在他前面小跑，以便判断其速度，决定怎样放慢速度以适应学生的程度。如果师生的速度不相适应，事情就会弄糟。善于选择适当的速度，取得一致的步调，这是我所知道的最艰难的事。一个高尚而能干的人，就要善于屈尊俯就于孩子的步伐，并加以引导。对我来说，上坡比下坡步子更稳健，更踏实。

通常，不管学生的身材和体型多么相异，课程和方法却千篇一律，因此，毫不奇怪，在一大堆学生中，能学有所成者寥寥无几。

教师不仅要求学生说得出学过哪些词，还要讲得出它们的意思和要旨，在评估学生的成绩时，不是看他记住多少，而是要看他的品行和判断力。学生刚学到新的知识后，老师应遵照柏拉图的教学法，让他举一反三，反复实践，看他是否真正掌握，真正变为自己的东西。吞进什么就吐出什么，这是生吞活剥、消化不良的表现。肠胃如果不改变吞进之物的外表和形状，那就是没有进行工作。

我们的心灵徒劳无益地听凭别人想法的摆布，受它们的奴役和束缚。我们的脖子上被套了根绳索，也就步履沉重，失去了活力和自由。"他们永远处于监管下。"[1] 我在意大利的比萨市私访过一位谈吐优雅的人[2]，但他把亚里士多德奉若神明，他的信条中最概括的一条是，衡量一个学说的可靠性和真实性，要看它是否符

1　引自塞涅卡。

2　指意大利的一位医生，罗马大学的哲学教授。他曾被罗马宗教裁判所逮捕，后被教皇释放，于一五八六年离开讲坛，一五九二年在比萨去世。

合亚里士多德的学说，否则就是空想和玄想。他认为亚里士多德见多识广，他的学说包罗万象。他这个信条广泛传播，且被解释歪了，因此，他曾陷入困境，长期受到罗马宗教裁判所的查究。

如果教师让学生把学到的东西严格筛选，而不是利用孩子的信任，专横地让他记住一切，如果亚里士多德的那些原则，也和斯多葛派和伊壁鸠鲁派的原则一样，对他而言不是单纯的原则，如果把这些不同的看法展现在他面前，那么，他能选择就做选择，不能选择也会提出怀疑。只有傻瓜才会肯定和确定一切。

我喜欢怀疑不亚于肯定。[1]

因为，如果学生能通过思考来掌握色诺芬和柏拉图的观点，那就不再是他们的观点，而是他自己的了。跟在别人后头的人其实什么也没跟。他会一无所获，甚至可以说他什么也不想获得。"我们不受任何国王的统治，人人有权支配自己。"[2] 学生起码应该知道自己知道了什么。应该吸收那些哲学家的思想精髓，而不是死背他们的箴言教诲。如果愿意，他尽管忘记那些箴言出自何处，但应把它们变成自己的东西。真理和理性是大家共有的，不分谁先说谁后说，也不管是柏拉图说的，还是我说的，只要他和我的看法一致。蜜蜂飞东飞西采撷花粉，但酿成的蜜却是它们自己的，就不再是百里香或牛至的了；同样，学生从他人那里借来

---

1   引自但丁。
2   引自塞涅卡。

的东西，经过加工和综合，做成自己的作品，那就是自己的看法。他受的教育，他的工作和学习，都是为了形成自己的看法。

他从哪里得到的帮助，可以隐瞒起来，而只将成果展示出来。大凡抄袭和借用的人，只炫耀他们建造的房屋、他们购得的物品，而非从别人那里汲取的东西。法官收受的礼品，你是看不见的，你只见他为他的孩子们赢得了姻亲和地位。谁都不会将自己的收入公布于众，只会让人看到获得的好处。

通过学习，我们变得更完美、更聪明了。这就是学习的收获。

埃庇卡摩斯 [1] 说，唯有理解力看得着，听得见，它利用一切，支配一切，影响和君临一切：其他一切都耳聋眼瞎，没有灵魂。自然，由于我们不给理解力以行动自由，致使它变得唯唯诺诺，畏首畏尾。有谁曾让自己的学生就西塞罗这个或那个格言的修辞和语法谈过自己的看法？人们把这些装有羽毛的警句格言当作神谕，一股脑儿往我们的脑袋里灌，一个字母一个音节都构成事物的要旨。背熟了不等于知道，那不过是把别人讲的东西储存在记忆中。真正知道的东西，就要会使用，不必注意老师，不必看着书本。死背书本得来的才能，是令人遗憾的才能。但愿这种才能只作为装饰，而不作为基础。这是柏拉图的看法，他说，坚定、信念、真诚是真正的哲学，与之无关的一切知识都是装饰品。

我倒希望帕瓦罗 [2]、蓬佩 [3] 这些英俊的当代舞蹈家教我们跳跃

1　　埃庇卡摩斯（约前530—约前440），西西里岛喜剧诗人，其作品对雅典喜剧的发展颇有影响。

2　　帕瓦罗，米兰的舞蹈家，在法国国王亨利三世的宫廷中教授舞蹈。

3　　蓬佩，米兰舞蹈家，相继在亨利二世、弗朗索瓦二世、查理七世和亨利三世的宫廷中教授舞蹈。

时，不要叫我们离开位置，而让我们看他们做的动作，正如我们的老师教我们判断，却不让我们启动大脑一样；我希望人们在教我们骑马、掷标枪、操琴或练声时，不要让我们练习，正如我们的老师教我们正确判断和善于辞令时，不让我们练习讲话和判断一样。然而，要学习此类东西，我们面前的一切都可作为重要的教科书：侍从的邪恶、仆人的愚蠢、餐桌上的言谈都是新的内容。

因此，与人交往是非常适合培养判断力的。还有周游列国，但不是像我们法国的贵族那样，只关注圣罗通达万神殿的台阶有多少，利维亚小姐[1]的短衬裤多么华丽，也不是像有些人那样，只注意尼禄在某废墟雕像上的面孔比他在某金币上的面孔更长或更宽，而要把这些国家的特点和生活方式带回来，用别人的智慧来完善我们的大脑。我希望，在孩子年幼时，就带他们周游列国；为了一举两得，可以先从语言相差很大的邻国开始，因为如不及早训练孩子的舌头，长大了就很难学好外语。

此外，人们通常认为，孩子受教育时，应该远离父母。这种天然的骨肉之爱，会使父母变得过于手软心慈，哪怕是最有理智的父母。他们不忍心惩罚孩子的过错，不愿看到对孩子的教育太粗暴，太受规矩束缚，太冒风险。他们见不得孩子操练归来汗流浃背，满身尘土，受冷受热，也见不得他们骑烈马，手持无锋剑同严厉的教练搏斗，或第一次拿火枪。教育孩子别无良策：想使

1　利维亚，舞蹈家，有漂亮的短衬裤。十七世纪，利维亚式的短衬裤由拉辛的情妇传入法国。

孩子有出息，就不应在青少年时期对他们姑息迁就，而应该常常违背医学规律：

让他生活在野外，担惊受怕。[1]

不光要锤炼他们的心灵，还要锻炼他们的肌肉。心灵若无肌肉支撑，孤身承担双重任务，会不堪重负。我就深有体会。我身体娇弱敏感，心灵要做多大努力，才能承受身体的压力。我在书中常常发现，我那些老师们在谈论高尚和勇敢时，往往赞赏钢筋铁骨之躯。我看见有些男人、女人和孩童，生来就身强体壮，对他们而言，挨一顿棍打，犹如被手指头弹一下，一声不吭，眉头不皱。竞技者同哲学家比赛耐力，更多的是用体力，而不是用心灵。然而，习惯于耐劳，就是习惯于吃苦："劳动能磨出耐痛的茧子。"[2]要锻炼孩子吃苦耐劳，这样，他们就能忍受脱臼、肠绞痛、烧伤、坐牢和酷刑。很难说他们不会遭受牢狱和酷刑之苦，在我们生活的时代，好人也会像坏人那样坐牢和被拷打。我们有这方面的体验。有些人目无法律，会用皮鞭和绞索威胁正人君子。

再说，老师对孩子的权威应该至高无上，如果父母在场，就会受到中断和妨碍。此外，依我之见，孩子受父母溺爱，或者从小就知道自己家是豪门贵族，这对他只有坏处。

在培养交往能力时，我常常看到有一个缺点：我们总是竭力

---

1   引自贺拉斯。
2   引自西塞罗。

显示自己，兜售自己的货色，而不是去了解别人，汲取新的知识。沉默和谦逊有利于同人交往。等您的孩子有了才华时，我们要教育他不要露才扬己；听到别人胡言乱语，不要怒形于色，因为听到不合自己趣味的东西就批评指责，是不礼貌和令人讨厌的行为。要教育孩子注意自身修养，自己拒绝做的事，别人做了也无须责怪，不必同习俗格格不入。"智者当不卖弄学问，不盛气凌人。"[1] 要教育孩子有礼貌，不要好为人师，不要小小年纪就野心勃勃，为让人另眼相看就显示自己比别人聪明，用指责别人和标新立异来捞取名声。只有大诗人才可以在艺术上别出心裁，同样，也只有伟大而杰出的人物才可以撇开传统，独树一帜。"即使曾有个苏格拉底和亚里斯提卜远离了习俗和传统，大家也不能步其后尘，他们才华出众，超凡脱俗，所以才能独树一帜。"[2] 要教会孩子只有在棋逢对手时才发表议论或进行争论，即便如此，也不要把所有的招数都展示出来，而只消使用对他最有利的。要教会他精于选择自己的论据，说理切中要害，因此也就要言简意赅。要教导他一旦发现真理，就要立即缴械投降，不管真理出自对方之手，还是自己修正看法后得出的。因为将来他登台演讲，不是为了说一些规定的台词。自己不赞成的事，让他不要介入。也不要从事为了金钱可以随便改变主意和承认错误的职业[3]。"他不是非得为规定的思想观点辩护。"[4]

1　　引自塞涅卡。
2　　引自西塞罗。
3　　可能暗示律师或宫廷弄臣。
4　　引自西塞罗。

假如这位老师的性格和我一致，他就会让孩子立志效忠君王，披肝沥胆，无所畏惧。但是，这一效忠仅限于履行公务，要让他打消别的念头。在朝廷做事，就要承担特殊的义务，我们的自由就要受影响，此外，一个人如被雇用和收买了，他的判断就会不全面和不自由，或者就要被视为缺少远见、忘恩负义。

为侍臣者只能言君王所言，想君王所想，这是他的唯一权利和意愿；君王从成千上万臣民中挑选了他，并且亲自调教。这个恩宠和功利使他眼花缭乱，他也就做不到直言不讳了。因此，我们看到，这些人的语言通常不同于其他阶层人的语言，当他们谈到他们的主子时，说话总是缺少诚意。

要让孩子的言谈闪烁着良知和道德，唯有理性作指导。教他懂得，当他发现自己的论说有误时，即使旁人尚未发现，也要公开承认，这是诚实和判断力强的表现，而诚实和判断力正是他觅求的重要品质；还要他懂得，坚持或否认错误是庸人的品质，这在越是卑贱的人身上越明显；他应该知道，修改看法，改正错误，中途放弃一个错误的决定，这是难能可贵的品质，是哲学家的品质。

要告诉孩子，和别人在一起时，要眼观六路，耳听八方，因为我发现最重要的位置往往被平庸之辈占据，社会地位高不等于才华出众。

当坐在餐桌上座的人大谈某一挂毯如何华丽，马尔维细亚酒如何醇美时，我听见另一端响起了精彩风趣的谈话。

他要探测每个人的价值：放牛人、泥瓦工、过路人。应该把一切都调动起来，取众人之长，因为一切都是有用的，哪怕是别人的愚蠢和缺点，对他也不无教育意义。通过观察每个人的举止风度，他就会羡慕得体的举止，鄙夷低俗的姿态。

应该培养他探询一切的好奇心，周围一切奇特的东西他都要看个明白：一幢房子、一池泉水、一个人、古战场、恺撒或查理曼经过的地方：

> 什么土地会结冰，什么土地烈日下尘土飞扬，
>
> 什么风把帆船吹向意大利。[1]

他将了解这个或那个君王的品行、才能和联姻。这些东西学起来不乏趣味，也十分有用。

在这种与人的交往中，我认为也包括，而且主要包括那些仅仅生活在书中的历史人物。他将通过历史书籍同最杰出世纪的最伟大人物交往。这样的学习也许会徒劳无益，但也可能硕果累累，取决于人们的意愿。正如柏拉图所说的，这是斯巴达人唯一珍视的学习。孩子阅读普鲁塔克的《名人传》，怎能不大有裨益呢？但是，为师者不要忘了自己的职责，不要光让学生死记硬背迦太基灭亡的日期，而忽略汉尼拔和西庇阿的品行；不要光让学生记住马塞卢斯[2]死于何地，却不讲清楚为什么他那样死不是死得其所。老师不光要教学生历史故事，更要教会他如何判断。在我看来，这是我们大脑需要特别关注的内容。我在李维的著作中

1　引自普罗佩提乌斯。

2　马塞卢斯（约前268—前208），罗马政治人物和著名将领。公元前二〇九年与汉尼拔交锋，未分胜负。公元前二〇八年在侦察敌方阵地时不慎落入埋伏而身亡。

读到的许多东西，别人没有读到，而普鲁塔克从中感觉到的许多东西，我却没有感觉到，也许作者本人也没有意识到。有些人进行的是纯语法研究，另一些人却是哲学剖析，从中可以发现人类本性最深奥的部分。在普鲁塔克的著作中，有许多论述博大精深，颇值得大家知道，因为在我看来，他是这类作品的一代宗师。但也有许多论述只是蜻蜓点水，仅仅为愿意研究的人指点方向，有时只满足于触及一个问题的最要害处。应该把那些议题从中抽出来，加以详细阐述。拉博埃西的《甘愿受奴役》，可能就根据普鲁塔克的一句话写成，那就是亚洲人只屈从于一个人，对他连一个单音节词"不"也不会说。拉博埃西从某人生平中选出一件小事或一句无关紧要的话作为论说的题目，这种做法本身就发人深思。遗憾的是，大智大慧的人都喜欢简明扼要，这会使他们赢得声誉，但我们这样做，就不一定有此效果。普鲁塔克宁愿我们颂扬他洞察是非，而不是学识渊博，宁愿激起我们对他的兴趣，而不是对他感到厌倦。他知道，对于好事，人们总是说得太多，亚历山德里达[1]就曾一言中的，指责那位过分赞扬斯巴达法官的人："啊！外乡人，你以不应该用的方式，说了应该说的话。"身材细长的人填塞麻布充肥，脑袋空空的人拼命说话装聪明。

人通过接触世界来提高判断力，使自己对事物洞若观火。我们每个人都囿于自己，目光短浅，只看见鼻子底下的事。有人问苏格拉底是哪里人，他不说"雅典人"，而回答"世界人"。他比

1　亚历山德里达，普鲁塔克在《斯巴达箴言集》中提到的一位斯巴达人。

我们有更丰富深湛的思想，视宇宙为自己的故乡，把自己的知识投向整个人类，热爱全人类，与全人类交往，不像我们只注意眼皮底下的事。我家乡的葡萄园冻冰时，我的神甫下结论说是上帝降怒于人类，并且断言，野蛮民族因此而口燥唇焦。看到我们内战汹汹，谁不叫嚷天下已大乱，最后审判的日子已来临？他们也不想想，比这更坏的事我们早有领教，在世界的多少地方，人们依然生活得快快乐乐。而我，尽管战争肆无忌惮、为所欲为，我却惊讶地看见它们温和而无力。有的人头上挨了冰雹，就以为风暴席卷了半个地球。萨瓦人亨利·埃蒂安纳说，假如那位愚蠢的法国国王善于掌握自己的命运，他就能给他的公爵当膳食总管了。埃蒂安纳想象不出还有比他的主人公爵先生更伟大的人。我们谁都可能不知不觉地犯类似的错误，那种会造成严重的后果和损失的错误。但是，只有像在一幅画中那样，看到大自然那威严无比的形象，从我们这位母亲的脸上观察到瞬间万变的千姿百态，并且从中发现，不仅是我们自己，而且整个王国有如一个精美无比的圆点，我们才能对事物的大小做出正确的判断。

这个大千世界——有人把它分门别类，使之更加五彩缤纷——是一面镜子，我们应该对镜自照，以便正确地认识自己。总之，我希望世界是我学生的教科书。它包容形形色色的特性、宗派、见解、看法、法律和习俗，可以教会我们正确地判断自己，发现自己的判断力有哪些不足和先天缺陷：这可不是轻易能学会的。看到国家历尽沧桑，命运多舛，这教我们懂得我们自己的命运不会有奇迹。看到多少英名、胜利和征服淹没在遗忘中，而如果我们自以为抓十个轻骑兵、攻占一个鸡棚一般摇摇欲坠的防御工事就能名垂史册，那就会发现这个想法多么可笑。看到多少国家对本国的奢华引以为豪，多少宫廷显贵对自身的威严感到骄傲，我们的视力就会受到锻炼，就能一眼不眨地逼视我们自己光彩夺目的豪华。在我们之前，多少人已埋葬于地下，这使我们勇气陡增，不怕到另一个世界去寻找良师益友。如此等等。

毕达哥拉斯说，人生犹如庞大而热闹的奥林匹克运动会。有的人在那里运动，为在比赛中争得荣誉，另一些人为了挣钱，把商品拿到那里去兜售。还有的人——不是最坏的——只在那里袖手旁观，每件事如何进行，为什么这样进行，观察别人如何生活，以便对此做出判断，调整自己的生活。

一切有用的哲学观点都将完全适用于上述的例子。哲学同人的行为准则一样，是评判人类行为的根本。要告诉孩子，

> 我们可以渴望什么，
>
> 辛苦挣来的钱如何使用，
>
> 祖国和父母对我们有什么要求，
>
> 上帝要你成为怎样的人，
>
> 为你确定了什么角色，
>
> 我们为什么存在，为什么出生。[1]

还要告诉孩子，何谓知之，何谓不知，学习的目的是什么；何谓英勇，何谓克制和正义；雄心与贪婪、奴役与服从、放纵与

1　引自佩尔西乌斯。

自由之间区别何在；什么是识别真正而可靠的幸福的标志；对死亡、痛苦和耻辱，害怕到什么程度而不为过，

以及怎样避免或忍受痛苦。[1]

要告诉他什么动力能驱使我们前进，什么原因促使我们情绪冲动。因为我觉得，为了培养孩子的判断力，首先应该向他灌输对他的行为和道德观念能起决定作用的东西，教他认识自己，教他如何死得其所，活得有价值。至于自由艺术[2]，应从使我们自由的艺术开始。

这些自由艺术，以某种方式培养和教会我们如何生活，正如其他任何事物在这方面都有用一样。但应该选择对我们的生活直接有用的、目的明确的艺术。

假如我们善于把生命的从属物限制在正确而自然的范围内，那么我们就会发现，在那些通用的学科中，最优秀的部分是不通用的，即便是通用的部分，也有些广而深的东西是无用的，最好撇之一旁，而遵循苏格拉底的教导，把我们的学习界定在实用性内。

想成为智者，那就行动吧。
迟迟不敢生活的人，就像

1　引自维吉尔。
2　中世纪，自由艺术指自由人可以从事的艺术，与之相对的是奴隶从事的机械和手工艺术。自由艺术有七种：语法、修辞、逻辑、算术、几何、音乐和天文。

等河水退完后才敢过河的乡下人，

可河水却是永不干涸的。[1]

在孩子们了解自己的星相之前，就教他们星座的学问和第八球体的运转，教他们了解：

双鱼座、标志激情的狮子座、

西方海中的摩羯座有什么影响，[2]

这样做是十分愚蠢的：

昴宿星座、牛郎星座

对我有什么用？[3]

阿那克西美尼[4]在给他的学生毕达哥拉斯的信中写道："我满目死亡和奴役，怎能沉湎于研究星座的秘密？"（因为那时候，波斯国王正磨刀霍霍，要对他的国家发动战争。）而我们每个人应该这样说："我被野心、贪婪、鲁莽和迷信彻底打败，况且在我内心，还有人生中其他类似的敌人，难道还要去考虑天体的运动吗？"

当我们教会了孩子如何使自己变得更聪明更优秀之后，就可

1　引自贺拉斯。
2　引自普罗佩提乌斯。双鱼座、狮子座、摩羯座为黄道十二宫的三个星座。
3　引自阿那克里翁，原文为希腊语。昴宿星座即金牛星座，有七颗星，五月中旬和十月间可见。
4　阿那克西美尼（前586—前526），希腊自然哲学家，米利都的三位思想家之一。

以教他逻辑学、物理学、几何学和修辞学了。他的判断力已经培养起来，他所选择的学科，他很快便能融会贯通。授课方式有时可以是闲谈，有时则是讲解书本；老师可以让他阅读跟他的课程有关的作者选段，也可以详细讲解精神实质。如果教师自己不十分善于读书，发现不了书中的精彩论述，为了顺利实施计划，可以找个文人当其助手，根据不同需要提供不同材料，发给他的学生。谁能怀疑，这种授课方法不比加扎[1]的方法更容易更自然呢？加扎授课时，只讲些晦涩难懂、索然寡味的原理和空洞枯燥的词语，毫无能够启发智力的有意义的东西。而采用我说的方法，有的是可以理解和吸收的东西。这样结出的果子一定硕大无比，也更加成熟。

令人惊讶的是，在我们这个世纪，事情竟会如此，即使是很有头脑的人，也认为哲学是个空洞虚幻的字眼，无论从舆论还是从效果看，哲学既无用处亦无价值。我认为，这是因为似是而非的诡辩堵塞了哲学各条通道之缘故。把哲学描绘成双眉紧锁、高傲冷峻的可怕样子，让孩子无法接受，这是大错特错。是谁给哲学蒙上了这张苍白可憎的假面具？没有比哲学更轻松愉快的了，我差点说它喜欢逗乐了。它只劝诫人们快快活活地生活。在它那里，愁眉苦脸没有立足之地。语法学家德米特里在德尔斐神殿遇见一群哲学家坐在一起，便问他们：“是不是我搞错了？看你们平静愉快的样子，不像在热烈辩论。”听他如此问，其中一位哲学

1　　加扎，拜占庭的语文学家，生于约一四〇〇年。他在意大利教希腊语，直到一四七〇年客死在那里。他编写了一部希腊语法，在十六世纪很受欢迎。

家，迈加拉人赫拉克利特回答道："只有研究动词 βάλλω（我扔）的将来时是不是有两个 λ，或比较级 χει~ρου（更坏）和 βε'λτιου（更好）以及最高级 χει~ριστου（最坏）和 βελτιστου（最好）如何派生的人，才需要皱着眉头讨论他们的学科。哲学议题从来都让研究者感到趣味盎然，其乐无穷，而不是愁眉锁眼，忧形于色。"

> 身体不适，可以看出心灵的不安，
>
> 但也能猜出心灵的快乐，
>
> 因为两种状态都会反映在脸上。[1]

心灵装进了哲学，就会焕发健康，应该用精神的健康来促进身体的健康。心灵应让安详和幸福显露在外部，用自己的模子来塑造身体的举止，使之雍容尔雅、轻捷活泼、自信淳朴。精神健康最显著的标志，就是永远快快乐乐，就像月球上的物体，总是心神怡然。是三段论[2]而不是哲学本身使那些弟子们身上沾满了泥浆和灰尘。那些人只用耳朵来学习哲学。不是吗？哲学确信能够平息人们内心的风暴，教会饥饿和患病的人欢笑，但不是通过某个假想的本轮[3]，而是通过自然而具体的推理。哲学以勇敢为宗旨，但勇敢之美德不像学校里说的那样，种在陡峭崎岖、难以接

1　引自尤维纳利斯。
2　三段论是对某些逻辑结构的研究。这类逻辑结构可以从一些特定命题（前提）推出某一命题（结论）。
3　在托勒密的宇宙体系里，地球是不动的中心，太阳和行星环绕地球运行。为了说明卫星运动的现象，他认为每个行星在一个小圆上等速运动，这个小圆叫作"本轮"。同时又假设本轮的中心在一个大圆上绕地球等速运动，这个大圆叫作"均轮"。

近的山峰上。相反，那些同勇敢打过交道的人，认为它栖身于肥沃丰饶、百花菲菲的原野上，从那里，它对身下的一切事物一目了然。然而，如果人们熟悉道路，仍可以从绿树成荫、长满奇花异草的道路到达那里，那是极其愉快的事，山坡舒缓平坦，有如通往天穹的坡道。那勇敢至高无上，美丽威严，含情脉脉，且富有情趣，无所畏惧，它与乖戾、悲伤、害怕和约束水火不容，它以本性为指导，与运气和快乐为朋友。可那些人由于没有接触过勇敢的美德，孤陋寡闻，把它想象得愁眉苦脸，争争吵吵，怒容满面，威逼利诱，把它置于高山顶上，离群索居，周围荆棘丛生，简直是用来吓人的幽灵。

老师不仅应教学生崇尚勇敢，还要甚至更要教他崇尚爱情，让勇敢和爱情充满他的意愿，他会对他说，诗人作诗总是遵循普遍的特征，把爱情作为永恒的主题，奥林匹斯山的诸神更乐意把汗水洒在通往维纳斯而不是雅典娜的道路上。当孩子开始有自我意识时，就把布拉达曼或昂热利克[1]介绍给他当情妇：一个的美是璞玉浑金，积极主动，慷慨大方，并非男性却阳刚气十足，另一个的美有气无力，矫揉造作，娇娇滴滴，极不自然；一个穿男孩衣衫，戴闪光高顶盔，另一个穿女孩服装，戴饰有珍珠的无边软帽；如果他做的选择与弗里吉亚那位女人气十足的牧羊人[2]相反，那么，老师就会认为他的爱情有阳刚之气。老师将给他上新的一

---

1   布拉达曼和昂热利克是亚里士多德的著作《愤怒的洛朗》中的两位性格截然相反的女主人公。

2   此处，牧羊人指希腊神话中的帕里斯，特洛伊王子。阿佛洛狄忒（维纳斯）、赫拉（朱诺）和雅典娜（密涅瓦）三位女神争一只金苹果，让帕里斯做裁判，他因愿得美女，把金苹果判给了爱神维纳斯。他曾保护过伊得山的牧人，故称作"牧羊人"。

课，使他懂得，真正的勇敢的价值和高贵之处，在于简单、实用和愉快，它离困难很远很远，无论是孩子还是大人，头脑简单的还是机敏过人的，都一学就会。勇敢使用的手段是节制，而不是强制。它的第一个宠儿苏格拉底有意放弃强制的做法，而是自然而轻松地、逐渐地获得勇敢的美德。勇敢就像母亲，用乳汁哺育人类的快乐；当它使快乐合情合理时，也就使之变得真实纯洁；如果节制快乐，也就使之刚劲有力，趣味盎然；如果它把拒不接受的快乐去掉，就会使我们对剩下的快乐更感兴趣；它把我们本性所需的快乐全部留给我们，十分充裕，我们得以尽情享受慈母般的关怀，直到心满意足，甚至直到厌倦（也许我们不愿说节制是快乐的敌人，它使饮者未醉便休，食者胃未反酸便停止咀嚼，淫荡者未患秃发症便洗手不干）。假如勇敢的美德缺少通常的好命运，它就干脆避开或放弃，另造一个完全属于它自己的命运，不再是摇摇摆摆，变化不定。勇敢善于变得富有、强大、博学，善于睡在用麝香熏过的床垫上。它热爱生活，热爱美丽、荣誉和健康。但它所特有的使命，就是善于有节制地使用这些财富，也善于随时失去它们：这使命与其说艰难，不如说崇高。否则，生命的任何进程就会违反常态，动荡不安，丑陋不堪，也就只会有暗礁、荆棘和畸形的怪物。如果这个学生很特别，喜欢听老师讲奇闻逸事，而不是叙述一次愉快的旅行或给予明智的劝告；如果他的伙伴们听到咚咚的战鼓声便热血沸腾，而他却禁不住街头艺人的诱惑，转身去看他们的表演；如果他觉得风尘仆仆从战场凯旋没什么意思，更希望在玩球或舞会上大出风头；如果是这样，我对此也别无他法，只有奉劝他的老师趁无人在场时，尽早把他掐死，或者让他到城里去做糕点，哪怕他是公爵的儿子，因为按照柏拉图的教导，孩子将来在社会上谋职，不应靠父亲的资源，而应靠自己的本事。

既然哲学教给我们生活的学问，既然我们在童年时代，和在其他时代一样，能从中得到好处，那么，为什么不教给孩子哲学呢？

> 黏土又软又湿，应该赶快行动，
> 让轻快的轮子转动把它加工成型。[1]

人生结束时，人们才教我们如何生活。多少学生尚未学到亚里士多德关于节欲的课程，就已染上了梅毒。西塞罗说，即使他能活两次，也不会费时间去研究抒情诗人的作品。我觉得那些诡辩论者比想象中的还要可悲和无用。我们的孩子没有那么多时间，他只在十五六岁之前受教育，以后就投身于行动了。这么短的时间，应让他学习必需的东西。教给学生繁难的诡辩论是错误的，应该把它从辩证法的教育中删掉，诡辩论不可能改善我们的生存。应该选择简单的哲学论述，要选得合理恰当：它们要比薄伽丘[2]叙述的故事更容易接受。孩子从吃奶时起，就能够接受浅显易懂的哲学道理，这比读和写更容易。哲学既有适合老叟的论述，亦有适合孩童的道理。

1　　引自佩尔西乌斯。
2　　薄伽丘（1313—1375），欧洲文学史上的最重要人物之一，意大利文艺复兴时期人文主义的先驱。

我赞成普鲁塔克的看法。他说，亚里士多德在教他杰出的大弟子亚历山大时，不大注重三段论或几何定律，而更热衷于教他关于勇敢、大胆、宽容、节欲以及无所畏惧的训诫。等到亚历山大把这一切学到手后，在他尚未成年时，亚里士多德就派他去征服世界，只给他三万名步兵、四千匹战马和四万二千枚埃居。普鲁塔克说，对其他艺术和学科，亚历山大也深怀敬意，赞扬它们很优秀、很高雅，但是，尽管他从中自得其乐，也不会轻易产生将它们付诸实践的愿望。

> 年轻的和年老的，请在其中选择可靠的行为准则，
> 领取给予风烛残年的生活费。[1]

伊壁鸠鲁在给迈尼瑟斯[2]信中的开头这样说："但愿童孺不逃避哲学，耆老不厌倦哲学。"这似乎在说，不这样做的人，要么还没有到幸福生活的年龄，要么已过了拥有幸福的岁数。

为此，我不愿人们把你的孩子当成囚犯，不愿把他交给一个性情忧郁、喜怒无常的老师看管。我不愿腐蚀他的心灵，不想让他和其他孩子一样，每天学习十四五个小时，像脚夫那样受苦受累。假如他性格孤僻或阴郁，过分埋头于书本，而人们明知他这样做太不审慎却还姑息迁就，我认为这很不合适，这会使孩子对社交生活和更好的消遣不感兴趣。我见过多少和我同时代的人盲

1　引自佩尔西乌斯。
2　迈尼瑟斯，伊壁鸠鲁的通信者。

目贪求知识，最终变得傻头傻脑，愚不可及。卡涅阿德斯[1]埋头于书本，神魂颠倒，竟然连刮胡子和剪指甲都无暇顾及。我也不愿别人粗野的言行举止影响我们孩子高贵的禀性。法国人的智慧在古代就被写成谚语广为人知：开花很早，但虎头蛇尾，难以持久。事实上，即便是现在，我们仍看到，法国的孩子是最优秀的，但是，他们常常辜负人们的希望，一旦长大成人，就不再出类拔萃了。我听到某些有识之士说，人们把孩子送进学校，学校多如牛毛，培养出来的孩子笨头笨脑。

而我们这个孩子，一间书房或一座花园，餐桌或睡床，孤独一人或有人相伴，清晨或黄昏，任何时刻都是他学习的机会，任何地方都是他学习的场所，因为哲学是他的主要课程，而哲学的独特禀赋就是无处不在，这就有利于培养他良好的判断力和性格。在一次宴会上，有人请雄辩家伊索克拉底讲讲他的雄辩艺术，他的回答，至今谁都认为很有道理："现在讲我会做的事不是时候，现在该做的，我不会做。"因为人们在宴会上相聚是为了说说笑笑，品尝美肴珍馐，这时候向他们介绍如何用雄辩术进行演讲或争辩，会显得不伦不类，极不协调。其他学科也不适合在筵席上议论。但是，哲学有一部分内容涉及人及其职务和职责，所有哲人都一致认为，鉴于哲学的温文尔雅，不应该拒绝在筵席上和娱乐时使用哲学。柏拉图把哲学请到了他的宴会上，尽管这里涉及的是哲学最高贵最有用的论述，但我们可以看到，它是怎样以与

1　卡涅阿德斯（前215—前129），希腊新学院派哲学家，为怀疑主义辩护，反对斯多葛派和伊壁鸠鲁派。

特定的时间和场合相适应的灵活方式使在场的人愉悦的：

> 哲学于富人和穷人都有用，
>
> 无论是孩童和老叟，谁忘了哲学谁就要吃苦头。[1]

因此，毫无疑问，我们的孩子不会像其他孩子那样闲着无事。但是，正如在画廊里徜徉，走的路比到指定地点多三倍，却不会感到疲倦，同样，我们的课程仿佛是遇到什么讲什么，不分时间和地点，融于我们所有的行动中，将在不知不觉中进行。游戏和运动，如跑步、格斗、音乐、跳舞、打猎、驭马、操练武器等，也将是学习的重要内容。我希望，在塑造孩子心灵的同时，也要培养他举止得体，善于处世，体魄健壮。我们造就的不是一个心灵，一个躯体，而是一个人，不应把心灵和躯体分离开来。正如柏拉图所说的，不应只训练其中一个而忽视另一个，应将它们同等对待，犹如两匹马套在同一个辕杆上。从柏拉图这句话中可以感到，他并没有给予身体锻炼更多的时间和关注，他认为心灵和身体同样重要，而不是相反。

此外，对孩子的教育应该既严厉又温和，而不是遵照习惯的做法，那样，不是在激励孩子们读书，而是让他们感到读书很可怖、很残酷。

我不主张采用暴力和强制的做法。我认为没有比暴力和强制更会使孩子智力衰退和晕头转向了。如果你想让孩子有廉耻心和

1　　引自贺拉斯。

怕受惩罚，就不要让他变得麻木。要锻炼他不怕流血流汗，不怕寒冷、狂风和烈日，蔑视一切危险；教他在衣、食、住方面不挑三拣四，对什么都能适应。但愿他不是一个漂亮柔弱，而是茁壮活泼的小男孩。我始终都是这样认为的，不管在我孩提时代，还是在我成人和老年的时候。但是，最令我不悦的，是我们大部分学校的管理方式。假如能多一点宽容，孩子受的危害也许可以少一点。学校是一座不折不扣的囚禁孩子的监狱。孩子在失常前，大人就以失常为由惩罚他们，这样，会使他们真的失常。在他们上课时，您可以去看一看：您只会听到孩子的求饶和先生的怒吼。孩子们是那样娇弱胆怯，为激发他们的求知欲望，先生却手握柳条鞭，板着可怕的面孔，强迫他们埋头读书，这是怎样的做法呀？这难道不是极不公正、极其危险的吗？在这个问题上，我还可以引用昆体良[1]的真知灼见：他清楚地注意到，老师的专权蛮横，尤其是体罚孩子的做法，只会带来危险的后果。按说他们的教室本该铺满鲜花和绿叶，而不是挂着鲜血淋漓的柳条鞭！我要让教室里充满欢乐，洋溢着花神和美惠女神的欢笑，正如哲学家斯彪西波[2]在他的学校里所做的那样。孩子们收获的地方，也应该是他们玩乐的地方。有益于孩子的食物应用糖水浸渍，而有害的食物则应洒满胆汁。

令人不胜惊讶的是，柏拉图在他的《法律篇》中，极其关注

1　　昆体良（约35—96），一译昆体利安，古罗马修辞学家和教师。他的巨著《雄辩家的培训》反映了古代后期的教育思想。他主张教师应因材施教，使学生乐于学习和了解游戏和娱乐的价值，不赞成对学生体罚。

2　　斯彪西波（前407—前339），古希腊哲学家，柏拉图的侄子。在柏拉图去世后，他成为希腊学园的首脑。

他那个城市年轻人的快乐和消遣，对他们的赛跑、竞技、唱歌、舞蹈都做了详尽的阐述，他说，古代是让阿波罗、缪斯和密涅瓦等神来领导和掌管这些活动的。

柏拉图谈及体操时，大加发挥，阐述了无数条规则，但对文学却极少感兴趣，他向人们推荐诗歌似乎仅仅因为诗歌像音乐一样悦耳动听。

我们的习惯和举止，应避免任何诡异和怪诞，因为那是人际关系和社交生活的大敌，是违情悖理的。

亚历山大的膳食总管得莫丰在阴暗中会出汗，在太阳下会颤抖。对于得莫丰的这种体质，谁不会感到惊奇呢？有人闻到苹果味，犹如遭到了火枪射击，立即逃之夭夭，有的看见老鼠就大惊失色，有的一见奶油就想呕吐，还有的看到有人拍打羽毛床垫就肠胃翻腾，正如日耳曼库斯见不得雄鸡，也听不得它们唱歌。也许这里面有什么神秘的特性，但我认为，如果及早注意，是可以克服的。我的一些毛病就是在受教育后矫正的，当然并没有少费劲，现在，除了啤酒，我吃什么都津津有味。因此，趁身体尚可塑造时，应让它适应各种生活方式和习惯。但愿人们能控制意愿和欲望，大胆培养年轻人适应所有国家和社会的生活，必要时，甚至让他过一过纵乐不规的生活。要按习俗来训练他。他应该什么事都做得来，而不应只喜欢做好事。卡利斯提尼斯[1]因不愿和主子亚历山大一起狂饮而失宠，对他的做法，连哲学家也不

1　卡利斯提尼斯（约前360—前327），希腊历史学家。以史官身份随亚历山大大帝远征亚洲，后因指责亚历山大沾染东方某些习俗而被捕，死于狱中。

敢恭维。我们的孩子要和君王一起欢笑嬉戏，一起寻欢作乐。我希望即使在纵乐时，他也要精力充沛，泼辣果断，比他的同伴更胜一筹。如果他克制自己，不做坏事，那不是因为他没有精力或不擅长，而是自己不想做。"不想做坏事和不会做之间有霄壤之别。"[1]

我想向一位贵族老爷表示敬意。他在法国循规蹈矩，一点也不放荡。我问他，当他被国王派往德国，面对善饮的德国人，曾几次出于公务需要而喝得酩酊大醉过。他回答我说他入乡随俗，喝醉过三次，还一一做了叙述。有些人没有这种本事，在与德国人打交道时困难重重。我常常不胜钦佩地注意到，亚西比德[2]有卓越的本领，善于随遇而安，适应各种习俗，不怕伤害自己的身体：时而比波斯人还要奢华侈靡，时而比斯巴达人还要刻苦朴素；在爱奥尼亚[3]时，他纸醉金迷，荒淫无度，在斯巴达时淡食粗衣，改变了自己的习惯：

任何衣着、境况、命运，
阿里斯蒂普都能适应，[4]

我也想这样培养我的学生，

1　引自塞涅卡。
2　亚西比德（约前450—前404），古雅典政治家，以挥金如土、作战如虎闻名。
3　爱奥尼亚，一译伊奥尼亚，古地区名。包括今小亚细亚西岸中部和爱琴海东部诸岛，系古希腊工商业和文化中心之一。
4　引自贺拉斯。

> 如果他穿好穿坏都潇洒自如，
>
> 穿破的不急不躁，
>
> 穿好的适得其所，
>
> 我会对他不胜赞叹。[1]

这就是我的忠告。付诸实践的人比只知不做的人受益更多。明白了就会听进去；听进去了也就会明白。

在柏拉图的对话中，有一个人说："但愿研究哲学不是学习很多东西，不是探讨艺术。"

> 生活的艺术是所有艺术中最重要的，
>
> 学会这一艺术要通过生活而非学习。[2]

弗里阿斯的君主莱昂问赫拉克利德斯·本都库斯[3]从事什么学科和艺术，后者回答："我对任何学科和艺术一窍不通，但我是哲学家。"

有人指责第欧根尼不懂哲学却介入哲学，他说："不懂则介入得更好。"

赫格西亚斯[4]请第欧根尼给他读一本书，后者回答："您真逗，您选了真实而自然的、不是画出来的无花果，那您为什么不

1　引自贺拉斯。
2　引自西塞罗。
3　赫拉克利德斯·本都库斯（前390—前322），希腊哲学家和天文学家，柏拉图的弟子。
4　赫格西亚斯，古希腊昔兰尼派哲学家。怀疑人能得到幸福，主张自杀。

也选自然而真实的、不是写出来的行动呢？”

孩子学到知识后，重要的不是口头上说，而是行动上做。应在行动中复习学过的东西。我们将观察他做事是否机智敏锐，行为是否善良公正，言语是否优雅和有见地，生病时是否刚强，游戏时是否谦虚，享乐时是否节制，鱼、肉、酒、水的口味是否讲究，理财是否井井有条：

> 把学问当作生活的准则，而非炫耀的目标，
>
> 善于听从自己，服从自己的原则。[1]

我们的人生是我们思想的一面真实的镜子。

有人问泽克斯达姆斯，斯巴达人为何不把勇武准则写成文，让年轻人阅读，他回答说："因为他们要让年轻人习惯于行动，而不是说话。"等我们这个孩子到了十五六岁，您就把他和学堂里爱炫耀拉丁文的学生比一比：那些学生花了同样多的时间只学习讲话！世界上尽是喋喋不休的废话，我从没见过有人说话比应该说的少，而我们的半辈子都是在说话中虚掷年华。我们被迫用四五年时间听念单词，把它们拼凑成句；再用同样多的时间学写大篇文章，把文章均匀地分成四五个部分；至少还要用五年时间，学会把词迅速而烦琐地排列组合。这种事，还是让以此为职业的人来做吧。

有一次，我去奥尔良，在克莱里这边的平原上，邂逅两个学

1　　引自西塞罗。

校教师，他们之间前后相距五十来米，是到波尔多来的。在他们身后不远处，我看到有一群人，主人走在前面，是已故拉罗希什富科伯爵先生。我的一位随从上去向前面的那位教师打听他后面的那位绅士是谁，那教师因为没有看见身后还有一群人，以为人家问的是他的同伴，有趣地回答：“他不是绅士，而是语法学家，我是逻辑学家。”然而，我们要培养的恰恰不是语法学家或逻辑学家，而是一位绅士。让那些学究去浪费他们的时光吧，我们有别的事要做。我们这个孩子脑袋里只要装满实在的东西，话语就会源源而来，如果话语不愿跟来，那他就到处带着它们。我常听见有人用不善表达来为自己辩护，仿佛满腹经纶只因缺少口才，无法表达出来。这是故弄玄虚。您知道我是怎样看的吗？这是因为他们的想法尚未成形，还只是表面的东西，理不清脑袋里想的是什么，因而也就表达不出来了：连他们自己都不明白自己。有的人阐述自己想法时有点结巴，你就可以判断出，他就像生孩子尚未到分娩阶段，正在怀孕，还在用舌头去舔那尚未成形的物质。至于我，我坚持认为——这也正是苏格拉底的教诲：大凡思路活跃清晰的，一定能把所想的表达出来，哪怕用贝加莫土话[1]，即使是哑巴也还可用脸部表情：

清楚要说什么，话语必定源源不竭。[2]

正如塞涅卡在他的散文中也富有诗意地说：“事物抓住了思

1　贝加莫，意大利北部城市，当地的土话被认为是一种最可笑的语言。
2　引自贺拉斯。

想，话语就会滔滔而来。"西塞罗则说："事物带出话语。"我们的孩子不必懂夺格、连词、名词，也不必懂语法；他的仆人或小桥[1]的卖鱼婆对语法一窍不通，然而，如果您想同他们交谈，他们会谈得很好，用起语法规则来可能得心应手，可与法国最好的文科硕士生相媲美。我们的孩子不必懂得修辞学，不必学会未入正题便先来个前言吸引"公正的读者"[2]，他也不用知道这些东西。的确，任何漂亮的描绘，都会在朴实无华的真实面前黯然失色。

华丽的辞藻只能取悦于庸人，因为庸人消化不了更坚实的食物，正如塔西佗[3]笔下的那个阿弗尔所清楚地证明的那样。萨摩斯岛[4]的使者前来觐见斯巴达王克莱奥梅尼，他们准备了一个漂亮而冗长的演说，鼓动斯巴达王向萨摩斯岛的独裁者波利克拉特斯宣战。克莱奥梅尼认真聆听他们演说，然后回答："你们的开场白我已记不清了，所以中间的也忘了，至于结尾，我丝毫也不想做。"我认为他的回答精彩无比，那几个夸夸其谈的使者尴尬得无地自容。

还有一个人是怎么说的呢？雅典人要在两个建筑师中选出一个来负责一座大建筑物的营建。第一个能说会道，一出场就来了个漂亮的演说，把他对这件工作的考虑阐述了一遍，以便让民众倒向他一边。可另一个只说了三句话："雅典的先生们，前面那位说的，正是我将要做的。"

---

1 小桥，巴黎塞纳河上连接小堡和城岛的桥，为最早的三个桥之一，桥上有鱼和家禽市场。
2 影射那时候作品中习惯用的前言"致公正的读者"。
3 塔西佗（约56—约120），罗马帝国高级官员，以历史著作名垂千古。
4 萨摩斯岛，希腊岛屿，在爱琴海东部。

当西塞罗显出超凡的口才时，许多人对他钦佩不已，可小加图却付之一笑，他说："不过是个可笑的执政官罢了。"[1] 一个有用的警句和妙语，不管先说还是后说，总是适宜的。即使放前放后都不合适，那警句本身也是好的。有些人认为掌握了韵律，就能作出好诗，对此我不敢苟同。如果诗人想加长一个短音节，就让他加长好了，这没关系；只要作品中充满真知灼见，思想和判断力发挥了很大作用，我认为他就是一位好的诗人，但不通韵文：

> 他趣味高雅细腻，但诗文佶屈聱牙。[2]

贺拉斯说，应使作品去掉所有的缝接和格律：

> 去掉韵律和音步，改变词序，
> 将第一个词移到最后，
> 诗人的肢体就分散在其中。[3]

这样写出来的诗不会因此而不是诗，它的各个部分仍会很漂亮。米南德[4] 答应写一出喜剧，但迟迟没有动手，交稿的日期快到时，人们指责他，他却回答："我已经准备就绪，只差往里面加诗句了。"他已胸有成竹，所以对剩下的事就不重视了。自从

1　西塞罗当罗马执政官时，讥笑过小加图是顽固的禁欲主义者。
2　引自贺拉斯。
3　同上。
4　米南德（约前342—约前292），雅典剧作家。古代评论家认为他是希腊新喜剧最重要的诗人。

龙沙和杜贝莱使法国诗歌享有盛名以来，没有一个孩子学作诗时不像他们那样堆砌词句，讲究韵律。"声音洪亮，内容空洞。"[1]对民众来说，诗人从没有像现在这样多。他们不费吹灰之力就学会了表现韵律，可是，在模仿龙沙丰富的描写和杜贝莱微妙的思想时，就不知所措了。

当然，假如有人用三段论烦琐的诡辩伎俩来折磨我们的孩子，诸如：火腿让人思喝，喝了就解渴，因此，火腿能解渴，遇到这种情况，他该怎么办？他应该闭目塞听。这样做比有所反应更巧妙。

他应该借鉴亚里斯提卜那句反诡辩的玩笑话："既然他被绑着让我感到不舒服，为什么我要给他松绑呢？"有人建议克里西波斯用辩证的诡辩对付克利安提斯，他回答说："你去同孩子们玩那些把戏吧，不要把成人的严肃思想引入歧途。"如果那些愚蠢的诡辩，那些"晦涩难懂、难以捉摸的诡辩"[2]，是要让孩子相信一个谎言，那是危险的；但如果那些诡辩对他不起作用，只能让他付之一笑，那我看不出为什么不让他接触这些东西。有些人愚蠢至极，为了追求一个漂亮的字眼，就偏离正道一里路。"或者，他们不是让词去适应主题，而是离题千里，根据词去寻找合适的内容。"[3]塞涅卡则说："有些人为了用上他们喜爱的一个词，不惜谈论他们本不想谈的题目。"而我宁愿修改一个漂亮的警句将它缝到我的身上，也不愿改变我的思路去寻找那个警句。相

1　引自塞涅卡。
2　引自西塞罗。
3　引自昆体良。

反，语言应为主题服务，紧跟主题，如果法语中找不到合适的词，但愿能在加斯科尼方言中找到。我希望内容凌驾一切，听者听完后脑袋里充满内容，而不是词汇。无论是写在纸上的还是嘴里说的，我都喜欢朴素自然的语言，简短有力，充满活力，而不是精雕细琢，生硬苦涩：

使人震惊的文体才是好的文体。[1]

这样的语言可能难懂，但不无聊，不矫揉造作、杂乱无章，也不独出心裁，每个字实实在在。那不是学究式的、僧侣式的、律师式的语言，而是士兵式的，就像苏埃托尼乌斯[2]把尤利乌斯·恺撒的语言称为士兵的语言一样，尽管我并不明白他为何这样称谓。

我曾很乐意地模仿过年轻人放肆的衣着：大衣斜披着，披风搭在一只肩上，一只袜子松松垮垮，这表现了异域衣着的目空一切和艺术的漫不经心。但我觉得这种风度用到语言形式上会更适得其所。对于弄臣来说，任何矫揉造作都是不合适的，尤其是在表现法国式的快乐和自由方面。而在一个君主政体的国家中，每一个贵族都得按弄臣的方式训练言谈举止。因此，我们应该转向自然的、不矫饰的文体。

我一点也不喜欢布上的针线和线头看得一清二楚，正如一

1　引自卢卡努。
2　苏埃托尼乌斯（约69—约122），古罗马传记作家、文物收藏作家。所著的《诸恺撒生平》记述罗马社会及十一位皇帝的概况。

个漂亮的身躯不应看得出骨头和血管。"真话应该简单，毫不矫饰。"[1]

"除非想装模作样，否则谁会讲话小心翼翼？"[2]

如果我们禁不住诱惑而转向矫饰的文体，那就会把事情搞糟。

用毫不实用的奇装异服来引人注目，那是胆怯的行为；同样，追求新奇的句子和生僻的词汇，也是出于一种幼稚而迂腐的奢望。但愿我只使用巴黎菜市场上的语言。语法学家阿里斯托芬[3]指责伊壁鸠鲁用词简单，谴责他的演说艺术只为了使语言明快，这说明他在这方面一窍不通。模仿说话并不困难，大众会立即跟上；模仿判断和见解就不那么容易了。大部分读者因为找到了同样的衣袍，就错误地认为拥有同样的身材。

力量和肌肉是借不来的，服饰和衣服才能借来借去。

在与我过从甚密的人中，大多数说话就像我的《随笔集》，但我不知道他们是不是也像《随笔集》一样思想。

雅典人（据柏拉图说）注重讲话的优雅和富有表达力，斯巴达人则注意简明扼要，克里特人注意观念的丰富甚于语言，后一种人是最好的。芝诺声称他有两类弟子，一类被他称为语史学家[4]，对学习知识兴趣尤浓，这是他最宠爱的；另一类是美丽辞藻的爱好者[5]，他们注意的是语言。这不是说善于辞令不好，只是没有人们想象的那样好。我气恼的是我们的一生都浪费在学习讲话

1　引自塞涅卡。
2　同上。
3　阿里斯托芬（约前257—前180），希腊文献校勘家、语法学家。
4　原文为希腊语。
5　同上。

上。我首先想熟悉我自己的语言，以及我经常打交道的邻国的语言。希腊语和拉丁语无疑是漂亮和伟大的装饰，但学习它们太费劲。我这里要介绍一种方法，比习惯的做法省事得多，我亲身实践过。有意者不妨试一试。

我先父曾尽最大努力在聪明和博学的人中做过各种探索，寻求一种优秀的教育形式，发现了通行的弊病。有人告诉他，我们花很多时间来学习古罗马人和古希腊人不费吹灰之力就学会的拉丁语和希腊语，是我们不能达到他们那样高尚心灵和渊博知识的唯一原因。我不认为这是唯一的原因。不管怎样，我父亲还是找到了办法：我还在吃奶时，尚未开口讲话前，他就把我交给了一个不懂法语、精通拉丁语的德国人。那人后来成为名医，客死在法国。我父亲特意把他请来，高薪聘用，整天把我抱在怀里。还有两个学问差一点的人和他在一起，成天跟着我，以减轻那个德国人的负担。他们和我讲话只用拉丁语。至于家里其他人，有一个不可违背的规矩：我父亲本人，以及我的母亲、仆人和侍女，陪我玩耍时，尽量用他们现学的拉丁语同我说话。令人惊讶的是，人人从中受益匪浅。我父母学到了足够的拉丁语，可以听得懂，必要时还可以同人交谈，而那几个侍候我最多的仆人也一样。总之，我们之间经常讲拉丁语，连周围的村庄也受到了影响，以至于某些手工业者和工具的拉丁语名称在那里生了根，并且沿用至今。至于我，都六岁了，听到的法语或佩里戈尔方言不比阿拉伯语多。于是，没有方法，没有书本，没有语法或规则，无须教鞭，无须落泪，我就学会了拉丁语，并且同我学校老师的拉丁语一般纯正，因为我不可能将它同其他语言混淆，也不可能讲得变样。如果老师想照中学流行的方法，试着让我把本国语译成拉丁语，给别人的是法文，给我的却是一篇用蹩脚拉丁语写的文章，我就把它改成地道的拉丁语。我的家庭教师，如著有《论罗马人民集会》的尼古拉·格鲁奇、评述亚里士多德的纪尧姆·盖朗特、苏格兰大诗人乔治·布卡南、被意大利和法国公认为当代最优秀雄辩家的马克安托尼·米雷，他们常对我说，我幼年时讲拉丁语就非常自信和自如，他们甚至不大敢用拉丁语和我交谈。布卡南后来跟随现已去世的德·布里萨克元帅先生，我见到他时，他对我说，他正在写儿童教育问题，要拿我当例子。那时候，他是德·布里萨克伯爵的家庭教师，这位伯爵后来表现得骁勇顽强。

至于希腊语，我几乎一点也不懂。父亲决定采用教学的方法教我学希腊语，但走的是一条新路子，寓教学于游戏和练习之中。我们把词的变格像球那样扔来扔去，就像有些人通过下棋来学习数学和几何。因为有人劝我父亲，教我体味知识和义务尤其不能强迫，得让我自己有这个欲望，要在和风细雨和自由自在中培育我的心灵，而不能用严厉和束缚的手段。有些人认为，早晨孩子还在熟睡中就粗暴地把他们突然弄醒（他们睡觉比我们沉），会扰乱孩子娇嫩的脑子，于是，我父亲小心谨慎到每天早晨用乐器声将我唤醒，我身边从未间断过给我演奏的人。

从这一例子足以推断其余一切，而且应该对这位好父亲的谨慎和爱心做出高度的评价；如果说做了如此细致卓绝的耕耘，却没有相等的收获，那就不是他的过错了。导致这一结果有两个原因。一是土地贫瘠和缺少天赋。尽管我身体结实苗壮，但我生性柔顺随和，总是无精打采，有气无力，人们无法使我摆脱无所事事的状态，哪怕叫我去玩耍。我理解的东西，总是理解得很好；在这懒怠的性格下，我孕育着大胆的主意和超过我年龄的想法。我的思维蜗行牛步，只是跟着别人的指挥棒转；我的理解力不太好；创造力缺乏生气；最后，我的记忆力差得令人难以置信。因此，我父亲没有获得任何有价值的成果，那就不足为怪了。第二个原因是，我的好父亲非常担心他朝思暮想的事功亏一篑，他就像有病乱投医似的，最后也随波逐流，学那些傻瓜的做法；再者，尽管他在意大利接受了文学的启蒙教育 [1]，但给予他这些教育的人已不在他身边，于是他只好屈从于习惯势力，在我六岁左右，就把我送到居耶纳中学 [2]。这所学校当时办得欣欣向荣，是法国最好的中等学府。在那里，他为我挑选了称职的辅导老师，对我其他方面的教育也非常关心，有些违背学校规矩的特殊方法，也为我个人保留下来了。除此之外，不可能再有额外的照顾了。这毕竟是学校。我的拉丁语每况愈下，由于失去了说的习惯，我也就不用它了。这一新的教育，只为我派了一次用场：我一上来直接跟读高级班，当我十三岁离开中学时，我已完成了我的课程（他们称之为课程），其实，那些东西现在对我一无用处。

我第一次对书本感兴趣，源自奥维德的寓言《变形记》。那时我有七八岁，我避开其他一切乐趣，陶醉地阅读这本书；何况拉丁语是我的母语，而且这是我所知的最容易的书，就内容

1　　蒙田的父亲一五二八年从意大利战场返回法国，在那里他对文学产生了兴趣。

2　　居耶纳中学建于一五三三年，校内的老师知识渊博，对学生宽容。

而言，最适合我这个年龄的孩子了。别的孩子津津乐读的那些乱七八糟的书，诸如《湖中的朗斯洛》[1]《阿马迪斯》[2]《波尔多的于翁》[3]，我连它们的名字都不知道，更不用说内容了，因为我选书是很严格的。由于读了奥维德的寓言，我在学习其他规定课程时，更显得无精打采。有意思的是，我恰好遇到了一位豁达的辅导老师，他处事灵活，对我这一出格行为以及其他类似的事总是睁一只眼闭一只眼。我一口气又读了维吉尔的《埃涅阿斯纪》，还有泰伦提乌斯[4]、普劳图斯[5]以及意大利的喜剧，我被美妙的主题深深吸引。如果那位老师丧失理智，禁止我看这些书，我认为学校带给我的可能只有对书本的憎恨，正如我们的贵族子弟通常所处的状况。他做得很巧妙，假装什么也没看见，只让我偷偷地贪读这些书，这样就更刺激了我阅读的强烈愿望，而对于其他规定的课程，他总是温和地引导我尽力。我父亲给我选择教师时，主要看重那些人温厚随和的性格，因此，我的毛病也就是倦怠懒惰。危险不在于我做坏事，而是无所事事。没有人预言我会变坏，而是无所作为，不是诡计多端，而是游手好闲。

我感到事实正如人们所预料的。我耳畔总是响起这样的埋怨："无所事事；对朋友和亲戚冷漠无情，对公务漠不关心；太特别。"最不公正的人不说："为什么他拿了？为什么他没付

1 《湖中的朗斯洛》，一部骑士散文传奇小说。主人公朗斯洛是亚瑟王最重要的骑士，由一位湖中仙女抚养成人。
2 《阿马迪斯》，一部骑士散文传奇小说，主人公阿马迪斯是一位英俊、正直和勇敢的骑士。
3 《波尔多的于翁》，一首以史诗韵律写成的古法语诗歌，可追溯到十三世纪上半叶。
4 泰伦提乌斯（约前190—前159），古罗马著名喜剧作家。
5 普劳图斯（约前254—前184），古罗马著名喜剧作家，与泰伦提乌斯齐名。

钱？"而说："为什么他不免除债务？为什么他不给予？"

人们要我像这样只做分外的事，我会当作好意看待。可是，他们那么严厉地要求我做不该做的，却不严厉地要求自己做该做的，这未免有失公允。他们要求我付出，也就否定了我做好事的性质，否定了我应受的感谢。我从没接受过别人的恩惠，所以我这样做应该分量更重。越是我自己的财富，我越能自由支配。然而，假如我很想为自己的行为锦上添花，也许我会把他们的指责有力地顶回去。我会对有些人说，他们因我做得不够而感到生气，假如我比现在做得更多，他们会更生气。

然而，与此同时，我的心灵依然独善其身，围绕它所熟悉的事物，会有可靠而豁达的看法，它独自将它们消化，不和任何人交流。同样，我深信我的心灵绝不可能屈从于武力和暴力。

我在致力于我所扮演的各种角色时，是不是应该夸一下我小时候就有的能力——自信的神态、抑扬的声调和灵活的动作呢？因为还没到年龄，

　　刚满十二岁，[1]

我就在布卡南、盖朗特和米雷的拉丁语悲剧中扮演主角。那些悲剧曾经在居耶纳中学隆重演出过。安德烈·戈维亚校长在这方面无可比拟，堪称法国最伟大的中学校长，正如他在行使职务的其他方面所表现的那样。人们把我看作行家里手。我很赞成贵族子

1　　引自维吉尔。

弟演戏，我看见我们的君王也仿效古人，乐此不疲，这种行为可敬可嘉。

在希腊，有身份的人是允许以演戏为职业的："他（谋反罗马的安德拉内多尔）向悲剧演员亚里斯顿透露了他的计划。后者出身高贵，家境富裕，他的职业对他毫无损害，因为演戏在希腊不是见不得人的职业。"[1]

我从来认为，谴责这种消遣的人说话有失礼貌，拒绝有资格进入我们城市的演员进入我们的城市，剥夺人民这一公共娱乐，这种做法是极不公正的。良好的管理不仅要注意把公民聚集起来参加严肃的宗教仪式，而且要参加娱乐活动，这样就能增进人与人之间的交往和友谊。再者，还有什么娱乐活动，会比民众人人参加，甚至行政长官在旁监视的消遣更规矩的活动呢？我认为，行政长官和君王有时自己出钱让民众娱乐是很明智的做法，这显示了慈父般的深情和关怀。在人口稠密的城市，应该有专供演出这些节目的场所，这样，可以让人远离有害的秘密娱乐活动。

言归正传。只有这样，方能刺激孩子们读书的欲望和热情，否则，培养出来的不过是驮着书本的蠢材，要用皮鞭教他们看管好装满学问的口袋。知识应该同我们合二为一，而不仅仅是我们的房客，这才是正确的做法。

1　引自李维。

二十七

凭个人判断力
来辨别真假是愚蠢的

我们把轻信和耳朵根软归咎为简单和无知，这也许是不无道理的。从前我似乎听说过，"相信"好比是在我们心灵上刻下的一种印象，心灵越是软弱和缺乏抵抗力，就越能留下印记。"正如天平加了砝码就会倾斜，思想必定会倒向明显的事实。"[1]心灵空疏浅薄，缺少平衡的力量，就极容易被说服，不消重复第二遍，就会倒向那一边。为什么儿童、民众、妇女和病人的耳朵根比别人软，就是这个道理。但是，另一方面，把我们认为不像是真实的东西，当作谬误来蔑视和谴责，也是愚蠢的自高自大，这是自视智力超群者的通病。我从前也是这样。当我听到谈论鬼魂显灵、预卜未来、蛊术和巫术，或讲述我不甚了了的事：

　　梦、魔法、奇迹、巫婆，

1　　引自西塞罗。

262

> 夜间的幽灵，色萨利的奇事，[1]

我就会觉得被这些荒唐事愚弄的人可怜又可悲。可现在，我感到那时候我至少也一样可怜，不是因为从那以后我的切身体会超越了我原来的信念（这与我的好奇心无关），而是理性告诉我，如果武断地指责一件事为虚假和不可能，那么，上帝的意志和我们的大自然母亲的威力在我们的头脑中就有了限度和界限。世界上最大的蠢事，莫过于按照我们自己的能力和才干来衡量上帝的意志和大自然的威力。如果把我们理解不了的事称作怪事或奇迹，那么，多少奇迹或怪事会不断地出现在我们面前！我们不妨想一想，要让我们认识所能接触的大部分事物，要穿过多少云雾，经过多少摸索！诚然，我们会发现，与其说是知识，毋宁说是习惯为我们揭去了蒙在这些事物上的怪诞性：

> 如今人们习以为常，
>
> 无人惊讶他额头上有发光的殿堂，[2]

而这些东西，如若重新出现在我们面前，我们仍会感到它们和其他事物一样，甚至更加难以置信，

> 如果有一天它们向凡人显现，

---

1   引自贺拉斯。色萨利为希腊北部的地区。公元前二五〇〇年前，为新石器文化的发源地之一。由于环境闭塞和民族特点不同，在古代，色萨利远离希腊社会的生活主流。

2   引自卢克莱修。

> 骤然出现在我们面前，
> 我们不可能看到比这更奇妙
> 更不可思议的东西。[1]

没见过河的人，第一次遇见河，会以为是海洋。我们会把自己所看见的最大的东西，断定为自然界同类物体之最，

> 因此，一条河虽然不大，
> 没见过更大河的人会觉得巨大无比。
> 一棵树、一个人也如此。无论哪个种类，
> 我们看到较大的，就会以为是最大的。[2]

> 眼睛看惯的东西，我们的思想也会习以为常；常见的东西，我们不会再感到惊奇，不会再去探本求源。[3]

刺激我们探本求源的，与其说是事物的大小，毋宁说是事物的新奇性。

对于自然界的无限力量，要更加崇敬；对于我们自身的无知和弱点，要承认不讳。多少事看上去似乎令人难以置信，却被许多值得信任的人所证实。即使我们不可能信以为真，至少也应该不下定论。如果指责它们绝无可能，就等于说自己知道可能的

1　引自卢克莱修。
2　同上。
3　引自西塞罗。

界限在哪里，这无疑是自以为是，目空一切。如果我们清楚在不可能和罕见、违反自然规律和违背习惯看法之间存在着区别，不轻易相信，也不轻易不信，那就遵循了奇隆[1]的"物无多余"的原则。

在博华萨的《闻见录》中，我们读到驻守贝阿尔的富瓦伯爵在第二天就获悉卡斯蒂利亚国王让朱贝罗特吃败仗的消息，但对于作者谈到的有关富瓦伯爵得知消息的手段，我们却不屑一顾。同样，读编年史时，对于菲利普·奥古斯特[2]在芒特逝世的同一天，洪诺留教皇就下令全意大利为他举行葬礼一事，我们也不会相信。因为这些证人可能威望不高，不足以让我们信服。怎么？如果普鲁塔克除了援引古代某些事例外，还很有把握地声称，在图密善[3]统治时代，安东尼乌斯[4]在德国吃败仗的消息当天就在距战场有几天路程的罗马公布，并且传遍了全世界；如果恺撒认为传闻常常走在事件的前面，那么，难道我们会说这些人头脑简单，跟着凡夫俗子上当受骗，不如我们眼光敏锐吗？老普林尼判断锐利、清晰、敏捷，简直无与伦比，他判断事物时，谁也不如他脚踏实地。且不说他学问精深（我对此谈得比较少）：无论是判断力还是学问，我们哪一点超过他？可是，任何一个小学生都可以证实他在说假话，都想给他上一堂博物发展史课。

我们在布歇的书中读到圣奚拉里的遗骨显灵时，会付之一

1　奇隆，生活在公元前六世纪，为古希腊七贤之一。
2　菲利普·奥古斯特（1527—1598），西班牙国王。他为阻止新教传播、捍卫天主教利益做了很大的努力。
3　图密善（51—96），罗马皇帝（81—96在位）。性情暴戾，好大喜功，不受人民欢迎。
4　安东尼乌斯，日耳曼总督，因不满图密善统治而叛变，不久被军队镇压下去。

笑，因为布歇声望不高，我们可以自由地反驳。但是，对这类事一概指责，我认为是极不谨慎的。伟大的奥古斯丁就叙述过他目睹的奇迹：米兰的一个盲童在圣热尔韦和圣普罗泰的遗骨前恢复了视觉；在迦太基，一个刚受洗礼的妇女画了个十字，就治愈了另一个妇女的癌症；奥古斯丁的一个亲信赫斯珀里乌斯，用圣墓上的一点儿泥土，赶走了侵扰他家的鬼神，这泥土后来送到了教堂，使一个瘫痪病人突然能站立行走；在一次祭祀行列中，一位双目失明的妇人用一束鲜花触了触圣艾蒂安的遗骨盒，又用这束花擦了擦眼睛，失明许久的双眼顿然复明。还有许多奇迹，奥古斯丁说他都亲眼见过。对于他和被他请来当证人的两位主教奥雷利乌斯和马克西米努斯，我们能指责他们什么呢？说他们无知、简单、轻率，还是居心不良和蒙骗别人？在我们这个时代，会有人如此恬不知耻，认为自己无论在品德和恻隐之心方面，还是在学识、判断力和才能上，都可以同他们并肩媲美？"他们即使不阐明理由，单凭威信，就能将我征服。"[1]

蔑视自己所不理解的事，不仅荒唐和轻率，而且会导致危险和严重的后果。你根据自己卓越的判断力，确定了真理和谎言的界限，可有时候，你必然会相信某些事物，而这些事物比你否定的那些事物还要不可思议，这样，你就已经被迫放弃你确立的界限了。然而，在我们所处的宗教叛乱中，我感到，使我们良知不安的，是天主教徒不公正地放弃了自己的信仰。他们在向敌人让步、放弃某些有争议的信条时，似乎装得很克制、很聪明的样

---

[1]　引自西塞罗。

子。殊不知，他们开始后退，向进攻的敌人让步，只会对敌人有利，使他们得寸进尺，况且，他们以为无足轻重因而选作让步的信条，有时是非常重要的。要么完全服从教会的权威，要么彻底放弃。我们无权确定服从教会的范围。我这不是信口开河，我是做过试验的。我曾滥用我个人选择的自由，对某些貌似空洞或极端的教规不予重视，后来，通过和学者们交谈，我方觉得，这些教规根深蒂固，薄此厚彼的做法是愚蠢和无知的。为什么不想一想，我们自己的看法常常充满矛盾？多少昨天还是信条的东西，今天却成了谎言？虚荣和好奇是我们思想的两大祸害。好奇心引导我们到处管闲事，虚荣心则禁止我们留下悬而未决的问题。

二十八

论友谊

我在欣赏一位画家给我作画的方法时，产生了模仿他的念头。他选择每堵墙壁最中央也是最好的地方，施展他的全部才华给我画一幅画，把周围的空间填满怪诞不经的图案，这些图案的魅力在于千变万化，新奇独特。我这些文章是什么呢？其实，也不过是怪诞不经的图案，奇形怪状的身躯缝着不同的肢体，没有确定的形状，次序、连接和比例都是随意的。

一个长着鱼尾巴的美女的身躯。[1]

直到第二部分，我和那位画家很相似，但在这最精彩的第二部分，我尚存在欠缺，因为我能力浅薄，画不出绚丽、高雅和合乎艺术标准的图画来。我曾考虑过向艾蒂安·德·拉博埃西借一

1　引自贺拉斯。

幅来，好让我作品的其余部分也沾些光。那是一篇论文，拉博埃西把它命名为《甘愿受奴役》，但后来有人因不知道作者已题名，另给起名为《反独夫》。那时，拉博埃西年少气盛，他把这篇文章写成了评论，歌颂自由，抨击专制。从此，这篇文章在大智大慧的人手中传阅并备受推崇，因为这的确是一篇很优秀很全面的文章。当然，远不能说这是他可能写得最好的作品。然而，假如后来在我认识他的时候，也就是在年龄更成熟的时候，他能和我一样决定把自己的奇思异想写出来，那么，我们就可以看到许多堪与古典作品相媲美的传世之作了，因为他在这方面的天赋鹤立鸡群，在我认识的人中，没有一个能与他匹敌。可是，他所剩下的，也就是这篇论文了，而且还是偶然留下的，我认为文章流失后，他再也没见过；还有几篇论文，是写一月敕令[1]的，而一月敕令与我们的国内战争有关，因而赫赫有名。这几篇论文很可能会在其他地方有一席之地。这就是我从他的遗物中整理出来的全部东西了。他在弥留之际立下遗嘱，充满爱意地把他的藏书和文稿传给我。此外，我还继承了他的论文集，我让人把它们出版了。[2] 然而，我特别要感谢《甘愿受奴役》。多亏了它，我和拉博埃西才有了第一次接触。我在认识他之前，就早已拜读过了，并且初次知道了作者的名字，从此，也就开始了我和拉博埃西的友谊。这段友谊一直维持到上帝要我们结束的时候，它是那样完美无缺，可以肯定实属罕见，在同时代人中绝无仅有。这要多少次

---

1 影射一五六二年一月法国国王查理十一颁布的宗教宽容法令。
2 这本论文集于一五七二年在巴黎出版。

机缘才能建立起来呀！三个世纪里能遇上一次就算是幸运的了。

我们喜欢交友胜过其他一切，这可能是我们的本性使然。亚里士多德说，好的立法者对友谊比对公正更关心。然而，至善至美的交往就是友谊，因为通常由欲望或利益、公众需要或个人需要建立和维持起来的各种友情是谈不上高尚美好的；友谊越是掺入本身以外的其他原因、目的和利益，就越不美丽高贵，越无友谊可言。

自古就有四种友谊：血缘的、社交的、待客的和男女情爱的。它们无论是单独还是联合起来，都不符合我所谈的友谊。

子女对父亲，更多的是尊敬。友谊需要交流，父子之间太不平等，不可能有这种交流；友谊可能会伤害父子间的天然义务。父亲心里的秘密不可能告诉孩子，怕孩子对父亲过于随便而有失体统；孩子也不可能向父亲提意见，纠正父亲的错误，这却是友谊的一个最重要的职责。从前，在有些国家里，儿子遵循习俗把父亲杀死，在另一些国家里，却是父亲杀死儿子：这都是为了扫清障碍，显然，一方的存在取决于另一方的毁灭。古代有些哲学家就蔑视这种天然的亲情关系。亚里斯提卜就是证据：有人逼问他，既然他生了孩子，是不是应该对孩子有感情，他听后吐了口痰，说这口痰也同样出自他的身体，再说，我们身上还长着虱子和寄生虫呢。还有一个人，普鲁塔克劝他与兄弟和好，他却说："我不会因和他出自同一个窟窿而更看重他。"其实，兄弟这个名称是一个美好而充满爱意的字眼，我和拉博埃西的关系就是兄弟之情。可是，财产的混合和分配，一个人的富裕导致另一个人贫困，这些都会极大地削弱和疏离这种兄弟情谊。兄弟们在同一条小道和同一个行列中谋利益，自然会经常抵触和冲撞。此外，那种孕育真正和完美友谊的关系，怎么可能存在于父子兄弟之间呢？父子的性格可能有霄壤之别，兄弟之间也一样。这是我的儿子，这是我的父亲，可他野蛮残暴，他是个坏蛋或傻瓜。况且，越是自然法则和义务强加给我们的友谊，我们的选择和自由意志就越少。自由意志产生的是友爱和友谊，绝对不会是别的。这不是说我在这方面没有体验过一切可能有的亲情，我曾拥有世界上最好最宽容的父亲，他始终如一，直到他生命的最后一刻；我的家庭以父子情深遐迩闻名，在兄弟情谊方面也堪称楷模，

> 我对兄弟慈父般的疼爱有口皆碑。[1]

若将对女人的爱情同友谊做比较，尽管爱情来自我们的选择，也不可能放到友谊的位置上。我承认，爱情之火更活跃、更激烈、更灼热，

> 因为爱神也了解我们，
> 将甜蜜的痛苦掺入她操心的事中。[2]

但爱情是一种朝三暮四、变化无常的情感，它狂热冲动，时高时低，忽热忽冷，把我们系于一发之上。而友谊是一种普遍和

1　引自贺拉斯。
2　引自卡图鲁斯。

一致的热情，它平和稳健，冷静沉着，经久不变，它愉快而高雅，丝毫不会让人难过和痛苦。再者，爱情不过是一种疯狂的欲望，越是躲避的东西越要追求：

> 犹如猎人追捕野兔，
>
> 不管严寒和酷暑，
>
> 不管峻岭和峡谷，
>
> 只想追捕逃避的猎物，
>
> 一旦抓获就不再珍惜。[1]

　　爱情一旦进入友谊阶段，也就是说，进入意愿相投的阶段，它就会衰弱和消逝。爱情以身体的满足为目的，一旦享有了，就不复存在。相反，友谊越被人想望，就越被人享有，友谊只是在获得以后才会升华、增长和发展，因为它是精神上的，心灵会随之净化。在这完美的友谊下面，我也曾对女人有过短暂的爱情，拉博埃西就不用说了，他在那些诗里已表达得淋漓尽致了。因此，这两种情感都曾在我身上驻留过，它们互相认识，但从不比较；友谊不懈地走自己的路，它在高空飞翔，傲气凛然，鄙夷地注视着爱情在它下面狂热冲动。

　　至于婚姻，那是一场交易，唯有进去是自由的（其期限是强制性的，取决于我们意愿以外的东西），通常是为了别的目的才进行这场交易的，此外，还要厘清千百种不相干的复杂纠纷，它

1　　引自阿里奥斯托。

们足以导致关系破裂和扰乱强烈的感情。而友谊只跟自身有关，不涉及任何交易。况且，老实说，女人通常的智力并不适合这种充满神圣关系的友好往来和谈话，她们的灵魂也不够坚强，忍受不了这种把人久久束缚的亲密关系。如果不是这种情况，如果可以建立一种自愿和自由的关系，不仅灵魂可以互相完全拥有，而且肉体也参与这一结合，男人全身心投入进去，那么，可以肯定，友谊会因此而更充分、更完整。可惜，没有例子可以证明女人能做到这点。古代各哲学派系一致认为，女性是被排斥在友谊之外的。

希腊人另一种淫荡的爱情[1]理所当然地为我们的习俗所憎恶。这种爱情也不符合我们这里所要求的完美和谐的结合，因为习惯上情人间的年龄必然悬殊，目的也很不相同："这种友谊式的爱情究竟是什么？为什么人们不爱丑陋的年轻人，也不爱漂亮的老头子？"[2]柏拉图学园对此所做的描绘，我想也没有否认这点：维纳斯的儿子[3]在情人心中激起对青春美少年的初次迷恋，仅仅以漂亮的外表为基础，是对人体生殖行为的模仿；希腊人允许这种疯狂的迷恋产生炽烈而过分的冲动，正如毫无节制的欲望可能产生的那样。对美少年的初次迷恋不可能以精神为基础；精神恋爱正在诞生，尚未显示出来。如果一个心灵卑劣的人热恋上一位少年，那他追逐的手段就是财富、礼物、封官许愿，以及其他一些廉价的商品，这是柏拉图哲学家们深恶痛绝的。如果是一个心灵

1　　指同性恋。
2　　引自西塞罗。
3　　指丘比特，爱情的化身。这里指年长的男性对美少年的爱恋。

高尚的人，采用的手段也是高尚的：教对方哲学，教他尊重宗教、服从法律、为国家利益献身，宣扬英勇、谨慎、公正的典范；求爱者要尽量做到心灵高雅美丽，以便容易被接受，因为他的身躯早已失去风采，他希望通过这种精神的交往建立一种更坚实更持久的关系。当追逐有了结果，被爱者就想通过心灵美构想出一种精神的东西（柏拉图派绝不要求求爱者在追逐时表现得从容谨慎，却要求被爱者这样做，因为被爱者要对一种内心的美做出判断，那是很难识别和发现的）。被爱者在做决定时，首先要看心灵美，而躯体的美是从属和次要的：这同求爱者的标准恰恰相反。因此，柏拉图派更喜欢被爱者，并且证实奥林匹斯诸神也偏爱被爱者。他们强烈谴责诗人埃斯库罗斯不该在阿喀琉斯[1]和帕特洛克罗斯[2]的爱情中，把求爱者的角色授予少不更事、充满青春活力的希腊第一美男子阿喀琉斯。精神的相互一致是这种爱情最主要最有尊严的部分，柏拉图派认为，精神一致结出的硕果于私于公都大有好处；这种精神的一致，是国家的力量所在，是公正和自由的主要捍卫者。哈莫狄奥斯[3]和阿里斯托吉顿[4]之间健康的爱情就是明证。因此，柏拉图派把这精神的一致称为神圣和至高无上的。在他们看来，它的敌人是独裁者的暴力和人民的软弱。总之，柏拉图哲学的爱情观可以归结为：爱情的结局

1　阿喀琉斯，希腊神话中的英雄。参加特洛伊战争，英勇无比，大败特洛伊人。

2　帕特洛克罗斯，阿喀琉斯的好友。在特洛伊战争中，他身穿阿喀琉斯的盔甲冲到特洛伊城下，被赫克托耳杀死。他的朋友阿喀琉斯为他报了仇。

3　哈莫狄奥斯（？—前514），雅典公民，同他的朋友阿里斯托吉顿密谋反对雅典暴君的独裁政权，被当场杀死。

4　阿里斯托吉顿（？—前514），雅典青年，同他的朋友哈莫狄奥斯一起密谋反对雅典独裁者，被捕后死于酷刑。

存在于友谊中。这一点和斯多葛派对爱情的定义大体吻合："爱情是一种获得友谊的尝试，当某人美丽的外貌吸引我们时，我们就想得到他的友谊。"[1] 回到我对友谊的描绘上，这次更公正："只有等性格和年龄变得成熟和稳固时，才能对友谊做出完整的判断。"[2]

此外，我们通常所谓的朋友和友谊，只是由某种机遇或实用性联系起来的亲密关系，我们的心灵因此而相交。在我所讲的友谊中，心灵互相融合，且融合得天衣无缝，再也找不到联结处。若有人逼问我为什么喜欢他，我感到很难说清楚，只好回答："因为是他，因为是我。"

除了我能论述和阐明的之外，还有一种无法解释和命中注定的力量在促成我和拉博埃西之间的友谊。在尚未谋面之前，就因为听别人谈起过对方，我们就开始互相寻觅，就超越常理地互相产生了好感。我觉得这是一种天命。我们是通过名字互相拥抱的。一次偶然的机会，在某次市政重大的节日上，我们邂逅，一见如故，相见恨晚，从此，再也没人比我们更亲近了。拉博埃西用拉丁语写了一首杰出的讽刺诗，后来发表了。[3] 在诗中，他对我们之间的友谊如此神速地臻于完美做了解释和说明。我们相识时都已是成人，他比我大几岁[4]，我们的友谊起步较晚，来日不多了，因此，不能拖拖拉拉，按部就班，浪费时间，不能像一般

1   引自西塞罗。
2   同上。
3   由蒙田收进拉博埃西的文集中。
4   两人相识时，蒙田二十五岁，拉博埃西二十八岁，后者去世时（1563年）三十二岁。

人做的那样，小心翼翼，先要进行长期的接触。我们的友谊自成模式，只能参考自己。这不是一种、两种、三种、四种、一千种特别的要素，而是所有这些要素混合而成的一种说不清道不明的精髓，它攫住了我的全部意志，使我的意志浸入并融合进他的意志中；它也攫住了拉博埃西的全部意志，使他的意志浸入并融合进我的意志中，如饥似渴，心心相印。我说"融合"，那是千真万确的，我们不再有任何自己的东西，也分不清是他的还是我的。

罗马执政官们在判决提比略·格拉库斯[1]后，对所有和他一起密谋的人提起诉讼。他最好的朋友凯厄斯·布洛修斯也在此列。莱利乌斯[2]当着罗马执政官的面，问布洛修斯愿为他的朋友做哪些事，后者回答："一切。"莱利乌斯又问："什么？一切？要是他命令你放火烧神殿呢？"布洛修斯反驳道："他从没这样命令过。"莱利乌斯又说："假如他下命令呢？"另一个回答："我就服从。"史书上说，如果他真是格拉库斯的挚友，他就不必用最后这一大胆的供认来冒犯执政官，不该放弃他对格拉库斯意志的信任。然而，指责这一回答具有煽动性的人，并不了解其中的奥秘，并没有像应该的那样认定他对格拉库斯的意志了如指掌，因为他对格拉库斯有巨大的影响力，对他知根知底。他们是真正的朋友，而不是一般的同胞，不是国家的朋友和敌人，不是热衷于冒险和制造混乱的朋友。他们互相信赖，互相钦慕。你不

1　　提比略·格拉库斯（前162—前133），古罗马护民官，试图进行农业改革，把大贵族窃取的土地归还给平民，但未得平民欢迎。他本人在反动贵族挑起的民众暴乱中被杀。

2　　莱利乌斯，活动时期为公元前二世纪，罗马军人，政治家。公元前一四〇年成为执政官。

妨用道德和理性来引导这种依恋的鞍辔（如不这样，就绝不可能牵住缰绳），你就会觉得布洛修斯应该这样回答。如若他们的行动不协调，那么，无论按我的标准，还是按他们的标准，他们就不再是朋友了。况且，换了我，也会这样回答。倘若有人问我："如果您的意志命令您杀死您的女儿，您会杀她吗？"我会做肯定的回答。因为即使如此回答，也不证明我会做，我对我的意志毫不怀疑，也对这样一个朋友的意志深信不疑。我对我朋友的意图和看法是不会怀疑的，世上任何理由都不能驱逐我这个信念。我朋友的行动，不管以怎样的面目出现，我都能立即找到它们的动机。我们的心灵步调一致，互相敬佩，我们的感情深入五脏六腑，因此，我了解他的内心犹如了解我自己的内心，不惟如此，而且，我对他的信任胜过对我自己的信任。

不要把一般的友谊和我说的友谊混为一谈。我和大家一样，也经历过种种平常的友谊，而且是最完美的那一种，但我劝大家不要把规则混淆了，否则就要搞错。身处一般的友谊中，走路时要握紧缰绳，临深履薄，小心翼翼，随时都要防备破裂。"爱他时要想到有一天会恨他；恨他时要想到有一天会爱他。"奇隆如是说。这一警句，对于我说的那种至高无上的友谊而言，是极其可憎的，但对于普通而平常的友谊，却是苦口良药。亚里士多德有句至理名言用在后者身上恰如其分："啊，我的朋友们，没有一个是朋友！"

利益和效劳可以培育其他友谊，但在我所说的崇高友谊中，这是不屑一提的，因为我们的意志已是水乳交融。必要时，我也会求朋友帮忙，但不管斯多葛派如何说，我们之间的友谊丝毫不会因此而增加；正如我帮自己不会对自己表示感谢一样，同样，因为与这样的朋友相结合，是真正完美的结合，他们再也感觉不到存在着义务，对于那些表示分裂和差别的字眼，如利益、义务、感激、请求、感谢等，他们尤其憎恨，并把它们从他们中间赶走。其实，他们之间的一切——愿望、思想、看法、财产、女人、孩子、荣誉和生命——都是共有的，他们的和谐一致，根据亚里士多德贴切的定义，是两个躯体共有一个灵魂，因而，他们不可能借给或给予对方任何东西。正因为如此，为使婚姻与这一神圣的友谊有些许臆想的相像，立法者们禁止丈夫和妻子之间立赠予证书，想由此推断，一切都属于夫妻双方，没有任何东西可以瓜分和分割。在我论述的友谊中，如果一方可以给予另一方，那么，接受好处的一方就是给了同伴恩惠。因为双方都想为对方做好事，这愿望比做其他事的愿望更强烈，这样，提供做好事机会的人便是宽容豁达，同意朋友对他做最想做的事，就是施与朋友恩惠。哲学家第欧根尼缺钱时，他不说向朋友借钱，而说向他们讨回钱。为了说明具体的做法，我要举一个古代的颇为奇特的例子。

科林斯人欧达米达斯有两个朋友：卡里塞努斯和阿雷特斯，前者是西锡安人，后者是科林斯人。欧达米达斯很穷，而他的两个朋友却很富，他临终时立下遗嘱："我把赡养我母亲和给她养老送终的责任遗赠给阿雷特斯，把我女儿的婚事遗赠给卡里塞努斯，让他尽其所能地给我女儿置办一份丰厚的嫁妆。他们中若有一方去世，活着的一方接替他尽职。"最先看到遗嘱的人对此不以为然。可是他的继承人得知后，却欣然接受了。其中一位，卡里塞努斯，五天后也去世了，他的责任就由阿雷特斯接替。他悉心赡养朋友的老母，并把他的五塔兰财产，分出一半给自己的独养女儿作嫁妆，另一半给欧达米达斯的女儿作陪奁。他在同一天为她们举行了婚礼。

　　这个例子很说明问题，唯有一条不足，那就是朋友多了些。我所说的那种完美的友谊，是不可分割的；双方都把自己全部给了对方，不再剩下什么可以分给别人了；相反，他遗憾自己不能变成两个、三个、四个，没有好几个灵魂和意志可以用来全部奉献给他的朋友。普通的友谊是可以同几个人分享的：你可以喜欢这个人相貌英俊，那个人性格随和或慷慨大方，欣赏这个人有慈父般心肠，那个人有兄弟般情谊，如此等等。但我说的友谊绝对掌握和统治着我们的灵魂，是不可能同第三者分享的。如果两个人同时来求你帮忙，你跑去帮谁？如果他们要你做的事南辕北辙，你把谁放在先，谁置于后？如果其中一个给你讲了件事，要你保守秘密，而另一个有必要知道，你如何摆脱困境？如果你的友谊是唯一的和根本的，那就免去了其他一切义务。我发誓保守的秘密，我就可以讲给他听，且不违背誓言，因为他不是别人，他就是我。一个人"身兼二职"[1]，就是相当大的奇迹了；有些人说可以"身兼三职"，那就是不知天高地厚。大凡有相同的，就不再是独一无二了。有人假定，我会把同等的爱给予两个朋友，他们会像我爱他们那样互尊互爱，像我爱他们那样爱我，他这样假定，就把唯一和单一的东西加倍增加，变成了社团，而这样的

1　　即"他既是自己，又是他朋友"。

东西哪怕只有一个，也是世上最难觅得的最稀罕的东西。

除此之外，那个故事和我说的友谊十分相符：欧达米达斯在需要时让他的朋友为他效劳，作为给予朋友的恩惠和厚意。他让他们继承的遗产是他的慷慨，也就是把他们为他做好事的办法交到他们的手里。毫无疑问，与阿雷特斯相比，欧达米达斯的情况更显出友谊的力量。总之，没有尝过这种友谊滋味的人是很难想象得到的。我尤其赞赏一位年轻士兵对居鲁士一世的回答：他的马在比赛中刚赢得大奖，居鲁士问他的马想卖多少钱，是不是愿意用它来换一个王国，士兵回答说："当然不，陛下，但我很乐意用它来换一个朋友，如果能找到一个值得我交往的朋友的话。"

"如果能找到"，说得真好！找一些适合于浅薄交往的人并非难事，但我们所指的交往，是要敞开心扉，毫无保留，当然，一切动机就都要清清楚楚，确实可靠。

在只有一端相系的友谊和利益兼有的关系中，只需防止这一端不出问题就行了。我不可能操心我的医生和律师信什么宗教。这个问题同他们作为朋友为我效劳毫无关联。仆人同我的关系也一样。我很少打听某个仆人有没有廉耻心，而是关心他勤不勤快。我不怕赶骡的贪赌，而怕他是个傻瓜；不怕厨师爱说粗话，而怕他愚昧无知。我不想对人说活在世上该做什么，管这个闲事的人够多的了，我只想告诉人我是怎样做的。

　　这是我的做法，你可照你的想法去做。[1]

1　　引自泰伦提乌斯。

在餐桌上，我喜欢可爱的人，而不是严肃的人；在床上，我喜欢美丽甚于温柔；交谈时，我喜爱有本事的人，哪怕他品行不正。在其他地方也一样。

阿格西劳斯二世和他的孩子们玩骑棍子游戏时，被人撞见，他恳求那人在成为父亲之前对此事不要妄加评论，认为只有等那人心中产生了父爱，才可能对这样的行为做出公正的评价。我也希望同可能尝试过我说的这种友谊的人聊一聊。但我深知这样的友谊与习惯的做法天悬地隔，它寥若晨星，因此，我不指望能找到一个公正的法官。关于这个议题，古人给我们留下了多少文献，但与我的感情相比，显得软弱无力。在这一点上，事实胜过哲学箴言：

> 对于思想健康者，
> 什么也比不上一个温情的朋友。[1]

古人米南德说，只要能遇到朋友的影子，就算幸福了。当然，他有理由这样讲，即使他也曾有过这样的友谊。感谢上帝，我的生活愉快舒适，除了失去这样一位朋友使我怆然伤怀之外，我无忧无虑，心安理得，因为我满足于自然和原始的需要，从不去寻求其他需要。但是，说实话，如果把我的一生同在那位朋友愉快相伴下度过的四年相比较，我感到那不过是一团烟雾，是一个昏暗而无聊的长夜。从我失去他的那天起，

1　引自贺拉斯。

> 那是永远残酷永远值得纪念的一天
>
> （神啊，这是你们的意愿），[1]

我就无精打采，苟延残喘；娱乐的机会非但不能抚慰我，反而加深了我对他的追思。从前我们一切都是对半分享，现在我感到偷走了他那一份，

> 我想永远放弃快乐，
>
> 因为他已不在这里分享我的生活。[2]

我已习惯于到哪里都是第二个一半，我感到自己的另一半已不复存在。

> 啊！命运已把我灵魂的另一半夺走，
>
> 剩下的一半我不再珍爱，对我不再有用，
>
> 我还活着做什么？
>
> 你死的那一天我已不再存在。[3]

不论我做什么，想什么，我都会思念他，仿佛他处在我这种情况也会这样做。在能力和德行上，他超过我千百倍，同样，在尽友谊的职责上，他也会做得比我好。

1　引自维吉尔。
2　引自泰伦提乌斯。
3　引自贺拉斯。

在悼念如此珍爱的生命时，

为什么要羞愧？为什么要克制？

失去你我是多么不幸，兄弟！

你的友谊给我带来无限快乐，

这一切都随你的逝去而消失！

你走了，我的幸福随之破碎，

你的坟茔取走了我们共有的灵魂。

我整天昏昏沉沉，不思不想，

空闲时间再也无心读书，

难道再也不能同你说话，

再也听不到你的声音？

啊！比我生命还要珍贵的兄弟，

难道永远爱你也见不到你了吗？[1]

不过，我们要听一听这位十六岁少年[2]的心声。

我发现那篇论文[3]被一些居心不良的人发表了，那些人企图扰乱和改变现行的国家秩序，却毫不考虑自己能不能做到。他们把这篇文章和另一些同他们臭味相投的人写的文章汇编成书出版了，因此，我只好改变初衷，不在这里发表。为使没能深入了解拉博埃西的思想和行为的人对他保存完好的记忆，我要告诉他

1　引自卡图鲁斯。

2　这里指的是蒙田的挚友拉博埃西。第一个版本是十八岁。

3　指拉博埃西的论文《甘愿受奴役》。他的一些信徒把它和其他人写的几篇抨击文章融进《查理十一时代法国的回忆录》中，于一五七六年出版。

们，这篇文章是他少年时代写的，不过是篇习作，论述的议题不过是老调重弹，普普通通，在各种书籍中屡见不鲜。他对他所写的东西深信不疑，这一点我是毫不怀疑的，因为他干什么都很认真，甚至在做游戏时也不说假话。我还知道，如果可以选择，他宁愿生在威尼斯[1]，而不是萨尔拉；这当然是有道理的。但是，在他的心中还镌刻着另一条格言：严格服从和遵守家乡的法律。哪个公民也比不上他安分守己，也没有人比他更希望国泰民安，更反对时局动荡。如果发生骚乱，他只会尽力去平息，绝不会推涛作浪。他的思想是按前几个世纪的模式铸成的。

现在，我仍想用他的另一部作品来代替这篇严肃的论文，那部作品和《甘愿受奴役》诞生于同一个时代，但更轻松活泼。

1　那个时代，威尼斯是共和政体。

二十九

艾蒂安·德·拉博埃西的
二十九首十四行诗
——致格拉蒙-吉桑伯爵夫人 [1]

夫人，奉上的诗作没有一篇是我的。我的那些，有的您已有了，还有的不值得您垂顾。不过我希望，这批诗作不论在何处面见世人，都首先署上您的大名。有您这位高贵的科里尚德·当杜安的指导，这些诗篇将大为增色。依我之见，这些诗篇献给您是再合适不过的，因为在法国，很少有哪位女士能比您更好地评价诗歌，更恰如其分地运用诗歌；而且，也没有哪位女士能像您一样，用丰富多彩的和音 [2] 使诗歌平添生气、充满活力。这是造化的恩赐，使您拥有万般丽质。夫人，这些诗篇值得您看重。因为，您会同意我的看法，加斯科尼并未出过更具创意、更为优雅、更能显示作者妙笔的诗作。早年我曾将他的诗付印出版过，并题献给了您的至亲德·富瓦先生，给您的是剩余部分，对此您

1　格拉蒙-吉桑伯爵夫人，人称"美丽的科里尚德·当杜安"，一五六七年嫁与蒙田的友人格拉蒙-吉桑伯爵。
2　十六世纪时兴唱诗，以诗琴或斯频耐琴伴和吟唱。

不必感到缺憾。因为这二十九首诗的确生动、炽烈，无与伦比。他创作这些诗篇时，正当风华少年，充满崇高、美好的激情。夫人，有朝一日我会当面向您描述的。他的其他作品，则是他后来为了结婚写给他妻子的，已经透出几分丈夫的冷漠了。有人认为，诗歌在表现其他题材时不如表现诙谐自由题材时饶有趣味，我是同意他们的看法的。

（这批诗作还有别的版本。）

三十

论节制

我们的手触摸东西似乎带股邪气，原本美好的东西一经我们摆弄，就会变得丑恶。要是我们怀着过分热切强烈的欲望将美德拥进怀里，这美德就会在我们的搂抱下变成恶行。有人说，美德是绝不会过分的，因为过分了就不成其为美德了。他们是在玩弄文字：

> 行善积德过了头，
> 哲人就应称为疯子，君子就应称为小人。[1]

这是微妙的哲理。喜善可能过头，行义亦可能过度。这里正用得着这句圣徒之言："不可以过分明智，只可以适度明智。"

我曾经见过一位大人物，为了显示自己比同等地位的人更加

1　引自贺拉斯。

虔诚，却损害了自己信奉的宗教的名声。

我喜欢平和中允的人。过分的要好求善，即便不令我厌恶，也令我吃惊，真不知该将它称为什么。依我之见，无论是波萨尼亚斯[1]的母亲，还是独裁者波斯图谬斯，他们与其说是秉公行义，不如说是莫名其妙。这位母亲第一个提供有关情况，也是为她儿子的死扔下第一块石头的人；独裁者波斯图谬斯让他年少气盛的儿子率先冲出阵地，顺利冲向敌人，不幸丧失性命。这类野蛮而又代价高昂的美德，我是既不愿意提倡，也不愿意效仿的。

用力过猛的射手同射不到靶子的射手一样，都命不中靶子。突然间迎上强光与一下子步入阴影一样，都会令人眼花缭乱。在柏拉图的对话集里，加里克莱曾说，极端的哲学有害无益，他劝人不可极端而越过有益与无益的界限。节制的哲学讨人喜欢，允当得体，走上极端终究要弄得人性情乖戾，染上恶癖，使人蔑视宗教法律，讨厌礼貌交谈，厌恶人间作乐，无法管理公务，不能助人自助，只配眼睁睁地遭人唾骂。此公说的是实话，因为哲学走上极端会束缚我们天生的坦诚，以令人生厌的玄言奥语，引得我们偏离造化为我们开辟的康庄大道。

我们疼爱妻子是十分正当的，但神学仍然要加以约束和节制。记得我以前好像在圣·多马[2]著作里一处谴责近亲结婚的地方看到过这样一条主要的理由：对这样一位妻子的疼爱会有不加

1　波萨尼亚斯（卒于前470年），前四七九年任斯巴达将领。被斯巴达人怀疑有媚外行为，后来又有煽动农奴起义的嫌疑，被追捕而躲入一神庙内，斯巴达人在神庙周围筑墙，把他活活困死。

2　圣·多马（1227—1274），意大利神学家兼哲学家。

节制的危险。假如丈夫的爱已经达到了应有的完满，再添上亲情，这份额外的情感无疑会使丈夫越出理性的界限。

神学、哲学这些规范男子品行的学科管着一切的一切。没有任何个人的秘密行为不为其洞察和评判。批评神学哲学恣意妄为的人实在幼稚无知。女人们玩起爱情游戏来，可以展示自己的优势，但是看医生时，却会羞羞答答。所以，如果还有人对妻子过分眷恋的话，我要以这些学科的名义，对丈夫们说上几句话：假如他们在同妻子的亲热中不加节制的话，他们从中获取的快乐是上天所不容的；他们还有可能干出不合情理的事情来，如放荡不羁、纵欲无度等。在这点上，我们由于最初的冲动而做出的厚颜举动，对我们的妻子来说不仅失礼，而且有害。但愿叫她们认识什么是厚颜无耻的，起码不是自己的丈夫。她们对我们的需要总是相当关照的。我在这件事上只按照自然而简单的要求行事。

婚姻是严肃虔诚的结合。这就是为什么婚姻带来的快乐应该是有节制的、稳重的，并且带有几分平淡的；应该是较为慎重认真的。由于婚姻的主要目的是繁衍后代，有人就提出疑问：假如我们没有生儿育女的希望，假如我们的妻子过了生育年龄或者已经怀了孕，那是否还允许将她们拥进我们的怀抱呢？按照柏拉图的说法，这样做等于行凶杀人。有的民族，尤其是穆斯林十分憎恶与怀孕的女子同房，也有若干民族反对与在经期中的女子同房。芝诺比娅[1]接待自己的丈夫只是为了生儿育女，完成任务后在整个怀孕期间就任他去寻花问柳，再要受孕时才下令开禁。这

1　芝诺比娅，罗马属下巴尔米拉殖民地（在今叙利亚）的女王（267—272）。

是值得称道的崇高的婚姻典范。

下面的故事是柏拉图从某个缺少并渴望这种快乐的诗人[1]那里搬来的：有一天，天神朱庇特迫不及待地撩拨他的妻子，等不及她上床就将她掀翻在地板上；强烈的快感使他忘记了刚刚在天宫里同其他神一起做出的重大决定，还吹嘘说这次干得同他以前背着他们父母初次干她时一样痛快。

波斯的国王们叫他们的后妃陪同出席宴会，但是，当他们真正喝上了劲，非开怀畅饮不可的时候，他们就将后妃们送回后宫，免得她们看到自己暴食狂饮的丑态。同时，他们又招来无须如此加以尊重的女人作陪。

快乐并非人人可享，赏赐不能人人有份。伊巴密浓达下令抓了一名浪荡青年，佩洛庇达[2]请求看在他的面上放了这个青年。伊巴密浓达拒绝了他的请求，却把这份面子给了同样请求释放浪子的他所认识的一位姑娘，并说这样的面子是给一个情人的而不是给将领的。

索福克勒斯在军政长官署里陪伴伯里克利，正好看见一位漂亮小伙子走过。他对伯里克利说道："啊！好漂亮的小伙儿！"伯里克利对他说："这对别人没什么，对一位军政长官却不妥。他不仅双手要干净，两眼也要无邪。"

罗马皇帝埃利乌斯·维鲁斯的皇后抱怨他随便宠幸别的女人。他回答说，他这样做是出于真诚的动机，因为婚姻代表着荣

1　这位诗人是荷马。

2　佩洛庇达（卒于前364年），古希腊底比斯的将军兼政治家。

誉与尊严，而不是指胡闹与淫乱。以前，我们经史的作者们曾经推崇一位不愿助长丈夫纵欲而离弃丈夫的妻子。总之，在我们看来，任何正当的求欢取乐，一旦过分和无度都应受到责备。

然而，说实在的，人难道不是可悲的动物吗？人出于天性，难于做到自始至终仅仅享受单一而完全的快乐，何况他还会煞费苦心地用理性去压制它。假如不是人为地有意将自己弄得愈加可悲的话，人本来不是很可悲的。

我们在人为地将我们的命运弄得更悲惨。[1]

人的智慧在十分愚蠢而又别出心裁地设法减少和冲淡着我们应享的快乐。同时，它也在巧妙而又令人愉快地制造种种假象，向我们美化和掩饰丑恶，使我们对之感觉迟钝。假如我是教派的头头，我就会采用别的更为自然的做法，可以称作真实的、适当而神圣的做法，也许会使我有足够的力量限制这种智慧。

虽然治疗我们身心疾病的医生们好像经过了共谋策划，除了施用折磨、痛苦和处罚之外，找不出任何办法和药物来医治我们身体和心灵的疾病，但他们还是为此引进了许多制造痛苦的手段，如剥夺睡眠、禁食、穿粗毛衣服、放逐和隔离、长期关押、笞杖等，只要货真价实，造成的痛苦又令人发指。可别再出现施加在某个叫加里奥的人身上的那种惩罚了。这个加里奥先被放逐

1　引自普罗佩提乌斯。

到莱斯博斯岛上。罗马接到报告说他在那里过得很舒服，给他施加的处罚变成了好处。为此，他们改变主意将他召了回来，叫他回家与老婆在一起，还下令他待在家里，为的是让对他们的惩罚能够叫他感到痛苦。这是因为，对于挨了饿能够变得更加健康灵活的人，对于吃鱼比吃肉还香的人，挨饿和只给鱼吃已经不是什么良方了。同样，在另外一种医道里，对于吃药吃得津津有味的人，药剂是不起作用的。味苦难吃是促使药剂产生效果的条件。让用惯大黄的土著人用大黄是糟蹋浪费。胃病得用伤胃的药来治。这里，用得着一条普遍规律，叫作凡事都有它的克星来整治，因为以毒才能攻毒嘛。

这一看法同古代的一则记载有些相似。那时人们想出来用屠杀与杀戮来祭祀天地。在所有的宗教里，这是普遍受到欢迎的。远在我们祖先的时代，阿穆拉[1]在攻占希腊科林斯城时，杀死六百名希腊青年，以祭奠其父的亡灵，让这些青年的鲜血充当死者赎罪的祭品。当代发现的新大陆，同我们的旧大陆相比，还是块纯洁的处女地。在那里，这种做法几乎处处盛行。他们的偶像统统都浸透人血，可以举出种种骇人听闻的例子。他们将人活活焚烧，烧到一半又从火中取出来剜心剖肚。还有的人，甚至妇女，被他们活剥，剥下的血淋淋的人皮用来做衣服，给别人做面具。这里也不乏坚贞不屈的例子。那批可以充当献祭的可怜的老人、妇女和儿童，提早几天主动要求准予把他们奉献给神灵，并同在场的人一起唱着歌跳着舞去供人屠宰。墨西哥国王的使臣

1　阿穆拉，土耳其古代的一位苏丹。

们曾向费尔南德·科尔泰[1]讲述他们的主上是何等伟大，说他有三十位封臣，每位都能够召集起十万名战士；说他住的是天下最美丽、最坚不可摧的城池；还说他每年要向各路神祇贡奉五万人做献祭。的确，他们说他同几个强大的邻国作战不仅仅为了锻炼本国的青年，主要是为了有战俘提供牺牲。在另外一个城镇，为了欢迎上述那位科尔泰，他们一次杀了五十人做献祭。这个故事我还未讲完。有的民族被他打败之后，派人向他致谢并寻求友谊。使节们向他献上三件贡品，说道："主上啊，这里有五名奴隶，假如你是食肉喝血的凶暴天神，那就请你将他们吃了，我们再给你多送些来；如果你是仁厚的天神，就请收下乳香和羽毛；倘若你是人，就请收下鸟儿与果品。"

———

1　费尔南德·科尔泰，十六世纪西班牙征服者，曾参与征服古巴、墨西哥等地。

三十一

论食人部落

皮洛士国王进军意大利时，侦察过罗马人派来抗击他的军队的部署之后说道："这些人不知是哪里的蛮夷（希腊人就这样称呼所有的外族），可我看到这支军队的部署却没有丝毫蛮气。"希腊人对弗拉米乌斯[1]带到他们国家去的军队也说过同样的话。腓力[2]从一座小丘上见到普布利乌斯·苏勒皮齐乌斯·加尔巴[3]指挥下驻在他王国内的罗马兵营秩序井然、布局有方，也做过同样的评价。如此种种，说明应该如何做到不坚持世俗之见，如何才能不人云亦云，而只凭理性去判断世俗之见。

有位先生曾长期与我共事。此人曾在本世纪发现的新大陆的一隅生活过十一二年。维尔盖尼翁[4]曾在那里登陆，给这块地方

1　弗拉米乌斯（？—前174年），古罗马将军，曾战胜腓力五世。
2　腓力，古希腊马其顿国王。
3　普布利乌斯·苏勒皮齐乌斯·加尔巴，古罗马将军。
4　维尔盖尼翁（1510—1571），法国航海家，到过南美的巴西。

取名叫"南极法兰西"。发现这样一个无限辽阔的国度，意义好像十分重大。我不能肯定将来不会再有什么别的发现，因为那么多身份比我们显贵的人都在这件事上受了骗。我是担心我们眼大肚子小，兴趣广本领稀，一切都要揽，结果什么也揽不住。柏拉图引述梭伦的话，说他在埃及塞易斯城听祭司们说过，从前在洪水灭世之前，在直布罗陀海峡出口的对面有过一个大岛，名叫阿特兰蒂斯，面积比非、亚两洲加起来还要大；说岛上的国君们不仅拥有这个岛屿，而且扩展到大陆，宽至非洲的埃及，长到欧洲的托斯卡纳地区；他们一直挺进到亚洲，征服了地中海沿岸直至马朱罗海[1]海湾的所有国家。为此，他们穿过了西班牙、高卢、意大利，一直来到希腊，雅典人挡住了他们前进的步伐。但不久后，雅典人自己以及他们的岛屿都被灭世洪水所吞没。这场极具破坏力的洪水很可能真的给陆地带来了奇异的变化，就像有人说的，大海分割了意大利和西西里。

据说陆地沉陷分割了原本一体的土地[2]，

分割了塞浦路斯与叙利亚、奈格莱蓬岛与彼俄提亚陆地，还在别处以泥沙填平了分隔两块陆地的沟壑，将它们连成一片。

这片长期荒芜可以划船的沼地，

1　即黑海。
2　引自维吉尔。

现在供养诸多城市，

承受起沉重的犁铧。[1]

但是这座岛屿看来不像是我们不久前发现的新大陆，因为它那时几乎与西班牙接壤。按它现在的位置，它已被推移了一千二百多法里，洪水的力量简直不可思议。再说，现代人的航海几乎已经表明，这个新大陆不是一座岛屿，而是连绵不断的陆地，它一面同东印度相邻，另一面同两极下面的陆地相接，即使它同这些陆地有所分隔，也只是一道小小的海峡，一段小小的距离，不能够因此而被称为岛屿。

在那片大陆上，看来同我们的大陆一样，似乎有着种种运动，有的自然而然，有的骚动不安。我的家乡多尔多涅有条河流，当年曾对顺流的右岸造成很大的压力，二十年中不断往前切割，好几座房屋的基础被它冲走。我曾仔细观察，发现这是一种非同小可的骚动。如果它一直这样切割，或者将来总这样下去，世界的面貌将会彻底改观。然而，河流会发生变化：它们有时滚向这边，有时又滚向那边，有时则温顺克制。我这里谈的不是我们熟知缘由的突如其来的洪水。在梅多克[2]沿海，我的弟弟达尔萨克老爷看到他的一块土地被大海喷吐的沙子掩埋掉，有些建筑的顶部仍露在外面。他出租的那些土地以及他的领地变成了贫瘠的牧场。当地农民说，一段时间以来，大海猛烈推进，使他们失

---

1   引自贺拉斯。

2   梅多克地区，位于波尔多附近。

去了四法里的土地。沙子是大海推进的前导，我们看到，巨大的流沙堆领先海水，向前推进半法里，步步紧逼陆地。

有人想将这一发现同古代的另一则记载联系起来。那是亚里士多德的著作记下的——假如那本叫《旷古奇闻》的小书确是他写的话。他在书里讲到，一批迦太基人驶出直布罗陀海峡，横穿大西洋，他们航行了很久，最后发现了一座富饶的大岛，此岛远离所有的陆地，岛上森林密布，河流宽深。由于这块土地富饶宜人，他们以及后来来的人，就带上妻子儿女一同前往，开始在那里定居。迦太基的领主们看到他们国家的人口日益减少，就下了特别禁令，任何人不得再前往该岛，违者处以死刑。他们还将岛上新来的居民驱逐，据说是怕他们经过岁月交替繁衍到后来排挤了他们自己，毁了他们的地位。亚里士多德的这段记述，与我们的新大陆同样不相符合。

这位同我长期共事的人，是位朴实的粗人，这样的人是会提供真实的见证的。细心的人观察入微，发现的事情多，但他们会妄加评论；为了让自己的见解使人信服，他们不免会对历史稍加篡改；他们绝不会原原本本地描绘事物，而要根据他们所见事物的面目将事物加以增减和遮掩；为使他们的见解更可信，并吸引你的注意力，他们往往介绍事件的一面，再添枝加叶，补充夸大。必须要有一位十分正直的人，或是一位非常朴实、不会想入非非、不会胡编乱造、没有任何成见的人来提供情况。我的那个人就是这样的人。另外，他还几次向我引见他在那次探险中结识的数名水手和商人。这样，我就只相信他们提供的这些情况而不管宇宙志专家们说些什么了。

我们需要地形学家为我们专门讲述他们到过的地方。可是，就因为他们见过巴勒斯坦，比我们稍强一筹，就以为能够享有特权，可以为我们讲述世界其余的一切地方了。我希望，不仅在这件事上，而且在其他一切事情上，每个人都知道什么写什么，知道多少写多少。因为一个人可能对某一河流或泉水的特性有着专门的了解和体验，除此之外，他只拥有人所共知的常识。可是为了炫耀这一点点知识，他会去写全部的自然学。这种弊端是会造成许多危害的。

书归正传。就我听到的情况看，我觉得在那个部族里，没有任何的不开化或野蛮，除非人人都把不合自己习惯的东西称为野蛮。当然，对于何为真理，何为理性，我们无可借鉴，只有把自己国家的主张与习惯当作楷模和典范。在那里，宗教从来十全十美，治理从来尽如人意，任何事物都无可挑剔。我们将大自然本身经过一般的演变结下的果实称为野果。他们的"野"，就像这些果实的"野"。说实话，我们倒应把那些被我们人为地损坏而变得特别的东西称为"野"的。在前者，真正最有用最为自然的品质和特点是显而易见的。在后者，这些品质和特点却被我们弄得黯然失色，仅仅变得适合我们败坏了的情趣了。然而，这些未经开垦地方的各种果实，与我们的果实相反，味道本身和鲜美程度很合我们的胃口。说人工的创造胜过我们伟大万能的大自然母亲是毫无道理的。我们用自己创造的东西给大自然丰富而美好的作品增添了几多负担，她都已经窒息了。然而，只要她的纯洁在那里放光，她就会使我们徒劳无益的进犯无地自容。

自然生长的常春藤更为茁壮，

幽谷深山的野草莓更加鲜美，

野生的小鸟歌儿唱得更甜蜜。[1]

　　我们费尽心机都描绘不了区区小鸟的窝巢，也说不清它的结构、它的优美和用途，也道不明卑贱的蜘蛛所织的网。柏拉图曾说，世间万物，若非造化生成，命运造就，便是人工制造；最大最美的为前两者所创，最小最次的为后者所造。

　　所以在我看来，这些民族的野蛮，就是这样的野蛮，因为他们极少受到人类思想的熏陶，仍然十分接近他们原始的淳朴，自然法则尚未受到我们的影响，仍对他们起着作用。他们是如此纯洁，我们却未能更早地了解他们，有时我真感到遗憾，可当时就有人比我们更懂得正确地看待他们。利库尔戈斯和柏拉图未能做到，令我遗憾。我以为，我们在这些部族身上体察到的事实，不仅胜过诗歌为美化黄金时代而描绘出的一幅幅图画，为臆造美好人生所创造出的一切虚言浮语，而且超越了哲学的构想和追求。他们想象不出会有如此纯洁和单纯的朴实，也未能想到人类社会可以凭着那么一点人工产物，那么一点人际联系就得以维持。我要告诉柏拉图，那是一个没有任何行业的国家。那里不识文字，不晓算术，不存官吏，不设官职，不使奴仆，不分穷富，不订契约，不继遗产，不分财物，不事劳作而只享清闲，不论亲疏而只尊重众人，不见金属也不酿酒，不种麦子。谎言、背叛、掩饰、

————

1　　引自普罗佩提乌斯。

贪婪、嫉妒、中伤、原谅等字眼，一概闻所未闻。柏拉图可能会感到，他所设想的理想国与这完美之国相距多么遥远。这才是"上帝刚刚造出的人"[1]哪。

这是大自然给予他们的最初的法则。[2]

另外，他们生活在一个十分温和宜人的国度里，所以，据我的见证人说，那里很少见人生病。他们还告诉我，从未见人老到发颤、出眼眵、掉牙或驼背。他们沿海而居，陆地一面有高山阻隔，两者间宽约一百法里。那里的鱼、肉与我们的大不相同，但十分丰足，吃时仅加烧烤，不做别的加工。第一位带马来此的人，虽在几次探险中与他们有过交往，但乘马而来却给他们造成巨大恐慌，致使他们用弓箭将他射死，死了才将他认出。他们的房屋极长，容得下二三百人。房子用大树的皮搭成，一头固着在地，上部互相依傍支撑，好像我们的谷仓，屋顶垂地充作侧壁。他们的木材有的非常坚硬，砍下竟可制作剑和烧肉架。他们的床以棉布制成悬在屋顶，有如我们船上的床。吊床一人一张，妻子与丈夫各睡各的。他们日出即起，立刻吃全天的饭，因为他们一天只吃一顿。吃饭时不喝饮料，同《苏伊达斯词典》[3]所说的某些东方民族一样，在用餐之外喝饮料。他们一天喝饮数次，喝得尽情尽兴。他们的饮料用某种根须熬制而成，颜色有如我们的浅

1　引自塞涅卡。
2　引自维吉尔。
3　《苏伊达斯词典》，十、十一世纪之交拜占庭无名氏所编的辞书。

红葡萄酒，经过温热才饮。这种饮料只能保存两三天，味道略带辛辣，喝后不上头脸却能健胃。喝不惯的人会有轻微腹泻，饮惯的人却觉十分爽口。他们不吃面包而吃一种类似浸渍过的芫荽根的白色东西。我曾加以品尝，味道甜而略淡。他们的日子整个儿在跳舞中打发。最年轻的人持弓箭出去捕猎野兽，部分妇女则负责加热他们的饮料，那是她们的主要职责。清早在他们用饭之前，一位老人从谷仓的一头走到另一头，向全屋的人训诫说教，口中反复说着同样的箴言，直至走完一圈（房子足有百步之长）。他叮嘱他们的不外乎两件事：对敌人勇猛，对妻子亲热。他们则总忘不了列数她们的好处，将之挂在嘴上：是她们热好、调好他们的饮料。现在在好几处地方，包括本人家中，可以看到他们物件的样品，如：床、绳子、剑、打仗时套在手腕上的木质护腕、跳舞时用于敲打节奏的一头开口的大杆子。他们的毛发处处刮光。虽说只有木头、石块作剃刀，毛发却远比我们刮得干净。他们相信灵魂永存，值得神灵庇佑的灵魂安置在天上太阳升起的地方，该受诅咒的灵魂则被送到太阳落下的地方。

　　他们的祭司和预言师不知是些什么人，他们住在山里，很少在百姓前露面。他们一到，就大事庆祝并举行好几个村子（我描述的每个谷仓就是一个村子，间隔约为一法里）的庄严集会。预言师当众讲话，鼓励他们英勇作战、恪尽职守。不过他们的全部伦理，只包括两个信条：英勇作战和热爱妻子。预言师为他们预测未来，预言他们的打算会有什么结果，指示他们去还是不去打仗。不过有个条件，一旦预言失误，或事情的进展与他的预言不符，只要他被抓住，就会被剁个粉碎，并被指控为假预言师。由于这一原因，一旦有人预言出错，他就再不露面。

预言的本领是上帝的恩赐。所以，用它来胡说八道便是恶劣的欺骗行为，必须受到惩罚。在斯基泰人中，占卜师一旦出错，就被戴上脚镣手铐，平放在装满欧石楠枝的牛车上烧死。有的事情，受着人的能力的约束，掌管这些事情的人，只要尽力而为便可得到原谅。但那帮跑来向我们吹嘘拥有超凡本领的预言师，许诺的事情不兑现，竟敢欺骗我们，难道不应受到惩罚吗？

食人部落同山脉另一边深入内陆的部族作战，去时人人赤身裸体，只有弓箭或一头削尖形同我们矛头的木剑当武器。他们作战的毅力令人赞叹，不到死人、流血不会收兵：他们不知害怕、溃败为何物。人人都将自己杀死的敌人的首级作为战利品带回，挂到自己住处的门首。他们对俘虏，先是尽其所能长久优待，然后，俘虏的主人招来自己所有的熟人举行盛典。他用绳索系住俘虏的一只手臂，为防俘虏伤害，离开几步将绳头拽在手里，又让自己最亲密的朋友照样抓住另一只手臂。然后当着众人的面，两人用剑柄将俘虏打死，再将他烤熟，与众人一起吃他们的肉，并给未到场的朋友送去几小块。他们那样做，代表着一种极端的复仇方式，而非如人所想是为了果腹，就像以前斯基泰人所做的那样。事情就是这样，他们看到自己人被同敌人结盟的葡萄牙人抓住时，用的是另外一种处死方法，就是先将人的下半身埋在土里，再用投枪往上半身扎上好多下，然后将人绞死。看到这些，他们觉得，来自另一个世界的这伙人，正如在周围传播过种种恶习的人一样，作恶的本领比他们大得多，这些人采用这样的复仇方法不会没有道理，一定比他们的办法更恶毒。于是，他们就开始放弃自己的老办法而仿效这种做法。我感到，我们指出这种行为的野蛮性并没有什么不好。我所不以为然的是，我们在评判他们错误的同时，对我们自己的错误却熟视无睹。我认为，吃活人要比吃死人更野蛮；将一个知疼知痛的人的身体折磨拷打得支离破碎，一点一点地加以烧烤，让狗和猪撕咬致死（这些我们不仅从书上读到，不久前还曾看到；不是发生在古代的敌人之间，而是在邻居和同胞之间；更可悲的是，还都以虔诚和信仰作为借口），要比等人死后烤着吃更加野蛮。

斯多葛派的首领克里西波斯和芝诺曾正确地认为，为了人的需要，不管将人肉用作什么，即使用来充饥，亦无任何不妥。就像我们的祖先，当年被恺撒围困在阿历克西亚城时，决定用老人、妇女、儿童及其他于战斗无用的人员的躯体来应付围困造成的饥饿。

据说加斯科尼人曾以这样的食物
来延续他们的生命。[1]

再说医生们也不怕用人肉来治疗我们的各种疾病，有用于内服的，也有用于外敷的。但是，绝没有什么人的看法会出格到会宽恕背叛、奸诈、暴虐、凶残等我们具有的通病。

因此，按照理性的准则，我们可以称他们为蛮夷，按照我们自己的情况则不能，因为我们在各方面都比他们更野蛮。他

1　引自尤维纳利斯。

们的战争是十分高尚的，富有骑士风度。可以给人类战争加上的托词和溢美之词，也统统可以给他们的战争加上。战争在他们那里，除了好勇尚武这唯一的起因外，没有任何别的起因。他们并不为征服新的领土而作战，因为他们一直享受着大自然的富饶，不必辛苦劳作也能获得所需的一切，物资丰富到无须再去扩大边界。他们依然处于只求满足自然需要的幸福状态，超出的一切对他们来说皆是多余。他们同辈之间通常称为兄弟，年幼的称为孩子，年老的则是大家的父亲。老人们留给共同继承人的，是充分拥有不可分割的财产，凭的是造物主创世造人时赋予人类的无条件的财产所有权。邻国的人如果翻山越岭来此进攻并战胜他们，得到的胜利果实是继续充当英雄豪杰这样一份荣誉和好处。因为舍此他们别无可求，他们对战败者的财富毫无兴趣。于是他们就班师回国，那里所需的一切应有尽有，他们还有这样的本领：懂得安享其有，知足常乐。对战败者也照此办理。对于俘虏，他们不求赎金，只要他们认败服输。但在整整一个世纪中，没有一个俘虏不是宁肯死去，也不愿在行动或口头上稍稍收敛这份豪气；没有一个俘虏不是宁肯被杀死吃掉，也不愿有一点求饶的表示。他们给俘虏完全的自由，以使他们更加珍惜生命；还常常以言语相威胁，说他们将被处死，将要忍受折磨，说已为此做了什么准备，说会把他们砍手断足，用来宴请宾客。这一切只是为了从他们口中掏出一两句软话或低声下气的话，或让他们产生逃跑的念头，从而占到这样一个便宜：自己曾经吓倒过他们，征服了他们的意志。因为，深究到底，真正的胜利仅仅在于这样一点：

敌人认了输，胜利才算数。[1]

从前，骁勇好战的匈牙利人在制服敌人之后就不继续进攻。他们在迫使敌人认输之后，就放他们走，不加侮辱，不取赎金，至多不过让他们保证从此不再拿起武器与他们为敌。

我们与敌人相比有许多优势，但都是假手他人而得，并不是我们自己的。臂壮腿粗当不了英雄，只能当个搬运夫；机巧灵活是肉体的长处，不会永存；敌人失足跌倒或被阳光照花了眼则是命运的安排；刀精剑熟是技艺的施展，卑鄙小人也可能掌握。人的声望和价值在于勇气和毅力，那才是他真正荣誉之所在。英勇，不在于腿臂孔武有力，而在于心灵坚强实在；不在于我们战马的好坏、武器的优劣，而在于我们自己的价值。跌倒而不失勇气的人，"跌倒了就跪着战斗"[2]。临危不惧的人，昂首蔑视敌人而死去的人，不是为人所败，而是被命运击倒。他虽死而不败。

最英勇的人命运往往最惨。

因此，令人肃然起敬的失败可与胜利相媲美。萨拉米、普拉泰亚、迈卡莱以及西西里[3]这四次异曲同工的胜利，乃是天下最为辉煌的胜利。但它们加在一起，也抵不上列奥尼达[4]国王及其

1　引自克劳狄乌斯。
2　引自塞涅卡。
3　萨拉米，希腊岛屿。公元前四八〇年，希腊人与占优势的波斯人在此海战，希腊大胜，毁去波斯四分之三的战船；普拉泰亚，希腊城名，公元前四七九年希、波在此大战，希腊胜；同时，希腊舰队也在迈卡莱海岬附近向波斯舰队挑战，并与普拉泰亚战役同时取胜；西西里，公元前四一三年，斯巴达人在此胜雅典人。
4　列奥尼达，斯巴达国王，公元前四八〇年，在希腊温泉关率三百名斯巴达勇士抗击波斯人三日三夜，全部壮烈牺牲。

305

部下在温泉关惨败的荣耀。

什么人求胜要比伊斯科拉将军求败更为自豪、急切？什么人争生比他争死更加巧妙、细心？他受命守卫伯罗奔尼撒半岛的一个山口，抵御阿卡迪亚人。鉴于地形不利，力量悬殊，他深感力不从心；他做出决定，与敌人对阵的兵力必须在那里布阵。另一方面，他认为如果辜负使命，既会辱没自己的英勇和高贵，又会辱没斯巴达人的名声。因此，为守卫山口，他在两难中做出了折中的决定：将队伍中最为年轻力壮的送回国内，留待保卫国家，为国效力；剩下的人即使牺牲了，给国家造成的损失也比较小，于是他决定同他们一起死守山口，即使失守，也要让敌人付出最昂贵的代价。结果果然如此。他们很快被阿卡迪亚人团团包围，在大量杀伤敌人之后，他与部下全部牺牲。为胜利者所立的丰碑，不更应为这些失败者而立吗？真正的克敌制胜靠的是战斗，而不是靠保全性命；英勇无畏之所以光荣，也在于战斗而不在于取胜。

我们还是言归正传吧。尽管人们用尽心机，俘虏们根本不肯投降。相反，他们在被扣押的两三个月中表现得很快活。他们催促主人赶快让他们经受考验；他们寻衅、咒骂，指责主人懦弱，数落他们多少次败在自己的手下。我手头有一首俘虏作的歌，歌中就有这种辛辣的嘲讽，意思是：让他们壮着胆子统统都来吧，聚在一起将他吃掉吧；他们吃的还有自己的父辈与祖宗，因为这些人早已成为他身体的食粮。他在歌里说：你们这些可怜的疯子，这些肉和筋都是你们自己的；你们看不出自己祖宗身上的东西还在其中，那就好好尝尝吧，里面有你们肉体的味道。

这歌里没有丝毫的野蛮味。有人描述他们临死前和被杀时的行为，说到那名俘虏向宰杀者脸上啐唾沫，朝他们撇嘴。的确，他们不停地用言语和表情同主人对抗，向他们寻衅，直到最后一口气。说真的，按我们的标准，他们确是野蛮。因为不是他们真正野蛮，就是我们野蛮，二者必居其一。他们同我们之间的标准有着惊人的差异。

他们的男子有好几个妻子，越骁勇善战名声越大的，妻子越多。在他们的婚姻里，有着一种非常美好的东西：我们的妻子们的患失心理使我们无法获得别的女子的青睐；他们的妻子们同样的患失心理，却给他们带来别的女子的情意。她们关心丈夫的荣誉胜过关心一切，所以她们想方设法，处处留心，以得到尽可能多的女伴。因为女伴越多，她们的丈夫就越显得英勇。

我们的妻子们必然会惊呼怪事。那不是怪事，那本是夫妻关系中的美德，而且是最高的美德。在《圣经》里，撒拉[1]、雅各的妻子利亚和拉结，将自己美丽的侍女交给丈夫；利维娅不顾自己受损害，帮助丈夫奥古斯都满足欲望；德尤塔鲁斯王的王后斯特拉托妮凯不仅将一名非常漂亮的贴身侍女交给丈夫，而且精心抚育他们的孩子，还帮助他们继承父业。

也许有人会以为，这一切都是他们不假思索不加判断地做出的，因为他们只是尽他们非尽不可的义务，因为受到古老习俗的强大压力，还因为他们笨得不会做出别的决断。对此，有必要举出几件事情说明他们有多大的才情。除了上面讲到的那首战歌，

1　撒拉，亚伯拉罕的妻子，因不能生育把自己的使女夏甲给丈夫做妾。

我这里还有一首情歌，开头一段的意思是：

　　游蛇、游蛇你停一停，让我姐姐照你的样儿做条华丽的花带带，我好拿去送给我的情妹妹：愿她永远喜爱你的美丽和花斑，胜过喜爱其他所有的蛇。

　　这第一段歌词是这首情歌的副歌。对于诗歌我接触颇多，我敢断言，这充满遐想的情歌不仅没有丝毫的野蛮味，而且完全透出阿那克里翁[1]的风格。语言优美、悦耳，很有希腊诗歌的韵味。

　　他们之中的三个人，不知道接触大洋此岸的腐败有朝一日会使他们为安逸、幸福付出多大代价，也不知道这种交往将会导致他们的衰败（正如我预料，衰败之势已盛），他们可悲地受到求新欲望的驱使，离开了自己温馨的天地，前来看看我们的世界。他们来到鲁昂，正值现已身故的查理九世国王在城里。国王同他们交谈很久，有人请他们看了我们的仪态举止，我们的浮华排场，还看了华丽都市的风光。然后，有人问起他们的看法，想弄清他们对什么最为欣赏。他们回答了三件事，可气的是我把第三件忘了，另两件还记得。他们说，第一，他们觉得奇怪，国王身边那么多大人（大概是说国王卫队中的瑞士人），留着胡子，身强力壮，手里还有刀枪，竟然规规矩矩地服从一个孩子，倒不如从他们中选出一人来发号施令。第二，他们看到我们中间有的人富得不能再富，可另一半却在他们门上乞讨，穷得饿得皮包骨头

1　　阿那克里翁，古希腊抒情诗人，写有许多情歌。

（他们的语言中有这么一种说法，称一部分人和另一部分人为这一半那一半）；他们觉得奇怪，这里那穷的一半怎么能忍受这样的不平，怎么不把那些人掐死，或放火烧了他们的家。

我同其中的一位谈了很久。可我的那位翻译对我的话理解得很差，笨得无法理解我的思想，所以谈得不很投机。当我问起他在自己人中的优越地位（他是一位将领，我们的水手称他为王）对他有什么好处时，他对我说就是打仗时走在最前面；问起跟在他身后有多少人时，他指指一片地方，意思是那么大的地方能够容纳这些人，可能有个四五千；问起不打仗的时候他的权威是不是就没有了，他说还剩那么一点，就是在他巡视他管辖的村子时，人家会为他在挡道的树林里开些小道，使他可以顺利通过。

这一切倒是很不错呀：哎呀，可他们怎么不穿裤子！

三十二

必须审慎
看待神的旨意

真正适宜说谎行骗的场合和题材是未知的事物。因为首先，事物的怪异易于使人相信；其次，由于那些事非常人所能论证，也就无从反驳。因此，柏拉图说，论神的本性要比谈人的本性容易，因为听众的无知使人谈起玄奥的事情来有充分的自由和回旋余地。

这就造成了这样一种局面：最不为人知的事情最叫人信服，散布无稽之谈的人最为自信。比如炼金术士、算命先生、星相学家、手相大师、江湖郎中等"所有这一类的人"[1]。我还想斗胆加上一批人，就是那些长年解释和考证上帝意图的人。他们想要找出每个偶发事件的原因，想要透过神的意志的奥秘，看出上帝行事令人难以理解的动机。尽管各种事件往往变化无常、千差万别，弄得他们应接不暇、疲于奔命，他们依然乐此不疲，照旧出

1　引自贺拉斯。

尔反尔。

在一个印第安部族里，流行一种值得称道的做法。他们战斗或战役一旦失利，就像做了错事一样，公开请求太阳——他们的上帝的宽恕。他们将自己的祸福归结为天意，所以便向上苍坦承自己的看法和想法。

一名基督徒，只要相信万物皆由上帝所创，感激他神圣而深不可测的智慧就够了；不管事物以何种面目来到，一概从好处着想。然而，我总觉得我们通常的做法有些不妥，我们总想以自己事业的成功和兴旺来坚定和支持我们的宗教信仰。我们的信仰有着充分的依据，用不着以偶然发生的事情来树立它的权威。因为公众要是听惯了这种合乎情理又很合人胃口的推论，一旦事情变得不顺利，他们的信仰就有动摇的危险。比如在我们的宗教战争里，拉罗什拉贝伊[1]一役的胜利者，曾为这一事件大肆庆祝，把这次好运当作上帝对他们这派的支持。等到后来他们在蒙孔都和雅尔纳克[2]吃了败仗，便推说这是上帝慈父般的惩戒，若不是百姓完全听从他们的摆布，就很容易想到那是将同一样东西派两种用途，同一张嘴巴吹出冷气和热气。最好还是把事实真相告诉老百姓。最近几个月在唐璜·多特里什指挥下战胜土耳其人[3]那一仗，是一场漂亮的海战；但是，以前我们也无可奈何地吃过这类败仗。总而言之，上帝的东西难于用人的尺度加以衡量，否则

---

1   拉罗什拉贝伊，法国利穆赞的一个村庄，一五六九年六月二十三日，新教徒在此突然袭击天主教徒而取胜。

2   一五六九年三月与十月，天主教徒在蒙孔都和雅尔纳克两地大败新教徒。

3   一五七一年十月唐璜·多特里什率西班牙、教皇及威尼斯的舰队战胜土耳其人。

事情很难不走样。异端邪说的主要头目阿里乌斯[1]与他的教皇列昂死的时间不同，却死得非常相似、非常奇怪（两人都因腹痛退出争论去上厕所，都是突然死在厕所里），若有人想用死的地点来夸大上帝的惩罚，他们满可以把埃里奥加巴鲁斯[2]的死也加上，他也是被杀死在类似的地方。可是为什么伊雷内[3]也遭到了同样的噩运哪？上帝是想让我们明白，除了这人世间的好运或噩运外，好人有其他东西可以希望，恶人有其他东西需要担心。好运、噩运都是上帝按照自己玄奥的权力进行巧妙安排和贯彻的，是不可能让人愚蠢地加以利用的。想要按照人的理念从中得利的人实在是荒唐。这种人赢得的总是不如输掉的。奥古斯丁在同对手的争论中很好地证明了这一点。那是一场主要凭记忆而不是凭理智决胜的争论。太阳愿意投射给我们多少阳光，我们就接受多少。谁要是想从太阳那里多受些光辉而抬起眼睛，就不要为丧失视力大惊小怪，因为这是对他无礼行为的惩罚。"谁人能知上帝的意图？谁又能想象天主的旨意？"[4]

1　阿里乌斯（280—336），阿里乌斯教创始人。
2　埃里奥加巴鲁斯（204—222），罗马皇帝。
3　伊雷内（公元 3 世纪），里昂主教，殉道者。
4　引自《所罗门智训》。

三十三

舍命逃避享乐

我的确曾经看到，古人的多数意见在这点上是一致的：人活到苦多于乐的时候就该死了；继续活下去遭罪受折磨，就是违背自然法则。下面的古老格言就是这么说的：

> 活要活得快活，死也死得快乐。
> 活着成负担，还是死了好。
> 赖活不如不活。[1]

不过，我还没见过有谁主张或做到把死看轻到这样的程度，竟然要用死去摆脱荣誉、财富、地位以及其他我们称为福气的好处，好像理智说服我们放弃这些东西还不够困难，非得再添这么一种新麻烦，直到我偶然读到塞涅卡的一段话，他在那段话里规

1　　原文为希腊语。

劝那位很有权势的、皇帝陛下对之言听计从的吕西利尤斯，要他改变荒淫奢侈的生活，放弃人世的野心去过离群索居、安逸超脱的生活。吕西利尤斯对此表示有点为难。塞涅卡的原话是："我主张你抛弃那种生活，或者干脆放弃人生；我劝你采取最温和的办法：解开而不是弄断你打坏了的那个结。万一没有别的办法解开，那你就将它扯断。人没有那么胆小的，竟然不肯一下做出决断，而宁愿永远摇摆。"我本以为这样的规劝很符合斯多葛派的苦行主张，可奇怪的是它是从伊壁鸠鲁那里援引来的。伊壁鸠鲁在写给伊多梅德乌斯的信中，就此说过完全一样的话。

不过，我想我曾经在我们的人当中看到过类似的作为，而且这种行为带着基督徒的克己自持。阿里乌斯异端邪说的著名对手，普瓦蒂埃的主教圣奚拉里在叙利亚的时候得到消息说，被他连同母亲一起留在国内的他的独生女阿布拉，由于很有教养，并且漂亮富有，正当芳龄妙年，当地最有地位的显贵正追着向她求婚。他便写信给她（正如我们在他的故事中所见），叫她切勿看重人家提出的享乐和好处；说他在旅行中已经为她物色了一位更有地位、更加高尚的对象，一位有着与众不同的本领与气度的丈夫，他将把道袍和无价之宝奉献给她。他的用意是使她不要贪图和习惯于世俗的享乐，以便使她与上帝同在。不过他觉得达到这一目的最便捷、最可靠的办法还是让他女儿去死。于是他就不断地发愿、祈祷，恳求上帝将她脱离人世召到他的身边去。结果确如他之所愿，因为在他回去后不久，她便离他而去。他对此显得特别高兴。看来，他比别人高出许多，因为他一开始就借助这种办法，而别人只是辅助性地采用，再则，这又是针对自己的独生女。我还想把故事的结尾也说一说，虽然我原本并不打算这样做。圣奚拉里的妻子从丈夫那里听到女儿如何在他的意愿指引下死去，听到她因能离开而不是留在人世而感到非常幸福，于是，她对天堂的永福产生了强烈的向往，所以恳求丈夫也为她这样做。在他们共同的祈祷下，上帝不久也将她召去，对于她的死，他们一致感到非常满意。

三十四

命运的安排
往往与理性不谋而合

命运的变幻莫测，必然向我们呈现出各种各样的面孔。难道还有比以下这种正义的行动更能伸张正义的吗？瓦朗蒂努瓦公爵同他的父亲教皇亚历山大六世一起去梵蒂冈科尔内特的红衣主教阿德里安家中吃晚饭。公爵早已决定毒杀红衣主教。他事先送去一瓶毒酒，并叮嘱膳食总管好好保管。教皇比他的儿子瓦朗蒂努瓦公爵先到一步，到了就张口要喝的。膳食总管以为，那瓶酒之所以交他保管，只是因为是瓶好酒，所以就拿来给他喝了。公爵自己在上点心的时候赶到，满以为人家不会动他的那瓶酒，所以也跟着喝了。结果老子突然死去；儿子呢，受到疾病的长期折磨，命运比老子更惨。

有时，命运好像看准了时机来捉弄人。旺多姆殿下的军旗手德特雷爵爷和达斯科公爵的随从副官里克爵爷，虽分属不同的部队，但都在追求封凯泽尔先生的妹妹（这在边界邻国是常有的事）。里克爵爷最后占了上风。可是结婚的那一天，而且就在进入洞房之前，新郎有心争斗一场以讨好新娘，就离家到圣奥梅尔附近跟人动了手，结果他败在德特雷爵爷的手下，当了他的俘虏。德特雷爵爷要炫耀自己的胜利，新娘子就

> 不得不离开年轻丈夫的怀抱，
>
> 让一个又一个的严冬，
>
> 在漫漫长夜饱尝他们强烈的爱欲，[1]

不得不彬彬有礼地去恳求他，要求归还他的俘虏。德特雷爵爷这样做了，因为法国的贵族从不拒绝女士们的任何要求。

海伦的儿子君士坦丁[2]建立了君士坦丁帝国，多少个世纪之后，又是海伦的儿子君士坦丁[3]将帝国断送。这难道不像是人为安排的结局吗？

有时，命运常常创造奇迹。我们记得克洛维斯国王在围困昂古莱姆时，多亏上天的保佑，城墙自己倒塌了。布歇援引一位作者的话说，罗伯特国王在围困一座城市的时候，离开围困前线去奥尔良庆祝圣坦尼昂节，由于他非常虔诚，在弥撒还在进行的时候，被围城市的城墙不攻自倒了。在我们的米兰之战中，命运将一切都做了相反的安排。我们的统帅朗斯在包围埃罗纳城时，让人在一大段城墙下埋了炸药；城墙突然被炸离地面，但又不带墙

1　　引自卡图鲁斯。

2　　君士坦丁一世（280—337）。公元三〇六至三三七年为罗马皇帝。三三〇年，君士坦丁堡成为帝国新首都。

3　　君士坦丁十一世（1404—1453），东罗马帝国的末代皇帝。一四五三年五月二十九日君士坦丁堡陷落，帝国从此灭亡。

基整个儿直直地落了下来，结果被围困者依旧安然无恙。

有时候，命运还会与医学一争高低。亚逊·费雷斯[1]胸口长了个脓疮。医生们认定他已没有希望。他渴望摆脱脓疮的折磨，想着干脆死了拉倒。于是，他投入了战斗奋不顾身地冲进敌群。战斗中，他身上受伤，伤得恰到好处，脓疮被扎破，他居然得以痊愈。

命运在技艺上不比画家普罗托盖奈斯更胜一筹吗？这位画家画完一只疲惫不堪的狗，别处他都很满意，唯独狗嘴上的涎沫画得不中意。他对画出的东西十分恼火，便抓起一块吸了各种颜料的海绵朝画扔去，想把一切都给抹掉。命运让那块海绵恰到好处地扔到了狗嘴的位置上，在那里印下了画家的技艺画不出的痕迹。

有时，命运不是在指导和纠正我们的计划吗？英国女王伊莎贝拉带着拥戴她儿子、反对她丈夫的军队，打算离开泽兰回国去。她若是在原计划定下的港口登陆，那就完了，因为敌人正在那里守候。但命运却不顾她的意愿将她抛到了别处，使她在那里安全登陆。所以，那位用石头砸狗，却砸死自己恶母的古人，不是有理由念一念这句诗吗？

命运的看法比我们更正确。[2]

伊塞特招来两名士兵，以刺杀在西西里的阿德拉纳逗留的蒂

1　　亚逊·费雷斯，古希腊塞萨利亚王。
2　　引自米南德。

莫莱翁[1]。他们约好趁他献祭的时候动手。两人混在人群之中；正当他们互相示意此刻正适合行刺的时候，突然有第三个人往其中一人的头上狠砍一剑，将他砍死在地后拔腿就逃。那同伙以为被人发现，感到自己完蛋了，就跑到祭台求饶并答应坦白一切。正当他交代阴谋的时候，那第三个人已抓住，被人当成凶手推推搡搡穿过人群，向蒂莫莱翁及会上的显贵拥去。到了那里他喊起了饶命，说他杀死的正是杀他父亲的凶手。他运气不错，及时找着了证人，当场证实了他的父亲确实是在列奥蒂尼城里被这个仇人所杀。他在为父亲的死讨回公道的同时，有幸救了西西里人共同的父亲，因而获得了一千雅典银币的奖赏。这里，命运在讨回公道方面，胜过了人类智慧定出的法规。

最后，在下面的这件事情上，不是可以清楚地看出，命运是在明白无误地贯彻它特别的恩惠、善意和慈悲吗？罗马三巨头宣布了伊格纳蒂乌斯父子在罗马不受法律保护。父子两人决定主动采取勇敢的行动：互相借助对方之手结束自己的生命，以使凶残的专制统治者不能如愿。他们手握宝剑互相奔去，命运引导着利剑之尖，使之击出同样致命的两剑，但对于如此美好的父子之情却给予尊重，以至于他们刚好还有力气从伤口抽回握着宝剑的血淋淋的手臂，就这样紧紧地拥抱在一起。他们的拥抱如此有力，刽子手们只好将他们的两颗头颅一起砍下，让身子一直充满尊严地搂在一起。他们的创口紧贴着，互相深情地吮吸着鲜血和剩余的一点生命。

1　　蒂莫莱翁（前410—前337），古希腊科林斯大将。

三十五

论我们治理方面
的一项缺陷

　　我已故的父亲虽然只是凭经验和本性行事，却是个有明白无误的判断力的人。从前他对我说过，他想做些安排，使城市里有个指定的地方，有人需要办什么事情，可以去那里让一位为此目的而设的官员记下他们要办的事。比如说有人想卖掉几颗珍珠，有人却在寻觅待售的珍珠；某人要找人去巴黎；某某要找个有某种能耐的仆人，某某却在寻找主家；某人要找个工人；等等。人人都会根据自己的需要要这要那。看来，这个使我们互通消息的办法可以给公众交往带来不小的便利，因为人们相互间随时都有需要，相互间不能沟通会让人感到非常不便。

　　我听说，有两位学识渊博、非常杰出的人物，因为吃不饱肚子而在我们的眼皮底下死去了：李流士·格雷戈里乌斯·吉拉尔都斯死在意大利；塞巴斯蒂亚努斯·加斯塔里奥死在德国，这真是本世纪的奇耻大辱。我相信，如果知道情况，就会有千百人以优惠的条件聘请他们，或者帮助他们摆脱困境。世界并没有完全堕落，我还知道有这么一个人，他非常热切地希望，他的家人交给他支配的财产，只要他有幸享用下去，能用来帮助具有特殊才能，但被噩运逼得走投无路的人，使他们不再受贫困之苦。他的这些财产，至少可以改善他们的状况，如果他们不心满意足，那只怪他们缺少理智。

在治家方面，我父亲有过一种安排，对这种安排我十分赞赏，但根本没有照办。那就是，除了那本由财产管理人管的，记录着不必由公证人经手的支出、交易等这类零星账目的记录簿外，他还让一个仆人当秘书，给他记日记，记上家中发生的所有值得注意的事，日复一日，就成了他们的家史。当时间开始抹去人们对历史的记忆的时候，看看这家史很有意思，它往往会很及时地为我们带来方便，如：某件工作是什么时候开始的？什么时候结束的？有哪些大人物带着扈从来他们家做客？待了多长时间？我们的旅行、外出、结婚、死亡，获得了什么好消息坏消息，主要仆人的更替等诸如此类的事情。这是一种古老的习惯，我觉得每个人可以在自己家里重新这样做，我自己没有照办简直是个傻瓜。

三十六

论衣着习惯

　　不管我想去哪里，总要碰上衣着习惯的麻烦，无论我们去干什么，它总要妨碍我们。在这寒冷的季节里，我在想，新近发现的种族一丝不挂的习惯究竟是因为气温高没有办法而养成的呢——我们谈起印第安人和摩尔人时就是这样说的——还是人类最初就是这样的呢？《圣经》里说，阳光下的一切都受着相同法则的支配。所以有悟性的人，在研究这些法则——其中必须分清是自然法则，还是人为编造的法则——的时候，总是注意支配世界的普遍规律，那是不可能弄虚作假的。然而，在别的生物身上，保护自己生命的一切应有尽有，唯独我们缺这少那，不靠外界的帮助就无法保护我们自己，这实在是不可思议。所以我就认定，既然农作物、树木、动物以及一切有生命的东西，天生就有足够的遮蔽物，以保护自己不受天气的侵害：

　　几乎所有的东西身上都有皮、发，

盖有甲壳、胖胝或外皮，[1]

那么我们原本也是这样的。不过，我们就像用人造的亮光破坏了日光的人一样，用外借的本领破坏了我们自己的本领。有一点是显而易见的，那就是衣服将我们的可能变成了不可能。因为，那些不知衣服为何物的民族，有一些跟我们几乎同在一片蓝天下。而且，我们的眼睛、嘴巴、鼻子、耳朵这些身体最娇嫩的部分总是暴露在外的；我们的农夫和祖先的胸部和腹部也是裸露的。如果我们生来就只穿短裙或短裤，那么大自然无疑就会给我们可能饱受四季侵袭的部分，罩上一层跟我们的指头和脚底一样的厚厚的皮肤。

这为什么显得令人难以置信呢？我同我家乡的某个农民在衣着上的差异，我觉得要大大超过他同一个什么也不穿的人之间的差异。

有多少人因为信仰而裸身，尤其是在土耳其！

不知是谁曾看到一名乞丐，冬天里穿着衬衣，却跟一个貂皮裹到耳朵的人一样有精神，便问他是怎么能够忍受的。"您哪，先生，"乞丐回答说，"您的面孔上什么也没罩呀；而我呢，我全身都是面孔。"意大利人讲起过佛罗伦萨公爵的小丑，他们好像是这么说的：公爵问他的小丑，穿得这么单薄，怎么能够忍受连他都受不了的寒冷，小丑说："请您照我的办法去做，像我一样把您所有的衣服全穿上，您就跟我一样不怕冷了。"马西尼萨国

1　引自卢克莱修。

王直到耄耋之年，无论冷天还是打雷下雨，从来不肯戴上帽子。据说塞维吕斯皇帝也一样。

希罗多德说，在埃及人与波斯人的战争中，他和别人都曾注意到，在战场上死去的人里，埃及人的头颅很硬，波斯人的无法与之相比。因为波斯人从小总戴帽子，大了又用布裹头；埃及人从小就剃发，并不裹头戴帽。

阿格西劳斯国王一直到老都是冬夏穿一样的衣服。苏埃东尼说，恺撒总是走在队伍的前面，往往徒步而行，不管晴天雨天，总是光着脑袋。据说汉尼拔也一样：

> 那时，他光着脑袋，任凭
>
> 大雨倾盆，天降洪流。[1]

有个威尼斯人在佩古王国待过很久，最近才从那里回来，他写道，在那里，男男女女都打赤脚，骑在马上也一样，全身的其余部分却都盖有衣物。

柏拉图出了个绝妙的主意，他提议，为了全身的健康，人的脚和头，除了大自然已经造就的东西之外，不要再加别的遮蔽物。

被波兰人推选为国王，后又做了我们国王的那个人[2]，实在是本世纪的一位最伟大的亲王了，他从来不戴手套，不管冬天或是

1　引自西流斯·伊塔利库斯。

2　指法国国王亨利三世（1551—1589）。一五七二年被提名为波兰王位候选人，一五七四年，放弃波兰王位，继承查理九世之位，当上了法国国王（1574—1589）。

什么天气，出门从不更换他在室内所戴的那顶帽子。

由于我出门不肯解扣敞怀，致使我周围的农夫也觉得不这样做不好意思。瓦罗则认定，人们在上帝和法官面前脱帽，与其说是为了表示敬意，倒不如说是为了我们的健康，使我们更能忍受恶劣的天气。

既然现在谈的是冷天，我们法国人又习惯穿各种颜色的衣服（我是例外，因为我跟父亲一样只穿黑的或白的），那就让我们另外再说点事。军事长官马丁·杜贝莱说，他在出征卢森堡的时候，见过非常厉害的冰冻，军需品中的酒竟要用大小斧子砍劈，按着重量分给士兵，让他们用篮子拿走。奥维德差不多也这样说过：

> 酒在坛外仍保持坛子的形状，
>
> 那已不是饮料，要切成块儿饮用。

墨奥提沼地入海口冻得严严实实，米特拉达梯的副手在那里脚踩冰同敌人开仗，并且战胜了他们；夏天到来之后，他又在那里赢得了同这些敌人的一场海战。

罗马人在普莱桑斯附近与迦太基人作战时有个很大的不利，他们冲向敌人时冷得血液凝固，四肢发僵，而汉尼拔则在全军营地生起火让士兵取暖，并且按队分发油脂让士兵涂抹，以使他们的神经更加灵活，使毛孔堵塞抗住气流和当时刮着的冰冷的风。

希腊人从巴比伦向他们国家撤退，因必须克服的艰难困苦而出名。在这次撤退中，他们在亚美尼亚的山中遇到了暴雪，不知身在何处，也不知路在哪里。他们一下子被大雪包围，一天一夜没吃没喝，大部分的牲口死去。他们之中，有的人死了，有的人被雪子和雪的反光弄瞎了眼睛，有的人冻伤了手脚，有的人虽然神智完全清醒，却被冻僵不能动弹。

亚历山大见过一个国家，那里的人冬天将果树埋起来以防冻伤。

关于衣着问题，墨西哥国王一天换四次衣服，换下的衣服不再重穿，用来布施或赏赐。他厨房及餐桌上的壶、碟和用具也不用第二次。

三十七

论小加图

我这个人没有以己度人的通病，因此，我容易相信别人有着和我不一样的品质。我喜欢某种生活方式，就不像人家那样强求别人也喜欢。我相信存在千百种不同的生活方式，并且设想过。我与众不同，更易于接受的是人的差异而不是雷同。我不强求别人按我的方式和原则生活，只从他本身的特点去衡量他，对他量体裁衣，不跟其他人做比较。虽然我并不禁欲，但我还是真诚地赞同斐扬派和嘉布遣会的禁欲，觉得他们的生活方式很不错。我还在想象，我若能像他们那样也很不错。

不过，我喜欢他们、敬重他们是因为他们跟我们一样。我特别希望，别人评价我们时要区别对待，也希望不要按共同的模式来对待我。

我自己的文弱丝毫也不影响我对强者的力量和精力应抱的看法。"有的人只赞扬自己有把握仿效的事情。"[1] 我虽然在地下污泥

---

1 引自西塞罗。

中爬行，但我还是要指出有些英雄高入云天，无法仿效。对我来说，具备正确的判断力（即便我的行动不见得正确），至少使这项首要的能力不受损害，这是十分重要的。当我的两腿乏力时，有善良的愿望就很不错。我们生活的这个世纪，起码在我们这里，是那么叫人无法忍受，别说按道德的要求办事，就连这样的想法都没有。看来，道德只是学派的一句行话：

> 道德乃空洞字眼，犹如林中的圣木，
> 他们就是这样想的。[1]

> 他们必须为道德争光，即使他们无法理解。[2]

道德成了挂在书房里的小饰物，或是像耳环一样的装饰品，挂在嘴巴上。

现在符合道德的行为已经看不见了：有的看起来像，可实质上却不是。因为我们出于利益、荣誉、恐惧、习惯以及其他诸如此类的非正常的原因，都会产生这种貌似有德的行为。我们现在的一些诸如义、勇、高尚之类的行为，出于对他人的尊重，也为照顾这些行为在公众面前的形象，也可以称之为德。但就实践者本人来说，根本不是什么德，因为其中有着别的目的，别的不可捉摸的原因。而德行只承认仅仅由它引发、为它而产生的行为。

1　　引自贺拉斯。
2　　引自西塞罗。

在波底达亚[1]的大战中，波萨尼亚斯指挥的希腊人战胜了马多尼奥[2]和波斯人，胜利者按自己的一贯做法，在最后评功时将善战的荣誉归于斯巴达人。斯巴达人十分懂得如何看待有德还是无德，当他们裁定谁在战斗中表现最好时，他们发现阿里斯多德姆最为勇敢。然而他们并不因此而给他奖励。因为他之所以勇敢，是因为他想洗刷他在温泉关战斗中所受的指责，想要通过英勇牺牲去掩盖他从前的耻辱。

我们的判断力仍不健全，而且伴随着世风日下而堕落。我看到，如今大部分人都在自作聪明地抹杀古人美好高尚的行为，替他们做出卑劣的解释，编造种种毫无意思的理由和动机。

多么高明巧妙！你就是抬出最最杰出最最纯洁的行为来，我也可以给它安上五十种不良企图。遇上那种有意胡编乱造的人，天知道我们的企图会有多少种不同的样子！他们自作聪明地进行种种诽谤，与其说是怀有恶意，倒不如说是笨拙和粗鲁。

他们不辞辛劳、毫无顾忌地贬低这些伟大的名字，我却愿意以同样的方式支持和褒扬他们。这些被圣贤们一致推举为世人榜样的稀有人物，我将毫不犹豫地尽我所能抓住机会做出解释，为他们恢复名誉。但是，必须肯定，我们所设想的努力还远不足以弘扬他们的功德。描绘最为美好的德行乃是君子的责任，而且当我们满怀激情对他们的美德进行神圣的描绘时，这并不是不合适的事。那些人做的事恰恰相反，他们这样做，不是出于恶意，便

1　　波底达亚，古马其顿城名。

2　　马多尼奥，波斯将军，公元前四九二年远征希腊，几经失败后于公元前四七九年战死。

是出于我刚才提到的那个缺点，即把自己相信的程度限制在自己可以相信的范围内，或者——我宁可这样想——因为他们的目光不够犀利明亮，不足以想象最初那纯洁德行的辉煌，也没有受过这方面的训练。普鲁塔克说，在他那个时代，有人将小加图的自杀归因于对恺撒的畏惧。他有理由感到恼火。由此可以推断，把小加图的自杀归因于野心的人会令他愤怒到什么程度。这些人多蠢！小加图宁可遭受侮辱性评论，也不计较荣誉，他实实在在做了件崇高、正确而美好的事。这个人物实在是造化选就的样板，用以说明人的勇敢坚定能够达到什么程度。

不过，这里我没有能力探讨这个内容丰富的论点。我只想把五位古罗马诗人赞扬加图的佳句放在一起让它们比个高低，这既对加图有好处，同时也对这几位诗人有利。由此，受过良好教育的孩子将会发现，与其他几个相比，头两位有气无力；第三位刚劲有力，不过用力过度泄了气；他认为第三位和第四位在才情上相差一两级，等到了那第四位，他会佩服得合上双掌。到了最后一位，这一位胜过他人名列第一。他肯定这差距任何人的智慧都无法填补，他会吃惊，佩服得一动不动。真是奇怪，我们的诗人要大大多于评诗、解诗的人。作诗容易，识诗难哪。低水平的诗是可以用规则和理智评价的。但是优秀的、极致的、出神入化的诗是难以用规则和理性来评价的。带着坚定不移、深思熟虑的见解识别诗的优美，就像分辨闪电的光辉一样，不是靠眼睛看。诗的美不靠人的判断力来识别，它会剥夺、毁损我们的判断力。激情鼓舞着善于洞悉诗歌美的人，又使另外的人在听其讲解和背诵时受到感染，这就像磁铁一样，不仅把针吸起，还把吸引别的针的本领传给它。这在戏剧中表现得更清楚，诗的神圣的灵感首先激起诗人愤怒、悲伤、仇恨、冲动等诗所欲激发的感情，然后，它又通过诗人去打动演员，接着再通过演员去打动大群的观众。它是把我们这些针一枚枚串挂起来的穿针手。从我幼年开始，诗就深深打动我，使我激动不已。我对诗的这种强烈感受与生俱来，因诗的不同形式而有不同的反应；诗的形式只有色彩差别，没有高低之分（因为它们总是每种类型中最高的形式）：起初是欢快、流畅，有如流水行云；后来是高亢典雅，精益求精；最后是成熟、一致、铿锵有力。例子更能说明问题，例如奥维德、卢卡努、维吉尔。下面就是我们的诗人在竞技场上的情形。

其中一位说道：

加图只要活着，就比恺撒伟大。[1]

另外一位说道：

加图战胜了死亡，所以所向无敌。[2]

第三位谈及恺撒与庞培间的内战：

诸神选择了胜利者的事业，

1　引自马提雅尔。
2　引自马尼利乌斯。

加图选择了失败者的事业。[1]

第四位在赞扬恺撒：

全世界都已屈服，
除了加图高傲的灵魂。[2]

一代心灵的宗师在描述中罗列了最伟大的罗马人的名字之后，最后这样写道：

那个向他们发号施令的加图。[3]

1　引自卢卡努。
2　引自贺拉斯。
3　引自维吉尔。

三十八

我们因何为同一件事
又哭又笑

　　我们在历史书里看到，安提柯对儿子大为不满，因为他儿子给他献上了皮洛士国王的首级，皮洛士国王就是刚才同他打仗时被杀死的。见到首级，安提柯大哭起来。勒内·德·洛林公爵在打败查理·勃艮第公爵之后，对勃艮第公爵的死深表惋惜，并在他的葬礼上为他服丧。还有，在奥雷战役中，蒙福尔伯爵战胜了与他争夺布列塔尼公爵宝座的对手查理·德·布鲁瓦，胜利者见到敌人的尸体也表现出极大的悲痛。看到这一切，我们不必发出突然的惊叫：

　　　　就这样，普天之下，心灵都
　　　　隐藏着截然相反的情感，
　　　　面孔的表情忽而高兴忽而阴郁。[1]

1　引自彼特拉克。

历史书上说，有人将庞培的首级献给恺撒，他就像看到了丑恶的不忍目睹的情景，立即转过脸去。他们曾长久协同合作共掌国事，多少次命运与共，互相结盟效力，所以不应认为，他的这种举动就像下面这位认定的那样是完全虚假、伪装的：

> 他以为从此可以表达岳父的感情，
>
> 他落的眼泪是挤出来的泪水，
>
> 他嘴上哀叹，心里快活。[1]

因为，虽然我们大部分行为确实只是面具和伪装，虽然有时也真的会有这样的情况：

> 继承人的哭泣乃是被掩盖起来的欢笑。[2]

但不管怎么说，要评判上面的事情，就必须看一看我们的心灵是怎样经常受到相反情感的困扰的。我们的躯体里据说聚集着各种不同的体液，通常，根据我们的性格，其中一种占主导地位；同样，在我们的心灵里，虽然有着搅乱它的种种冲动，但必然有一种冲动能自由地起作用。不过，这种冲动并不占据完全的优势。由于我们的心灵灵活易变，那些最无力的冲动有时还会涌来，会来一次短暂的冲击。所以，我们看到，不仅仅是孩子——他们天

---

1   引自卢卡努。恺撒是庞培的岳父。
2   引自普布利乌斯·西鲁斯。

真烂漫，只凭本性行事——常常为同一件事又哭又笑，而且我们之中的任何人，不管他心甘情愿地外出做什么旅行，他都不能自吹在离开家人和朋友时感觉不到自己勇气的动摇。即使他的眼泪并不完全掉出，在他把脚伸进马镫的时候，他的脸上至少会挂上阴郁和不快。出身高贵的女孩子，不管心里多么眷恋自己的父母，人们还是要将她们从母亲的脖子上夺走，交给她们的夫君，而不管这位好心的同伴怎么说：

> 是爱神同新娘们有仇？
> 还是她们那虚假的哭泣在戏弄快活的父母？
> 当泪水流淌在新房门口时，
> 请诸神替我做证，她们的眼泪是虚假的。[1]

因此，一个人人都恨不得他死去的人死了有人痛惜，那是不足为怪的。

当我训斥仆人时，我是真的在训斥，真正地而不是装模作样地诅咒他。但等到硝烟散去，如果他需要我，我很乐意给他帮助，立即把这一页翻过去。我骂他笨蛋、傻瓜，并不是要把这些头衔永远给他安上；如果我马上称他为正人君子，那也不是想收回刚才的话。任何一种品格都不能把我们的一切简单地概括。如果自言自语不算是疯子行为的话，那么没有哪一天别人不听见我骂自己"蠢货"的。不过，请不要以为我就是这么认为的。

1　引自卡图鲁斯。

谁要是看到我对我的妻子有时脸色冰冷，有时却充满了爱意，便以为其中一个是假装的，那他就是个笨伯。尼禄派人淹死自己的母亲，在与母亲告别时感到难过，对这次母子诀别感到厌恶和怜悯。

据说太阳光并不是连续的，太阳不断地将新的光芒一批接一批非常密集地投向我们，所以我们看不出其中的间隔：

> 太阳这广袤的以太之源，这烈火的洪流，
> 时时把新的光芒推向天空，
> 不停地射出一批又一批的光芒。[1]

我们的心灵也是这样，以各种方式悄然发出它的巧思妙想。

阿尔塔巴努突然来到侄儿薛西斯的身旁，责问他怎么突然间变了神态。侄儿正在观看他那特别庞大的军队渡过赫勒斯滂海峡去进攻希腊。看到成千上万的人为他效力，他先是一阵高兴，脸上流露出活跃的欢快，可他同时又突然想到，那么多生命最晚在一个世纪之内将要消失，便皱起了眉头，伤心地掉下了眼泪。

我们坚定不移地去洗刷我们受到的屈辱，并且为胜利而欢欣鼓舞，现在我们却为之哭泣。我们并不是为胜利而哭。事情没有任何改变，只是我们的心灵在以另一种眼光看待事情，从另一个侧面去回顾它。因为每件事情都有好几个侧面，好几个方面。亲情、从前的交往和友谊都会占据我们的思想，会根据各自的特性

1　　引自卢克莱修。

一时打动我们的心。但是，它们的整体形象却忽隐忽现，使我们无法把握。

> 快捷迅速，莫过于
> 思想的闪念和行动，
> 思想变幻不定，超过任何
> 置于我们眼前落入我们感觉的物体。[1]

　　由于这一原因，我们若想将这一系列闪现的感觉变成一个持续不断的物体，那就想错了。当蒂莫莱翁[2]为他犯下的出于高尚动机经过深思熟虑的谋杀而哭泣时，他不是为祖国恢复了自由而哭，也不是在哭一个暴君，而是哭他的兄弟。他履行了他的一部分义务，就让他履行另一部分吧。

1　　引自卢克莱修。
2　　蒂莫莱翁（前410—前337），古希腊政治家，他的兄弟蒂莫芬是科林斯城邦的暴君。他为恢复民主而将暴君除去。

三十九

论隐退

让我们把退休生活与在职生活喋喋不休的比较搁置起来吧。至于那些掩饰野心和贪欲的，说什么我们生来就不是为个人而是为公众的漂亮话，就大胆地让意兴正浓的人去评说吧。愿他们扪心自问，世人对地位、职务的孜孜追求，难道不正是反其道而行之，想从公众那里获取个人的好处吗？世人在争位争职时采用的恶劣手段，清楚地说明了他们的目的并不值得称颂。让我们这样回答野心吧：正是它使我们产生了隐退的兴趣，因为隐退竭力逃避的是什么呢？难道不正是与公众的交往吗？隐退又在竭力寻求什么呢？难道不就是行动的完全自由吗？世上好事坏事处处都有可能做。不过，若是真像比亚斯[1]所说，坏事要比好事多，或像《传道书》里说的千件之中也不见得有一件是好的：

1　比亚斯（卒于前570年），古希腊七哲人之一。

好的寥寥无几，充其量只与

底比斯的城门或尼罗河的河口一样多，[1]

这种情况蔓延到广大民众之中是很危险的。对于坏事不是仿效，便是深恶痛绝。因为坏的据多就去照样做，或者因为与己不同就深恶痛绝，这两者都是危险的。

出海的商人有理由看看，上同一条船的人可别是些放荡不羁、亵渎神明、作恶多端的人：他们觉得与这样的人为伍是不幸的。

因此，比亚斯对那些同他一起在遭遇危险的大风暴时祈求诸神救助的人开玩笑说："别出声，但愿他们不要察觉你们跟我在一起。"

再举个更近的例子吧。葡萄牙国王埃马纽埃尔的代表，印度总督阿尔布盖克在一次极其危险的海难中，将一个小男孩扛在肩上，唯一的目的是：在他们一起经历海难时，让孩子的无辜为他祈求神灵保佑充当担保和见证，以便使他安然脱险。

比亚斯并非在任何地方——哪怕在宫廷的众人中——都不能满意地生活。但如果要这位哲人做出选择，他说，他会避之远远，甚至连看都不愿看一眼。没有办法时，他可以忍受；如果随他选择，他就会选择逃避。他觉得自己身上的毛病还不少呢，可还非得让他对别人的毛病说三道四。

夏隆达将那些被证明与坏人交往的人当作坏人来惩治。

---

1   引自尤维纳利斯。

世间不易交往的和容易交往的莫过于人了：说不易交往，是因为人的毛病，说容易交往，是因为人的本性。

有人责备安提西尼[1]与坏人为伍，他回答说医生在病人当中活得好好的。他的回答我看并未使指责他的人感到满意。因为医生固然能改善病人的健康，但他们会因为疾病的传染，因为连续地观察病情和接触疾病而损害自己的健康。

那么，隐退的目的呢？我想，隐退本身就是一个目的，就是生活得更加悠闲、自在。但是，人们并不总是在很好地探求做到这点的途径，往往自以为已经抛开了各种事务，其实只是舍此取彼而已。管理家政的麻烦并不小于管理整个国家。人的心思投到哪里，就会在哪里全力以赴。管家政事情虽小，麻烦却不会小。再说，我们虽然不再做官经商，还是摆脱不了生活中的主要烦恼。

> 驱散我们烦恼的是智慧和理性，
> 并不是远离人世的海角天涯。[2]

野心、贪财、踌躇、恐惧和淫欲并不会因为我们换了地方而离开我们。

> 烦恼跳上马背，跟在骑士后面。[3]

1　安提西尼（前444—前365），古希腊犬儒主义哲学家，曾就学于高尔吉亚和苏格拉底，后创立犬儒主义学派。
2　引自贺拉斯。
3　同上。

它们往往一直跟随我们进入隐修院和哲学讲堂。沙漠、岩洞、苦行、斋戒都不能使我们摆脱它们。

　　腰间依然插着致命的箭。[1]

　　有人告诉苏格拉底，说某人在旅行途中心情丝毫没有变好。"我信，"苏格拉底说，"他是带着自己的烦恼走的。"

　　为什么要去异国他乡？
　　背井离乡就一定能躲避自己？[2]

　　如果不首先解除心灵的负担，那么这负担的晃动会使心灵遭受更大的压迫。这就如同在一条船上，装载的东西不动时，行走就比较自如。让病人挪动地方，对病人的危害比好处多。病痛受到折腾会深入肌体，就像木桩受到摇晃会越扎越深，越扎越牢。所以，离开人群，换换地方是不够的，必须摆脱我们身上的大众生活方式，必须闭门阖户重新拥有自己。

　　你会说，我已经挣断了锁链，
　　不错，就像又拉又拽最后扯断了链条的狗，
　　逃跑中颈上还拖着长长的一段。[3]

1　引自维吉尔。
2　引自贺拉斯。
3　引自佩尔西乌斯。

我们带着锁链离去，就不会有完全的自由。我们依然回首眺望抛下的东西，心中就会念念不忘。

> 我们的心地不纯是多么危险！
> 我们要应付多少无益的斗争！
> 何等强烈的欲望撕裂着受煎熬的心灵！
> 我们的骄傲、淫荡与愤怒，奢华与懒惰，
> 还要造成几多恐怖，几多灾祸！[1]

我们的毛病牢牢扎在我们的心里。然而，我们的心却不能自己摆脱自己。

In culpa est animus qui se non effugit unquam.[2]

所以，必须把心拉回来，让它好好反省自己：这是真正的清静，在城市和王宫都可以做到，但另有地方则更好。

现在，我们既然准备闭门谢客独自生活，那么我们的幸福就让我们自己来把握。我们要摆脱同他人的一切联系，自觉自愿地做到真正自由自在地独自生活。

斯蒂尔波尼在他的那座城市的大火中幸免于难，失去了妻子、儿女和财产，德梅特里乌斯·波利奥塞特[3]见他遇上家乡如

---

1 引自卢克莱修。
2 引自贺拉斯。蒙田前面已做了翻译。
3 德梅特里乌斯·波利奥塞特（前336—前283），马其顿国王。

此巨大的损失脸上不显惊恐，就问他是否没有遭受损失。他回答说没有，谢天谢地，他本人丝毫没有损失。这就应了哲学家安提西尼的那句玩笑话：人应该带上可以漂在水面的食粮，遇上海难可以与他一起游着脱险。

当然啰，对聪明人来说，只要他自己在，就无损失可言。当蛮族毁掉诺拉城的时候，波利努[1]主教失去了一切，也成了他们的俘虏。他是这样向上帝祷告的："主啊，不要让我感觉到这些损失吧，因为你知道，他们还丝毫没有触动我身上的东西。"使他成为"富翁"的那些财富，使他成为好人的那些财产在他身上依然完好无损。这就叫善于选择财富，它能够免受损失；这就叫善于收藏财富，藏到谁也找不到，只能由我们自己泄露的地方。我们需要妻子、儿女、财产，尤其需要尽可能好的身体，但不能执着到影响我们幸福的地步。我们要保留一个完全属于我们自己的自由空间，犹如店铺的后间，建立起我们真正的自由和最最重要的隐逸和清静。在那里，我们应该进行自己同自己交谈，把与外界的沟通与交流一概排除。一个人有说有笑，就像没有妻子儿女，没有金银财物，没有随从仆人，以便在一旦失去他们的时候，不会有异样的感觉。我们的心本身就是能屈能伸的。它可以与自己做伴，它可以攻、守、收、授，不必担心在隐居中出现令人讨厌的无所事事。

清静中把你自己当成一群人。[2]

1　　波利努（353—431），古罗马诗人，意大利诺拉城的主教，创诺拉修道院。
2　　引自提布卢斯。

安提西尼说，道德是自足的，无须约束，无须宣扬，无须行动。

我们平常的所作所为，做出一千件事也不见得有一件与我们相干。你看这一位，冒着火枪的阵阵射击，怒气冲冲发疯似的沿着这堵倒塌的墙向上爬行；再看那一位，满脸伤疤，饿得脸色发白，宁死也不给这一位开门。你以为他们在这里争斗是为他们自己吗？也许是为了某个他们从未见过的，对他们的争斗不闻不问、正在寻欢作乐的人呢。还有这一位，你看他流着鼻涕，眼角满是眼屎，身上脏兮兮的，午夜过后才出书房，你以为他是在书中探求如何变得更正派、更满足、更有智慧吗？没有的事。他将读到老死，或者将告诉后人普劳图斯诗句的格律和某个拉丁词的真正写法。谁不在心甘情愿地以健康、休息和生命去换取名声、荣誉这些通常被人追寻的最无用处、最无价值、最为欺人的东西呢？我们自己会送命，这还不足以吓倒我们的话，那就把我们妻儿老小的命也搭上吧。我们所操的心给我们的烦恼还不够的话，那就让我们自己折磨自己，再把邻居和朋友们也弄个鸡犬不宁吧。

> 人怎能做出这样的抉择，
> 　喜欢东西胜过喜欢自己？ [1]

依我看，像泰勒斯一样把韶光年华奉献给了世界的人，隐退是更为合理、更有理由的。

---

[1] 引自泰伦提乌斯。

344

为人作嫁的时间够长的了，让我们至少把这一段生命留给自己吧。让我们为了自己和自己的幸福来思考和筹划吧。安然隐退不是轻而易举的事。即使没有别的事情牵扯，这件事就够我们麻烦的了。既然上帝允许我们迁走，就让我们做好准备吧。让我们打好行李，早早地与同伴们告别，摆脱使人分心分神筋疲力尽的牵扯。一定要冲破各种牢固的束缚，从此爱干什么就干什么，不过除了自己，不受任何约束。也就是说，其余一切从属于我们，却不让它们同我们粘连到不揭下我们一层皮，不拉下我们一块肉就无法摘下去的地步。世间最重要的事莫过于懂得让自己属于自己。

既然我们不能给社会带来任何好处，那就该同它分手了。无物借与人者勿向人借。我们已经气衰力乏，那就把力气收回来，集中到自己身上吧。谁能把自己对朋友和社会的责任推卸掉，那就让他这样做吧。这么一来，他在别人眼里就变成无用、累赘和讨厌的人了，他得当心不要在自己眼里也变得讨厌、无用和累赘。他要自我安慰，自我安抚，尤其要自我劝导，完全尊重自己的理智和良心，以免在理智和良心面前出错而感到羞愧。

的确，很少有人充分尊重自己。[1]

苏格拉底说年轻人应该学知识，成年人应力争有所作为，老年人应退出一切军民事务，按照自己的意愿生活，不束缚在任何

---

[1] 引自昆体良。

固定的职务上。

有些人在气质上比另一些人更适用这些关于隐退的箴言。有的人领悟能力不强，感情和意志脆弱，既不主动为人效劳，也不轻易被人役使——从本性和言论上看我都属于这部分人；有的人积极而又忙碌，他们事事都管，处处插手，热衷一切，一有机会就要自举自荐全力投入。比起后者来，前者更容易听从关于隐退的忠告。那些偶然的外在的有利因素，只要对我们有利，我们就要利用，但不应将它们作为我们行为的主要依据。那是不行的；理智和天性都不允许。我们为什么要违背理性的原则，让我们的幸福听凭别人主宰呢？因此，像有些人，像有的哲学家那样，出于宗教的虔诚或出于哲学的推理，提前承受命运的不测，放弃到手的舒适生活，自己给自己盛饭端菜，睡硬板床，弄瞎眼睛，将财产扔进河里，自找苦吃（有的人是想通过今生所受的折磨求得来世的幸福；有的人是为了让自己落到最后一个台阶上，从此不再往下落），那都是把道德推向极端的行为。天性更为倔强、更为坚强的人应该使他们的隐退变得光荣而典范。

> 我不富有时，夸耀微薄的可靠财产，
>
> 一点儿财产，令我满足。若命运好转，
>
> 生活富足，我便要高声说：
>
> 只有将收入建立在良田上的人，
>
> 才是世间幸福和明智的人。[1]

1　　引自贺拉斯。

对我来说，即使不想得那么远，操心的事也已经够多了。在运气好的时候做好倒霉的准备，在活得安逸的时候尽我的想象设想一下有朝一日会发生什么不幸，这对我来说已经足够了。这就像我们经常操枪习武，在一派和平景象中演练战争一样。

我知道哲学家阿凯西洛斯在财富条件允许的情况下曾用过金银器皿，我并不因此而认为他不讲究道德原则，他适度地、大大方方地使用，要比他丢开不用更令我敬重。

我注意到，人的正常需要可以降到什么程度。看到来我门上乞讨的可怜乞丐往往比我快活、健康，我就把自己放到他的位置上，尽量体会他的心情。同样，我又想到其他情况，哪怕想到死亡、贫困、蔑视、疾病近在眼前，但又看到比我卑微的人能泰然面对，我也就容易做到不害怕了。我不相信智力低的会胜过智力高的，习惯的作用会胜过思辨的作用。我知道我内心的财富是无关紧要的，是很不牢靠的。所以在我充分享有的时候，我仍要作为我的最高要求，祈求上帝让我对自己、对我内心的财富感到满足。我见一些身强力壮的年轻人依然在箱子里带上一堆药丸，以便感冒时服用。他们想到手头有药，就不那么担心感冒了。这样做无可非议。还可做得更好，如果觉得自己有可能得更厉害的病，还应带上遏制和消除这种病的药。

在隐退的生活中应该选择的，是不费力也不乏味的事情。否则的话，我们主动寻求这种生活就毫无意义了。这取决于每个人的个人爱好：我的爱好根本不适宜于管理家政。喜欢这样做的人也应该做得适可而止。

要做财物的主人，勿做财物的奴隶。[1]

按照萨卢斯特的说法，管理家务实在是奴役人的活。其中有的部分，像操持园艺，倒是有些道理。色诺芬说居鲁士就曾操持过园艺。我们看到，有的人全身心地投入这种低级、下贱、紧张而又充满不安的操劳，有的人则极为漫不经心，对一切都放任自流。在这两种极端的做法之间，也许可以找出一种折中的办法来。

德谟克利特任凭羊群吃他的麦子，

他的心思远远地游荡出他的身躯。[2]

还是让我们听听小普林尼就隐退问题给朋友科尔奈流斯·卢夫斯的劝告吧："你现在过着忙忙碌碌的隐退生活，我劝你把这种低贱的家务事留给下人去干，自己专心致志读点书，从中得到点完全属于你自己的东西。"他这里指的是名望。他的志趣同西塞罗一样。西塞罗说过，他退出公务后，要利用隐居的空闲著书立传，以万古流芳：

一旦无人知道你有知识，

你的知识岂非等于零？[3]

1　引自贺拉斯。
2　同上。
3　引自佩尔西乌斯。

既然谈到了要从世上引退，那么睁眼看看世外的情况似乎是有道理的。我刚才提到的人只做了一半。他们的确为将来的隐退做出了安排。但他们按照一种可笑的矛盾逻辑，指望在引退之后，依然从尘世中获取这种安排的成果。那些出于宗教的虔诚寻求隐退的人，心中装着对于上帝允诺的来世生活的坚定信念，他们的想法要合理得多。他们心中有上帝这个无限善良、无所不能的形象，所以心中的愿望可以在上帝那里自由地得到满足。悲伤、痛苦对他们有利，可用来祈求健康和永福；死亡符合他们的愿望，是通往完美境界的阶梯。严酷的教规也因习以为常而不觉得苦了。他们不允许有肉欲，所以肉欲就被排斥和平息了，因为肉欲只有施行才能维持。单单为了追求永福来世，就完全有理由让我们放弃今生的舒适和幸福。谁能真正而持续地在心中燃起这强烈的信仰与希望之火，谁就在隐退中为自己造就了快乐而又美好的生活，这种生活是其他任何形式的生活不可比拟的。

　　所以，对于小普林尼的劝告的目的或手段，我都不以为然。事情还是一样糟糕。读书跟其他的事情一样费力，一样损害健康，而健康是要首先考虑的。我们不应被其中的乐趣弄昏了头，那些操持家政的、贪财如命的、寻欢作乐的以及野心勃勃的人，就是被这样的快乐断送的。先哲们经常告诫我们要谨防欲念伤人，要区分真正美好的快乐和夹杂有较多痛苦的快乐。他们说，绝大多数的快乐就像被埃及人称为"腓力斯人"的强盗一样，讨好和拥抱我们为的是将我们掐死。如果我们喝醉之前就感到头痛，就会提防喝得太多。但是淫乐为了蒙骗我们，自己走在前头，却将不良后果隐藏在身后。书是讨人喜欢的，但如果读多了到头来贻误我们最为宝贵的欢乐与健康，那就丢下不要去读。我同意这样的意见：书读多了会得不偿失。有的人老觉得身体有病而变得虚弱了，最后强迫自己求助于药物，并且让人给自己人为地规定某种生活制度，并一直照着去做。对于公共生活感到厌倦无趣而引退的人，也应该按照理性的法则去组织生活，经过设想和推理来安排和料理生活。他必须丢开所有种类、所有形式的工作，一般应避免妨碍身心宁静的感情冲动，并且，

> 选择最适合自己性情的道路。[1]

操持家政、读书、行猎以及从事其他任何活动，都应获取最大限度的快乐，但应防止过度。越过限度就会带来痛苦。为了保持活力，防止懒散松懈这另一个极端带来的危害，应该保留必要的事务和活动，仅此而已。有些知识学了无用，难于掌握，大部分是为世人创立的，应把它们留给为尘世效力的人。至于我自己，我只喜欢有趣、轻松、读了高兴的书，或者让我宽心，并为我处理生死问题提供意见的书。

> 我静静地漫步于清新宜人的树林，
> 思索着哲人君子可做什么事情。[2]

比较贤明的人有颗坚强有力的心，可以为自己创造精神上的

1　引自普罗佩提乌斯。
2　引自贺拉斯。

安宁。我的心普通平常，我必须借助身体的舒适来支撑自己。岁月几乎已经剥夺了我最喜欢的享受，所以我就必须锻炼和磨炼我的爱好，以适应最适合于我这个年岁的享受。竭尽全力继续享受生活的乐趣，虽然岁月正在从我们手中将它们一点一点地夺去：

> 摘取这甜蜜的欢乐之果尽情享用吧，
> 终有一天你将变成灰烬、影子和虚名。[1]

至于小普林尼和西塞罗提出的名垂青史的目的，这与我的想法相去甚远。与隐退最为格格不入的情绪是名利熏心。名望和清静乃是互不相容的两码事。据我看，他们两位只是将胳膊和两腿伸在政治生活之外，他们的心灵和思想比任何时候都更深地扎入其中。

> 啰里啰唆的老头，你靠别人的耳朵活着吗？[2]

他们后退只是为了更便于跳跃，是为了以更猛烈的跳跃更深地扎进人堆里。你想不想看看他们如何达不到目的？让我们将两位哲学家，也就是两个十分不同的派别的观点拿来对照一下吧。他们分别写信给各自的朋友伊多墨纽斯和卢齐利乌斯，要他们放弃公务和高位过隐居生活。他们说，你游荡漂泊至今，现在请到

---

1   引自佩尔西乌斯。
2   同上。

避风港来颐养天年吧。你已经将大部分生命献给了阳光照耀的尘世，就将余下的岁月留给阴影庇护的角落吧。如果你不放弃果实，是不可能丢下工作的。所以，切不要再关心名望和荣誉了。不要让昔日业绩的光辉过多地照耀你，跟随你到藏身之地，因为这是危险的。把他人的赞许带来的欢乐连同别的一起丢掉吧。至于你的知识和能力，没有关系，如果你自己因为有知识有能力而更有价值的话，那是不会失效的。有个人在被问及为什么那样卖力地干那不大会有人知晓的行当时，回答说："少数人知道就够了，一个人知道不算少，没有人知道也可以。"他的话很有道理，愿你铭记在心：你加你的一个伙伴足够唱一台戏，或者你一个人就可以唱台戏。你就把众人当成一个人，把一个人看成整整一群人吧。企图从休闲和隐退中捞取荣誉，那是卑劣的名利欲。应该像野兽一样把巢穴门口的足迹抹去。不要再追求世人谈论你，而是怎样同你自己交谈。回到你自己那里去吧，但首先准备接纳你自己。如果你不懂得管理你自己，把你交给自己就是荒唐的。引退之后，与在世人之中一样都有可能犯错误，直到有朝一日你变得不敢做错事，直到你知道为自己羞愧，知道尊重自己。"让自己头脑里装有君子的形象。"[1] 思想中总要装着加图、福基翁[2] 和阿里斯泰德[3]，在他们面前连疯子都会掩盖自己的缺点。让他们来检验你的一切意图吧。如果你的意图不对，对他们的敬重将使之得到纠正。他们将使你永远遵循这样的道路：自我满足，别无他

1　　引自西塞罗。

2　　福基翁（前402—前318），古希腊雅典将军、演说家。

3　　阿里斯泰德（前550—前467），古希腊雅典将军、政治家。

求，坚定不移地将你的心灵用于思考自己喜欢的有限的问题；对于真正的财富，在理解它的同时享有它，理解后就以它为满足，不再希望延长生命或名声。这就是自然的真正的哲学提出的主张，而不是前面两位[1]那种炫耀卖弄、夸夸其谈的哲学主张。

1　　指小普林尼和西塞罗。

四十

论西塞罗

在对上述两对人[1]的比较中我还要加上一笔。在西塞罗和小普林尼（我看他的性情一点也不像他的舅父）的书信中，可以找出无数的证据，说明他们本质上就是极端虚荣的。其中有一点是众所周知的，就是他们要求当时的历史学家在他们的著作中不要忘了记下他们。可是，命运仿佛也被激怒，竟将这种虚荣的请求流传至今，而早已把史册丢失殆尽。然而，地位这么高的人，竟然想从那喋喋不休的废话中捞取重大荣誉，不惜利用写给朋友的私人信件，甚至有的信件错过了寄发的时间还照样发表，还振振有词地说他们不想让自己的劳动和辛苦付之东流。这样做实在卑劣透顶。这两位罗马执政官，主宰世界的共和国的最高长官，利用他们的闲暇，客客气气地写上一封辞藻华丽的书信，不是正好可以炫耀他们熟谙他们奶妈的语言吗？靠此谋生的普通小学教师

1　指上文中谈到的小普林尼和西塞罗，另一对是伊壁鸠鲁和塞涅卡。

会做得更糟吗？如果色诺芬和恺撒的业绩不是远远超过他们的辩才的话，我想他们是不会将它写出来的。他们悉心介绍的不是他们的言辞，而是他们的行动。还有，如果说语言的完美可以给大人物带来体面的声望的话，那么西庇阿和莱利乌斯[1]肯定不会将他们的喜剧以及那优美典雅、脍炙人口的拉丁语所带来的荣誉让给一个非洲农奴。作品的优美卓绝足以说明这部作品出自他们之手，而且泰伦提乌斯[2]自己也是承认的。要我放弃这一看法我是很不乐意的。

想要赞扬一个人，却搬出一些虽然很值得赞扬，但与其地位不相称的优点，或者搬出他的非主要优点，那是一种嘲弄和侮辱。这就像称赞一位国王，说他是好画家、好建筑师、好火枪手或好夺环骑手[3]一样。这种赞扬，如果不是与切合他地位的赞扬（比如说在和平和战争中正确而又巧妙地领导了子民）一起或随后提出，就不会给他带来荣誉。这样做了，再去说居鲁士懂得农业，说查理大帝有口才、有学问，才会给他们增光添彩。还有更令人难容忍的事：在我年轻的时候，我见过有些人，明明因写作成名，并以此为职业，却否认自己学过写作，装得文理不通，看不上这种平庸的才能——在民众眼里，有学问的人是不会有这种才能的，他们应该显示出更优秀的才华。

在派去拜谒腓力二世的使团中，德摩斯梯尼[4]的同伴们赞扬

1　莱利乌斯为西庇阿最要好的朋友，文社成员之一。
2　泰伦提乌斯是奴隶出身，后来成为西庇阿和莱利乌斯的朋友。蒙田认为其喜剧为西庇阿及其朋友所作。
3　骑马穿环游戏，即古时的骑手骑马夺取挂在空中的环，以此为一种游戏。
4　德摩斯梯尼（前384—前322），古希腊雄辩家及民主派政治家。

腓力二世长得漂亮，能言善辩而且豪饮不醉。德摩斯梯尼说这些赞扬适用于女人、律师和海绵，却不能用于称颂一位国王。

> 让他面对反抗的敌人战而胜之，
>
> 敌人倒地，他则宽大仁慈。[1]

善于狩猎，精于舞蹈，那都不是他的职业，

> 学会诉讼，用罗经测量天体运动，
>
> 懂得给金色的星辰命名，这都是旁人的事，
>
> 他的学问是治理各国的百姓。[2]

普鲁塔克说得好，在次要的事情上显得出类拔萃，恰恰从反面说明没有把空闲和努力用在正道上。原本应该把力气花在更为必要和有用的事情上。所以，马其顿国王腓力听到他的儿子亚历山大大帝在一次宴会上唱歌，与最优秀的音乐家一争高低，便对他说："你唱得那么好，不觉得羞耻吗？"还是这位腓力，曾同一位乐师争论他的艺术，乐师对腓力国王说："陛下，你比我还懂这些事，但愿以后不要这样不幸了。"

一位国王应该能够像伊菲克拉特[3]那样回答问题。一位演说家气势汹汹地追问他："那么，你一副好汉的样子，到底是干什

1　引自贺拉斯。

2　引自维吉尔。

3　伊菲克拉特（前415—前353），古希腊将军。

么的？是当兵的？弓箭手？还是长矛兵？""都不是。我是懂得指挥所有这些人的人。"

安提西尼认为，夸奖伊斯麦是位出色的笛子演奏家对伊斯麦毫无价值。

我听说有人关注这部《随笔集》的文笔，我很清楚我宁愿他在这个问题上保持沉默。审视《随笔集》的文笔，这不是在褒扬其形式，而是在贬低其内容，而且越是拐弯抹角，就越具有讽刺意味。不过如果其他许多人，不管以什么方式，好的也好，坏的也好，可以给读者提供更丰富的内容，如果有作家在书页上撒播过更充实，至少更激昂的内容，那我的作品就没有成功。为了多放入几篇随笔，我只堆砌了一些主要的思想。如果展开谈的话，这本集子就要增加好几倍。而且我在其中加进了一些故事，没加任何评论，若有人愿意巧妙地整理，就可以产生出无数的"随笔"来。无论是故事或我的引证，并不总是仅仅用来作为例子、根据或衬托的。我并不是仅仅从它们的用途上来看待它们。它们在我的话题之外，往往包含着更丰富、更大胆的思想种子，还发出更悦耳的弦外之音。对我这个并不想表达更多意思的人是如此，对其他发现并赞同我的思想方式的人也如此。回过头来谈谈说话的能力吧。在善于说话和不善于说话之间，我看不出有什么大的区别。"说话和谐悦耳并非男子汉的荣耀。"[1]

先哲们说，判断学问唯有哲学，判断行动唯有道德。哲学和道德对于一切地位和等第的人都是适用的。

1　引自塞涅卡。

另外两位哲学家[1]的情况有点类似。因为他们在写给朋友的信中也做了流芳百世的许诺。不过那是以另外一种方式，出于良好的目的去迎合别人的虚荣心。他们对朋友说："如果你们因为要流芳百世名传千古而继续操持公务，不愿按我们的要求弃世隐退的话，你们就不要再为此伤脑筋了。因为我们在后世的威望，即使仅凭我们写给你们的那些信，就足以保证你们名传千古了。这同你们操持公务起着同样的作用。"另外，除了这点不同，他们的信并非空洞无物。这些信不仅把精挑细选的词句按恰如其分的节律排列堆砌起来，而且充满了优美的格言警句；不是使人更加口若悬河，而是更加智慧聪明；不是教人说得漂亮，而是做得漂亮。雄辩术叫人一心羡慕能说会道而不注重实际行动，就让它见鬼去吧，尽管有人说西塞罗的雄辩术卓越超群，自成一体！

为让我们了解西塞罗的个性，我还要补充一个关于他这方面的故事。一次他要在公众面前演讲，但时间有点紧，无法从容地做好准备。他的一名叫埃罗斯的奴隶跑来告诉他演讲推到第二天了，他高兴得竟然因为这一好消息给了这奴隶人身自由。

说起书信，我要说的是，我的朋友们认为我在这种形式的著作上可以有所建树。要是我有交谈的对象，我是乐意让人看到我诙谐机智的书信的。我需要像从前一样有一个吸引我、给我支持与激励的可靠朋友。因为若要我像有的人那样与虚无的对象交谈，我是做不来的，除非是做梦。我也不会捏造出几个通信人来谈论严肃的事情：我是坚决反对任何弄虚作假的。与一位才华出

1　指伊壁鸠鲁和塞涅卡。

众的朋友通信，要比面对一群面孔各异的人时更加专心致志，更加胸有成竹。而且，我在这方面会更成功，要不就是我对自己估计错了。当然，我的文笔诙谐，有个人特色，但这种方式属于我自己，不宜用来公开交换意见。另外我的语言不很规范：有的过分紧凑，有的杂乱无章，有的断断续续，有的与众不同。我也不谙熟拘泥客套的书信，除了一连串的客套话，没有什么实质性内容。我不擅长写大表感情和大献殷勤的长信，也没有这个兴趣。这些表示我是不那么相信的。除了我确信的东西之外，我不愿多说什么。这与现在通行的做法相去甚远。过去从没有这么下贱、卑鄙地滥用字眼的；生命、心灵、虔诚、崇拜、农奴、奴隶等词汇比比皆是，用起来那么平庸，以至于到了想要传达更明确、更尊敬的意愿时，就无法表达了。

我特别讨厌用阿谀奉承的口气说话。因此，我说起话来自然就干巴、坦率和生硬，在不熟悉我的人看来，简直有点傲慢。

对我最敬重的人，我赞颂得最少。当我随心所欲地写下去的时候，我就忘乎所以了。对志同道合的，我的信寥寥数语，直言不讳。对最知心的人，我说得最少：我觉得他们一定从信中看得出我心中的想法，用语言表达出来会有损我内心的感受。

在表示欢迎、告别、感谢、致敬、愿意效力以及说我们礼仪客套中的恭维话等方面，我不知还有谁比我更笨嘴笨舌、更语言贫乏的了。

我费力为别人写下的引荐信和推荐信，从来没有哪位被举荐的人不觉得枯燥无味的。

意大利人喜欢大量刊印书信。我想我手头各种书信集都有百十来部了。我觉得阿尼巴尔·卡洛[1]写得最好。从前，我确曾在激情的驱使下胡乱涂写过一些给女士的信，如果都保留着的话，也许还有几页值得那些热衷于写情书、无所事事的年轻人读一读。我信写得总是匆忙仓促，所以，尽管字迹潦草得叫人受不了，我还是宁肯自己写而不叫人代笔，因为我找不到哪个人能够跟得上我的口授。我也从不将信誊写。熟悉我的大人物们已经习惯于忍受我信中的涂改勾画、信纸不折、不留边空了。我最费劲写的信是最无价值的：一旦我拖着不写完，那就说明我对它们不重视。我往往不打腹稿就开始写，写完一段再想第二段。这时的信更多地是边上添几句，写个开头，而不是写主要内容。我喜欢同时写两封信，而不是写完一封便折起来装入信封内，我把这个任务交给别人去做，同样，主要内容写完以后，也往往让别人在信尾加上那些冗长的致辞、建议、请求等。我还希望某种新的通行做法使我们免去这套东西，也免去写信注明身份、头衔。有好几次为了不在这方面出差错，我都让别人去写，尤其是给司法和财政官员的信。那么多的职务变更，还有那十分难于安放排列的各种荣誉称号，由于当事人都是非常郑重其事地领受的，如有更动和遗忘不可能不得罪人。我也感到，在书名页和介绍书目的页面上写满这些头衔称号也是让人讨厌的。

1　阿尼巴尔·卡洛（1507—1566），意大利作家、诗人。

四十一

论荣誉不可分享

世人千思万虑，无非是关心名望和荣誉。他们锲而不舍，甚至不惜抛弃财产、安宁、生命与健康，丢开这些有用和根本的财富，拼命追逐那个幻影，那个没有形体、不可捉摸的空话。

> 名望看起来多么美好，
> 这动听迷人的声音，不过是一曲回声，
> 一个影子般虚无缥缈的梦境，
> 微风一吹，就销声匿迹全无踪影。[1]

看来，在人类不合理性的倾向中，名望是连哲学家们也迟迟不肯丢弃的。

这是最讨厌、最顽固的倾向。"因为它不断给人以诱惑，甚

1　引自塔索。

至包括心灵先进的人们。"[1] 很少有人在理智上那样明白无误地指责虚荣的。但它在我们身上根深蒂固，我不知道是否有人曾干净彻底地摆脱了它。你说出种种道理，信誓旦旦地否定名望，但它又会让你不顾你的言论在内心喜欢上它，弄得你毫无办法应付它。

因为正如西塞罗所说，即使是批判名声的人，也还要在他们作品的扉页印上自己的名字，要以蔑视荣耀而使自己变得荣耀。其他一切可以与人分享；为了朋友的需要，我们可以拿出财产和生命；但是，若要与他人分享荣誉，将荣誉让给别人，那就少见了。卡图鲁斯·卢塔蒂乌斯[2] 在与钦布里人[3] 作战时，尽了最大努力去制止士兵们在敌人面前溃逃。后来他自己跑到了逃跑的士兵中间，装出胆小害怕的样子，为使士兵们觉得是在跟随他们的统帅，而不是在逃避敌人。这是牺牲自己的名声以掩饰他人耻辱的例子。有人说，在查理五世皇帝一五三七年进军普罗旺斯时，安东尼·德莱弗看到他的主上决心御驾亲征，也觉得此行对皇帝来说是件特别荣耀的事，但他却发表了反对意见，劝他不要出征。这样做为的是让他的主上独占做出英明决定的荣誉，让别人去说皇上的意见多么正确英明，能够力排众议完成了如此美好的壮举。这件事光耀了主子，却损害了他自己的名誉。色雷斯的使节们在布拉齐达斯[4] 死后安慰他的母亲阿基利奥尼德时，大事赞颂布拉齐达斯，甚至说从此再无人可以与他相比。阿基利奥尼德拒

1　引自奥古斯丁。

2　卡图鲁斯·卢塔蒂乌斯，公元前二四二年任罗马执政官，前二四一年任总督，曾击败迦太基人的舰队，结束第一次布匿战争。

3　钦布里人，日耳曼北部的民族。

4　布拉齐达斯（前5世纪），斯巴达将军，在伯罗奔尼撒和色雷斯战争中功勋卓著。

绝对她儿子个人的赞扬，而把这些荣誉归还给整个城邦。她说：
"请不要对我说这样的话，我知道斯巴达城里许多公民都比他勇
敢伟大。"在克雷西战役[1]中，当时还很年轻的英国威尔士亲王指
挥先锋部队。主要战事就发生在这里。随行的爵爷们感到战局艰
难，要求爱德华国王靠拢救援。国王询问了儿子的情况，当听说
他还活着，还骑在马上，他说："这场战斗他坚持了这么久，我
现在去抢走他的功劳，会给他的利益造成伤害。不管有多大危
险，胜利将全部属于他。"他自己不肯前去，也不想派人去，因
为他知道，假如他去了，人家就会说没有他的救援早就完了，这
份功劳也就归到他的名下。"的确，战斗的胜利好像总是最后一
支援军单独获得的。"[2]

　　不少罗马人认为，而且大家也都这么说，西庇阿的丰功伟绩
有一部分属于莱利乌斯。但莱利乌斯总是努力提高和维护西庇阿
的威望，从不计较个人的得失。

　　有人恭维斯巴达王泰奥鲍普斯说，国运昌盛是因为他治理得
当。他回答说："倒不如说是因为百姓懂得服从。"继承贵族爵位
的女人虽然是女性，还是有权参与贵族司法权限范围内的诉讼事
务并发表意见。同样，教会中的贵族虽然是教士，也有义务在战
争中辅佐国王。不仅派朋友和奴仆们上战场，他们自己也亲自
参战。在布维纳战役中，博韦的主教在菲利普·奥古斯特[3]身边，
非常勇敢地参加了战斗。但他觉得自己不应染指这场激烈的流血

1　　克雷西战役，一三四六年百年战争初起，英国爱德华三世在此击败法王菲利普六世。

2　　引自李维。

3　　菲利普·奥古斯特（1165—1223），法国国王。

冲突的成果与功劳。那天，他亲手降服了好几个敌人，然后随手将他们交给了他所遇到的第一个贵族，任凭他们去处死或充作俘虏。他自己一个也不处理。就是这样，他把纪尧姆·萨尔斯贝里伯爵交给了让·德内斯尔老爷。同前面一样，出于良心上的微妙考虑，他宁愿重击头部把人打死，而不是打伤。因此他打仗只用狼牙棒。我年轻时，有个人受到国王的责备，说他对一位神父动了手，他却矢口否认。原来他是用脚将神父打倒在地的。

四十二

论人与人的差别

　　普鲁塔克在什么地方说过，兽与兽的差别不如人与人的差别大。他指的是智力和内在品质。的确，我觉得，就连我所熟悉的人——我说的是思维正常的人——也跟我想象的一样，离伊巴密浓达那么遥远。所以我愿比普鲁塔克走得更远些，我要说人与人之间的差别，要比人与兽的差别更大：

　　　　啊！人与人可以差得多远！ [1]

　　天地间的距离有多少个等级，人的智力的差别就有多少个等级，一样地不可衡量。

　　然而，谈起对人的评价，有一点很是奇怪，万物都以其本身的品质来衡量，唯独人是例外。一匹马，我们赞扬的是它的雄健

―――――
1　　引自泰伦提乌斯。

灵活，

> 人们赞扬快马，是因为它
> 在全场的欢呼中得胜获奖。[1]

而不是它的鞍鞯；一条猎兔狗，我们赞扬的是它的速度，而不是它的项圈；一只猎鸟，我们赞扬的是它的翅膀，而不是牵绳或脚铃。对于一个人，我们为什么不也用他的品质去衡量他呢？大群的随从、华丽的宫殿、巨大的威望、丰厚的年金，统统是他的身外之物，而不是他的内在品质。你不会买一只装在袋子里的猫，你若就一匹马讨价还价，你会卸下它的鞍鞯。你见到的是匹不遮不盖的马；若是像从前让君王挑马似的将马盖住，盖的则是次要部位，为的是不让你只注意好看的毛色和宽阔的臀部，而让你主要审察腿、脚、眼睛这些最有用的器官。

> 君王们相马往往将马盖住，
> 以免身俊脚软之马，
> 以它华美的外表，
> 迷住购马的君王。[2]

那么评价人时，你为什么要让他裹得严严实实的呢？我们所

1　引自尤维纳利斯。
2　引自贺拉斯。

能看到的，只是他的外在部分，唯一真正可以作为评价依据的部分却给遮住了。你所求的是剑的锋利而不是鞘的华美：剑一出鞘你可能一个子儿也不掏。看人应看人本身，而不是看他的穿戴。有位古人的话说得很风趣："你知道为什么你觉得他高吗？你把他的木屐都算上啦。"塑像的基座不算在塑像之内。量人别连高跷也量上。让他丢下财富、头衔，穿着衬衣来。他的体格与他的职务相称吗？身体健康、精力充沛吗？他的心灵呢？美好吗？高尚吗？各种品质都具备吗？它原本就高贵还是依仗别的而高贵？运气不起任何作用吗？面对剑拔弩张的挑战，他镇定自若吗？他是否视死如归，不在乎老死善终或断头而死？他沉着冷静、始终如一吗？他能知足吗？这些都是必须注意到的，我们可以借此评价人与人之间的极大差别。他是不是

贤明、自制，

穷困和铁链吓不倒他吗？

他勇于控制情感淡泊荣誉吗？

他不露声色又圆又滑，

犹如滚动着的圆球，

不受命运的摆布吗？[1]

一个这样的人，远远超越了王国公国：他本身就是一个属于他的帝国。

1　引自贺拉斯。

哲人是自己命运的创作者！ [1]

他还要祈求什么呢？

难道我们看不到造化只要求我们
有个无病无灾的身躯，
有颗平静地享受人生、
无忧无虑的心灵？ [2]

拿我们的那伙人同他比较一下吧。他们愚蠢、下贱、低三下四、动摇不定，总是随着各种感情的反复冲击而摇摆，一切都听从别人。真是天壤之别啊。可我们习惯上竟如此盲目，对这些很少注意或不去注意，而每当我们观察农民和君王、贵族和平民、官员和百姓、富人和穷人的时候，我们就会立即看出极大的差别：其实，他们之间的差别，只是裤子的不同，如果我可以这样说的话。

在色雷斯，君王同百姓的区别很有意思，甚至非常夸张。君王有专门的宗教，有自己的神，不允许臣民信奉，那就是商神墨丘利。臣民们敬奉的战神玛尔斯、酒神巴克科斯、月神狄安娜，他是看不上的。

不过，那些只是表象，并不构成人与人之间质的差异。

1　引自普劳图斯。
2　引自卢克莱修。

这就像演戏的戏子，你看他们在台上扮演公爵、皇帝，可一转眼他们又成了卑贱的奴仆与脚夫。这才是他们本来的身份。同样，在观众面前排场阔气得让人眼花缭乱的帝王——

> 因为镶嵌在黄金上的
> 大颗祖母绿宝石
> 在他身上闪闪发光，
> 海蓝色的常服吮吸着维纳斯的香汗。[1]

请到幕后看看他吧——只是个普普通通的人，也许比他的哪个臣民都要卑贱呢。"智者内心幸福，另一个只是表面快乐。"[2]

胆怯、踌躇、野心、怨气及嫉妒，使他同别人一样心烦意乱：

> 因为金银财宝、束棒斧头，
> 都驱除不了
> 压在心头的痛苦与不安；[3]

即便他在军队之中，忧虑和恐惧也会来扼住他的咽喉，

> 压在心头的恐惧和忧虑，
> 不怕叮当的兵器、飞驰的箭矛，

1　引自卢克莱修。
2　引自塞涅卡。
3　引自贺拉斯。

胆敢待在君王、显贵之中，

金银财宝也诓骗不动。[1]

他不也跟我们一样，会发烧，会有痛风和偏头痛吗？等到年老力衰，他卫队中的弓箭手能让他返老还童吗？当死亡的恐惧折磨他的时候，他房中的侍从能叫他宽心吗？在他满怀妒意、失去理智的时候，我们脱帽致敬能使他平静下来吗？这镶满黄金珠宝的帐幔，丝毫也减轻不了他阵阵发作的腹痛：

你以为你的高烧会因为

你床上有大红毯子和绣花被单，

就要比你睡百姓的被单退得更快吗？[2]

有人拍亚历山大大帝的马屁，非要他相信他是朱庇特的儿子。一天他受了伤，看着伤口流出的血说："喂，怎么样？这不是鲜红鲜红、地地道道的人血吗？可不像荷马说的神祇伤口流出的血呀。"诗人赫尔莫多鲁斯写诗歌颂安提柯一世，称他为太阳之子。而他却说："替我倒便桶的人心里很清楚，根本不是那么回事。"他们是人，仅此而已。如果他生来就是无能之辈，就算统治整个世界也不会使他改变：

让姑娘们去紧随其后吧，

1　引自卢克莱修。
2　引自贺拉斯。

让玫瑰在他的脚下开放吧，[1]

如果他是粗鲁、愚笨之辈，这些对他有什么用呢？没有魄力和才华，欢乐和幸福就无法消受：

> 人的情操有多高，这些东西就值多少，
> 用得恰当就是财富，用得不当是灾祸。[2]

　　命运给予的财富不管有多大，还得有灵敏的感觉去品尝。使人幸福的不是拥有，而是享受：

> 房子、财产、大堆的金银财宝，
> 治不了你身上的疾病，
> 退不掉你体内的高烧，去不了心头的烦恼，
> 享用财富身体一定要好。
> 受欲望和恐惧折磨的人，家为何物？
> 那是给害眼病者看的画，给痛风者贴的膏药！
> 壶里不干净，倒进去的东西等于零！[3]

　　他是白痴，不辨酸、甜、苦、辣。他像患了感冒，品不出希腊美酒的醇香；又像一匹坐骑，欣赏不了身上鞍鞯的富丽堂皇。

1　　引自佩尔西乌斯。
2　　引自泰伦提乌斯。
3　　引自贺拉斯。

柏拉图说得好，一切好的东西，诸如健康、美丽、力量、财富之类，对不公正的人来说都是坏事，对公正的人来说则是好事，反之亦然。

再说，身体和精神都不好，身外的财富有何用？身上被针扎痛，心里郁郁不乐，是不会有兴趣统治世界的。痛风一旦发作，他就枉为皇上和陛下了，即使他

> 金银满堂，[1]

难道他还想得起他的宫殿和他的威严吗？在他发怒的时候，他身为君王难道就会不气得面红耳赤，脸色发白，像疯子一样咬牙切齿吗？如果他富有教养又生来高贵，王位并不为他的幸福增添东西：

> 假如你有健全的五脏和肢体，
> 君王的财富不会为你增添任何幸福，[2]

他看得出，那只是过眼烟云。是的，他也许赞同塞勒科斯国王的意见：知道权杖分量的人，一旦权杖掉落在地，是不屑于去捡的。他这句话，是指明君肩负的重大又艰巨的责任。当然，管辖他人不是一件小事，因为我们自己管自己还有那么多的困难。至

1　引自提布卢斯。
2　引自贺拉斯。

于发号施令，虽然看起来美好，但由于人的判断力低下，由于捉摸不定的新事物叫人难于做出决断，我是很赞成这样的看法的：跟随别人要比带领别人更为容易和愉快；走现成的路，只对自己负责，则是很好的精神休息。

> 所以，与其想治理国家，
> 不如心平气和地服从。[1]

另外，居鲁士也说过，不比接受命令者强的人，不配发号施令。

然而，据色诺芬记载，希罗国王[2]甚至说，即便在安享欢乐方面，他们也不及普通人。因为快乐得来轻而易举，使他们品尝不出常人品尝得到的又酸又甜的滋味。

> 菜吃多了胃受不了，
> 不顾一切的爱，爱够了让人厌倦。[3]

我们不是认为唱诗班的孩子酷爱音乐吗？其实唱多了会使他们厌烦。宴会、舞会、化装舞会、比武大会，不常看的人、想看的人看了高兴；可看惯了的就会觉得乏味、扫兴。处惯了女人的人，见了女人也不会动心。从不让自己渴着的人不会尝到喝水的

1　引自卢克莱修。
2　希罗，西西里岛叙拉古之王（前478—前467在位），是色诺芬对话中的一个人物。
3　引自奥维德。

乐趣。街头闹剧让人开心，但对艺人来说却是苦役。事情就是这样，对君王们来说，偶尔乔装改扮丢下王位过过下层百姓的生活，却是快活的事，

> 换换生活往往使显贵们快活，
>
> 净桌陋屋，既无挂毯又无红地毯，
>
> 使忧心忡忡的额头得以舒展。[1]

最令人讨厌和恶心的，莫过于一个多字。土耳其皇帝在深宫养着三百佳丽，见到这么多的女人任他摆布，他哪里还有兴致？他的那位祖先，出猎必带七千鹰奴，这叫什么打猎？狩猎还有什么意思？

此外，我还觉得这样的显赫排场会大大妨碍他们享受最甜美的乐趣：因为他们太招摇，太显目。

不知为什么，大家宁愿君王们隐藏和掩盖他们的错误。因为在我们身上称为过分的事，发生在他们身上，老百姓就认为那是专制，蔑视法律。而且除了说他们作恶成性之外，似乎还有喜欢对抗和践踏国家法规。

是啊，柏拉图在他的《高尔吉亚篇》[2]对话中，就将暴君定义为可以在城邦中任意胡为的人。所以，往往由于这个原因，暴露和公开他们的过失比过失本身更令人反感。他们人人都怕受人

1　引自贺拉斯。

2　高尔吉亚是这一对话中的一位人物的名字，诡辩家。苏格拉底向他提问。

注意，遭人监督，因为连他们的举止和想法都有人盯着看着，百姓们也都认为有权也有兴趣对之评头论足。再说，越是显眼的污斑看起来越大；额头的疣子就比别处的伤疤更瞩目。

这就是为什么诗人们描述朱庇特的爱情总要将他换副面孔，在他们讲到的他的众多风流逸事中，以他主神的高位讲述的好像只有一件。

让我们回过头来说说希罗国王吧。他也讲过，身居王位是多么不舒服，不能自由地行动和旅行，憋在国内就像个囚徒，干什么都围着一大堆讨厌的人。说实在的，看到我们的国王们孤独地坐在餐桌前，到哪里都有吵吵嚷嚷的陌生人围观他们，看到这些，我总是感到可怜而不是羡慕。

阿方索国王说，在这点上，毛驴的处境比国王强：毛驴的主人让它们自由自在地吃草，而国王的仆人们却不给他这份自由。

我从来都不认为，一个智力健全的人，坐在马桶上时有二十个人照看，生活会很方便；也不认为一个有一万法郎年金，曾攻占过卡扎尔，守卫过锡耶纳的人，能比有经验的好仆人把国王侍候得更周到更舒服。

君王的特权可以说是想象中的。有权有势者无论大小，好像都在称王。当年恺撒就把法国有司法权的领主统统称为小国王。的确，除了不用"陛下"这个称号之外，他们跟国王也相去不远。你看，在远离王室的省份，比如在布列塔尼，一名退隐林下、深居简出、奴仆前呼后拥的领主，车马、扈从、管家，各种服务、各样礼仪应有尽有；你看他的想象力有多丰富，再没有比他更像君王的了。他一年一度听人提起他的主子，就像提及波斯国王一样。他承认这位主子，仅仅是因为有某种久远的、由他的秘书记录备查的亲戚关系。说实在的，我们的法律够宽松的了，一个贵族一生中受王权的影响不过两次。只有那些受人之请并甘愿以效力获取荣誉和财富的人才认认真真地称臣服从。的确，谁要愿意藏影匿踪，善于把家管得没有争吵、没有官司纠纷，他就会像威尼斯大公一样自由。"奴隶地位约束不了多少人，多得多的人是甘当奴隶。"[1]

但希罗尤其看重这样一个事实：他看到自己得不到友谊与交往，可这是人生最美好、最甜蜜的果实。因为某人的一切成就，不管愿不愿意，都是我给的，我能指望他如何表示友情和善意呢？我能因为他一定会对我敬重，就看重他那恭恭敬敬的讲话和彬彬有礼的态度吗？畏惧我们的人表示的尊敬不算尊敬；这种敬意敬的是王权而不是我自己：

> 统治者获得的最大好处是，
> 百姓在忍受你的所作所为的同时，
> 又不得不对你歌功颂德。[2]

我看到，昏君或明君，受人憎恨的或被人爱戴的，都一样得到赞颂。我的前任得到的，是一样的客套，一样的虚礼；我的继承人也将得到同样的对待。我的臣民不伤害我，这并不表示什么

1　引自塞涅卡。
2　同上。

爱戴之情：既然他们想伤害也不能，我为什么要把这看作爱戴呢？跟随我的人都不是因为同我有什么友情：交往接触那么少是不可能建立友情的。我位高权重使我无法与人交往：差异与差别太大了。他们追随我，是出于礼貌与习惯，与其说是追随我，不如说是追随我的财富，以便增加他们的。他们对我说的、做的，统统都是装的。他们的自由处处受到我的权威的约束，所以我看到的周围的一切全都是遮遮掩掩的。

一天，尤利安皇帝的朝臣称颂他主持公道，他却说："如果这些赞扬出自那些在我的行为不公道时敢于指责我的人，我会由衷地感到骄傲。"

君王们真正拥有的全部优越条件与普通人没有什么两样（骑飞马、吃神馐仙肴那是神的福分）。他们同我们一样，困了要睡，饿了要吃；他们的刀剑并不比我们佩带的更坚硬；他们的王冠既不遮阳也不挡雨。戴克里先[1]当皇帝十分受人尊敬，又被命运宠幸，却丢下皇冠去享天伦之乐。不久之后，国家有难要求他重登皇位，他回答请他复位的大臣们说："我亲手栽下的树木整整齐齐，我种的瓜儿又甜又香，你们要是见过，就不会劝我这样做了。"

阿那卡齐斯[2]认为，最好的执政之道，是推崇德行，舍弃恶行，其余的一切不分主次轻重。

皮洛士国王打算进军意大利。他的谋士居奈斯非常高明，他

1　戴克里先（245—313），古罗马皇帝。
2　阿那卡齐斯（前6世纪），斯基泰哲学家，在希腊闻名遐迩。

有心让皮洛士感悟自己计划的虚荣，便问他："陛下啊，您计划的这件大事目的何在？""为我主宰意大利。"他立即答道。"然后呢？"居奈斯又问。"我再进军高卢和西班牙。"皮洛士说道。"再以后呢？""我再去征服非洲；最后，等我征服了全世界，我就休息休息，过过满足自在的生活。""看在上帝的分上，陛下，"居奈斯又激动地问道，"请您告诉我，为什么您不从现在起就过这样的生活呢？为什么不从眼下就开始，照您所说，到您希望去的地方去住呢？也免得您在这中间生出那么多的辛苦和危险来。"

> 因为他弄不清欲望应有的界限，
> 真正的快乐应到何处为止。[1]

我将以下面这句古诗结束这一段，我觉得它对这个问题特别合适："各人的性格铸就各自的命运。"[2]

1　引自卢克莱修。
2　引自科内利尤斯。

四十三

论反奢侈法

我们的法律试图解决吃穿挥霍无度的问题，但方法似乎与其目的背道而驰。真正的办法是唤起人们对黄金、锦缎的蔑视，让人把这些看得一钱不值。而我们为了让人讨厌这些东西，却在抬高它们的身价，提高它们的价格，这实在是一种荒唐的做法。比如，规定君王才能吃大菱鲆、穿天鹅绒、佩金饰带，又禁止老百姓这样做，这不是抬高这些东西的身价，吊众人的胃口又是什么呢？让君王们勇敢地丢弃这些显示地位的标志吧，别的标志有的是。在这方面挥霍，这种行为在任何人身上都要比在君王身上容易获得谅解。我们可以通过许多国家的例子，学到许多更好的办法来从外表上显示我们自己，显示我们的地位（说实在的，我认为这对一个国家来说是十分必要的），而不会因此而滋生这类明显的腐败和损失。在衣着之类无关紧要的事情上，习惯会轻而易举地突然间产生影响，真叫人叹为观止。我们在宫廷中穿布衣戴孝悼念亨利二世国王不到一年，绫罗绸缎在每个人的眼里肯定已经变得非常不值钱，你若看见某人穿着绸缎，你马上就会将他当成平头百姓。那时穿绸缎的都是内科和外科医生。即便人人穿得几乎一样，人与人之间还是有着许多显著的差别。

在我们的军队里，肮脏的羊皮粗布军衣可能突然间大受青睐，而优雅华贵的衣服却遭到指责与蔑视！

让君王们开始停止这种耗费，这件事一个月之内就可办成，不需要诏书也不需要命令。我们大家也会跟着照办。法律应该反过来规定，任何人不得穿红挂金，除非妓女和街头卖艺人。查莱库曾用这种巧妙的办法治好了洛克里人的腐败风气。他的命令是这样的：有自由身份的女子，除非在喝醉的时候，不得带一名以上的侍女，也不得在夜间出城；周身不得佩金饰银，不得穿绣花裙子，除非是娼妓。男子不是皮条客，不得戴金戒指，穿用米莱城的衣料做成的精制袍子。这样，他用这些不光彩的例外，巧妙地使百姓不再追求那些毫无用处的物品和十分有害的乐趣了。

以名利诱使人俯首听命，是个十分有效的办法。要进行类似的风尚改革，我们的国王完全能做到的。他们的喜好就是法律。"君王们无论做什么，都像在颁布旨意。"[1] 整个法国都以王室的标准为标准。要国王废除明显暴露我们隐私部位的前面开裆的丑陋裤子；废除使我们显得粗笨肥胖，使我们全然不像自己的、不方便佩刀挂剑的紧身衣；废除女人气十足的长发辫；废除向朋友致敬时，伸出手让对方亲吻一下的做法（这个礼节从前只有王公贵族才使用）；废除贵族在礼仪场合不佩宝剑的做法，不让他们像

1　　引自昆体良。

从厕所里出来那样衣冠不整；废除不论在什么地方，见了君王要远远脱帽的做法（不但见了自己的君王要脱帽，见一百个其他君王也要脱，因为三等、四等的小王有的是），这种脱帽的做法是违背祖宗的做法和王公贵族的特权的；还要废除其他刚从外面引进的类似的有害做法：凡此种种，只要国王下决心废除，就会很快销声匿迹，变得一无价值。那些做法虽说是表面上的谬误，却是不好的兆头。我们清楚地知道，墙壁的灰浆和涂层开裂时，墙体就已受损了。

柏拉图在《法律篇》中认定，听凭年轻一代在服饰、举止、舞蹈、体育、唱歌等方面随心所欲地变换花样，忽而喜欢这样，忽而喜欢那样，一心追求新花样，还对出新花样的人推崇备至，这对他的城邦比最坏的瘟疫还要有害。风气会因此而变坏，一切传统的制度都会遭到轻视和蔑视。

任何事物，除非是坏事，发生变化总是令人担忧的，如季节、风向、食物、性情的变化。没有法则具有真正的权威性，除了上帝赋予的某些古老的法则，没有人知道它们的起源，也不知道现在和过去有什么不同。

四十四

论睡眠

理智叫我们做事要有恒心，但并没有说不得加快或放慢。尽管哲人不该容许人的激情偏离正道，他却可以在不损害其责任的情况下做出让步，让激情去决定加快还是放慢自己的步伐，而不要像个死板无情的庞然大物似的立着不动。就算他是勇敢的化身，我想他的脉搏在冲锋的时候也会比就餐的时候跳得快。他甚至一定会发热和激动。因此，有时看到大人物们面对重大行动和非常事件，却完全镇定自若，甚至照常睡觉，我以为很是难得。

亚历山大大帝将与大流士激战，那天早上，他沉睡不起，眼看开战时间迫近，帕尔梅尼奥只好进入他的卧室，到床边叫他两三次名字才把他唤醒。

奥东皇帝决定在夜里自刭。他先安排好家事，给仆人们分了钱财，磨快了准备自杀的剑刃，只等弄清各位朋友是否都已安全撤离，然后他便睡起觉来。他睡得那么深沉，仆人们竟然听到他的鼾声。

这位皇帝之死与伟大的小加图之死有许多相似之处，甚至还有这样的事：小加图已准备自杀，事先布置让元老院的元老们撤离，在等待元老们是否已离开乌提卡港[1]的消息的时候，他沉沉地睡去了，从隔壁的房间可以听见他的鼾声。他派往港口的人回来叫醒他，向他报告说，元老们遇上风暴难以启航。他又派了一人去，然后钻进被子里再次睡去，直至那人告诉他元老们确已离去。

我们有充分理由将小加图与亚历山大大帝做比较。护民官梅特卢斯想要趁卡提里那[2]的骚乱，发布命令召庞培带兵回城。梅特卢斯的煽动使小加图遭遇一场危险的大风暴。反对这项命令的只有小加图一人，为此梅特卢斯曾同他在元老院互相谩骂和威胁。但是，命令第二天就要在罗马广场上执行了。那时，梅特卢斯除了有民众的支持和偏向庞培的恺撒的支持之外，必将带有众多准备决一死战的外籍奴隶和刀剑手，而小加图只有他的毅力支撑着他。因此，他的家人、奴仆及许多正人君子都十分担忧。有的人预感事态险恶，夜里和他待在一起不吃不喝也不睡。连他的妻子、姐妹也都在他家里一个劲地发愁哭泣。可他呢，却反过来安慰大家。跟往常一样吃过晚饭，便去上床就寝，一直沉睡到第二天早上，直到他的一位行政长官署的同僚来将他叫醒，他才动身去参加争论。看到此人剩下的人生里表现出的伟大勇气，我们完全可以断定，他之所以能够如此，是因为他有一颗远远超越此

1　乌提卡，北非迦太基西北的城市。
2　卡提里那（前108—前62），阴谋颠覆共和国的罗马贵族，为当时的执政官西塞罗所揭发，前六二年失败战死。

类事件的心灵，在他看来，这些事不过是平常的事，不愿为它们分心伤神。

在奥古斯都战胜塞克图斯·庞培[1]的西西里海战中，在即将开战的时候，他竟然沉睡不醒。他的朋友们不得不叫醒他，要他发出战斗信号。这使马克·安东尼后来找到理由指责他，说他连睁眼看看自己军队阵容的勇气都没有，说他在阿格里巴[2]跑来向他报告战胜敌人的消息之前，都不敢见他的士兵。至于小马略，他的表现更糟（在同苏拉作战的最后一天，给部队布置好阵势，下达了战斗口令和发出了战斗信号之后，他就在一处树荫下躺倒休息，结果死死地睡去，战斗情况一无所见，部下溃败逃跑才好不容易将他惊醒）。有人说那是因为事情多、睡眠少，身体吃不消了。关于这一点，医生们会考虑睡觉是否必要到关乎人的生命；因为我们确实看到，关在罗马的马其顿国王佩尔塞乌斯是被人剥夺睡眠弄死的。可是老普林尼却提到，有人不睡也活了很久。

在希罗多德的史书中，有的民族半年睡眠，半年醒着。

为哲人埃庇米尼得斯写传记的作者们说，他连续睡了五十七年。

1　塞克图斯·庞培（卒于前35年），庞培之子，恺撒死后追随元老派，任舰队司令。
2　阿格里巴（前63—前12），奥古斯都的亲信和女婿。

四十五

论德勒战役

在我们的德勒战役中，出了许多少见的意外。但是不大照顾吉斯先生名声的人往往提出，在敌人用炮兵突破陆军统帅的防线时，他带着他指挥的部队停止前进、等待时机的做法是难辞其咎的；还说，应该大胆攻击敌人的侧翼，而不应等待敌人暴露后尾的时机，以致遭受如此惨重的损失。不过，抛开战事的结局所说明的问题，依我看，谁要是心平气和地加以讨论，谁就会痛快地承认，不仅统帅，而且每个士兵，都应把全局的胜利作为自己的目的和目标；任何特殊情况，不管多么重要，都不应使之离开这一点。

菲洛皮门在同马卡尼达的一次交战中，首先派出许多弓箭手和投枪手投入第一场战斗。敌人先将他们冲散，又快马加鞭追逐他们，得胜之后又沿着菲洛皮门的队伍的方向乘胜追击。士兵们看到如此情景焦虑不安，他还是不同意挪动地方，也不肯冲向敌人，救援自己的士兵。但是，在眼睁睁地看着他们被追、被砍之后，等看到敌人的步兵已完全脱离炮兵的支持，他便向敌人的步兵发起了冲锋。尽管敌方是斯巴达人，但进攻正是在敌人以为稳操胜券开始松懈的时候发起的，所以轻易地就战胜了他们。接着，他就开始追击马卡尼达。这一战例同吉斯先生的战例相类似。

阿格西劳斯与彼俄提亚人的那场激战，据参战的色诺芬说，是他见过的最艰苦的战役。阿格西劳斯拒绝命运提供的良机，不愿意先放过彼俄提亚人的队伍，然后再从背后攻击他们。他认为这样做靠的是诡计而不是勇气，因此尽管胜利十拿九稳，他却放过了大好时机。为了显示自己的军事才能，他以极大的勇气选择了正面进攻。结果他遭到痛击还受了伤，最后不得不与敌人脱离接触，采用一开始被他拒绝的办法，分开队伍放过彼俄提亚人的洪流。接着，等他们过去之后，他看到敌人自以为已脱离危险，队伍走得凌乱无序，就下令追击，从侧面进攻。但这样一来，他就无法打得敌人溃不成军、落荒而逃了。相反，他们缓缓撤退，依然张牙舞爪，直至最后撤到安全地方。

四十六

论姓名

蔬菜不管有多少种，都归在菜字的名下。同样，在姓氏研究的名下，我这里要把各种情况搞成个大杂烩。

也不知是怎么搞的，每个民族总有几个名字是带着贬义的。我们就有让啦，纪尧姆啦，伯努瓦啦。

同样，在君王的家谱里，好像也有些名字注定要受到命运的青睐，如：埃及有托勒密，英国有亨利，法国有查理，佛兰德斯有博杜安，古代的阿基坦有纪尧姆。有人说，吉耶纳这个名字就是从纪尧姆来的：我想说，这纯粹是一种文字游戏，就连柏拉图的书里也没有这样生硬的文字游戏。

再有，有件事虽然不大，但因为奇特，又是记述人亲眼所见，倒也值得一提：英王亨利二世的儿子诺曼底公爵亨利在法国大宴宾客，出席的贵族人数众多，闲着无事就按相同的名字分组。第一组是纪尧姆，叫这个名字的在座骑士就有一百一十个，还不算普通贵人和仆役。

按客人的名字分桌的确有趣，同样有趣的还有罗马皇帝盖塔[1]下旨按荤菜名的头一个字母依次上菜。以 M 开头的菜依次上桌的有：羊肉、小野猪、鳕鱼、鼠海豚等。别的也照此办理。

再有，人道是，有一个好名声，即好信誉、好名望，是大好的事。不仅如此，说真的，有个好听、好念、好记的漂亮名字也不错。这样王公贵族们更容易认识并记住我们；在我们的仆役中，我们也往往更多指派和使唤名字最容易上口的人。我见亨利二世国王从来都叫不准一位加斯科尼来的侍从的名字；对于王后的一名宫女，他竟然主张用她家通用的名字称呼她，因为他觉得她父亲家的姓太怪了。

苏格拉底则认为，父亲应该用心给孩子取个好名字。

再有，据说当初建造普瓦蒂埃的大圣母院是因为这么一件事：这个地方有个浪荡青年搞来了一个婊子，一问名字原来叫玛利亚。小伙子听到救世主圣母的神圣名字，立刻肃然起敬。他不仅马上打发姑娘离去，而且因此终身受益。由于这个圣迹，人们就在小伙子住的地方，造起了名为圣母院的教堂，也就是后来我们所见的教堂。

这种送声入耳、启迪虔诚之心的劝恶从善，是直达人的灵魂的。另外的一种劝恶从善，则通过身体的感官打动人心：毕达哥拉斯发觉，跟他一起的几个年轻人在喜庆气氛的驱使下正策划去闯一家修道院。他就下令提琴师改变调子，以沉闷、严肃的扬扬格乐曲遏制他们的欲望，使之平息下来。

1　　盖塔（189—212），罗马皇帝。曾与哥哥卡拉卡拉共同执政，二一二年被哥哥杀死。

再有，我们的子孙后代会不会说我们今天的宗教改革苛刻和严厉呢？因为它不仅横扫错误和流弊，使世界充满了虔诚、谦卑、顺从、平和以及各种各样的美德，而且连查理、卢瓦、弗朗索瓦这些旧教名也要革除，让玛土撒拉、以西结、玛拉基等更能体现宗教信仰的名字布满天下。我的一位贵族邻居觉得跟现在相比，还是从前好，他总忘不了当年唐·格律姆当、凯德拉冈、阿格西朗等贵族名字是多么响亮有力，只要听听这些响亮的名字，他就感到他们不是皮埃尔、吉约、米歇尔一类的人。

还有，非常感谢雅克·阿米奥 [1]，他在一篇法文演说词中原封不动地保留了拉丁姓名，并不因为法语韵律而将它们打乱和改动。这样做一开始似乎有些别扭，但由于他译的普鲁塔克的关系，我们已经习惯，见怪不怪了。我常常希望，用拉丁语纂写历史的人，应将国人的姓名原样保留，因为按希腊、罗马的方式装点姓名，将 Vaudémont 改成 Vallemontanus，将姓名改头换面，我们就会无所适从，不知所云。

作为结束，我还要说几句。在我们法国，以土地名和领地名来称呼每个人是个很坏的习惯，影响十分恶劣，这也会将人的出身搞得更加混乱，更加难以辨认。一位贵族子弟得到一块封地，他就带着封地的名字被人认识，受人尊敬。所以，他是不会老老实实地放弃的。他死了十年之后，土地归了外人，这一位也照此办理。请想一想，我们对这些人还会了解多少。别的例子不必找

1　雅克·阿米奥（1513—1593），法国古典文学研究专家，翻译过大量的拉丁语、希腊语作品。

了，看看王族的例子就可以了：有多少封地，就有多少姓氏；至于最初的祖先，我们可就不得而知了。

这类变动是那么随便，当年我就见过，谁要是福星高照、飞黄腾达，人家一定会马上按照某家出名的先祖常见的谱系，给他安上新的、连他老子都不知道的称号。巧的是最不出名的家族最适合冒名捣鬼。在法国，有多少自称是王族出身的贵族呢？我看要超过别的国家。我的一位朋友不是风趣地讲过这样一件事吗？他们好几个人聚在一起，听一位爵爷同另外一位争论。另外这一位的爵位和姻亲关系高于一般贵族，因而确实略胜一筹。在说到这点差异时，人人都想方设法同他分庭抗礼，有的搬出某种出身，有的举出另外一种，有的提到姓氏一样，有的则说纹章相同，还有人列举了古老的家族文书；最起码的也是位海外君王的曾孙。

这时正要开晚饭，这后一位爵爷没有上桌，却朝他们深深鞠着躬往后退去。他请在座的各位原谅，在此之前自己冒冒失失地同他们在一起称兄道弟。现在他刚得知他们源远流长的身份，所以才开始按他们的地位向他们致敬。他自己是不配坐在这么多的王子王孙中间的。在这番戏弄之后，他便将他们痛骂了一顿："看在上帝的分上，祖宗不嫌的东西，你们也别嫌弃，今天的地位，你们也别嫌不足；能守得住就很不错；可不要否定我们祖先的业绩和地位。丢掉这种愚蠢的怪念头吧，满脑子都是这种念头的人才会厚颜无耻地把它们搬出来。"

纹章跟姓氏一样都靠不住。我的纹章是天蓝色的底子，点缀着金色的三叶草，纹章的图记是一只红爪狮脚。这个图案有什么特权非得专门待在我家里呢？来个女婿就会把它带进别的家族；

有个小小的买主就会买它去当他的首批纹章。再没有什么比这东西更为混乱多变的了。

可是，这个考虑又使我不得不想到另外一个话题。让我们稍为仔细地探一探，看在上帝的分上，看看我们把闹得人世天翻地覆的荣誉和名声是放在什么基点上的，我们将如此费力追求的名望又是置于何处的。承受、看护、关心它的反正不是皮埃尔便是纪尧姆。啊，希望，这所向无敌的法宝，世人有时会以为它法力无边，永远万能。那是造化赐予我们的可爱的玩物。这个皮埃尔或纪尧姆是什么呢，归根结底不就是一种声音吗？不就是三四个字母吗？首先，这字母变动是很容易的，那我就要问一问了，那么多的胜仗，这功劳归于谁呢，归于盖斯坎、格莱斯坎还是盖阿坎？这可比琉善书里的Σ和T更有理由打官司[1]，因为

那可不是无足轻重的奖励[2]；

关系大得很：这关系到这些字母中的哪一个值得他家那位大名鼎鼎的陆军元帅，为了法兰西的王冠，经历过那么多的围城和战役，受过那么多的伤，坐过那么多的牢，效过那么多的劳。尼古拉·德尼佐关心的只是自己名字的字母，将它们颠来倒去排列组合成了孔德·达尔齐努瓦[3]，并在自己辉煌的诗画上都署上这个名

---

1   此处指古希腊哲学家、散文学家琉善（约125—192）的《元音判断》一书。
2   引自维吉尔。
3   孔德·达尔齐努瓦（Conte d'Alsinois）是由尼古拉·德尼佐（Nicolas Denisot）的字母改变位置重组而成。法国十六世纪诗人兼画家。"孔德"（Conte）在法语中音同伯爵（Comte），"达"字中含贵族姓氏的标志。

字。历史学家苏埃东尼喜欢的只是自己名字的意思，他去掉父姓"列尼"，留下"特朗基"[1]继承他著作的声望。谁能相信贝亚尔[2]统帅的荣耀靠的只是皮埃尔·泰拉伊的功劳？而安东尼·埃斯卡林竟眼睁睁地看着普林船长和拉加德男爵抢走那么多次海战和陆战的功劳？[3]

其次，这些字母是千人共用的。在所有的家庭中，有多少同名同姓的？在不同的家庭、不同的世纪、不同的国家里，又有多少？历史上有三个苏格拉底、五个柏拉图、八个亚里士多德、七个色诺芬、二十个德梅特利乌斯、二十个狄奥多尔，那么历史上没有记载的又有多少呢？谁会不让我的马夫取名庞培大帅？然而，归根结底，这如雷贯耳的声音，这几个光彩体面的字母，凭什么落到我那死去的马夫和那个在埃及被人砍了头颅的人身上，跟他们连在一起，使他们出人头地呢？

你以为死人的骨灰、亡灵会在乎这些吗？[4]

在人的主要价值上不分伯仲的两个人，对于我们口中流传的两句诗不知有何感受，其中一句是歌颂伊巴密浓达的：

我的战功毁掉了拉科尼亚的光荣。[5]

1　苏埃东尼·特朗基（70—128），古罗马传记作家，"特朗基"（Tranquillus）意为平静、安详。
2　贝亚尔（1475—1524），法国名将，全名为皮埃尔·泰拉伊·贝亚尔爵爷。
3　安东尼·埃斯卡林，实为罗·埃斯卡林，十六世纪法国将军，曾用普林船长和拉加德男爵两个名字参战，一五四四年升为海军中将，一五七八年去世。
4　引自维吉尔。
5　引自西塞罗。

另一句是赞美阿非利加征服者西庇阿的：

> 从墨奥提沼地太阳升起的地方，
> 无人的功绩能同我的相比……[1]

活着的人听了这甜美的声音心里发痒，也想模仿这些伟人，与他们一比高低。他们想入非非、冒冒失失地将自己的感受当成了这些死人的想法。他们抱着不切实际的希望，幻想自己死后也会有这种感受。真是天晓得哪！

然而，

> 罗马、希腊或蛮夷的统帅，
> 都在为此而竭尽全力，
> 这是他艰难危险中的支柱，
> 人哪，渴望成名远胜渴求德行。[2]

1　　引自西塞罗。
2　　引自尤维纳利斯。

四十七

论判断的不确定性

有一句诗说得好：

> 凡事都可以正着说，或反着说。[1]

例如：

> 汉尼拔获得了胜利
> 却不善于利用胜利。[2]

谁赞成这个看法，愿意同我们的人一起，就我们最近没有在蒙孔都乘胜追击这个错误做点文章，谁想要指责西班牙国王不懂

---

[1]　引自荷马。
[2]　引自彼特拉克。

得利用他在圣康坦对我们的优势，谁就可以说这种错误是因为醉心于自己的好运，满足于初步的成功；由于无力消化已有的胜利，就没有胃口再扩大战果；命运虽然将这么好的机会送到他手里，他却承受不起，他的两臂抱得满满的，再也搂不住更多的东西。他的运气虽好，但万一他的敌人得到机会重整旗鼓，这机会对他又有什么好处？他连溃散、吓坏的敌人也不敢或不知道去追击，又怎能指望他敢于再度攻击集结起来重整旗鼓，又怀着愤怒和仇恨的敌人？

在命运逆转、恐惧压倒一切的时候。[1]

说到底，除了已经遭到的失败之外，他还能指望什么好结果？打仗不像击剑，不以击中的点数多少定胜负。只要敌人不倒下，就必须再接再厉，再决雌雄。不彻底结束战争就不是胜利。恺撒在奥里库姆城附近的战役中处于不利地位，他指责庞培的士兵们说，若是他们的统帅会打仗的话，他自己早就完了。所以等到他得胜的时候，他就对庞培穷追不舍了。

可是，为什么不反过来这样说呢：贪心不足不知适可而止，那是欲壑难填的冒失鬼的行为；想要突破上帝规定的限度，那是滥用上帝的恩惠；胜利之后再去冒险，那是将胜利再度交由命运去摆布；兵法中最为高明之处，是勿将敌人逼入绝境。内战时期，苏拉和马略在打败了马尔西人之后，看到一支残余的部队像

---

1   引自卢卡努。

愤怒的野兽一样绝望地回头猛扑过来，他们就不主张再战。如果德·富瓦先生不是头脑发热，过于顽强地去追拉文纳战役的残敌，也不至于送命，使胜利受到玷污。不过这前车之鉴叫人记忆犹新，倒使当吉安在塞里索勒免除了同样的不幸。攻击被你逼入绝境、唯有以战求生的人是很危险的，因为人逼急了会拼命："困兽咬人狠。"[1]

挑衅敌人，不顾性命，这样的胜利代价太大。[2]

正由于这个原因，在斯巴达国王战胜了曼提奈亚人之后，法拉克斯不让他去追击一千名完全逃离了战场的阿尔戈斯人，而让他们自由离去，以避开这些被不幸激怒的人的拼死抵抗。阿基坦国王克洛多来纳在胜利后追击败逃的勃艮第王贡德马尔，使其不得不回头迎战。但他的固执使他失去了胜利果实，因为他这次送掉了性命。

同样，如果必须做出选择，或者给士兵配备贵重、华丽的盔甲，或者只配置必要的披挂，人们一般会赞成第一种选择，这也是塞多留、菲洛普克、布鲁图斯、恺撒等人的主张，他们提出，让士兵看到自己盔甲明亮，他一定会感到体面光荣，受到激励鼓舞；他将会更加顽强地战斗，因为他会像保护他的财物、遗产一样地保护他的盔甲：色诺芬说，这就是亚洲人作战时带上妻妾和

1　引自波西乌斯·拉特罗。
2　引自卢卡努。

最珍贵的财宝的原因。但另一方面，也会有人提出，必须消除而不是助长士兵的保命心理；装备华丽会使士兵加倍地害怕冒险；再有，由于有希望得到丰富的战利品，敌人会更加渴望取胜。我们看到，那次罗马人在同萨谟奈人作战时，就曾受到这方面的极大鼓舞。安条克[1]指着他准备对付罗马人装备体面精良的军队问汉尼拔："这支军队罗马人会满意吗？""他们会不会满意？"汉尼拔回答说："当然会的，他们是多么贪婪。"利库尔戈斯不仅禁止他的军队穿着华丽，而且禁止他们搜刮战败的敌人，据他说是为了让艰苦朴素的品质在战斗中继续闪射出光芒。

在围困战和别的场合，我们有机会同敌人靠近。我们往往放任士兵以各种方式挑逗、蔑视、辱骂敌人，这种做法看来不无道理：因为非常重要的一点是，让士兵们放弃一切宽恕和协议的希望，向他们指出，被他们百般侮辱的敌人是不会求和求饶的，剩下唯一的办法是战而胜之。不过维特里乌斯[2]这样做却受了挫折：他所对付的是军队士气较差的奥东。奥东的士兵长期不经征战，被舒适的城市生活消磨了斗志。维特里乌斯责骂敌兵胆小怕死，留恋在罗马的女人和花天酒地的生活。他那些刺耳的话反倒激怒了敌兵，使他们重新振作起来，比任何鼓励的话都奏效；敌人本来推拨不动，可是他这样一来，反而促使他们向他反扑过来。的确，当辱骂触及人的痛处时，很容易使无精打采地为国王战斗的人，精神抖擞地为自己战斗起来。

1　　安条克（前242—前187），叙利亚塞琉西国王。

2　　维特里乌斯（15—69），罗马皇帝。

一支军队，保住统帅是多么重要；敌人的目标主要是这颗全军赖以维系的头颅。有鉴于此，乔装改扮参加战斗的做法似乎不容置疑。这一做法也曾为好几位统帅所采纳。然而，这个办法带来的麻烦不比希望避免的小。因为一旦将士们不再认得他们的统帅，那么就不会有统帅身先士卒、亲临战场激起的那种士气。一旦他们见不到已经见惯的统帅的标志，会以为他已经阵亡或见战事无望已逃之夭夭。从实际经验看，有时乔装改扮是对的，有时则相反的做法合适。皮洛士在意大利同执政官列维努斯作战时发生的事，对于两方面的主张都有利：由于他事先想到用德谟加克里的盔甲掩护自己并把自己的给了他，他无疑保住了性命，但也因此招来了另外的麻烦：他打输了这一仗。亚历山大、恺撒、卢库卢斯喜欢在作战时突出自己，穿着外表鲜亮、样子特别的华丽衣服和盔甲。亚基斯、阿格西劳斯与那位伟大的古里波斯[1]却相反，穿着毫不显眼的衣服，不用将领的披挂。

在法萨罗战役上，庞培受到的主要指责，是他停下部队静待敌人。因为停步不前（我这里照抄普鲁塔克的原话，比我的更有分量），"就会削弱初次与敌交锋可能激发的猛劲，也会减弱战士们交战时可能有的冲劲，这冲劲不比别的，会使战士们在急促碰撞中变得急躁、愤怒，使他们随着呼喊与奔跑变得更加勇猛；若是停步不前，他们的热情可以说也就冷却凝固了"。这就是普鲁塔克就这种战斗方式所说的话。但是，如果恺撒失败的话，也会有人反过来说，最强有力的态势是待在原地不动；根据需要停止

<hr>

1   古里波斯（前 5 世纪），古希腊斯巴达的统帅。

前进，保存和节省力量的人，要大大胜过迈开双腿，在奔跑中已经耗去一半力气的人。再有，军队是许多不同的个体构成的集团，在这种急促的行动中不可能步调一致，它的队形一定会乱，最敏捷的人必然等不及同伴的支援就同敌人交火了。在波斯兄弟不光彩的内讧中，斯巴达人克莱亚科指挥居鲁士的希腊雇佣军，不慌不忙地率领他们去进攻；但不到五十步的时候，他却下令跑步了。他是希望用短程突击的办法保持队形，节省体力，同时又使人和投射器具有速度的优势。另外有人则是这样解决这个用兵难题的：敌人向你扑来，你就严阵以待；敌人驻足等待，你就猛扑过去。

德皇查理五世入侵普罗旺斯，法王弗朗索瓦可以选择去意大利迎击或是在本土守候。他想，保住自己的家园不受战争的骚扰很有好处，家园完好无损，就可以在必要时源源不断地提供金钱和支援；战争不可避免地会造成种种破坏，不能允许自己的财产遭受毁坏；农民不会默默忍受敌人的蹂躏，但更不会忍受自己人的破坏，所以很容易在我们内部发生暴动和骚乱；准许士兵抢劫掠夺是对付战争无聊的一大支柱，却不能在自己的国内实行，而除了军饷不能指望别有收获的人，即使守着妻子、家园也不容易规规矩矩；谁摆上桌布，谁就要出钱管饭；进攻要比防御来得痛快；最容易传染、最没有道理、最快蔓延的情绪是恐惧，在腹地打输一仗就会震得全国颤动；城里人听到城外战事骤起，就会迎来尚在颤抖、气喘吁吁的将士，这些人趁机干起坏事来就很危险。虽然有这种种考虑，他还是打定主意召回了远隔群山的部队，等待敌人到来；因为他反过来设想，自己待在国内，身边都是朋友，必有种种便利：河流、道路任他支配，无须护送就可安全地运来粮饷；危险迫近，臣民会更加忠诚；众多的城市和屏障确保着安全，他可以根据时机和条件决定是否战斗；他若愿意等待时机，他可以安全、舒适地看着敌人挨冻、受难，弄得狼狈不堪；敌人深入充满敌意的国土，前后左右的人全都与他作对，一旦发生疾病，无法更新和扩充兵员，也无从安置伤兵；除了抢劫，弄不到金钱、粮草；无暇休息、喘息；对地形、国情一无所知，避免不了伏击、偷袭；一旦打了败仗，无法拯救残兵败将。关于这两种做法，例子有的是。西庇阿觉得到非洲去攻打敌人的国土，要比待在意大利守土抗敌好得多，因此他打胜了。但反过来汉尼拔却在这场战争中，为了守卫自己的国土而放弃征服异国，最后遭到了惨败。雅典人丢下自己国土上的敌人进军西西里而倒了霉；叙拉古国王阿加托克里却因丢下国内的战争，进军非洲而交了好运。因此，我们常说的那句话就很有道理了：事件和结局，尤其在战争中，多数取决于命运，而命运是不会迎合听从人的推理、判断的，正如这些诗句所说：

> 冒失鬼往往成功，谨慎者往往失败，
> 对于正当的理由，命运总是充耳不闻，
> 倒像是盲人瞎马在瞎走乱碰，
> 其实有一股力量在主宰支配，
> 迫使世人遵循它的法则。[1]

1　引自马尼利乌斯。

但仔细想来，人的打算和决定似乎同样取决于命运；命运的捉摸不定、变幻莫测也决定着人的推理判断。

在柏拉图的对话集中蒂迈尼说，人的思维活动随便而轻率，因为人的推理判断跟人一样，带着很大的随意性。

四十八

论战马

　　我这个人从来只是照老一套学习语言，至今弄不清什么叫形容词、连词，也不知什么叫夺格，可现在却成了语法学家了。我好像听人说过，罗马人的马有的叫作"辕外马"或"右手马"，是牵在右手或用于驿站，必要时可以乘坐的体力充沛的马。因此，我们用"右手牵的"这个词来称呼战马。我们的骑士传奇故事里，说"走在右边"通常是指"陪伴"。有的马经过训练可以成双成对地疾驰飞奔，不上络头，不配鞍鞯，罗马贵族即便全副武装，也能在驰骋中的两匹马之间来回跳跃。这种马，故事里称作"杂技之马"。努米底亚骑兵手牵另一匹马，可以在战斗最激烈时跳换坐骑："他们像我们的骑士那样跳换坐骑，每个人都带两匹马；在最平常的战斗中，常常持械带甲从疲马跳至劲马，骑手多么灵活，坐骑又多么驯良。"[1]

1　　引自李维。

有些马经过救助主人的训练，谁向它举起出鞘的剑，它就向谁扑去；谁攻击它向它挑战，它就朝谁又踢又咬。但实际上它们伤害的往往是朋友，而不是敌人。再有，一旦它们与敌人搏斗起来，你就无法把它们分开，只有任凭它们去咬去踢。波斯将军阿尔底比与撒拉米王奥奈西尔斯杀时，因为骑了一匹这么训练出来的马而倒了大霉，这马使他送了性命：当他的战马直立起来扑向奥奈西尔的时候，后者的侍从一刀刺进了他的两肩之间。

另外，意大利人说，在福尔诺沃战役中，法国国王查理八世被敌人攻击，他的战马又咆又踢把敌人赶开了，不然的话，他就完了。如果真有此事，那完全是碰巧的。

马穆鲁斯人吹嘘拥有世界上最最机灵的战马。据说这些马出于天性和习惯，会根据一定的手势和喊声用牙叼起长矛、标枪，在激烈的混战中递给主人，还会辨认和识别敌人。

有人说恺撒和伟大的庞培不仅有超群出众的才能，还是非常出色的骑手。据说恺撒年轻时，骑上马背不用缰绳双手背在身后，任凭马儿去驰骋。

造化有意将恺撒和亚历山大造就成用兵奇才，似乎也曾想方设法给他们配备特殊的战马。众所周知，亚历山大的坐骑"牛头骥"头似公牛，除了主人，不许别人乘坐、调教。它死后得到追封，人们专门以它的名字造起一座城池。恺撒也有一匹，前蹄似人脚，掌子修得像人的趾甲。它只能由恺撒乘坐调教，它死后恺撒为它立了一尊塑像，献祭给维纳斯女神。

骑在马上，我是不轻易下马的。因为不管我身体好坏，我都觉得坐在马上最舒服。柏拉图劝人骑马，说是有益健康；普林尼也说有益于胃和关节。既然我们骑在马上，就继续骑下去吧。

色诺芬的著作中提到过禁止有马的人徒步旅行的法律。特洛古[1]和尤斯提努斯[2]都说，帕提亚人有这样的习惯：他们不仅打仗骑马，而且办一切公私事务，诸如经商、谈判、聊天、散步，也都骑着马；他们之中自由人同奴隶的最显著的区别就在于骑马和步行，那是居鲁士国王规定的制度。

在罗马历史上有不少例子（苏埃东尼在谈到恺撒时特别指出了这点），军事统帅在迫不得已时，会命令自己的骑兵离鞍下马，为的是完全断绝士兵逃跑的希望，也为了获得他们所期望的步战优势。"罗马人无疑是这种战法的行家。"提图斯·李维如是说。

还有，他们用于对付新征服的民族反叛的预防措施，首先是收缴他们的马匹、兵器，所以我们在恺撒的书里经常看到："他下令交出兵器，送出马匹，抵押人质。"今天，土耳其皇帝既不允许他统治下的基督徒，也不允许犹太人拥有自己的马匹。

我们的祖先，尤其在对英战争期间，凡大战和对阵的战斗，往往全体下地作战，因为他们只相信自己的力量，只相信自己的毅力和体力，这些是跟荣誉与生命一样珍贵的东西。不管色诺芬书里那位赫里桑特怎么说，你是将你的身家性命押在了你的马上：它受伤毙命，你也跟着受伤毙命；它受惊暴躁，你会变得冒失或胆小；如果它不理会嚼子马刺，还会弄得你身败名裂。因此，步战比马战更为顽强激烈，我看这是不足为奇的，

1　特洛古，古罗马奥古斯都皇帝时代的历史学家。
2　尤斯提努斯，公元二世纪时的罗马历史学家，著有四十四卷《通史》。

> 他们齐退共进，无论胜败
>
> 谁都不会逃跑。[1]

我们看到，我们的祖先打仗时争夺得更为激烈；现在打仗一打就溃逃，"一喊一冲便定胜负"[2]。我们在应付如此巨大的危险时所需的武器和战马，必须尽可能得心应手。所以，我提议选用最短、最可靠的兵器。显然，手中的剑远比手枪飞出的弹丸更有准头，枪里有火药、打火石、打火轮等好几个部件，一点儿小毛病就会让你倒霉。

空气导引的那一枪打出去没有准头，

> 他们让风吹送弹丸。
>
> 力量来自手中之剑，
>
> 骁勇的民族都用利剑作战。[3]

至于前面提到的兵器，等到我将古代兵器同现代兵器比较的时候，再展开来谈。这种武器震耳欲聋——这点大家都已习惯——除此之外，我以为没有什么效力，希望有朝一日不再使用。

意大利人使用的火投枪更为可怕。有种标枪，他们称为"法拉利卡"，头上装着三尺长的铁杆，可将身着盔甲的人整个穿透。它可在野战中用手投掷，也可在守卫被围城池时用各种器械发

---

1   引自维吉尔。
2   引自李维。
3   引自卢卡努。

射。枪杆上裹有废麻，蘸过树脂和油，飞起来烈焰熊熊；它若打到人身上或盾牌上，披挂和身躯都会被烧毁。但我觉得，到了肉搏的时候，这种标枪也会给进攻者带来不便；战场上散落着这些燃烧的棍棒，打起来双方都觉不便，

　　　法拉利卡投出去声尖刺耳，

　　　落下来响如惊雷。[1]

　　他们还有别的武器，可以代替我们现在的火药和弹丸。他们用惯了得心应手，我们没见过就觉得不可思议。他们的重标枪投出去是如此之快，常常一下子扎透两块盾牌和两个着有盔甲的人，并将他们穿在一起。他们的投石器投出的石头也又准又远："他们用投石器将卵石投向大海，练习着远距离穿过小小的圆环，不仅打中敌人的头颅，而且想打脸上哪里便能打中。"[2]他们的进攻武器打起来也跟现在的一样隆隆作响。"城墙在攻打时发出可怕的声音，被困的人们吓破了胆。"[3]我们在亚洲的高卢兄弟习惯于需要更大勇气的肉搏战，非常讨厌这种可恶的飞行武器。"伤口大他们并不害怕；伤口大而不深，他们会引以为荣；但若箭头或石弹深深扎进肉里，皮肤表面只留下不明显的痕迹，他们想到受这么一点小伤就会死去，便会满腔怒火、满脸羞愧，因而满地打起滚来"[4]：这一描述同现在中了火枪的情形差不多。

1　　引自维吉尔。
2　　引自李维。
3　　同上。
4　　同上。

一万名希腊人在赫赫有名的长途撤退中遇到一个种族，遭到他们强弓长箭的袭击而损失惨重。那箭身非常之长，捡起来可作标枪投掷，能将披有盔甲的人连同盾牌穿透。狄奥尼修斯在叙拉古发明了远距离快速发射重箭、投枪与巨型石块的投射器，他的发明同现在的十分接近。

这里还得提一提一位名叫皮埃尔·波尔的神学大师，他骑骡子的姿势很滑稽，蒙斯特尔莱[1]说他经常像女人一样侧身骑着，在巴黎城内闲逛。蒙斯特尔莱还说起过，加斯科尼人有一种了不起的马，能在急驰中突然转身。法国人、庇卡底人、弗拉芒人和布拉邦特人都将此视为奇迹，蒙斯特尔莱是这样说的："因为他们少见多怪。"恺撒在谈到斯维比人[2]时说道："在马战时他们经常跳下马来步战，他们的马已经习惯，此时就待在原地不动；一旦需要，他们就立即上马；按照他们的习惯，最卑鄙无耻的事情，莫过于使用马鞍。使用马鞍者遭到蔑视，所以，即使人数很少，他们也不怕向众多的敌人发起攻击。"

从前我看到一匹经过训练的马，缰绳垂挂在耳朵下，干什么都用根小棒来指挥，我感到非常惊讶。这在马西里亚人那里十分平常，他们使唤马不用鞍子，也不用马缰。

　　　马西里亚人乘坐光背之马，

　　　驾驭马匹不用马嚼只用鞭子。[3]

1　　蒙斯特尔莱（1390—1453），法国编年史家。
2　　蒙田原文中是 Suède（瑞典），其实应当为 Suèves（斯维比人）。
3　　引自卢卡努。

努米底亚人骑马不使马嚼。[1]

没有嚼子的马样子很难看，

就像奔跑时一样挺着脖子伸着脑袋。[2]

阿方索[3]国王在西班牙建立了红肩带骑士团，特别为骑士们规定，不得乘骑骡子，否则就处以一银马克的罚款。这是我不久前从格瓦拉[4]的书信集里看到的。有人把他的信称为"金玉良言"，他们的看法同我的看法是截然不同的。

《侍臣》[5]的作者说，在他那个时代之前，贵族骑骡子是受人指责的。阿比西尼亚人正相反，地位越高，越接近他们的主子约翰神甫[6]，就越要找骡子骑来撑面子。色诺芬说，亚述人总是将他们的马牢牢拴在厩内，因为它们非常顽劣暴躁，此外，解开缰绳、登上马鞍很费时间，为防止在敌人突然袭击时来不及投入战斗而遭受损失，他们从来不在没有壕沟和寨墙的营地里宿营。

他那位居鲁士是骑兵战术的大师，对待马匹就像对待同伴一般，非等它们洒下汗水完成某种训练才叫人喂它们。

斯基泰人在打仗时为情势所迫，就取其马血止渴充饥，

1　引自维吉尔。
2　引自李维。
3　阿方索（1311—1350），西班牙卡斯蒂利亚与莱昂的国王，此处指阿方索十一世。
4　格瓦拉（1480—1548），西班牙历史学家。
5　《侍臣》，意大利作家卡斯提格里奥纳（1478—1529）的著作。
6　约翰神甫即内古斯（Négus），是对埃塞俄比亚国王的称呼。前文的阿比西尼亚人为埃塞俄比亚人的旧称。

萨米蒂亚人靠喝马血活着。[1]

克里特人遭到梅特卢斯的围困，没有别的东西解渴，只有喝马尿。

为了证明土耳其军队的管理和保障比我们军队要强，有人说，他们的士兵只饮水，吃大米和咸肉末，每个人都可轻松地背负一个月的这种食粮；除此之外，他们还像鞑靼人和莫斯科人那样，知道靠马血生存，并且知道往马血中加盐。

在西班牙人来到的时候，印度的新居民将人和马都看成高于他们种姓的神或兽。有些部族在被打败之后，跑来向人求和讨饶，送上金子肉食，也总少不了给马匹送去，嘴里还说着对人说的话，把马匹嘶叫当成同意妥协与休战。

在东印度，从前乘坐大象是君王的荣耀，次等荣耀是坐四马拉的大马车，三等的是骑骆驼，末等的则是骑马或坐单马拉的车。

当代有人写道，他在那个国度里见过一些地方的人，骑着带鞍子、马镫和笼头的牛，他对这种交通工具感到很满意。

昆图·法比乌斯·马克西姆·卢里亚努在同萨谟奈人作战时，见他的骑兵冲锋三四次都未突破敌人的阵线，便做出决定，命令他的骑兵取下马的络头，用马刺狠狠地刺马，结果，什么都挡不住这些马，它们穿过倒地的兵器与人群，为步兵打开了通路，使敌人遭到血腥的惨败。

1　引自马提雅尔。

昆图·富尔维乌斯·弗拉古斯在同克尔特伯里亚人作战时，也下了同样的指令："如果取下马的络头，催马冲向敌人，你们的马就会更加迅猛。这是罗马骑兵获得成功、赢得荣誉所经常采用的办法……马的络头这样一摘去，就突破了敌人的队伍；接着它们又掉过头再次穿过敌群，冲断他们所有的长矛，将他们大杀一阵。"[1] 从前，当鞑靼人向莫斯科大公派去使节时，大公就得对他们采用这样的礼节：徒步迎上去，敬上一杯马奶（这是他们喜欢的饮品），如果在喝的时候有奶滴在马鬃上，就得用舌头去舔干净。在俄罗斯，巴雅塞特皇帝[2]派去的军队遇上了可怕的雪灾。为了抗雪御寒，许多人竟然主张杀马剖腹，钻到里面吸取这点生命的热量。

巴雅塞特一世[3]在一次激烈的战斗中被帖木儿打败，若不是在过一条小溪时不得不让他乘坐的阿拉伯母马喝个痛快的话，他是逃得很快的。马喝了水没了力气，身体发凉，很快就被追兵赶上了。让马撒尿会使马松懈，这样说是对的，可是让它饮水，我倒觉得会使它恢复体力，更有劲头。

克罗伊斯在途经萨尔特城时，在那里找到几处牧场，牧场里有大量的蛇。他的军马却吃得津津有味。希罗多德说，这对他的战事是个不祥之兆。

一匹马有鬃毛和耳朵才算完整；缺少了就不能勉强算数。斯

1　引自李维。
2　巴雅塞特，奥斯曼帝国好几个苏丹的名讳。
3　这个巴雅塞特与上文的巴雅塞特不是同一个人。此处是巴雅塞特一世（1354—1403），一三九六年被帖木儿俘获。

巴达人在西西里打败雅典人之后，耀武扬威地回叙拉古城，他们炫耀自己的英勇，竟然剪去了败军的马鬃，带着这些马凯旋。亚历山大在同达哈部族作战时，达哈人带着兵器，两人一对地骑着一匹马奔赴战场；但打起仗来时，其中一人要离鞍下马；他们轮流徒步与上马作战。

我并不认为在骑马的本领和天分方面，有哪个民族能胜过我们。我们习惯上所说的好骑手，似乎更加看重勇气而不是技巧。我所认识的最内行、最可靠、最招人喜欢的驯马手，好像是为我们的亨利二世国王效力的卡尔纳瓦莱先生。我曾见他两脚立鞍纵马奔驰，又卸下鞍子，返回时将鞍子提起，整理好之后重新坐上，始终疾驰飞奔着；他越过一顶帽子，然后向后往帽子里准确地射了几箭；他一脚点地，另一脚挂镫，捡起地下想捡的东西；他还做了别的灵巧动作。他是以此谋生的。

我年轻的时候，有人在君士坦丁堡见过两人合骑一匹马，在马儿跑得最快的时候轮番跳上跳下，还见过仅仅用牙齿为马上络头上马具的。另外还有人一只脚踩在一匹马的鞍子上，另一只脚踩在另一匹马的鞍子上，胳膊上还举着一个人急速飞奔；这第二个人完全站在他的身上，在疾驰中准确无误地射出一支支箭。还有好几个人两腿朝上，头顶马鞍，倒立在绑于鞍鞯上的尖刀中间飞奔。在我小的时候，那不勒斯的苏尔莫纳亲王操练一匹烈马，让它做各种各样的动作，为了表明他在马上姿态稳当，他在膝盖下和脚趾下放了几枚硬币，这些硬币仿佛钉在了马背上似的。

四十九

论古代习俗

　　如今的人们除去自己的风俗习惯，就没别的好坏标准和规范了，这一点我觉得是情有可原的。因为，将目光拘囿于生来就有的生活方式，对外面的事物毫不关心，这不仅是普通百姓，而且几乎是所有人的通病。大家看到法布里蒂乌斯或莱里乌斯，会觉得他们的举止仪态很粗俗，因为他们的穿着打扮同我们不一样。对此，我也能接受。我所不满的是，他们特别缺乏判断力，很容易受当前时尚的摆布和左右；时尚一变，他们的看法和意见就可能月月改变，同以前的看法会大不相同。以前紧身内衣的衣撑放在胸中央，他们就搬出充足的理由，说它安得正是地方。若干年后，它被降到了大腿中间，他们就嘲笑过去的做法，觉得它荒唐可笑，无法忍受。他们现在换了这种穿着，马上就指责老的穿着方式，而且抱定决心，众口一调，简直就像中了邪，失去了理智。时尚的变化既快又突然，弄得世间所有裁缝发挥创造力，都来不及提供足够的新款式，所以结果必然是，曾经遭人蔑视的款式往往又重新时兴起来，而那些新款式不久又被淘汰。同一个人，十五到二十年间，会有两三种不仅仅有差异，甚至是完全相反的看法，看法的多变与轻率真是令人难以置信。我们之中，还没有哪个人精明到不受这些矛盾看法的蒙骗，不被弄得头昏脑涨。

我愿意在这里罗列一些我所记得的古人的做法（有些跟现在的一样，有的迥然不同），为的是使我们对世事的反复多变有个概念，好有个更加明确坚定的看法。

现在所说的裹着披风斗剑的做法，那时在罗马人中间很盛行。恺撒说过："他们将披风缠在左手上再拔出剑来。"恺撒又指出我们的国民从那时候起就有一种毛病（现在还有），就是路上截住遇到的行人，非要人家说出是什么人，如果人家拒绝回答，就要责骂和争吵起来。

古人每天在饭前都洗澡，就像我们饭前洗手一样平常。开始他们只洗胳膊和腿；但后来，按照在世界大多数国家里延续了几百年的习惯，他们用掺入药物和香料的水洗全身，而用普通水洗澡成了生活简朴的标志。最讲究、最仔细的人每天往身上抹三四次香料。他们就像一个时期以来法国妇女养成的修面习惯一样，常常让人拔去全身的毛，

将胸前、臂上和腿上的毛拔掉，[1]

尽管他们有专门去毛的香膏：

1　引自马提雅尔。

她往皮肤上抹脱毛膏或用滑石打磨皮肤。[1]

他们喜欢睡软床，若是睡垫子，就说明能吃苦耐劳。他们躺在床上吃东西，姿势跟现代土耳其人差不多，

于是，埃涅阿斯从他床上开始这样说。[2]

有人说，小加图在法萨罗战役后，为恶劣的国务而焦虑不安，他总是坐着吃饭，生活得更加刻苦。

古人吻大人物的手以表示敬意和亲热；朋友之间问候，就像威尼斯人那样互相亲吻：

我将用亲吻和蜜语向你问候。[3]

他们还抚摸大人物的膝盖，表示求他办事或向他致敬。克拉特斯的兄弟，哲学家伯西克里不是将手放到对方的膝头上，而是放到了生殖器上。被摸的人粗暴地推开他，他还说："怎么啦？这不跟膝盖一样，都是你的东西吗？"

他们跟我们一样，饭后再用水果。他们用海绵擦屁股（让女人去徒劳地顾忌说话的用词吧）：

这就是为什么海绵一词在拉丁语里是个淫词。有一个人的故

1　引自马提雅尔。
2　引自维吉尔。
3　引自奥维德。

事说明，海绵是绑在棍棒的一端的：这个人被带到竞技场上当众喂野兽，他请求允许他去解手，由于手头没有自杀的工具，他就把那棍子连同海绵塞进了自己的喉咙，结果窒息死去。古人在干完那事之后，用洒了香水的羊毛擦那阳物：

> 我不会为你做什么，
> 只是那东西用羊毛擦过后……[1]

罗马的街口放着罐子和半截桶让行人小便，

> 熟睡的儿童常常梦见，
> 在小便罐前撩起衣裳。[2]

他们在两餐饭之间吃点心。夏天有人卖冰块供人冰镇酒；冬天时也有人觉得酒不够凉，照样用雪来冰镇。贵族老爷有人给斟酒切肉，还有小丑供其取乐。冬天里他们把肉食放在炉子上端上桌子；他们还有可以携带的炊具，这我见过，厨房和餐桌所需的一切都在里面，他们走到哪里带到哪里。

> 啊！上流社会的富翁们，留着菜肴自己用吧；
> 我们可不喜欢这流动的饭菜。[3]

1　引自马提雅尔。
2　引自卢克莱修。
3　引自马提雅尔。

夏天里，他们常常往楼下客厅中他们脚下的沟渠里灌注清水，渠里养着许多活鱼，在场的人任意挑选，下手捉了按自己的意愿烹煮。鱼在过去和现在都有这么个特权，就是显贵们都声称自己会烧鱼，所以鱼的味道要比肉好得多，至少在我看来是这样。不过，在挥霍浪费、放荡堕落、追求享乐、懒散骄奢、豪华阔气这些方面，我们的的确确是在尽力向他们看齐，因为我们同他们一样，心地的确不那么善良了。但我们的本事却没有他们大；无论干好事或干这类坏事，我们的能力都赶不上他们，因为这两方面都首先要有毅力，这是我们无法同他们相比的。精神力量越薄弱，就越干不出大好事，也干不出大坏事。

对他们来说，餐桌上居中者为最大。书写和说话，孰先孰后无关紧要，这点在他们的书里看得很清楚。他们说"奥庇乌斯"与"恺撒"，同样也说"恺撒"与"奥庇乌斯"，说"我"与"你"或说"你"与"我"都可以。由于这个原因，我曾注意到，在普鲁塔克的《弗拉米尼乌斯生平》的法文版中，有一处地方在谈到埃托利亚人和罗马人互相嫉妒，为他们共同取得的一场战役的胜利争功夺利的时候，作者对于希腊史诗中先提埃托利亚人后提罗马人这一点似乎很重视，除非译成法文后，用词有点含糊不清。

女子在浴室里时也允许男子进去，甚至让男仆为她们擦身涂油，

男奴下身系着黑围腰侍候你，

> 洗热水澡你赤身裸体一览无余。[1]

她们往自己身上扑粉以吸去汗水。

西顿·阿波利奈尔说，古代高卢人前面留着长发，脑后剃得精光，就是这种发式，在本世纪阴柔萎靡风尚的影响下，得以卷土重来。

罗马人一上船就给船夫付船钱；我们则到了码头再付，

> 讨讨通行税，套套骡子，
> 一个钟头就过去了。[2]

女人睡觉靠着墙边的过道，所以恺撒被称为"尼科梅迪国王[3]的过道"[4]。

他们喝酒喝喝歇歇，还在酒里掺水。

> 哪个年轻的奴隶赶紧用我们身旁的流水，
> 兑凉我们杯中的法莱纳酒？[5]

我们仆人们的笨拙举止，他们那时也有，

---

1 引自马提雅尔。
2 引自贺拉斯。
3 尼科梅迪（前91—前74），小亚细亚比提尼亚国王，与罗马人结盟，多次受到罗马人保护。
4 引自苏埃东尼。恺撒十分迷恋尼科梅迪国王。
5 引自贺拉斯。法莱纳为古意大利城市，盛产葡萄酒。

哎，伊阿诺斯[1]，没有人会用雪白的手，

在你背后摆个犄角装个驴耳朵，[2]

也不会像阿普利亚口渴的狗朝你伸舌头！[3]

    阿尔戈斯女人和罗马女人服丧时穿白衣服，我们的女人过去也穿白色衣服，请相信我，她们本该继续这样穿的。

    有不少书专门谈论这个问题。

---

1   伊阿诺斯，罗马神话中守护门户的两面神，掌管门户出入和水陆交通。
2   用两手放在头上摆这些姿势以嘲弄别人。
3   引自佩尔西乌斯。

五十

论德谟克利特
与赫拉克利特

判断是应付一切问题的工具，而且无处不在使用。正因为如此，在我所写的随笔中，一有机会我就用上它。即使是我不熟悉的问题，我也要拿它来试试，像蹚水过河似的远远地蹚出去。然后，如果这个地方太深了，以我的个头蹚不成，那我就到岸上去待着。承认过不去，这是判断起作用的一大特征，甚至是它最为得意的特征。有时候，对于一个无关紧要的问题，我要试着判断一下，看看能不能使问题具体化，使之充实有据。有时候，我将判断引导到一个重大的、有争议的问题上；在这样的问题上，发现不了任何属于自己的东西，因为路子是现成的，只能踏着别人的足迹走。这时，判断要做的就是选择它所认为的最好的路；在千百条路中，说出这条或那条路是最好的选择。我是遇到什么命题就抓什么，对我来说都是不错的。不过，我从来不打算将它们完整地写出来，因为根本见不到全貌。有人答应让我们见到全貌，可他们自己也看不到。每件事情都有方方面面，有时我只是抓住一面舔一舔，有时只是找出一面摸一摸，有时则要一直深入骨头里。我往里扎一扎，不是尽量扎得宽，而是尽量扎得深。我常常喜欢抓住命题的某个未曾探讨的方面。如果某个方面我还不熟悉，我就斗胆地深入探讨下去。我在这儿写上一句话，又在那儿涂上另一句，算是从整体上零零散散地采取的样品，并不打算做什么，也不许诺什么。我不一定要对写的东西负责，也不会因为觉得不错就始终如一地坚持这些东西。我还会觉得有疑问、不确定，仍然保持我的最佳状态，即无知。

人一活动就会暴露自己。恺撒的内心，不但在组织和指挥法萨罗战役时看得出来，而且在安排休闲和艳情时也看得出来。看一匹马不仅要看它在驯马场上的操练，还要看它慢慢行走，甚至要看它在马厩内的休息。

人的心灵活动，有的是不太高尚的。看不到这个方面，就不算对人心有彻底的认识。心灵平静的时候，也许看得更清楚。在身居高位的人身上，感情冲动对心灵的影响更大。另外，每遇一件事，心灵就会整个儿扑上去，全力以赴，绝不会同时处理两件事。而且，不是根据事情本身，而是按照自己的意愿去处理。世间事情也许都有各自的分量、尺寸和特点；但在我们的心里，心灵就会按自己的意愿任意修凿。死亡对西塞罗来说是可怕的，对小加图来说是希望的，对苏格拉底来说是无所谓的。健康、良心、威望、知识、财富、美丽等，以及与之相反的东西，在进入心灵的时候要剥去衣服，换上心灵给予的新衣，染上心灵喜欢的色彩：褐的、绿的、亮的、暗的、刺眼的、顺眼的、深的、浅的，每个心灵都是各选各的，因为它们没有一起共同确立它们的风格、标准和形态：每个心灵在自己的王国都是王后。所以，我们不要再找事物的外部品质当借口了：我们要在自己身上找原因。我们的好与坏取决于我们自己。要烧香许愿就许给自己，而不要祈求命运：命运对我们的品行无能为力。恰恰相反，我们的品行会影响命运，给它打上自己的印记。我为什么不能评评那个吃饭时聊着天、喝着酒、与人一争高低的亚历山大大帝呢？为什么不看看他下棋时的样子？这愚蠢幼稚的娱乐触动和拨弄的是他脑子里的哪根神经呢？（我讨厌下棋，因为它算不上娱乐，玩起来过分严肃，把可以用来干正事的精力用到这上面是一种耻辱。）他在组织那场光荣的印度远征时也没有这么忙过。另一位亚历山大在解析一段与人类永福有关的《圣经》时，也没有这么忙过。你们看，我们的心灵把这种可笑的娱乐看得多么重；它的每块肌肉都绷得紧紧的。在这件事上它多么慷慨地给每人以认真认识和评价自己的可能！在任何别的情况下，我都不可能更加全面地看待和审视我自己。在这件事上，什么样的情感不在折磨人呢？愤怒、怨气、仇恨、急躁以及（在最有理由接受失败的事情上的）强烈的求胜心。看重荣誉的人不应在区区小事上展现自己的旷世奇才。在这个例子上我所说的话，对别的事情同样适用：人的一言一行、一举一动都在展示人，表现人。

德谟克利特和赫拉克利特是两位哲学家。第一位觉得人生无聊又可笑，所以公开露面时脸上总是挂着讥讽和笑容；赫拉克利特觉得人生可悲又可怜，所以总是愁眉不展，两眼充满泪水，

抬脚出门时，

一个笑来一个哭。[1]

我更喜欢第一种性格，倒不是因为笑比哭招人喜欢，而是因为它更加愤世嫉俗，对人的声讨更厉害。我看，按照我们的功罪，我们受到的蔑视还远远不够。我们对一件事情表示怜悯，在怜悯和惋惜中却夹杂几分欣赏；我们不屑一顾的东西，却又觉得无限珍贵。我认为，与其说我们不幸，不如说我们浅薄；与其说我们恶毒，不如说我们愚蠢；与其说我们邪恶，不如说我们无用；与其说我们可怜，不如说我们可耻。因此，滚着他的木桶独自闲逛，对亚历山大大帝嗤之以鼻，将我们视为苍蝇或充气尿脬的那个第欧根尼[2]，依我看要比那位号称世人仇敌的蒂蒙[3]的看法更加尖酸刻薄，因而也更正确。因为，人之所恨会常挂心头。蒂蒙盼我们倒霉，一心希望我们完蛋，避免同我们交往，认为那是与恶人为伍，是危险的，是堕落。而第欧根尼对我们不屑一顾，所以同我们接触既扰乱不了他，也带不坏他。他丢下我们不是因为害怕，而是不屑同我们交往；他认为我们既干不了好事，也干不出坏事来。

布鲁图与斯塔蒂里谈话，让他参与反对恺撒的阴谋，斯塔蒂里的回答如出一辙。他觉得事情是正确的，但是他觉得，根据埃吉齐亚的学说，他没有必要为他人担惊受怕。埃吉齐亚说，哲人

1　引自尤维纳利斯。
2　第欧根尼路遇亚历山大大帝，非但不回避，还叫他让路。亚历山大问他想干什么，他回答："不要挡住我的太阳。"
3　蒂蒙，公元前五世纪人，古希腊哲学家，以愤世嫉俗著称。

干一切事情都是只为自己；因为只有他才有资格让别人替他做事；而根据泰奥多尔的学说，让哲人为了国家利益去冒险，为了几个狂人而危及自己的智慧，这是不公正的。

我们自身的处境和我们有笑的机能一样可笑。

五十一

论说话之浮夸

从前有位修辞学家说，他的职业是让小的东西显得大，让人觉得大。这可算个会给小脚做大鞋的鞋匠。要是在斯巴达，他会因为靠吹牛说谎为业而挨鞭子。我想，斯巴达王阿尔吉姆听到修昔底德的回答肯定大吃一惊：阿尔吉姆曾问修昔底德，他与伯里克利交手哪个会赢，修昔底德答道："这是很难验证的，因为我把他打倒在地之后，他会让在场的人相信他没有倒地，于是他就胜啦。"有人让女人戴上面罩，给她们涂脂抹粉，这些人为害不那么大，因为看不到她们的本来面目，没有什么大的损失，而前面的那些人蒙骗的不是我们的眼睛，而是我们的判事能力，他们是在篡改、歪曲事物的本质。像克里特、斯巴达这类国势安定、治理有方的国家是不大看重演说家的。

阿里斯托给修辞学下过一个聪明的定义，叫作：说服百姓的学问。苏格拉底、柏拉图则说是骗人和拍马的艺术。有的人笼统地谈到它时否定这种说法，但在他们的训示、命令中却处处在确

424

认这种说法。

伊斯兰教禁止给孩子们讲授修辞学，因为它毫无用处。

修辞学在雅典很有影响，雅典人发现修辞学的运用危害极大，就下令将蛊惑人心的主要部分连同开场白、结束语一起删去。

这是一件为操纵、煽动不守规矩的群众而创造的工具，一件像药一样用于病态国度的工具；在雅典、罗得岛、罗马这类国度里，一般百姓、无知群众，所有的人都可以为所欲为，局势总如暴风骤雨，演说家们便纷至沓来。的确，在这些国家里，很少有人不靠伶牙俐齿平步青云的；庞培、恺撒、克拉苏、卢库卢斯、兰图卢斯、梅特卢斯等人，都是从中得益爬上他们最后达到的高位的，他们更多地是依仗能言善辩，而不是刀枪剑戟；这同太平盛世的情形正好相反。沃卢姆尼乌斯[1] 当众演讲，支持 Q. 法比乌斯和 P. 德基乌斯当执政官时就说过："他们生来就是打仗的人，是建功立业的伟人；打起嘴仗来是外行：他们是真正的执政官人选；精明、能说会道、有学问的人对城邦有用，可当主持正义的大法官。"

在政局最糟糕、内战的风暴造成动荡的时候，罗马的雄辩术最为盛行：就像一块没有垦熟的荒地，野草最为茂盛。由此看来，帝王主宰的政府似乎不像其他政府那样需要雄辩术；因为，这种东西容易说服愚昧而轻信的老百姓，他们听了悦耳动听的甜言蜜语，容易受其蛊惑摆布，不能用智力去思考弄清事情真相，

1　　沃卢姆尼乌斯，公元前二九六年为罗马执政官。

可是这种愚昧与轻信，我说，在单独一个人身上是不容易都有的，而且良好的教育和劝导也容易使他免受这种迷魂汤的毒害。在马其顿和波斯就没出过有名的雄辩家。

我上面说的关于修辞学的那几句话，同一名意大利人有关系。不久前我同他交谈过，他曾当过已故红衣主教卡加夫的膳食总管，直至主教去世。我让他讲讲他的差事，他对我讲了一大通糊弄嘴巴的学问，一本正经、神气活现的样子，简直好像在向我宣讲某个重大的神学问题。他向我揭示了人的食欲的变化：饥饿时候的食欲、上了第二道和第三道菜之后的食欲；用什么办法满足它，又有什么办法引发并刺激它；讲了调味汁如何配制，先讲一般的，再细细说明各种调料的性质和作用；不同的季节做不同的色拉，什么色拉要加热，哪种色拉要冷吃，还有如何装点美化使之赏心悦目。讲完这些，他又讲到上菜的顺序，讲得头头是道，振振有词，

　　那当然不简单，知道
　　如何切鸡，如何切兔子！[1]

这一切还都加上了丰富华丽的辞藻，甚至用上了谈论帝国治理的字眼。我突然想起了我的一位老相识：

　　太咸啦！烧煳啦！淡啦！正好啊！

1　引自尤维纳利斯。

下次就照这么做！尽我的浅薄见识

努力教导他们。

总之，德梅亚，我让他们

拿起碗碟当镜子照，什么都教他们啦。[1]

不过，埃米利乌斯·保卢斯[2]从马其顿归来，宴请了希腊人，连希腊人也盛赞宴会的组织安排；但我这里讲的不是宴会的具体做法，而是指宴会上讲的话。

我不知道别人是否有过和我一样的反应；当我们的建筑师们自豪地讲起壁柱、下楣、挑檐、科林斯柱式和陶立克柱式以及诸如此类的行话术语时，我总会情不自禁地想起阿波里东宫；实际上，我发现，那原来就是我厨房门上的那些毫无价值的东西。

当你听人说起替代、隐喻、讽喻这类语法学的名词时，不是觉得在说某种罕见陌生的语言吗？其实这都是用来形容你的贴身丫鬟的用语。

还有一种类似的欺骗，就是用罗马人显赫的头衔来命名我们国家的官职，虽然这些官职同罗马人的毫无相同之处，更没有他们那么大的权力和权威。此外，还有一种欺骗：古人几个世纪里，才将几个最最体面的称号加到一两位要人身上，而我们看谁顺眼就给他胡乱加上。这类骗局，依我看，终有一天会成为证据，说明我们这个世纪荒唐透顶。柏拉图号称神人，那是四海认

1　引自泰伦提乌斯。

2　埃米利乌斯·保卢斯（前227—前168），古罗马政治家，前一六八年为执政官，灭了马其顿，按照罗马人的说法，解放了希腊。

同，无人眼红的；至于意大利人，他们自吹头脑清醒，语言表述清楚，比同时代的别的民族都要高明，这样说有点道理，可不久前他们将神的称号安到了阿雷蒂诺[1]头上。这一位除了表达非常诙谐、俏皮，确实十分巧妙（但过分做作荒诞）——总而言之除了尽其所能做到能言善辩之外，我看不出有什么高明之处可以压倒当代的一般作家；假如要同那古代的神号相比，他还差得远呢。还有那个"大"字，我们将它加在几个君王的名字上，他们比起普通百姓来，一点也不更伟大。

1　　阿雷蒂诺（1492—1556），原名彼特罗·巴克西，意大利著名作家。

五十二

论古人的节俭

　　罗马的非洲远征军将领阿提利乌斯·列古鲁斯[1]，同迦太基人作战取得了辉煌的胜利，其间他写信给共和国领导人，说留在国内独自替他经管产业（总共二点五公顷土地）的佃农偷了农具逃跑了，他担心妻子儿女受苦，请求批准他回去照料；元老院委派另外一人为他管理产业，派人给他添置了失窃的农具，并下令由国家出钱供养他的妻子儿女。

　　老加图从西班牙回国任执政官，卖掉了他的役马，以节省将马从海路带回意大利的费用。在撒丁岛任总督时，他徒步外出巡视，只带一名官员，帮他拿随身衣物和一个祭器，而且他还常自己提箱子。他自豪地说，他从未有过价值超过十埃居的袍子，一天的花费也从来不曾超过十个苏；他乡下的房子，没有一所外面涂过粉，刷过灰。西庇阿·埃米利乌斯两度凯旋、出任两届执政

1　阿提利乌斯·列古鲁斯，古罗马将领，公元前二六七年及前二五六年先后任执政官。

429

官之后，赴任省督只带七名奴仆。有人说，荷马从来只用一名奴仆，柏拉图用三名，斯多葛派的首领芝诺一个都不用。

提比略·格拉库斯为国家出差一天只得五个半苏，可他当时却是罗马的头号人物。

五十三

论恺撒的一句话

如果我们偶尔花点功夫看看我们自己，如果我们将观察别人和了解外界事物的时间用来考察考察自己，我们就很容易感觉到，人的禀性的方方面面都是脆弱的、有缺陷的。无论在什么事情上，都不能称心满意；就连按自己的愿望和想象去挑选自己需要的东西也做不到，这不正是有缺陷的很好证明吗？人的至善是什么，这场哲学家的大争论过去、现在和将来一直都在持续，没有结论，也不会统一，这一点也是一个很好的证明；

> 想要的东西得不到，那它就比什么都好。
> 想要的东西到了手，那就想要另一样。
> 人的欲壑永远是那个样。[1]

---

1 引自卢克莱修。

不管我们遇上什么，享受到什么，我们还是觉得不满足，还要去拼命追求新的东西、没见过的东西，因为现有的东西满足不了我们：依我看，倒不是由于现有的东西不足以满足我们，而是由于我们抓的时候握力有毛病，抓不准，

> 他看到人所需要的一切，
> 几乎都可得到。
> 有的人富贵荣华享用不尽，
> 还有儿孙光耀门庭。
> 可人人心烦意乱，
> 平白无故地黯然神伤！
> 他明白毛病就出在器皿上，
> 从外面倒进的就算是玉液琼浆，
> 器皿脏了浆液会在里面变质。[1]

我们的欲望犹像不决，把握不定；什么都不知道留住，什么都不会好好享用。人们认为那都是因为这些东西不好，于是就醉心于不知道不了解的东西，将愿望和希望都寄托在上面，对之大加赏识，奉为至宝。这就应了恺撒的那句话："人出于恶劣的本性，对没有见过、隐秘陌生的东西往往更加相信和畏惧。"

1　引自卢克莱修。

五十四

论无用的技巧

有一些一文不值的技巧，有时被人用来求得荣誉。比如有的诗人写诗，通篇每句诗的开头都用同一个字母。我们见到，古代希腊人按照诗句的节奏，构成鸡蛋、圆球、翅膀、斧子等图案：他们拉长或缩短音节，以便组成这样或那样的图案。有人把时间消磨在计算字母表里的字母有多少种排列上，结果发现这个数目大得令人难以想象，这在普鲁塔克的书里有过记载。我觉得有个人的见解很高明：有人把一个人介绍给他，此人有种本事，会用手巧妙地投掷小米粒，投出去百发百中，总能把米粒投进一个针眼里；人家要他给艺人一点什么礼物，作为对这种绝技的奖励。为此他非常风趣地——我看也非常正确地——下令，让人送给这位艺人两三米诺[1]小米，免得这么高超的技艺得不到练习。如果我们凭稀奇、新鲜或难度来推崇事物，而不同时考虑其优劣和用

1　米诺，古容量单位，约合三十九升。

途，那就充分说明了我们的判断有弱点。

不久前在我家里玩过一种游戏，看谁能找出最多的与两个极端有关的事物来。例如 Sire[1] 这一称谓，它可以用来称呼我国地位最高的人，即国王，也可以用来称呼商人一类的普通人，不用来称呼这两者之间的人。高贵的妇女我们称 Dame[2]；中间的称为 Demoiselle[3]；而最下层的还称为 Dame。赌桌上用的骰子，只有王公宅第和饭馆里允许使用。

德谟克利特说，神和野兽的感觉比人灵敏，人排在中间。罗马人举哀日和喜庆日都穿同样的服装。极端的恐惧和过分的逞勇肯定都会影响肠胃，使排泄增多。

纳瓦拉第十二代国君桑各[4]的绰号是"哆嗦国王"，这告诉我们，胆大和胆小都会使人四肢发颤。有位国王，侍从们为他戴盔穿甲时见他皮肉在抖动，就设法安慰他，尽量把他将冒的危险说得小些。他回答说："你们不了解我，如果我的身体知道我的勇气马上要把它带向哪里，它就会吓得瘫在地上。"

对做爱的冷漠和厌倦引起的阳痿，也会由于情欲和亢奋过度而引起。过冷和过热都会使人受到灼伤。亚里士多德说铅做的把柄在冬天的严寒里会像在高温下一样熔化和流动。欲望和满足会使快感部位的上下方感到疼痛。在打算和决心忍受人生的不幸时，会同时看到愚蠢和聪明。哲人们向苦难挑战，向它发号施

1　Sire 一词在古法语中有"陛下"的意思，也可作"先生"讲。
2　Dame 一词用于贵妇人意为"夫人"，用于下层妇女意为"太太"。
3　Demoiselle 古时指贵族小姐，后延伸到已婚小贵族家的女子。
4　此处蒙田有误，应为其子加西亚五世。

令，其他人则不闻不问；其他人可以说是任苦难摆布，哲人却是超越苦难；他们掂量研究了苦难的性质，衡量估计了苦难的轻重，带着坚强的毅力扑上去战而胜之；他们蔑视苦难，将它踩在脚下，因为他们有颗坚强有力的心，一旦命运之箭射来，必然会反弹出去，失去锋芒，因为它遇到的是钢筋铁骨之躯。中间状态的人处于这两个极端之间，他们看到、感受到苦难，却无法承受苦难。儿童和老迈之人一样，头脑都很愚笨；爱钱如命和挥金如土的人一样，都想占有和获取。

也许可以这样说，在有学问之前，有一种大字不识的无知；在有了学问之后，还会有一种满腹经纶的无知：知识会产生和孕育后一种无知，正如它会削弱和摧毁第一种无知。

头脑简单、求知欲不强、学问不多的人，可以培养成为虔诚的基督徒。他们出于恭敬和顺从，真心实意地信教，遵守清规戒律。智力一般、能力中等的人会产生错误的见解；他们根据看到的表面情况，抬出某种说得过去的理由，把我们按从前的方式行事说成天真和愚蠢，认为我们在这方面不学无术。才华出众的人深思熟虑，较有远见卓识，是另一类型的好信徒；他们经过长期认真的探索，透彻了解了圣书中深刻玄奥的智慧，感受到了教会深奥和神圣的秘密。然而，我们看到其中有些人已经带着出色的成果和信念，经由第二级达到了最高的一级，这就等于达到了基督教智慧的最高境界，他们带着宽慰、感激、自我克制、谦虚谨慎的态度感受他们胜利的喜悦。在这个等级中，我不想归入这样一些人：他们为了洗刷他们过去的错误，为了使人对他们放心，对于我们进行的事业采取极端、过分、不公正的态度，对之横加污蔑指责。

朴实的农民是正派人；哲学家是正派人，或者按现在的说法，是能干、出色、受过广泛有用的知识教育的人。这两者之间的人不愿坐目不识丁者坐的第一把椅子，但第二把椅子又够不着（他们——包括我自己和另外许多人——屁股悬在两者的中间），这些人本事不大，惹人讨厌，又很危险，他们是在给这世界添乱。至于我自己，我是在尽量往这第一把天然就有的椅子退去，那是我试图离开，却未能离开的位子。

纯朴自然的民间诗歌朴实无华，优美动人，足以同艺术上完美的诗歌相媲美。加斯科尼的田园歌是这样，从不知科学、不识文字的国度传来的歌谣也这样。二者之间的平庸诗歌不见辉煌，没有价值，不受人青睐。

在我们的思路打开之后，我竟发现，就像经常发生的那样，我们又把一个容易的事情当作困难的事情，把一个寻常的题目当成了稀罕的题目了。我们的想象力被激发起来之后，竟然发现了无数类似的例子。由于这个原因，我就只补充一个例子算了：我的这些随笔就算值得人品评一番，但我看也可能发生这样的情况：平平常常的人和出类拔萃的人可能都不怎么喜欢。前者可能看不大懂，后者可能看得太懂；它们可能在中间地带艰难度日。

五十五

论气味

　　据说有些人，比如亚历山大大帝，由于体质特殊、与众不同，汗水会散发出香味。普鲁塔克和另外一些人曾经探求过其中的原因。可人的身体一般来说情况是相反的；最好的状况是没有气味。要说洁净的气息好闻，无非是指没有任何异味，比如健康的儿童的气息。无怪乎柏拉图要说，

Mulier tum bene olet, ubi nihil olet.[1]

女人最好闻的气味，就是没有气味，这也像常言所说，女人举止的最好闻的味道，是不可嗅知，无声无息。对那些异常的香味，我们有理由怀疑，有些人使用它，是为了掩盖他们身上天生的怪味。这样，就有了古代诗人的这句俏皮话：散发香味即是散发

1　　柏拉图这句话的意思，蒙田在下文做了解释，即"女人最好闻的气味，就是没有气味"。

臭味。

> 科拉西纳，你笑话我们身上没有气味。
> 我宁肯没有气味，也不要有香味。[1]

还有：

> 波斯图谬斯，总有香味的人是不好闻的。[2]

然而，我却非常喜欢闻到香味，十分讨厌臭味，遇到臭味我比谁都闻得见。

> 因为我的鼻子无与伦比，无论闻章鱼
> 还是毛茸茸腋窝的臭味，
> 都要胜过搜寻隐藏野猪的猎犬。[3]

我觉得越是单纯而自然的香味越好闻。洒香水下功夫的主要是女人。在远古的蛮荒时代，斯基泰的女人洗过澡后就在全身和脸孔上抹一层当地产的香料；待要接触男人，去掉这层化妆品，她们的身子就变得光滑、芬芳。

说来也稀奇，不管什么气味，到我身上就沾得很牢，我的皮

1　引自马提雅尔。
2　同上。
3　引自贺拉斯。

肤很会吸附气味。有人抱怨天地造化，怎么不让人在鼻子上长个盛香味的东西。错啦，因为气味是来去自如的。可是我的情况却特别，我满嘴的胡子就是替我盛香味的。我的手套、手帕靠上去，气味就整天留在上面。我的胡子会泄露我是从什么地方来的。我年轻的时候拥抱亲吻，亲得津津有味、黏黏糊糊，这吻先是粘在胡子上，几个小时之后还留在那里。有些流行病由人多而带来，由空气传染而发生，而我却很少得这种病；我年轻时我们的城市和军队里都发生过好几种流行病，我却都没有得。有人在苏格拉底的传记里看到，瘟疫曾多次凌虐雅典城，他都未离开过，却只有他一直没有病过。

我以为，医生们可以更多地利用气味；因为我常常注意到，气味会令我改变，不同的气味会对我的"精气"产生不同的影响。有鉴于此，我赞成这样的说法：教堂里燃香置香料这种各个民族、各种宗教普遍采用的古老做法，意在愉悦、唤醒和净化人的感官，使人更好地静修。

我真想精通烹调技术，以便做出正确的判断：有的厨师善于用食物的味道调制出特殊的香味，例如，本世纪突尼斯国王到那不勒斯会晤查理皇帝，有人注意到他菜肴的味道调得特别好。他们将各种香料塞进肉里分别加以烹制，那香料十分名贵，一只孔雀加两只野鸡要花一百杜卡托[1]；等到做好切开，一股久久不散的香气不仅充满了餐厅，而且飘满宫中所有的房间，一直香到周围的宅第里。

1　　意大利旧金币名。

对于住宿，我首先关心的是远离污浊难闻的空气。威尼斯、巴黎这两座美丽的城市，由于它们刺鼻的气味——一个是水腥味，另一个是污泥味——影响了我对它们的喜爱。

五十六

论祈祷

　　我在此提出一些不成熟没把握的想法，就像有人公布一些没有把握的问题供学校里讨论一样，目的不是要证明真理，而是要探求真理。我把这些想法交给不仅主导我的行为和写作，而且主导我的思想的人去评判。他们的批评，也和赞扬一样，对我而言是有用的、可以接受的。因为，如果说，由于我的无知或疏忽，有的话违背了我生死不离的罗马使徒公教的神圣教规，那这些话就很可憎。因此，尽管我始终相信他们的审查是权威的，对我有绝对的权力，但我在这里仍要斗胆说一说我对各种问题的看法。

　　我不知道我有没有想错，但既然上帝仁慈，对我们特别照顾，向我们逐字逐句地口授了一套祈祷词，我一直觉得，我们现在应该像过去那样经常使用。请相信我，大家在饭前饭后，起床就寝以及在进行一切习惯做祈祷的特别活动时，我希望基督徒在这些场合都念主祷文，即便不把它作为唯一的祷文，至少每次都要用它。

教会可以根据宣教的需要将祈祷文加以拓展和变通，因为我知道实质内容总是一样的。但是，必须突出主祷文，使人人口中总有它：因为可以肯定，该说的它都说到了，然而，它适合各种场合。这是我处处使用的唯一的祷文，我反复念它没有变过。

因此，我脑子里也只记得它。

刚才我忽然想到，不管我们有什么打算，不管我们干什么事，总要求助于上帝；不管我们在什么地方，也不问时机合不合适，只要我们无能为力，需要帮助，就会呼唤上帝；不管我们处于什么境地，也不管是在干什么，哪怕是干坏事，都在呼喊他的名字，求他施展神通。真不知道这种不恰当的做法是从哪里来的。

的确，上帝是我们唯一的保护人，而且事事可以帮助我们；可是，虽然他与我们仁慈地订立了那份天父与人的美好盟约，但他除了仁慈万能之外，也一样非常公正，然而，他更多的是主持公道而不是施展法力。他是根据公正而不是我们的要求来帮助我们的。

柏拉图在他的《法律篇》里归结了三种关于信仰神的错误看法：一是神根本不存在；二是神不管世事；三是神对人的愿望、供奉和牺牲一概不拒绝。第一种错误观点，据柏拉图看，在人的一生中并非不会改变。后两种倒是会持久不变。

上帝的公正和万能是不可分的。怀着不良动机求助于上帝是无济于事的。至少在向他祈祷的时候，灵魂一定要干净，没有邪念；否则就是自己给他送上惩罚自己的笞杖。我们要向上帝请求宽恕，可是在表达的愿望里却满含着不敬和怨恨，这不能弥补反而会加重我们的过失。正因为如此，我见有些人动不动就向上帝祈祷，可祈祷的同时行动上却不见有多少改进与转变，我就不愿赞扬他们，

就算你用高卢礼帽遮住了额头，
夜间偷情的人哪……[1]

非常虔诚但生活上可憎可恨的人，似乎比处处放荡但表里一致的人更应受到谴责。因此我们的教会每天都在拒绝那些道德败坏的人加入教会。

我们遵照习惯进行祈祷，说得更明白点，我们是朗读或念诵祈祷文。说到底那只是表面的东西。

有人念饭前经要画三次十字，念饭后经也要画上三次，可一天的其他时间里，干的都是寻仇、贪婪、不义之事，叫我看了实在不痛快（尤其是，这是我表示敬意的惯用手势，连我打哈欠时都要用的）。他们干坏事和求上帝，各有各的钟点，好像在进行分配和补偿似的。他们一件接一件地干出如此不同的事情，在一件到另一件的转换、连接点上，竟然看不出丝毫的脱节和不自然，真是不可思议。

让罪恶和法官和谐一致、相安无事地共同待在同一个住所里，要多么丑恶的灵魂才会心安理得呢？一个人满脑子卑鄙下流

1　引自尤维纳利斯。

的东西，又觉得这些东西在上帝眼里非常丑恶，他要去同上帝交谈时，向他说些什么呢？他会回到善的一边；但又会突然旧病复发。如果真像他说的，想想上帝的公正，想到上帝会如何主持公道，他的灵魂就受到震动，就得到惩罚的话，那么不管那忏悔多么短暂，畏惧就会使他经常记起这些想法，他就会马上抑制身上那些一贯的、顽固的罪恶了。可是，那些明知罪恶昭著，却把整个生命都押在它带来的利益上的人又怎么样呢？我们有多少被认可的行当职业本质上就是邪恶的嘛！有个人向我承认，他一辈子都在宣扬一种据他说是邪恶的宗教，这宗教与他心里的信仰是根本对立的，但这样做是为了不失去声望，保住他的职务带来的荣耀，可在他内心是怎么调和这些原则的呢？在这个问题上，他们是用什么语言同公正的上帝交谈的呢？他们的忏悔明摆着是随手拈来弥补过失的，所以在上帝眼里，在我们眼里，他们的忏悔是不算数的。难道他们如此大胆竟敢不弥补过失、不忏悔就要求宽恕吗？我坚持认为满脑子下流东西的人同这些人没什么两样；但是，这两类人的顽固不化不是那么容易消解的。他们装模作样的看法多么互相矛盾，倏忽变化，让我觉得妙不可言。他们摆出的是一副精神上非常痛苦无法忍受的样子。有些人的思想与现实天差地远；这些年来，不论谁头脑清醒一点信奉着天主教，他们就说那是假的；为了抬举这个人，他们甚至不顾他公开说些什么，硬说他内心里一定跟他们一样，信奉的是改革了的宗教。这些人自以为了不起，所以深信这个人不可能跟他们的信仰不一样，这真是可悲的疾病。更可悲的是，他们竟深信，不管今生的命运如何，这个人一定宁可接受今世的命运安排，也不愿考虑将来有无永生的希望。他们可以相信，我年轻的时候，如果说有什么事曾令我向往的话，很大程度上就是，希望也能经受从前的那件大事[1]带来的危险和困难的考验。

我觉得，教会规定不得胡乱冒失地吟唱圣灵口授大卫的圣歌不无道理。在我们的行为牵扯到上帝的时候，必须恭恭敬敬，专心致志，满怀敬意与尊重。这种声音太神圣了，不能只拿它来闲唱闲听。它应该从我们的内心，而不应从舌头发出。允许一个店铺的伙计一边想着无聊的心事，一边哼着它解闷是毫无道理的。

当然，把记载我们信仰的神圣奥义的圣书在饭厅和厨房里拖来拖去也是不对的。从前那叫研读奥义，如今却成了消遣解闷了。这样严肃认真的研读是不应该随随便便地在乱哄哄中进行的。这件事必须事先准备，平心静气地进行，每次必须先说"永不灰心"这句做日课的序祷文，而且要坐姿端正，显得专心致志，毕恭毕敬。

那不是人人都可研读的，只有献身上帝、受上帝召唤的人才能研读。恶人、无知的人越读越糟糕。那不是讲给人听的故事，而是叫人肃然起敬顶礼膜拜的历史。有人以为把它译成了通俗语言，老百姓就能理会领悟，那真是可笑之至！如果老百姓不能完全看懂书中的全部内容，难道仅仅是语言的问题吗？这还用我多说吗？为了让百姓理解圣书更方便一点，却将他们推得离它更远了。对圣书全然无知，完全相信别人，这样做比仅仅满足于字面的理解、自高自大、胡乱翻译更有益处，更加明智。

1　指十六世纪上半叶的宗教改革。

我还认为，人人都来把这么神圣、这么重要的经典任意翻译成各种语言，其危险大大多于益处。犹太人、穆斯林以及几乎所有的其他民族，都接受和尊重最初用来写他们的宗教奥义的语言，并且禁止篡改和变动。那不是没有道理的。我们难道可以相信，在巴斯克和布列塔尼，有足够的好法官能用他们的语言翻译《圣经》吗？[1] 普天下的教会没有比做这样的"裁判"更艰难、更庄严的了。在布道和说话时，解释可以含糊、随意和变通，而且谈的是一个部分；译《圣经》就不一样了。

一位希腊的历史学家曾正确地批评他生活的那个时代，他说，基督教的奥秘落到了卑贱的手艺人手里，在大庭广众中传播，人人都可以妄加评论，想说什么就说什么；既然贵族们从前曾禁止苏格拉底、柏拉图等大贤哲们谈论和打听德尔福斯的神甫们领受什么任务，如今看着纯洁的宗教奥义在无知百姓的口中遭到亵渎，那些托上帝之福得以了解这些奥义的人，应该感到莫大的耻辱。他还说，在神学问题上君王们行事不是依仗虔诚，而是依靠发脾气；虔诚行事按部就班，稳重节制，符合上帝的道理，合乎公道；但是，一旦它受到人的情感的支配，就会变成仇恨和嫉妒，种出毒麦和荨麻，而不是小麦和葡萄。另外有一位也说得对，他向罗马皇帝提奥多西乌斯进言道，争论解决不了教会的分裂，反而会激起分裂，鼓励异端邪说；必须避免一切争论争辩，干脆按照古人定下的规矩和信条行事。拜占庭皇帝安德罗第库斯在宫中遇到两名大臣与洛帕第乌斯争论一个重大问题，便将他们训斥一

1　此处暗指利萨拉格一五七一年译出《圣经·新约全书》巴斯克语译本一事。

顿，甚至威胁说，如果继续争下去，就将他们扔进河里。

今天，孩子和女人可以给最年长、最有经验的人讲解教会的法规，可柏拉图《法律篇》的第一条就提出，对于为什么要用民法代替神法，女人和孩子连问都不能问；他还提出，老人们可以就此交换看法，也可以同官员讨论，他同时又指出，"只要没有年轻人和不信教的人在场"。

有位主教在他的书里写道，在世界的另一端有个岛屿，古人称为迪奥斯里德岛[1]，岛上舒适宜人，盛产各种树木、水果，空气有益健康；岛上居民信奉基督教，设有教堂、祭台，里面除了十字架没有其他圣像；居民人人循礼守斋，准时向教士缴纳什一税，他们人人都很忠贞，一生中只能娶一个女人；另外，他们非常知足，所以身在大海却不知用船；他们又非常纯朴，以至于对自己笃信的宗教竟一无所知。有的人可能不知道崇拜偶像的异教徒因为虔诚之至，对于自己崇拜的偶像除了名字和塑像外，其他的一无所知，当他们知道竟会有这样的基督徒，一定会感到不可思议。

欧里庇得斯的悲剧《美那里普》原先的序幕中有这样的话：

> 啊，朱庇特，除了你的名字，
> 我对你一无所知。

我年轻时也见有人抱怨过，说有些文章光谈人文、哲学，不

1　即印度洋中的索科特拉岛。

谈神学。但是，反过来这样说，可能也有几分道理：神学最好像国王和君主一样，有它特殊的地位；它应该处处为主，而不应为次、为辅；也许语法、修辞和逻辑方面的例子以及戏剧、游戏、演出方面的题材应该从别处，而不应从如此神圣的学说中去找；令人肃然起敬的上帝的道理，人们应该满怀崇敬地按照它们的风格单独加以研究，绝不能同人的思考混同起来；神学家写东西过分像人文学家，这种错误要比人文学家写东西太少涉及神学这种错误更常见（圣·克里索斯托姆[1]说，哲学这个无用的奴仆早已被逐出了神学院，对这个收藏上天学说宝库的圣殿，哲学连从门口经过张望一下的资格都没有）；人的语言有时非常卑贱，使用时不应该像神的语言那样崇高、庄严和权威。至于我，我让人的语言按照自己的方式，说出诸如运气、命运、遭遇、祝福、神及其他一切"未经准许的字眼"。

我把别人的以及我自己的想法，仅仅作为人的想法提出来，单独加以考虑，而不将它们看成由上天命令确立和规定的、不容怀疑和讨论的想法；是作为看法而不是作为信仰提出；是作为我自己的思考而不是作为我的宗教信念提出，就像孩子们交的习作一样；是接受训导的而不是训导他人的；用的是世俗的方式，不是教士的方式，不过总是非常虔诚的。

然而，如果规定除了专门写宗教问题的人，其他人在涉及这个问题时要慎之又慎，那么，是不是有理由说，这样的规定是有

1　圣·克里索斯托姆（349—407），安塔基亚的神甫，苦行主义者，三九八年任君士坦丁堡主教。

用的、公正的呢？是不是应该叫我也闭口不谈宗教呢？

有人告诉我，不是我们天主教的人，平时说话禁止提上帝的名字。他们不许人以感叹与惊呼的方式提上帝的名字，不管是为了做证还是为了比喻：我觉得他们这样做有道理。不管我们在互相交往与相处中以何种方式呼唤上帝，都应是严肃的、虔诚的。

在色诺芬的著作里，好像有过这么一段话，他在其中指出，我们向上帝祈祷的次数应该少一些，因为祈祷时我们的心理状态必须符合要求，要毕恭毕敬、诚心诚意，而要经常进入这个状态不是轻而易举的；若是做不到，我们的祈祷非但徒劳无益，而且还有害处。我们常说："请宽恕我们，就像我们宽恕曾经伤害我们的人。"我们这句话是什么意思呢？不就是说向上帝奉献一颗没有仇恨和怨恨的心吗？可是我们却在呼唤上帝帮助我们做坏事，促使他丢掉公正。

> 这只能当面向神吐露。[1]

守财奴向上帝祈祷是怕保不住自己的财产；野心家是为了争取胜利和控制情绪；盗贼求他帮助克服危险和困难，以顺利地实施罪恶勾当，或因为顺利地杀死了过路人而向他致谢。在士兵们行将翻越一座房屋或将它炸掉的时候，他们在房前祈祷，心里却充满了残忍、淫意、贪婪的打算和希望。

---

1   引自佩尔西乌斯。

你想悄悄向朱庇特恳求的事情，

你就告诉斯泰乌斯吧，

"啊，天哪，是仁慈的朱庇特呀！"他喊道。

朱庇特也会对我这样说吗？[1]

纳瓦拉的王后玛格丽特谈到过一位年轻君王的事，虽然不提他的名字，但根据他的显赫地位，就可以知道是谁了。[2]她说他每次去同巴黎一位律师的妻子幽会、睡觉，都要在途中穿过一座教堂；来去路上穿过这个神圣的地方，他都要祈祷和祷告。请诸位评判一下，他心里想着寻花问柳，把上帝的恩惠用到了什么地方！然而，玛格丽特王后提起这件事，却是为着证明他的虔诚是值得赞赏的。不过，仅凭这么一件事，并不能证明女人不大适宜于谈论神学问题。

一个罪恶的、仍受撒旦摆布的灵魂，是不可能有真正的祈祷，真心实意地复归上帝的。一边干着坏事一边呼唤上帝帮助的人，就好比小偷一边割着别人的钱袋一边要求法官帮助，或者就像撒谎者抬出上帝的名字来为谎言做证。

我们压低了声音无耻地做着祈祷。[3]

很少有人敢于公开他们私下里向上帝提的秘密要求。

---

1   引自佩尔西乌斯。

2   这里指她的兄弟弗朗索瓦一世。

3   引自卢克莱修。

不在教堂里低声吐露心愿，而要

大声祈祷，并非人人都做得到。[1]

　　就是因为这个原因，毕达哥拉斯派要求祈祷当众进行，人人都能听见，免得有人向上帝提出不适当和不合理的要求，就像下面这一位一样：

他先大声说了句：阿波罗啊！

接着他又像怕人听见似的动动嘴唇：

美丽的拉凡娜[2]呀！

请允许我行骗，装出公正善良的样子，

请在夜间用云彩掩护我的罪行与盗窃。[3]

　　诸神答应了俄狄浦斯无理的请求，同时又给予严厉的惩罚。俄狄浦斯祈祷神让他的孩子们互相决斗，以解决国家的继承问题。他不幸地看到自己的话当真兑现了。我们不应要求事事都遂我们意愿，而应要求事事符合理智。

　　说句实在话，我觉得我们跟那些将圣言神语用来施展巫术魔法的人一样，也在滥用我们的祈祷；我们希望，祈祷的效果取决于语言的形式、声音或排列，或取决于我们的态度。因为，我们呈献给上帝的，是我们凭借记忆背得的话语，我们希望以此来弥

1　　引自佩尔西乌斯。

2　　拉凡娜，庇护小偷的女财神。

3　　引自贺拉斯。

补我们的过失，可我们的心中却充满了贪欲，并无忏悔的意思，也没有丝毫重新回归上帝的表示。世间的一切都没有上帝的旨意那样随和、温情，那样与人为善。上帝召唤我们，不管我们有多大的错误，也不问我们多么可憎可恨；他向我们张开双臂，不管我们多么卑鄙、肮脏，多么污浊，也不管我们将来怎么样，都把我们拥入他的怀抱。不过，作为回报，必须好好珍惜，必须怀着感激接受宽恕；至少在向他走去那一刻，心中必须悔恨自己的过失，憎恨促使我们与他为敌的欲望。柏拉图说："无论神还是善人，都不会接受坏人的礼物。"

> 如果奉献祭品的手未沾罪恶，
> 就不必送上丰富的祭品，
> 只要一小块面饼和一粒晶亮的盐巴，
> 就可平息珀那忒斯[1]的敌意。[2]

1　　珀那忒斯，罗马神话中的家神。
2　　引自贺拉斯。

五十七

论寿命

我不能同意我们现在确定人的寿命的办法。我见古代哲人与一般人的算法不同，他们将人的寿命算得短得多。小加图对想要阻止他自杀的人说道："像我这把年纪，难道人家还能说我死得太早吗？"可那时他才四十八岁。他认为这个年龄已经非常成熟，可以算作高龄了，因为有多少人还达不到这个年龄呢。有的人议论说，按他们说的自然寿命——我不知道该叫什么——人是可以指望多活上几年的；由于人受着大自然的摆布，我们人人都会遭遇许多不测，如果那些人运气特好，可以免遭不测，他们是可以多活几年的，否则不测之事可能使他们活不到他们预期的寿命。等到年老力衰再寿终正寝，这样的死法是少之又少、最不常见的；给寿命提出这样的目标，指望着老死善终，那是多么愚蠢啊！我们现在只把老死称为自然死亡，好像一个人从高处掉落摔断脖子，遇上海难给淹死，染上瘟疫得了胸膜炎死去都是违背自然的，好像这些倒霉事都不是我们平时要遇到的。可不要听信这些鬼话；也许倒应该把一般的、共同的、普遍的东西称为自然的。老死是罕见的、特殊的、非一般的死亡，没有其他死亡自然；这是少之又少的死法；它越是不可企及，我们就越不应该指望；这正是我们不可能越过的界限，是自然法则规定不得超越的；让人活到那个时候，则是一种特别的照顾。老死是一种特别的优待，是两三百年的时间里仅仅赐予个把人的豁免权，让他在漫长的一生中不会遇到自然法则所布下的艰难险阻。

因此，我认为要注意到这样一点，就是我们已经达到的年龄是很少有人达到的。既然一般人都达不到这个年龄，那就说明我们年纪已经够大了。一般人的寿命，就是我们生命的真正尺度，既然我们已经超越，就不应再指望超出很多了；既然看着世人纷纷死去，自己却一次又一次逃脱了死亡的厄运，我们就应该承认，庇佑我们超过界限还继续活着的非同寻常的好运一定不会长久的。

存在这种不切实际的想法，是法律本身的一个弊病；法律规定一个男子不到二十五岁不能支配自己的财产；而且在二十五岁之前勉强允许他支配自己的生活。奥古斯都将罗马旧法令的规定砍去了五年，宣布只要有三十岁就可担任法官职务。塞尔维尤斯·图里乌斯[1]免去了超过四十七岁的骑士的兵役；奥古斯都又将它降到了四十五岁。规定男子要到五十五岁或六十岁才退休，我看不大有道理。我可以赞成为了公众的利益尽可能延长从业和工作的年限；但我觉得失误是在另外一面，就是我们从业的时间

1　塞尔维尤斯·图里乌斯（前578—前534），罗马第六任国王。

不够早。奥古斯都十九岁就当上了统治世界的全权大法官了 [1]，却要别人满三十岁才有资格判决一个檐槽应该装在什么地方。

至于我，我认为人的心智二十岁时已经成熟，完全可以看出将来会有多大作为了。在这个年龄还没有充分显示自己力量的人，以后也绝不会表现出来。人的天生的品质和美德，会在这个阶段展示出力量和美丽，否则永远也不会。

> 刚长出来就不扎人的刺儿，
>
> 可能永远不会扎人。

多菲内人 [2] 如是说。

据我所知，人类的全部丰功伟业，不管是何种何类，也不管古代现代，可以认为多半是在三十岁之前，而非三十岁之后建立的。是的，这点往往在同一些人的一生中体现出来。对于汉尼拔 [3] 及其宿敌西庇阿 [4] 的一生，不是完全可以这样说吗？

他们一生中的大半辈子，是躺在他们年轻时争得的荣誉上度过的；从此，与别人相比，他们是伟人，但与自己相比，则根本不是了。讲到我自己，肯定地说，过了这个年龄，我的精神和身体退得多进得少，缩得多长得少。有人善于利用时间，也许知识和经验都随年龄而增长；但是，生气、活力、毅力以及另一些人

1　这里指奥古斯都在公元前四四年，即十九岁时当上罗马执政官。

2　多菲内，十六世纪时法国东南部一地区。

3　汉尼拔在康奈战役中取胜时是三十一岁，他死时六十四岁。

4　西庇阿在扎马战役中取胜时为三十一岁，他死时五十二岁。

所固有的重要而又根本的品质都在减弱、衰退下去。

> 时间的无情冲击缩短了我们的身躯，
>
> 四肢失去了力量，
>
> 头脑就会出毛病，舌头和理智都会颠三倒四。[1]

　　有时，是身躯先衰老；有时也会是心智。我见过相当多的人，头脑的衰退比肠胃和腿脚的衰退更早；这种毛病，病人越是感觉不到，症状越不明显，危险就越大。这次我对法律表示不满，不是因为法律让我们干得太久，而是因为它让我们干得太晚。我以为，考虑到生命的脆弱，考虑到人的一生会遇上多少日常的天然暗礁，我们就不应让出生[2]、闲玩和学习占去那么大的一部分生命。

1　引自卢克莱修。
2　这里"出生"似应理解为"童年"。